महामारी कोरोना और वायरस जनित रोग

डॉ. प्रेमचंद्र स्वर्णकार

एम.बी.बी.एस., एम.डी.

(वरिष्ठ पैथोलॉजिस्ट और चिकित्सा विज्ञान लेखक)

प्रभात पेपरबैक्स

www.prabhatbooks.com

प्रकाशक

प्रभात पेपरबैक्स

4/19 आसफ अली रोड, नई दिल्ली–110002

फोन : 23289777 • हेल्पलाइन नं. : 7827007777

इ–मेल : prabhatbooks@gmail.com ❖ वेब ठिकाना : www.prabhatbooks.com

संस्करण

प्रथम, 2021

मूल्य

दो सौ पचास रुपए

अ.मा.पु.स. 978-93-90378-73-9

मुद्रक

आर–टेक ऑफसेट प्रिंटर्स, दिल्ली

———— ★ ————

MAHAMARI CORONA AUR VIRUS JANIT ROG

by Dr. Prem Chandra Swarnkar

Published by **PRABHAT PAPERBACKS**

4/19 Asaf Ali Road, New Delhi-110002

ISBN 978-93-90378-73-9

₹ 250.00

यह पुस्तक सादर समर्पित है
उन सेवाभावी चिकित्सकों एवं स्वास्थ्यकर्मियों
और समस्त कर्मवीर योद्धाओं को,
जो इस शताब्दी की संक्रामक महामारी से संघर्षरत हैं
एवं श्रद्धापूर्वक उनकी स्मृति में भी, जिन्होंने मानवजाति के रक्षार्थ
अपने कर्तव्यपथ पर अग्रसर रहते हुए तथा
इस रोग से लड़ते हुए अपने जीवन तक
होम कर दिए।

पूर्व कथन

यह अकल्पनीय था कि विश्वव्यापी महामारी कोविड-19 देश-दुनिया के लिए इतना बड़ा संकट उत्पन्न कर देगी। हमारी पीढ़ी के व्यक्तियों ने तो ऐसी विकट बीमारी नहीं देखी, जिसने लगभग आठ महीने के अल्प समय में ढाई करोड़ से अधिक व्यक्तियों को संक्रमण के शिकार बनाए हों और इतने अल्प समय में लगभग आठ लाख से ऊपर जानें ले ली हों। यह बीमारी जरूर शारीरिक थी, लेकिन इसका केवल स्वास्थ्य विभाग पर ही असर नहीं हुआ, बल्कि हर विभाग और हर देश का जन-जीवन प्रभावित हुआ। ऐसा कोई व्यक्ति शेष न होगा, जिस पर इस महामारी का असर न हुआ हो।

मैं एक चिकित्सा विशेषज्ञ होने के साथ ही विगत 30 वर्षों से चिकित्सा-विज्ञान संबंधी जनोपयोगी विषयों पर राष्ट्रभाषा हिंदी में लेख और पुस्तकें लिखता आ रहा हूँ। कोविड-19 जैसा रोग, मुझे इसकी शुरुआत से ही इस पर कुछ लिखने के लिए विवश कर रहा था। यद्यपि इस तेजी से बढ़ते जानलेवा रोग पर सूचनाओं का अंबार लगता जा रहा था। अभी भी जानकारियाँ खूब आ रही हैं, लेकिन इनमें से लोगों के हित की बातें चुनना कठिन था। कई गलत जानकारियाँ भी थीं तथा रोग होने के कारण एवं कई चीजें प्रायोगिक स्तर पर थीं और हैं भी। इसके अलावा इस रोग के संबंध में कुछ तो यह मानते हैं कि कोरोना हुआ तो जान लेकर जाएगा, जबकि यह सच नहीं है। 80-85 प्रतिशत संक्रमित तो घर में रहकर स्वत: ठीक हो जाते हैं। इलेक्ट्रॉनिक मीडिया ने रोग के बारे में खूब समाचार सुनाकर और दिखाकर लोगों में जागरूकता तो उत्पन्न की है, परंतु अनावश्यक भय का माहौल भी निर्मित किया है। इन परिस्थितियों में प्रामाणिक जानकारियों के साथ सरल हिंदी में लिखे गए लेखों और पुस्तकों का अपना महत्त्व है। यद्यपि यह कार्य सहज-सरल नहीं है, लेकिन मुझे लगा कि मैं एक

पाश्चात्य चिकित्सा-पद्धति का चिकित्सक हूँ और मैंने वायरस (विषाणु) जन्य कई संक्रामक रोगों पर पूर्व में भी कुछ पुस्तकें लिखी हैं। सन् 1990 में एड्स पर मैंने हिंदी में पुस्तक लिखी थी, तब इस रोग को आए 2-3 वर्ष ही हुए थे। इसके अलावा एम.डी. के अध्ययन के दौरान मेरे शोध का विषय (Thesis Topic) भी ह्युमेन इम्यूनो डिफिसिएंसी वायरस (HIV) रहा है। लेकिन इस रोग पर लिखना बहुत कठिन कार्य था, क्योंकि रोग नया था और इस पर पूर्ण जानकारी उपलब्ध भी नहीं थी। मैंने चीन से ही उत्पन्न इसी कोरोना परिवार के वायरस द्वारा उत्पन्न बीमारी सार्स (Severe Acute Respiratory Syndrome) पर भी लेख लिखे थे, उनमें से एक लेख मैंने इस पुस्तक में भी शामिल किया है, क्योंकि यह बीमारी और कोविड-19 में बहुत अधिक समानता है। बस अंतर यह है कि कोरोना वायरस (SARS COV-2) द्वारा उत्पन्न रोग कोविड़-19 सार्स-1 से दस गुना अधिक संक्रामक है। और कोरोना वायरस की रोग प्रसार करने की क्षमता (Virulency) अधिक है। तभी तो यह रोग बढ़ता ही जा रहा है। जबकि सार्स-1 उस समय अपने आप ही कुछ माह बाद कम होना शुरू हो गया था, लेकिन इस रोग का भी टीका (Vaccine) प्रयासों के बाद भी आज तक नहीं बन सका है।

कोरोना जैसी माहमारी ने पूरी दुनिया को ही अस्त-व्यस्त और उलट-पुलट करके रख दिया है। बहुत बड़े स्तर पर जनहानि तो हुई है। समय और धन की हानि भी कम नहीं हुई। केवल अमेरिका में करोड़ों लोग बेरोजगार हो गए। भारत में भी काफी लोग बेरोजगार हुए। जानकारियों के अनुसार इस छोटे 60-70 माइक्रोन के वायरस से दुनिया को 10 खरब डॉलर अर्थात् 74 लाख करोड़ रुपए का नुकसान हो चुका है। अकेले भारत को 2,575 करोड़ रुपए का नुकसान चीन की सप्लाई चेन के व्यवधान से होगा। 18 प्रतिशत की हिस्सेदारी है चीन की भारत के सामान के आयात में। इसी प्रकार चीन को भी लगभग 50 अरब डॉलर या 3.7 लाख करोड़ का नुकसान हुआ है। यह तो खैर आर्थिक नुकसान की बात हुई, लेकिन स्कूल, कॉलेज, कोचिंग, मॉल, होटल, फैक्टरियाँ, मिल, मंडियाँ, दुकानें, यातायात इत्यादि के लॉकडाउन में बंद रहने से करोड़ों व्यक्तियों को जो कई तरह की कठिनाइयाँ और आर्थिक समस्याएँ हुईं, शायद उसकी गणना करना कठिन है। इतने सारे लोगों का समय और रचनात्मक ऊर्जा का सदुपयोग न हो सका, वह भी अगणनीय हानि है। इसलिए हमें इस मुश्किल समय में बड़े

धैर्य, सहनशीलता और सकारात्मक दृष्टिकोण से काम करना होगा। यदि आर्थिक नुकसान और परेशानी हुई, तो लाखों-लाख लोग कोरोना-ग्रस्त होने से भी बच गए। इस महामारी का एक और समस्या-मूलक पक्ष यह है कि इलाज करनेवाले डॉक्टर्स, स्वास्थ्यकर्मी अथवा संपर्क में आनेवाले पुलिस के जवान हजारों की संख्या में कोरोना वायरस के संक्रमण से प्रायः हर बड़े अस्पताल और शहर में संक्रमित हुए हैं। मुंबई, दिल्ली, इंदौर जैसे कई शहरों में डॉक्टर्स, नर्सें तथा अन्य स्वास्थ्यकर्मी सैकड़ों की संख्या में संक्रमित हुए। इनमें से कुछ की मौत भी हुई। स्वास्थ्य विभाग के लोगों के संक्रमित होने से एक और नुकसान यह होता है कि इनके संपर्क में कई डॉक्टर्स और कर्मचारियों को भी 14 दिनों के लिए क्वारंटाइन में जाना होता है। इससे अस्पताल की व्यवस्थाएँ भी गड़बड़ा जाती हैं, क्योंकि स्टाफ कम हो जाते हैं। चिकित्सकों के अलावा कोरोना जैसे संक्रमण से विश्व की बड़ी-बड़ी हस्तियाँ भी संक्रमित हुई हैं। उदाहरणार्थ रूस के प्रधानमंत्री मिखाइल मिशुस्तिन, ब्रिटेन के प्रधानमंत्री बोरिस जॉनसन, प्रिंस चार्ल्स द्वितीय, कनाडा के प्रधानमंत्री की पत्नी सोफ ट्रोडो आदि, और भी न जाने कितने वी.आई.पी. हैं, जिन्हें इस रोग ने संक्रमित किया है। हमारे देश में भी कई मंत्री, मुख्यमंत्री, वी.आई.पी प्रभावित हुए।

रात में जागकर और घर के लोगों की डाँट सुनकर लिखी गई इस पुस्तक को मैंने तीन भागों में विभक्त किया है। प्रथम भाग में रोग क्या है? विषाणु या वायरस क्या है? और इनसे संक्रामक रोग कैसे फैलते हैं आदि को समझाया है। फिर मानव प्रतिरक्षा तंत्र (इम्यूनिटी) जैसे जटिल विषय के बारे में सरल भाषा में समझाकर मैंने विभिन्न संक्रामक रोगों से बचाव के उपाय भी बतलाए हैं। साथ ही टीके क्या हैं? कौन-कौन से होते हैं? और ये कैसे मनुष्य को सुरक्षित रखते हैं? यह भी बतलाया है। फिर द्वितीय भाग में कोरोना वायरस एवं कोविड के बारे में विस्तृत और एकदम नई जानकारियाँ देते हुए कोरोना वायरस के नामकरण से लेकर उसके बारे में प्रत्येक जानकारियाँ दी हैं। जैसे कि कोरोना वायरस से रोग कैसे फैलता है, बतलाकर उसके लक्षण, पहचान, टीके, जाँचें और वैज्ञानिकों द्वारा की गई नई खोजों का वर्णन है।

मेरे अनुसार, इस पुस्तक में सामान्य लोगों के लिए सबसे महत्त्वपूर्ण और उपयोगी अध्याय है—कोरोना संबंधी कई प्रश्न तथा उनके उत्तर। इस अध्याय में लोगों को उनके अधिकतर प्रश्नों के उत्तर मिलेंगे, ऐसा विश्वास है मुझे। इसको

पढ़कर व्यक्ति कोरोना से भयमुक्त भी होंगे और उनमें आत्मविश्वास भी जागेगा।

फिर मैंने एक और अध्याय दिया है—'कोरोना संघर्ष के कर्मवीर और कोरोना योद्धा', इसमें जो संघर्ष में शहीद हो गए, उनकी चर्चा भी है। यह पुस्तक मैंने कोरोना कर्मवीर और शहीद योद्धाओं के प्रति श्रद्धानत होकर उन्हीं को समर्पित भी की है। कोरोना ने दुनिया में हर क्षेत्र में कितना कहर ढाया और इससे लोगों का जीवन कितना अस्त-व्यस्त हुआ, मैंने यह भी अध्याय 8 में 'दुनिया में कोरोना का कहर : हर तरफ असर' में बतलाया है। फिर एक और महत्त्वपूर्ण अध्याय है, 'आखिर इस रोग का भविष्य क्या है', तो इसमें मैंने विभिन्न वैज्ञानिकों और चिकित्सा विशेषज्ञों के विचार बतलाए हैं। फिर मैंने गैर-चिकित्सकीय लोगों के लिए कोरोना रोग और वायरस से संबंधित पारिभाषिक शब्दावलियाँ दी हैं, जो विषय को समझने में सहायक होंगी। परिशिष्ट में कोरोना जाँच की और बहुत सी नई-उपयोगी एवं महत्त्वपूर्ण जानकारियाँ हैं। इस तरह मैंने पुस्तक को जनोपयोगी बनाने का पूरा प्रयास किया है।

इस पुस्तक की सबसे बड़ी विशेषता यह भी है कि वायरस द्वारा उत्पन्न रोग कोविड-19 की तो बहुत ही विस्तृत जानकारी और वर्णन है ही साथ ही, मैंने पुस्तक के तृतीय भाग में खतरनाक वायरस जन्य अन्य रोगों को भी समाहित कर दिया है। ये रोग हैं—स्वाईन फ्लू, सार्स, ईबोला, क्राइमीनकांगो, हेमरेजिक बुखार, एच.आई.वी. और एड्स तथा यकृत शोथ डेंगू। यहाँ मैं ध्यान दिलाना चाहूँगा कि इनमें सार्स अर्थात् 'सीवियर एक्यूट रेस्पिरेटरी सिंड्रोम' वही बीमारी है, जो चीन से शुरू हुई थी और कोरोना परिवार के वायरस द्वारा ही सन् 2002-2003 में फैली थी।

पुस्तक में जानकारी के सहयोग के लिए मैं इंडियन काउंसिल ऑफ मेडिकल रिसर्च (ICMR) और राष्ट्रीय विषाणु संस्थान, पुणे का भी आभारी हूँ। साथ ही केंद्रीय स्वास्थ्य एवं परिवार कल्याण मंत्रालय का भी विशेष आभार व्यक्त करना चाहता हूँ। अपने गुरुवर प्रो. (डॉ.) श्याम सुंदर दुबेजी का तो सहयोग के लिए सदैव आभारी रहूँगा। पुस्तक की तैयारी में सुरभि स्टूडियो को भी मैं धन्यवाद देना चाहता हूँ। साथ ही प्रिंट मीडिया के भास्कर समूह को जानकारी और चित्रों के लिए तथा पत्रिका समूह को भी सूचनाओं के लिए कोटिशः धन्यवाद और आभार प्रकट करता हूँ। पुस्तक की तैयारी में एवं पूरी टाइपिंग में श्री रौनक बाजपेयीजी एवं अभिषेक गौतम का सहयोग रहा है, जिसके लिए मैं उनको भी

धन्यवाद देता हूँ। अपने पारिवारिक सदस्यों का भी मैं आभारी हूँ। अंत में, मैं ईश्वर को भी बारंबार कृतज्ञता ज्ञापित करता हूँ कि जिनकी असीम कृपा से मैं इस जटिल महामारी पर इतने बड़े कलेवर की एक पुस्तक लिख सका। मुझे प्रतीक्षा रहेगी आपके अमूल्य सुझावों की, जो मेरे लिए दिशा-निर्देश का कार्य करेंगे।

—डॉ. प्रेमचंद्र स्वर्णकार

बी.एस-सी., एम.बी.बी.एस. एम.डी., विज्ञान भूषण

गायत्री नगर, पोस्ट दमोह (म.प्र.)

पिन कोड-470661

इ-मेल-dr.swarnkarprem@gmail.com

अनुक्रम

तृतीय भाग

भाग एक

1

रोग क्या है ?

रोगों पर नियंत्रण के लिए यह आवश्यक है कि हम जानें कि रोग और इसके कारण क्या हैं। यदि संक्षेप में कहें तो रोग स्वास्थ्य की स्थिति से च्युत होना है। रोग का शाब्दिक अर्थ (अंग्रेजी में) आराम अथवा सुख का अभाव है। रोग व्यक्ति की शक्ति, आनंद और कई मामलों में जीवन की अवधि कम कर देता है। ऑक्सफोर्ड डिक्शनरी की परिभाषा के अनुसार, "रोग शारीरिक दशा अथवा शरीर के किसी हिस्से अथवा अंग की वह अवस्था है, जिसमें इनके कार्य अवरुद्ध अथवा अव्यवस्थित हो जाते हैं।"

कई रोगों के लक्षण स्पष्ट नहीं होते या रोग इतनी हलकी अवस्था में होते हैं कि वे शरीर के अंदर कोई बड़ा परिवर्तन नहीं कर पाते, ऐसी स्थिति में कई बार रोग का निदान संभव नहीं हो पाता। सामान्य तौर पर जब व्यक्ति में पीड़ा, ज्वर, दुर्बलता इत्यादि लक्षण मिलते हैं, तभी उसे रोगी समझा जाता है।

रोग और स्वास्थ्य

कोई व्यक्ति, जो प्रत्यक्ष रूप से रोगी नहीं दिखता, वह जरूरी नहीं कि स्वस्थ ही हो। अधिकतर रोगों, जैसे जीर्ण अथवा पुराने रोगों की शुरुआत में रोग के लक्षणों या कोई शारीरिक परिवर्तन का पता ही नहीं चल पाता, जिससे बीमारी पर नियंत्रण संभव नहीं होता और ऐसे रोगों में स्वास्थ्य की स्थिति और बीमारी की स्थिति के बीच फर्क भी पता नहीं चलता, जबकि कई रोग जैसे फूड पॉयजनिंग (भोजन विषाक्तता) इत्यादि लक्षणों के कारण तुरंत पकड़ में आ जाते हैं।

रोग उत्पत्ति के विभिन्न सिद्धांत

1. **रोगाणुओं का सिद्धांत** : इसके अनुसार **विभिन्न तरह के जीवाणु**

और विषाणु या वायरस इत्यादि रोगों के प्रमुख कारक हैं। इस सिद्धांत ने 19वीं शताब्दी के अंत में और 20वीं शताब्दी के शुरू में जोर पकड़ा। आधुनिक चिकित्सा पद्धति के लिए यह एक क्रांतिकारी सिद्धांत था, लेकिन धीरे-धीरे पता लगा कि बीमारी का कारण केवल रोगाणु नहीं होते, बल्कि इससें कई अन्य तरह के कारकों का भी हाथ होता है। इसलिए अब आधुनिक चिकित्सा पद्धति इस रोगाणु सिद्धांत से कुछ-कुछ दूर हट गई है और इसके साथ अन्य बीमारी उत्पन्न करनेवाले कारकों (फैक्टर्स) को भी मानना पड़ा है।

2. रोग संबंधी त्रिकोण (एपिडिमियालॉजीकल ट्रायल) : रोगाणु सिद्धांत की अपनी कुछ सीमाएँ हैं। उदाहरणार्थ, एक क्षय रोगी के संपर्क में आनेवाले व्यक्तियों में से कुछ को यह बीमारी हो जाती है, जबकि कुछ में नहीं होती। यह देखा गया है कि जो व्यक्ति कुपोषण के शिकार होते हैं, उनको बीमारी जल्दी लगती है। इसी तरह अन्य कारक जो वातावरण और व्यक्ति से संबंधित होते हैं, यह तय करते हैं कि रोग उत्पन्न होगा अथवा नहीं। इसमें प्रभावित व्यक्ति की रोग प्रतिरोधक क्षमता की भी महत्त्वपूर्ण भूमिका होती है।

3. बहुकारक सिद्धांत (मल्टीपल काज थ्योरी) : यह सिद्धांत नया नहीं है। प्रभावी एंटीबायोटिक दवाओं, रोग फैलानेवाले जीवों पर नियंत्रण इत्यादि के बल पर कई संक्रामक रोगों पर काबू तो पा लिया गया, लेकिन अन्य कोई गंभीर बीमारियाँ, जैसे—फेफड़ों के कैंसर, हृदय वाहिकाओं के रोग, मानसिक बीमारियाँ—आधुनिकता की देन के रूप में बढ़ रही हैं। इन बीमारियों का रोगाणु सिद्धांत द्वारा प्रतिपादन नहीं किया जा सकता था। अत: वैज्ञानिक इस निष्कर्ष पर पहुँचे कि रोगाणु के अलावा भी अन्य कारक हैं, जो रोग उत्पन्न कर सकते हैं। ये कारक सामाजिक, आर्थिक, पैतृक, मानसिक इत्यादि तरह के हो सकते हैं और इनकी रोग उत्पन्न करने में महत्त्वपूर्ण भूमिका होती है। उदाहरणार्थ, क्षय रोग का कारण केवल जीवाणु नहीं है, बल्कि इसमें अन्य कारकों, जैसे—गरीबी, प्रदूषण इत्यादि की भी हिस्सेदारी होती है। इसी तरह कई हृदय रोगों का कारण मोटापा, धूम्रपान होता है, इसलिए बीमारियों को उत्पन्न करनेवाले इस बहुकारक सिद्धांत को आधुनिक चिकित्सा विज्ञान द्वारा मान्यता दी गई है।

कारकों के अनुसार रोगों के विभिन्न प्रकार

जिस वातावरण में हम रहते हैं, वह वास्तव में हमारे लिए विरोधी वातावरण होता है। उसमें रोग उत्पन्न करनेवाले असंख्य जीवाणु और विषाणु एवं अन्य

भौतिक, रासायनिक पदार्थ होते हैं, जो शरीर के अंदर के संतुलन को बिगाड़कर रोग उत्पन्न करते हैं। बहुत कम या अधिक तापमान में रहना, अनिवार्य पौष्टिक तत्त्वों का भोजन में अभाव इत्यादि कारण रोग उत्पन्न करने में सक्षम होते हैं। कुछ रोग बढ़ती उम्र के कारण भी होते हैं।

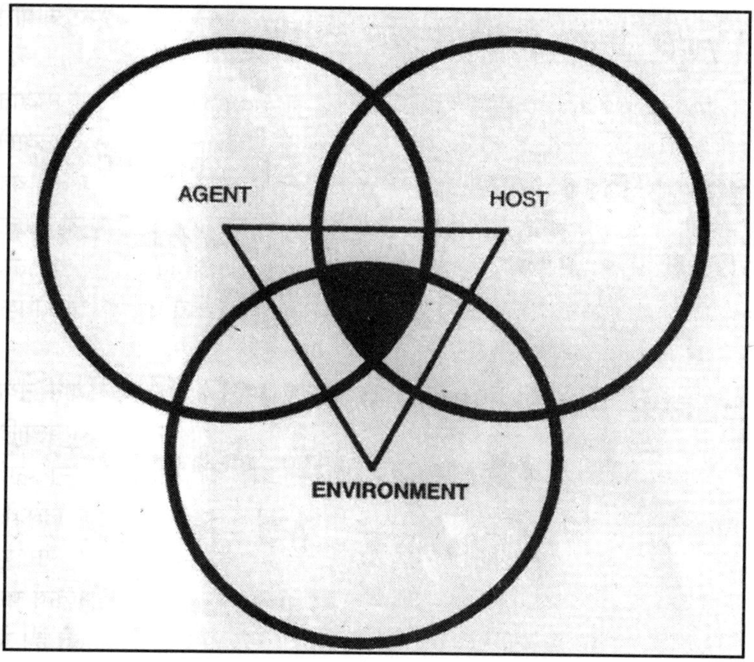

रोग का कारक (Agent) और बीमार व्यक्ति (Host) तथा वातावरण (Environment) में आपसी संबंध होता है

कारकों के अनुसार विभिन्न रोगों को निम्नानुसार विभाजित किया जा सकता है—

1. संक्रामक रोग

ये ऐसे रोग हैं, जो जीवितों, जैसे—**विषाणुओं (वायरस), जीवाणुओं अथवा परजीवियों द्वारा होते हैं और एक व्यक्ति से दूसरे व्यक्ति में संपर्क द्वारा फैल सकते हैं।** रोग उत्पन्न करनेवाली सबसे छोटी इकाई वायरस या विषाणु

होती है, जो सामान्य सूक्ष्मदर्शी से नहीं देखी जा सकती है। कुछ विषाणुजन्य रोग हैं—यकृत शोथ (हेपेटाइटिस-बी), एड्स, जापानी मस्तिष्क शोथ, इबोला, स्वाइन फ्लू, सार्स, कोविड-19 इत्यादि।

एक कोशीय जीव विषाणु से बड़े होते हैं, इन्हें 'जीवाणु' कहा जाता है। ये सूक्ष्मदर्शी द्वारा देखे जा सकते हैं। इनके द्वारा फैलनेवाले रोग हैं—आँव (अमीबायसिस), मलेरिया, क्षय, निमोनिया, टॉयफाइड इत्यादि।

कुछ बहुकोशीय जीव, जैसे—कवक (फंगाई), त्वचा रोग, फेफड़ों की एवं दस्त की बीमारी उत्पन्न करते हैं, जिन्हें नंगी आँखों से देखा जा सकता है। बहुत से बड़े आकार के परजीवी भी होते हैं, जो अपना पोषण शरीर की कोशिकाओं से ग्रहण करते हैं और शरीर को हानि पहुँचाते रहते हैं, जैसे—आँतों में रहनेवाले कृमि-फीताकृमि, सूतकृमि, एस्केरिस इत्यादि। कुछ अन्य तरह के जीव भी होते हैं, जो न एक कोशीय जीवितों की श्रेणी में आते हैं, न विषाणु की श्रेणी में। इन्हें स्पाइरोकीट्स कहते हैं। इनके द्वारा सिफलिस नामक बीमारी भी फैलती है।

कभी-कभी हैजा, प्लेग, यकृत शोथ इत्यादि संक्रामक बीमारियाँ बड़े पैमाने में किसी क्षेत्र विशेष में फैल जाती हैं, इसे 'महामारी' कहते हैं। विकसित राष्ट्रों, जैसे—अमेरिका, यूरोप में तो इन पर नियंत्रण पा लिया गया है, लेकिन विकासशील देशों, जैसे हमारे यहाँ ये बीमारियाँ कभी-कभी महामारी का रूप धारण कर लेती हैं। हाँ, सन् 1975 में बड़ी चेचक का अवश्य हमारे यहाँ उन्मूलन कर दिया गया है।

2. भौतिक और रासायनिक कारणों से उत्पन्न रोग

जिस तरह ऊपर वर्णन किए गए अनेक जीव रोग उत्पन्न कर सकते हैं, उसी तरह गरमी, सर्दी, एक्स-रे, समुद्र सतह से अधिक ऊँचाई तथा विभिन्न रासायनिक पदार्थ अथवा विष भी शरीर में विभिन्न तरह के रोग उत्पन्न करते हैं। जैसे—गरम हवा के कारण लू लगना, भोजन विषाक्तता द्वारा आंत्रशोथ, सर्दी से निमोनिया होना।

3. दुर्घटनावश अथवा चोटों से उत्पन्न रोग

जैसा कि ऊपर बतलाया गया है, ये रोग शरीर पर दबाव या टक्कर (ट्रामा) से रोग उत्पन्न हो सकते हैं, इनमें त्वचा का कट जाना, जल जाना, सिर या दिमाग में चोट, हड्डियाँ टूटना, हाथ-पैर कटना इत्यादि शामिल हैं। ये रोग शल्य चिकित्सा विज्ञान के अंतर्गत आते हैं और कई बार शल्य क्रियाओं (सर्जरी) से ठीक होते हैं।

4. पोषक तत्त्वों की कमी से उत्पन्न रोग

शरीर के संचालन एवं शरीर को स्वस्थ रखने के लिए संतुलित भोजन, जिसमें प्रोटीन, कार्बोहाइड्रेट्स, वसा एवं विटामिंस तथा खनिज लवण होते हैं, आवश्यक है। पोषक तत्त्वों की कमी से न केवल शारीरिक और मानसिक विकास अवरुद्ध होता है, बल्कि इससे बहुत से रोग भी जन्म लेते हैं। उदाहरणार्थ—प्रोटीन की कमी से यकृत रोग, लोहा की कमी से रक्ताल्पता, विभिन्न विटामिंस की कमी से स्कर्वी (विटामिन-'सी' की कमी), रिकेट्स (विटामिन-'डी' की कमी), रतौंधी (विटामिन 'ए' की कमी), बेरी-बेरी (विटामिन 'बी' की कमी) इत्यादि रोग होते हैं।

5. व्यपजनन एवं वृद्धावस्था के कारण होनेवाले रोग

शरीर की प्रत्येक जीवित कोशिका अपना पूर्ण आकार ग्रहण करने के पश्चात् अपना कार्य संपादित करती है, फिर धीरे-धीरे उसकी क्षमता का ह्रास होकर कोशिका की मृत्यु हो जाती है। यही नियम पूरे शरीर अथवा व्यक्ति पर भी लागू होता है। जब कोशिकाएँ मृत्यु के पूर्व क्षीण होने लगती हैं तो इसको व्यपजनन या डीजेनरेशन कहते हैं। वृद्धावस्था में व्यपजनन के कारण धमनियाँ मोटी और कड़ी हो जाती हैं, इसे आरटीरियो स्क्लेरोसिस कहते हैं। अधिक आयु में कान की अस्थियाँ भी मोटी हो जाती हैं, इसके कारण व्यक्ति की श्रवण क्षमता कम हो जाती है। इसके अलावा आँखों के लेंस की पारदर्शिता कम होने से मोतियाबिंद हो जाता है।

यहाँ दृष्टव्य है कि उक्त व्ययजननकारी रोगों का वृद्धावस्था में ही होना जरूरी नहीं है। कुछ अज्ञात कारणों या हार्मोंस की अव्यवस्था के कारण अथवा विटामिन की कमी से भी व्ययजनन हो सकता है। उदाहरणार्थ—मेरूदंड की कोशिकाओं का विटामिन बी-12 की कमी के कारण व्यपजनन, मधुमेह में तंत्रिका कोशिकाओं का व्यपजनन और पैतृक कारकों के कारण मस्तिष्क के स्मृति-केंद्रों का व्यपजनन, जिसके कारण मतिभ्रम जैसे रोग हो जाते हैं। अधिक शराब के कारण भी यकृत में सीरोसिस हो जाता है, जो कोशिकाओं का व्यपजनन ही है।

6. शरीर में असामान्य वृद्धि से उत्पन्न रोग

अज्ञात कारणों से या तंबाकू इत्यादि के अत्यधिक सेवन से शरीर की कोशिकाएँ असामान्य रूप से बढ़कर अर्बुद अथवा गाँठ का रूप ले लेती है। ये गाँठें कैंसर की हो सकती हैं। कुछ गाँठें साधारण प्रकार की होती हैं और शरीर के लिए

प्राणघातक नहीं होतीं, जैसे—पॉलिप, मस्से इत्यादि। कैंसर या कर्क रोग कई तरह के होते हैं और अंगों के अनुसार नाम दिया गया है। यथा गर्भाशय-ग्रीवा का कैंसर, स्तन कैंसर इत्यादि।

7. आनुवंशिक रोग

मेंडल नामक वैज्ञानिक ने वंशागति के सिद्धांत के अनुसार मधुमेह, दमा, मानसिक विकास में कमी हीमोफीलिया, वर्णांधता (कलर ब्लाइंडनेस) इत्यादि रोग वंशानुगत भी हो सकते हैं। वैसे पैतृक कारक मनुष्य को होनेवाले प्रत्येक रोग में भूमिका निभाते हैं। मनुष्य की कोशिकाओं के अंदर उपस्थित क्रोमोसोम्स के जींस एक पीढ़ी से दूसरी पीढ़ी में विभिन्न रोगों का संवहन करते हैं।

8. अंतःस्रावी ग्रंथियों के कारण उत्पन्न रोग

शरीर में स्थित अंतःस्रावी ग्रंथियाँ, जैसे—थायराइड, पिट्यूटरी इत्यादि यदि कम या अधिक मात्रा में हार्मोन स्रावित करती हैं, तो भी रोग उत्पन्न होते हैं और शरीर की कई सामान्य क्रियाओं में भी व्यवधान उत्पन्न हो जाते हैं। कुछ ऐसे रोगों के उदाहरण हैं—मधुमेह, हाइपरथायरायडिज्म, मोटापा, कद बहुत छोटा या बहुत ऊँचा होना, जननांग संबंधी विकृतियाँ इत्यादि।

9. अन्य तरह के रोग

बहुत से ऐसे रोग हैं, जो उपर्युक्त किसी भी श्रेणी में नहीं आते। जैसे—एलर्जी रोग। एलर्जी किसी दवा या खाद्य पदार्थ अथवा अन्य वस्तु की प्रतिक्रिया स्वरूप हो सकती है। इस रोग में शरीर पर चकत्ते निकलते हैं, जिनमें खुजली होती है। उग्रदशा में तो व्यक्ति सदमे (शॉक) की स्थिति में जा सकता है। इसके अलावा एलर्जी के कारण डरमेटाइटिस (त्वचा में सूजन) भी हो सकती है। दमा, खाँसी आदि के रोग भी एलर्जी से हो सकते हैं। कई दवा और इंजेक्शनों के कारण भी एलर्जी हो सकती है।

□

2

क्या हैं ये खतरनाक वायरस (विषाणु) और उनके द्वारा उत्पन्न बीमारियाँ

वायरस अथवा विषाणु (Virus), जीवाणु (Bacteria) से भी छोटी जैविक इकाई है, जो एक तरह के विशेष प्रोटीन और न्यूक्लिक एसिड के बने होते हैं। ये एसिड दो प्रकार के होते हैं—(1) रिबो न्यूक्लिक एसिड (RNA) और (2) डिऑक्सीरिबो न्यूक्लिक एसिड (DNA)। इन्हीं एसिड की मौजूदगी के कारण विषाणु या वायरस भी दो प्रकार के होते हैं—(1) डी.एन.ए. विषाणु और (2) आर.एन.ए. विषाणु। यह उल्लेखनीय है कि स्वाइन फ्लू का विषाणु आर.एन.ए. प्रकार का होता है। **कोरोना का विषाणु भी आर.एन.ए. प्रकार का है।**

विषाणु कई आकार के होते हैं, जैसे—अंडाकार, गोलाकार, षट्कोणीय अथवा घनाकार और चौकोर। इनके बाहर ग्लाइको प्रोटीन का एक खोल या एनवेलप होता है। विषाणु के अंदरूनी भाग में या तो डी.एन.ए. होता है या आर.एन.ए.। ये जीवित कोशिकाओं में भी मौजूद होते हैं और आनुवंशिक लक्षणों और गुणों के वाहक होते हैं तथा इन लक्षणों और गुणों को एक पीढ़ी से दूसरी पीढ़ी में पहुँचाते हैं। इसके अलावा ये अपने सामान, लाखों-करोड़ों, यहाँ तक कि अरबों प्रतिरूप भी उत्पन्न कर सकते हैं। विषाणु में आर.एन. ए. अथवा डी.एन.ए. प्रमुख भूमिका अदा करते हैं। इन्हें विषाणुओं का हृदय भी कहा जा सकता है। विषाणु जीवित कोशिकाओं में तेजी से अपने जैसे प्रतिरूप पैदा करके गंभीर बीमारियाँ उत्पन्न करते हैं।

हिंदी में एक कहावत है कि 'जितना छोटा, उतना ही खोटा'। यह कहावत विषाणुओं के मामले में ठीक उतरती है। ये जीवाणुओं (Bacteria) से लाखों गुना, यहाँ तक कि करोड़ों गुना छोटे होते हुए भी उनसे कहीं गंभीर

और जानलेवा रोग उत्पन्न करते हैं और जीवाणुओं के विरुद्ध तो कई तरह के जीवाणुरोधी (Antibiotics) दवाएँ उपलब्ध हैं, जबकि विषाणुओं या वायरसों को नष्ट करने के लिए गिनी-चुनी और महँगी दवाइयाँ ही ज्ञात हैं। जो हर अस्पताल में मिलती भी नहीं है।

विषाणु साधारण माइक्रोस्कोप (सूक्ष्मदर्शी) से नहीं देखे जा सकते, बल्कि महँगे इलेक्ट्रॉन माइक्रोस्कोप से इन्हें देखना संभव होता है। इनके आकार को नैनोमीटर में नापते हैं। **एक नैनोमीटर एक मिलीमीटर का दस लाखवाँ भाग होता है अथवा एक सेंटीमीटर का दस करोड़वाँ हिस्सा होता है।**

विषाणु जानवरों के अलावा मानव शरीर में भी साधारण से लेकर कई गंभीर बीमारियाँ, जैसे—सर्दी-जुकाम, छोटी चेचक, (Chikenpox), खसरा (Measels), हर्पीज, रेबीज, पोलियो, यकृत शोथ, इबोला, एड्स, सार्स कोरोना और स्वाइन फ्लू जैसी बीमारियाँ उत्पन्न करते हैं। विषाणुओं द्वारा उत्पन्न कई प्राणघातक रोगों के तो आज भी टीके और सटीक इलाज उपलब्ध नहीं हैं। क्योंकि कुछ रोगों के विषाणु (जैसे एच.आई.वी.) अपनी संरचना और गुणधर्म बदलते रहते हैं, जिनके कारण उनका टीका बनाने में दिक्कतें आती हैं। खतरनाक इबोला का भी टीका अभी नहीं बन सका है, लेकिन कुछ स्वाइन फ्लू जैसे रोगों का इलाज (दवा—टेमीफ्लू) और टीका भी उपलब्ध है, यह कुछ संतोष की बात है। परंतु यह भी विदित हुआ है कि स्वाइन फ्लू के विषाणु की संरचना भी बदलती रहती है, जिससे टीका हर प्रकार के प्रतिरूपों के लिए प्रभावी नहीं होता है। कोरोना वायरस भी अपने प्रतिरूप बदलता रहता है। अभी तक उसके 33 प्रकार के प्रतिरूप वैज्ञानिकों को पता चला है। इसी कारण कुछ वैज्ञानिकों का मत है कि कोविड-19 के लिए टीका या वैक्सीन बनना शायद संभव न हो। लेकिन फिर भी वैज्ञानिक आशान्वित हैं।

विषाणु की संरचना

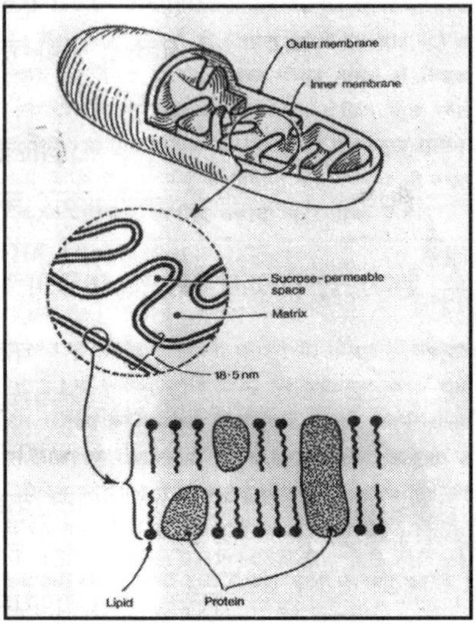

वायरस (विषाणु) लिपिड और प्रोटीन से मिलकर बने होते हैं

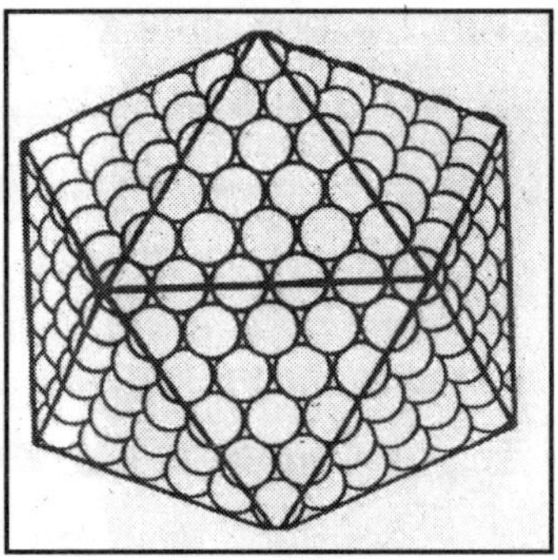

एडीनो वायरस की संरचना का रेखाचित्र

विषाणुओं के प्रमुख गुणधर्म

1. विषाणु परजीवी होते हैं, अर्थात् **ये अपना भोजन या पोषण शरीर की कोशिकाओं द्वारा ग्रहण करते हैं। ये स्वस्थ कोशिकाओं पर आक्रमण करके उनमें प्रवेश कर जाते हैं तथा उन जीवित कोशिकाओं में ही वृद्धि करके अपनी संख्या शीघ्रता से बढ़ाते हैं।** वे कोशिका के आर.एन.ए. या डी.एन.ए. से भी संयुक्त हो सकते हैं, लेकिन विषाणु जीवित कोशिकाओं से अलग होकर लंबे समय तक जीवित नहीं रह सकते हैं। अजीवित पदार्थों में इनकी वृद्धि रुक जाती है।
2. चूँकि विषाणु (Virus) अत्यंत छोटे होते हैं, अत: इन्हें जीवाणु छन्नक (Bacterial Filter) से छाना नहीं जा सकता है।
3. विषाणुओं के आक्रमण से रोग प्रतिरोधक क्षमता कम हो जाती है एवं इसका उलटा भी होता है। जैसे कि रोग प्रतिरोधक शक्ति कम हो जाने से विषाणुओं का आक्रमण ज्यादातर मामलों में सरल हो जाता है।

उदाहरणार्थ—स्वाइन फ्लू का वायरस ज्यादातर ऐसे रोगियों को भी अपना शिकार बना सकता है, जो रोग प्रतिरोधक क्षमता कम करनेवाली दवाएँ खाते हैं। (गुरदे या अन्य अंग प्रत्यारोपण वाले रोगियों को ऐसी दवाएँ खानी पड़ती हैं।)

4. विषाणु, अन्य जीव-जंतुओं में भी रोग उत्पन्न करते हैं। मनुष्यों में विषाणुओं द्वारा उत्पन्न लगभग 60 तरह की बीमारियों का ही पता चला है, लेकिन यह आश्चर्य की बात है कि अभी तक मनुष्यों में लगभग 150 तरह के विषाणुओं की मौजदूगी का पता चला है और ये विषाणु मनुष्य के शरीर से प्राप्त भी किए गए हैं।
5. कुछ खास तरह के विषाणु खास तरह के प्राणियों को ही अपना शिकार बनाते हैं। उदाहरणार्थ खसरा (Measels) का विषाणु केवल मनुष्यों में ही रोग पैदा करता है। इसी प्रकार कुछ विषाणु शरीर के विशेष अंगों को ही प्रभावित करते हैं, जैसे—पोलियो का वायरस केवल तंत्रिका तंत्र (Nervous System) को ही प्रभावित करता है। इसी तरह रेबीज का विषाणु या वायरस केवल मस्तिष्क को ही प्रभावित करता है।

□

3

कैसे फैलते हैं संक्रामक रोग ?

जो रोग एक जीवित या अजीवित पदार्थ से मनुष्यों को लग जाते हैं, वे संक्रामक या संचारी रोग कहलाते हैं। संक्रामक रोगों पर सफल नियंत्रण के लिए यह जरूरी है कि लोगों को पता चले कि इन रोगों का प्रसार कैसे होता है? कौन से माध्यम संक्रमण में अहम भूमिका निभाते हैं, संक्रमण के स्रोत क्या हैं? रोगाणुओं के संग्रहक (रिजर्वायर) क्या हैं?

संक्रमण के स्रोत : संक्रमण के स्रोत जीव-जंतु हो सकते हैं और स्वयं मनुष्य भी। इसके अलावा अन्य वस्तुएँ, जैसे विषाक्त खाद्य पदार्थ भी। संक्रमण के स्रोत में संक्रमणकारी रोगाणु मौजूद होते हैं और ये रोगाणु विभिन्न माध्यमों से मनुष्य में पहुँच जाते हैं।

संग्रहक अथवा रिजर्वायर : संग्रहक या रिजर्वायर के रूप में मनुष्य जीव-जंतु या मिट्टी अथवा कोई अन्य पदार्थ भी हो सकते हैं। इनमें संक्रमणकारी जीव रहते हैं और जनन द्वारा अपनी संख्या बढ़ाते रहते हैं एवं समय आने पर विभिन्न माध्यमों द्वारा अन्य व्यक्ति में पहुँच जाते हैं। ये तीन तरह के होते हैं—1. मनुष्य, 2. जानवर, 3. अजीवित वस्तुएँ ।

1. मनुष्य

मनुष्य स्वयं ही कई महत्त्वपूर्ण रोगों का संवाहक और संग्राहक होता है। दूसरे शब्दों में कहें तो वह अपने स्वयं का ही दुश्मन है, क्योंकि बहुत सी बीमारियाँ मनुष्य के मनुष्य से संपर्क से ही होती हैं।

मनुष्य जिन रोगाणुओं के कारण बीमार होता है, उनका वह वाहक (कॅरियर) भी बनता है। कई बार यह जरूरी नहीं रहता कि रोगाणु का संवाहक व्यक्ति स्वयं बीमार दिखे, वह स्वस्थ भी रह सकता है। अपर्याप्त इलाज के कारण

भी रोगी व्यक्ति संबंधित रोगाणुओं का वाहक कई दिनों तक बना रह सकता है। **रोगाणु के ये संवाहक अत्यंत खतरनाक होते हैं, क्योंकि ये जिन स्वस्थ लोगों के संपर्क में रहते हैं, उन्हें भी बीमार बना देते हैं।** उदाहरणार्थ—टॉयफाइड बुखार के जीवाणुओं का संवाहक व्यक्ति अन्य स्वस्थ लोगों को कई दिनों पश्चात् भी रोग का शिकार बना सकता है।

ऐसे फैलता है मलेरिया और डेंगू

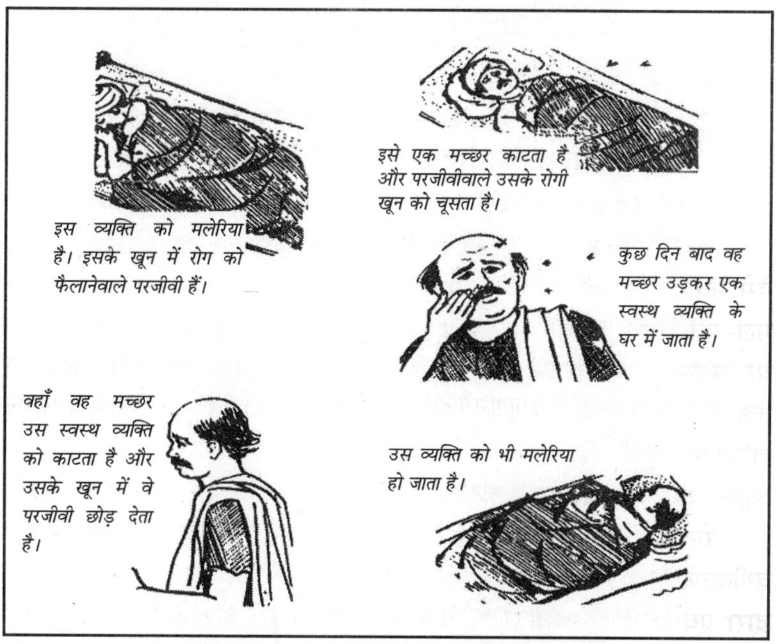

क्षय रोग या स्वाइन फ्लू इस तरह फैल सकता है

रोगों के कीटाणुओं अथवा रोगाणुओं के संवाहक कई तरह के होते हैं; जैसे—

1. स्वस्थ दिखनेवाले वे संक्रमित व्यक्ति, जिनमें रोगाणु तो रहते हैं, लेकिन बीमारी के लक्षण नहीं होते, अर्थात् संक्रमित व्यक्ति 'इन्कूबेशन पीरियड' में रहता है। उदाहरणार्थ—मीजल्स, पोलियो, हेपेटाइटिस-बी, एड्स इत्यादि।
2. बीमारी के पश्चात् जब रोगी स्वस्थ होने लगता है तो कई दिनों तक वह उस बीमारी के रोगाणुओं का वाहक बना रहता है। उदाहरणार्थ—टॉयफाइड ज्वर, पेचिस, हैजा, घटसर्प, कुकर खाँसी इत्यादि।
3. तीसरे प्रकार के संवाहक वे व्यक्ति होते हैं, जो स्वस्थ दिखते हैं, परंतु उनमें बीमारी के रोगाणु अथवा जीवाणु मौजूद होते हैं, लेकिन वे स्वयं बीमार नहीं रहते। इसके उदाहरण हैं—पोलियो, हैजा, घटसर्प, मेनिगोकॉकल, मेनिनजाइटिस इत्यादि।

कुछ संवाहक थोड़े समय के लिए ही रोगाणुओं के वाहक रहते हैं, कुछ ऐसे संवाहक होते हैं, जो अनंत समय तक रोगाणुओं के वाहक बने रहते हैं और मल-मूत्र अथवा पेशाब द्वारा बीमारी के रोगाणुओं को उत्सर्जित करते रहते हैं। यह अवस्था टॉयफाइड, हेपेटाइटिस-बी, मलेरिया, गनोरिया इत्यादि में लंबे समय तक बनी रहती है। इस तरह के संवाहक समाज के लिए रोगी व्यक्ति से ज्यादा हानिकारक होते हैं, क्योंकि रोगी से तो लोग सावधान रहते हैं, लेकिन स्वस्थ व्यक्ति जो रोगाणुओं का वाहक होता है, उसका पता ही नहीं चल पाता।

रोग के कीटाणुओं के उत्सर्जन के रास्ते के अनुसार भी संवाहकों का वर्गीकरण करते हैं। जैसे—पेशाब द्वारा, आँतों द्वारा, **नाक के स्राव या खखार द्वारा** एवं अन्य तरह से, जैसे—शरीर की त्वचा में उभरी फुंसियों द्वारा।

खाने-पीने की जगहों में कार्य करनेवाले कॅरियर आम लोगों के लिए अधिक खतरनाक होते हैं, क्योंकि एक साथ कई-कई व्यक्तियों में रोग के कीटाणु फैलाते हैं। उदाहरणार्थ—टॉयफाइड का स्वस्थ दिखनेवाला संवाहक।

2. जानवर

कई रोगों के संग्राहक या स्रोत जानवर और पक्षी भी होते हैं। ये स्वयं भी बीमार हो सकते हैं अथवा रोगाणुओं के संवाहक भी हो सकते हैं। इस तरह की लगभग 100 से अधिक बीमारियाँ हैं, जो जानवरों और पक्षियों द्वारा मनुष्यों में फैलती हैं। इनमें से कुछ प्रमुख उदाहरण हैं—रेबीज, यलोफीवर, इन्फ्लूएंजा

इत्यादि, पक्षियों द्वारा मस्तिष्क शोथ, एविनय फ्लू और हिस्टोप्लाज्मोसिस जैसे खतरनाक रोग हो सकते हैं। पक्षी एक देश से दूसरे देश में जा सकते हैं, इसलिए इनमें रहनेवाले 'टिक्स' कई वायरसों को एक देश से दूसरे देश में पहुँचाते हैं।

3. अजीवित वस्तुओं वाले संग्राहक

मिट्टी भी विभिन्न संक्रमणों के स्राव या संग्रहक का कार्य करती है। मिट्टी से टिटेनल, एन्थ्रेक्स, माइसेटोमा इत्यादि बीमारियाँ हो सकती हैं।

संक्रामक रोगों का प्रसार

संक्रामक रोग रोगाणुओं के स्रोत या संग्रहक से विभिन्न रास्तों द्वारा अन्य व्यक्तियों में फैलते हैं। जैसे—**सीधे संपर्क से फ्लू की बीमारी या कोरोना की बीमारी भी लग सकती है।** एक क्षय मरीज के खाँसने से संपर्क में आए अन्य स्वस्थ व्यक्ति को टी.बी. की बीमारी हो सकती है। इसी तरह यौन संपर्क या दूषित रक्त से एड्स और हेपेटाइटिस-बी का संक्रमण फैल सकता है। संक्रमण के विभिन्न तरीकों को निम्नानुसार वर्गीकृत कर सकते हैं—

(अ) रोगों का सीधा प्रसार

1. **सीधे संपर्क द्वारा :** कुछ संक्रमण, रोगी या संग्राहक की त्वचा का संपर्क होने पर भी लग सकते हैं। इसी तरह श्लेष्मा से श्लेष्मा (म्यूकास) के संपर्क से भी रोग हो सकते हैं। ऐसे संक्रमण में किसी मध्यस्थ की आवश्यकता नहीं होती। स्पर्श, चुंबन, गले लगने, यौन संबंधों से इस तरह के संक्रमण रोगी व्यक्ति या संग्रहक से अन्य व्यक्ति में पहुँच जाते हैं। उदाहरणार्थ हैं—कई यौनजन्य रोग (जैसे—सिफलिस, गनोरिया, इत्यादि) एड्स कुष्ठ रोग एवं कई त्वचा रोग तथा आखों की बीमारियाँ।
2. **लार या खखार की छोटी-छोटी बूँदों (ड्रॉपलेट्स) द्वारा संक्रमण : जब रोगी व्यक्ति बोलता, खाँसता अथवा छींकता है तो उसकी लार में उपस्थित रोग के विषाणु या जीवाणु लाखों की संख्या में बहुत छोटी-छोटी बूँदों के साथ बौछार के रूप में बाहर निकलते हैं। जो आसपास मौजूद व्यक्तियों की साँसों द्वारा अंदर जाकर रोग उत्पन्न कर सकते हैं। ड्रॉपलेट्स आँखों**

की झिल्ली के संपर्क से भी आते हैं। इस तरह के माध्यम द्वारा कोरोना रोग, क्षय रोग, तंत्रिका तंत्र संबंधी रोग, सर्दी, कुकर खाँसी, मेनिनजाइटिस इत्यादि बीमारियाँ उत्पन्न करते हैं।

3. **मिट्टी के संपर्क में :** मिट्टी के फीताकृमि के लार्वा, टिटेनस के कीटाणु तथा फंगस होते हैं, जिनके सीधे संपर्क से ये रोग हो सकते हैं, जैसे—मिट्टी यदि खुले घावों के संपर्क में आए तो टिटेनस की बीमारी हो सकती है।
4. **त्वचा या श्लेष्मा के संपर्क द्वारा :** बीमारी उत्पन्न करनेवाले रोगाणु जब सीधे त्वचा में प्रवेश करते हैं या श्लेष्मा के संपर्क में आते हैं तो रोग उत्पन्न हो सकते हैं। इस तरह से रोग प्रसार के उदाहरण हैं—रेबीज का होना, हेपेटाइटिस-बी विषाणु या एच.आई.वी. संक्रमण का दूषित सुइयों या सीरिंजों के माध्यम से होना।
5. **जरायु या प्लेसेंटा द्वारा :** गर्भवती माताओं के गर्भस्थ शिशुओं में बीमारी के रोगाणु सीधे प्लेसेंटा द्वारा रक्त में पहुँच जाते हैं। इस तरह के कुछ उदाहरण हैं—टार्च एजेंट्स (टाक्सोप्लाज्म, रवेला साइटोमेगलो तथा हर्पीज वायरस) एड्स विषाणु, हेपेटाइटिस-बी विषाणु इत्यादि संक्रमण इस तरह से हो सकते हैं। इसके अलावा कुछ हार्मोन्स और दवाएँ भी गर्भस्थ शिशु में पहुँचकर गंभीर विकृतियाँ उत्पन्न करती हैं।

सावधान रहें इनसे

संदूषित पानी

खुला भोजन

ड्रापलेट्स (बुंदिकाओं) द्वारा खाँसने से

रोगी से संपर्क जानवरों को दुलारने से मच्छरों के काटने से

संक्रामक रोग फैलने के विभिन्न माध्यम

(ब) अप्रत्यक्ष प्रसार (इनडायरेक्ट ट्रांसमिशन)

अप्रत्यक्ष रूप से संक्रमण का प्रसार कई तरह से होता है। अंग्रेजी में इसके लिए एफ से शुरू **पाँच नाम प्रमुख हैं—फ्लाइज, फोमिट्स, फूड, फ्लूड और फिंगर्स,** अर्थात् मक्खियाँ, मरीज के वस्त्र और गंदगी, भोजन, द्रव (पानी) और उँगलियाँ। अप्रत्यक्ष रूप से संक्रमण केवल ऐसे विषाणुओं अथवा जीवाणुओं द्वारा ही संभव होता है, जो मनुष्य के शरीर के बिना बाहरी वातारवण में भी जीवित रह सकते हों। यही कारण है कि एड्स वायरस द्वारा संक्रमण उपर्युक्त माध्यमों से नहीं हो पाता।

1. पानी खाद्य पदार्थों, रक्त, दवाओं इत्यादि से (व्हीकल ट्रांसमिशन) : इस तरह से संक्रमण के माध्यमों में बहुत सी वस्तुएँ, जैसे—पानी, दूध, कच्ची सब्जियाँ, आइसक्रीम, रक्त एवं रक्त उत्पाद, प्लाज्मा मांस, प्रत्यारोपित अंग वाले रोगाणु इन्हीं वस्तुओं में पलते और संख्या बढ़ाते रहते हैं। उदाहरणार्थ—हेपेटाइटिस-ए नामक वायरस पानी में रह सकता है। इसी तरह एस. आरीयर वायरस भोजन में उपस्थित रहता है। पानी और भोजन द्वारा उत्पन्न बीमारियाँ हैं—पेचिस, टॉयफाइड, हैजा, पोलियो, हैपेटाइटिस-ए (पीलिया), भोजन विषाक्तता, पेट के कृमि रोग इत्यादि।

रक्त द्वारा उत्पन्न रोग हैं—एड्स, हेपेटाइटिस-बी, सिफलिस, मलेरिया, साइटोमेगेलो वायरस, ब्रुसेलोसिस आदि। गुरदे के प्रत्यारोपण के बाद भी साइटोमंगेलो वायरस द्वारा संक्रमण हो सकता है।

2. जीव-जंतुओं (वेक्टर) द्वारा : इस तरह के प्रसार में हिस्सा लेनेवाले जीव-जंतु बहुत से हैं और इन्हें कई प्रकार से वर्गीकृत किया गया है, लेकिन अधिक गहराई में न जाकर हम यहाँ मुख्य नाम और उनके द्वारा उत्पन्न बीमारियों का उल्लेख कर रहे हैं—

मच्छर	–	मलेरिया, फाइलेरिया, डेंगू ज्वर
मक्खियाँ	–	हैजा, आंत्रशोथ इत्यादि
पिस्सू	–	प्लेग
जूँ (लाइस)	–	टाइफस, रिलेप्सिंग फीवर
तिलचट्टे (कॉक्रोच)	–	भोजन विषाक्तता, आंत्रशोथ
किलनियाँ और चिचड़ियाँ	–	टाइफस, रिलेप्सिंग फीवर, स्केबीज (खुजली) (टिक्स और माइट्स)

अमर्यादित यौन संबंधों से यौन रोग, हेपेटाइटिस और एड्स/एच.आई.बी. जैसी खतरनाक संक्रामक बीमारियाँ हो सकती हैं

जंतु दो प्रकार से संक्रमण का प्रसार कर सकते हैं—

यांत्रिक प्रसार : इस तरह के प्रसार में रोग फैलानेवाले जीवाणु या विषाणु की संख्या मच्छर-मक्खी या अन्य जंतु में नहीं बढ़ती, ये केवल रोगाणुओं को एक शरीर या वस्तु से अन्य शरीर में छोड़कर रोग फैलाते हैं।

जैविक प्रसार : इस विधि में रोगाणु जनन क्रिया द्वारा उपरोक्त जंतुओं के शरीर में अपनी संख्या बढ़ाते हैं, जैसे—प्लेग का जीवाणु पिस्सुओं में, मलेरिया परजीवी और माइक्रोफाइलेरिया मच्छरों में।

3. हवा द्वारा संक्रमण का प्रसार : मुँह या नाक से, **खाँसी और छींकने के दौरान लार की बहुत ही बारीक बूँदें, जो दिखती नहीं हैं, जिन्हें ड्रॉपलेट्स न्यूक्लीयाई कहते हैं, निकलती हैं। इनमें लाखों की संख्या में रोगाणु होते हैं। ये हवा द्वारा फैलती हैं।** ड्रॉपलेट्स न्यूक्लियाई हवा को प्रदूषित करती हैं और मीजल्स, चिकिन पॉक्स, ट्यूबरकुलोसिस, इन्फ्लूएंजा एवं कोरोना इत्यादि रोग फैलाती रहती हैं।

धूल भी संक्रमण के प्रसार में सहायक होती है। **ड्रॉपलेट्स न्यूक्लियाई, जो आकार में कुछ बड़े होते हैं, वे फर्श, कालीनों, कपड़ों और बिस्तरों में बैठ जाते हैं** और फिर धूल का एक हिस्सा बन जाते हैं। इनमें कई तरह के विषाणु, जीवाणु और फंगस के स्पॉर मौजूद होते हैं। कुछ अस्पतालों और रहने के कमरों में भी इस तरह की रोगाणु युक्त धूल मिलती है, जो कपड़े, कालीन या फर्श झाड़ते वक्त पुनः हवा में फैलकर संक्रमण उत्पन्न करती है। खुले हुए खाद्य पदार्थों, पानी और दूध में भी यह धूल जाती है और संक्रामक रोगों का प्रसार करती है। अस्पतालों में अकसर इस तरीके से रोग फैलते हैं।

4. रोगी की गंदगी और उपयोग की वस्तुओं द्वारा : मरीज की गंदगी और उपयोग की वस्तुएँ भी रोग फैलाने में सक्षम होती हैं। उदाहरणार्थ—मरीज के गंदे कपड़े, तौलिए, रुमाल, कप, चम्मच, पेंसिल, पुस्तकें, खिलौने, गिलास, दरवाजों के हैंडल, शौचालय की जंजीरें, मरहम-पट्टी, उपयोग की हुई सीरिंज, सुइयाँ इत्यादि रोग फैलाने में महत्त्वपूर्ण भूमिका निभाती हैं। इस तरह होनेवाली कुछ बीमारियाँ हैं—घटसर्प, टॉयफाइड ज्वर, पेचिस, हेपेटाइटिस-ए, आँखों एवं त्वचा के संक्रमण। इस तरह से कोरोना वायरस के संक्रमण की आशंका भी व्यक्त की गई है।

कई खतरनाक रोग इस तरह भी फैलते हैं

हैजे से पीड़ित व्यक्ति अपने घर के पास टट्टी करता है।

मक्खियाँ टट्टी पर बैठती हैं और इसके कारण हैजे के जीवाणु मक्खियों की टाँगों पर चिपट जाते हैं।

इनमें से कुछ मक्खियाँ उड़कर रसोई में जाती है।

मक्खियाँ भोजन पर बैठकर अपनी टाँगों को रगड़ती हैं।

परिवार उस भोजन को खाता है।

5. गंदे हाथों एवं उँगलियों द्वारा : व्यक्तिगत सफाई के अभाव में हाथों द्वारा अकसर बीमारी उत्पन्न करनेवाले रोगाणु, त्वचा, नाक एवं शौच की जगह से भोजन में प्रवेश कर रोग फैलाते हैं। इस तरह से होनेवाली कुछ बीमारियाँ हैं—आंत्रशोथ, स्ट्रेप्टो और स्टेफिलोकॉकल संक्रमण, टॉयफाइड ज्वर, हेपेटाइटिस-ए और आँतों के कृमि इत्यादि। **हाथों और उँगलियों में कोरोना वायरस भी लग जाते हैं, अब यदि इनसे नाक या चेहरा छुआ जाए तो कोरोना बीमारी की आशंका पैदा हो जाती है।**

उपर्युक्त वर्णन से स्पष्ट हो गया है कि हमारी कई गलत आदतों और जानकारी के अभाव के कारण दर्जनों रोगों को फैलाने में हम स्वयं सहायक बनते हैं। यदि साफ-सफाई और बचाव के लिए आवश्यक सावधानियाँ रखी जाएँ, तो ऊपर बतलाए बहुत से रोगों से सहज ही बचा जा सकता है।

□

4

मानव शरीर का रोग प्रतिरक्षा तंत्र

मनुष्य के शरीर में विभिन्न **रोगों से रक्षार्थ एक आश्चर्यजनक और व्यवस्थित प्रणाली होती है, जो हानिकारक जीवाणुओं और विषाणुओं को नष्ट कर शरीर को स्वस्थ बनाए रखती है। इसे 'रोग प्रतिरोध शक्ति' अथवा इम्यूनिटी कहते हैं। इसमें भाग लेनेवाले सभी अवयवों को रोग 'प्रतिरक्षा तंत्र' (इम्यून सिस्टम) कहते हैं।** यदि यह न हो तो मनुष्य वर्षों तो क्या शायद महीने भर भी न जिंदा न रहने पाए। रोग प्रतिरक्षा तंत्र प्रकृति की एक अमूल्य देन है, जिसकी जगह महँगी-से-महँगी दवाइयाँ भी नहीं ले सकतीं। व्यक्ति में रोगों से रक्षा करने की कुछ क्षमता तो जन्म से ही होती है और कुछ माँ के दूध से एवं विभिन्न संक्रमणों के पश्चात् विकसित होती है। **कई टीके भी इस क्षमता को विकसित करने में सहायक होते हैं।** प्रत्येक व्यक्ति को इस प्रणाली का सम्यक् ज्ञान होना चाहिए।

रोग प्रतिरक्षा प्रणाली

यह विभिन्न शारीरिक अवयवों द्वारा संचालित ऐसी व्यवस्था है, जो बीमारी उत्पन्न करनेवाले रोगाणुओं के शरीर में प्रवेश करने पर उन्हें नष्ट करती है अथवा हानिरहित बनाती है, इस कारण शरीर में रोग घर नहीं कर पाते! रोगों से लड़ने की इस व्यवस्था को ही रोग-प्रतिरोधक प्रणाली (इम्यून सिस्टम) कहते हैं। यह मनुष्य की बीमारियों से रक्षा करके उसे असमय मरने से बचाती है, क्योंकि इसके अभाव में मनुष्य अधिक दिनों तक जीवित नहीं रह सकता। छोटे से रोग का संक्रमण भी उसके प्राण ले सकता है।

प्रतिरक्षा तंत्र की कार्यप्रणाली समझने के लिए पहले रक्त की संरचना समझ लेनी चाहिए, क्योंकि रक्त ही प्रमुख रूप से प्रतिरक्षा के कार्य में योगदान

देता है। वैसे तो रक्त के अन्य कार्य भी हैं, जैसे—प्राणवायु (ऑक्सीजन) को अंग-प्रत्यंग तक पहुँचाना, पोषक द्रव्यों का परिवहन एवं हानिकारक पदार्थों का निष्कासन, लेकिन शरीर की बाह्य जीवों से प्रतिरक्षा करने का महत्त्वपूर्ण कार्य भी रक्त करता है।

रक्त की संरचना

रक्त द्रव पदार्थ प्लाज्मा तथा लाल रक्त कोशिकाओं (आर.बी.सी.) एवं श्वेत रक्त कोशिकाओं (डब्ल्यू.बी.सी.) से मिलकर बनता है। प्लाज्मा में ही शरीर की रक्षा करनेवाले प्रतिपिंड अथवा एंडीबॉडीज उपस्थित होते हैं। लाल रक्त कोशिकाएँ ऑक्सीजन और कार्बन डाइ-ऑक्साइड वहन करने का कार्य करती हैं और श्वेत कोशिकाएँ शरीर की प्रतिरक्षा के लिए उत्तरदायी होती हैं। ये कोशिकाएँ पाँच प्रकार की होती हैं—1. न्यूट्रोफिल्स, 2. लिंफोसाइट्स, 3. इओसिनोफिल्स, 4. बेसोफिल्स, 5. मोनोसाइट्स।

लिंफोसाइट्स बाहरी शत्रुओं, जैसे जीवाणु, विषाणु इत्यादि को पहचान कर उससे लड़ने के लिए एंटीबॉडीज तैयार करते हैं। लिंफोसाइट्स दो प्रकार के होते हैं—टी-सेल लिंफोसाइट्स और बी-सेल लिंफोसाइट्स।

टी-सेल लिंफोसाइट्स अथवा कोशिकाएँ भी दो तरह की होती हैं—टी-4 कोशिकाएँ और टी-8 कोशिकाएँ। इन्हें क्रमशः टी-प्रेरक और टी-मंदक कहते हैं। ये कोशिकाएँ प्रतिरक्षा में महत्त्वपूर्ण योगदान देती हैं। इन कोशिकाओं के अलावा रक्त में जीवन क्रिया को संचालित करनेवाले बहुत से पदार्थ भी होते हैं, जैसे—चोट लगने पर रक्त को जमानेवाले पदार्थ (फैक्टर-8) गामा ग्लोब्यूलिंस, मेक्रोफेजेज कोशिकाएँ इत्यादि।

रोग प्रतिरोधकता के प्रकार

शरीर में रोग प्रतिरोधक क्षमता दो प्रकार की होती है—

1. स्वाभाविक रोग प्रतिरोधकता

यह व्यक्ति में जन्मजात होती है। इसके कारण शरीर कई बीमारियों से बचा रहता है। यह अलग-अलग प्राणियों में अलग-अलग तरह की होती है। इसमें रोग और जाति की भी विभिन्नता पाई जाती है। उदाहरणार्थ—भारत में रहनेवाले नेपाली लोग क्षय रोग के प्रति ज्यादा संवेदनशील पाए गए हैं, जबकि यहूदियों को यह

बीमारी सामान्यत: होती ही नहीं है। इसी तरह नीग्रो में क्षय रोग ज्यादा होता है। शरीर की स्वाभाविक रोग प्रतिरोध क्षमता में निम्न अवयव भाग लेते हैं—

1. न्यूट्रोफिल्स एवं मेक्रोफेजेज कोशिकाएँ : जैसा कि ऊपर बतलाया गया है, न्यूट्रोफिल्स शरीर की श्वेत रक्त कोशिकाओं का ही प्रकार हैं, इन्हें पॉलीमार्फ भी कहते हैं। न्यूट्रोफिल्स और मेक्रोफेजेज कोशिकाएँ अस्थि-मज्जा में बनती हैं। ये बाहरी रोगाणुओं को हानि-रहित अथवा उदासीन करके उनका भक्षण करती हैं।

2. मास्ट कोशिकाएँ : ये कोशिकाएँ बाहरी संक्रमण या चोट लगने पर विशेष तरह के द्रव स्रावित करती हैं, जिन्हें हिस्टामाइन्स और प्रोस्टाग्लेंडिन कहते हैं। ये शरीर में चोट लगने पर सुधार कार्य करते हैं। चोट के स्थान पर सूजन या लालामी इन्हीं के द्वारा उत्पन्न की जाती है।

3. इंटरफेरान्स : ये शरीर के संक्रमित ऊतकों द्वारा उत्पन्न किए जाते हैं और प्रोटीन पदार्थ हैं, इसमें विषाणु प्रतिरोधक गुण होते हैं। इन पदार्थों को लाइसोजाइम्स कहते हैं। ये जीवाणुओं को नष्ट करके शरीर को सुरक्षा प्रदान करते हैं। वैज्ञानिक इन्हें शरीर के बाहर भी तैयार करने में लगे हैं। आजकल इंटरफेरान कैंसर इत्यादि के इलाज के अलावा एड्स के इलाज में भी प्रयुक्त किए जा रहे हैं।

2. अर्जित रोग प्रतिरोधकता (एक्वायर्ड इम्यूनिटी)

यह रोग प्रतिरोधकता शरीर में जन्मजात नहीं होती, शरीर इसे जीवनकाल के दौरान प्राप्त करता है, जैसे—माँ के दूध से शिशु में रोग प्रतिरोधक शक्ति का विकसित होना, कई तरह के रोगों के संक्रमण के पश्चात् भी शरीर यह क्षमता उत्पन्न कर लेता है। टीकों द्वारा रोग से बचाव करने के लिए भी, रोग विशेष के लिए यह प्रतिरोधक क्षमता पैदा की जाती है। उदाहरणार्थ—पोलियो, बी.सी.जी., मीजल्स इत्यादि के टीके लगाकर बच्चों में अर्जित रोग-प्रतिरोधकता उत्पन्न की जाती है।

इस तरह की रोग प्रतिरोधकता निम्न अभिकर्ताओं द्वारा संपादित होती है—

1. टी-सेल लिंफोसाइट्स : ये लिंफोसाइट्स भी अस्थि-मज्जा में बनते हैं और इनका परिवहन लसिकातंत्र द्वारा शरीर में होता है, लेकिन टी-सेल कोशिकाएँ थाइमस ग्रंथि में परिपक्व होती हैं, इसलिए इन्हें टी-कोशिकाएँ कहते हैं। जैसा कि बतलाया जा चुका है, ये दो तरह की होती हैं—टी-4 और टी-8 कोशिकाएँ। टी-4 कोशिकाओं की सतह पर अंभिग्राहक पदार्थ सी.डी.-4 रहता है। इसी तरह टी-8 कोशिकाओं पर अभिग्राहक पदार्थ सी.डी.-8 होता है। टी-4 कोशिकाओं का अनुपात 24:1 का होता है।

2. बी-सेल लिंफोसाइट्स : ये कोशिकाएँ रोग के आक्रमण के समय प्रोटीन पदार्थ उत्पन्न करती हैं, जिन्हें प्रतिपिंड अथवा एंटीबॉडीज कहते हैं। ये रोगाणु द्वारा उत्पन्न विषैले पदार्थ एंटीजन को बाँधकर हानिरहित बनाती हैं। एंटीजन और एंटीबॉडी मिलकर एक संयुक्त पदार्थ बनाते हैं, जो बाद में मैक्रोफेज कोशिकाओं द्वारा बाहर कर दिया जाता है।

3. एन.के. कोशिकाएँ (नेचुरल किलर्स सेल्स) : ये भी एक तरह के लिंफोसाइट्स ही हैं, जो सीधे अथवा इंटरफेरान स्रावित करके **शरीर की उन कोशिकाओं को नष्ट करते हैं, जो संक्रमित होती हैं अथवा जिनमें कैंसर के लक्षण होते हैं।**

कैसे होता है प्रतिरक्षा का कार्य ?

रोग उत्पन्न करनेवाले विषाणुओं अथवा जीवाणुओं के ऊपर एक विशेष प्रकार की प्रोटीन की परत (स्पाइक प्रोटीन) होती है, जो उसके पहचान-पत्र का कार्य करती है, जब यह रोगाणु रक्त में प्रवेश करता है तो टी-4 कोशिकाएँ यह निर्धारित करती हैं कि वह शरीर के लिए हानिप्रद है अथवा नहीं। फिर ये टी-4 कोशिकाएँ बी-लिंफोसाइट्स को शत्रु के प्रवेश की सूचना देती हैं। सूचना मिलने पर टी-8 कोशिकाओं की मदद से **बी-लिंफोसाइट्स एक विशेष तरह की प्रोटीन का निर्माण करती है, जिसे एंटीबॉडीज या प्रतिपिंड कहते हैं। ये शत्रु-रोगाणुओं द्वारा उत्पन्न विष एंटीजन को प्रभावहीन बनाकर बाहर कर देते हैं,** इस तरह शरीर रोगों से सुरक्षित बना रहता है। टी-4 कोशिकाएँ इस क्रिया को शुरू करती हैं, इसलिए ये सहायक कोशिकाएँ कहलाती हैं, जबकि टी-8 कोशिकाएँ एंटीबॉडीज बनने की क्रिया पर नियंत्रण रखती हैं। जब उचित मात्रा में एंटीबॉडीज बन जाते हैं तो वे इस क्रिया को बंद करा देती हैं, इसलिए इन्हें 'मंदक कोशिकाएँ' कहते हैं। यह रोग प्रतिरक्षा की क्रिया उचित स्तर पर क्रमबद्ध तरीके से चलती रहती है और इसे ही रोग प्रतिरोधक क्षमता कहते हैं।

रोग प्रतिरोधक क्षमता किन कारणों से प्रभावित होती है ?

यदि रोग प्रतिरोध शक्ति कम हो जाए, तो व्यक्ति कई तरह के रोगों का शिकार बन सकता है। कुछ दवाइयाँ, जैसे—कार्टिकोस्टेराइड्स एवं कैंसर रोधी दवाइयाँ इत्यादि लंबे समय तक लेने से यह क्षमता कम होती है और जब रोग प्रतिरोधकता कम हो जाती है तो क्षय रोग एवं अन्य तरह के संक्रमण शरीर में आसानी से घर

कर सकते हैं। एड्स जैसे रोग में तो रोग प्रतिरोधक क्षमता पूरी तरह अस्त-व्यस्त हो जाती है, जिससे शरीर में बहुत सी ठीक न होनेवाली संक्रामक बीमारियाँ हो जाती हैं। कुछ आनुवंशिक बीमारियों के कारण भी रोग-प्रतिरक्षा तंत्र ठीक से कार्य नहीं कर पाता। कुछ दवाइयाँ, जैसे—इंटरल्यूकिन, प्लेनोडेक्स इत्यादि रोग प्रतिरक्षा को बढ़ाने में उपयोगी साबित हुई हैं, लेकिन पूरी तौर पर अस्त-व्यस्त प्रतिरक्षा तंत्र को ये ठीक नहीं कर सकतीं।

शरीर के कुछ अन्य प्राकृतिक सुरक्षा अवरोध

रक्त द्वारा संचालित सुरक्षा प्रणाली के अतिरिक्त शरीर में हानिकारक विजातीय द्रव्यों तथा रोगाणुओं को रोकने या नष्ट करनेवाले कुछ अन्य प्राकृतिक गुण और अवरोध भी होते हैं, जिनका संक्षिप्त विवरण यहाँ दिया जा रहा है। सामान्य लोगों के लिए यह एक रोचक जानकारी है।

1. त्वचा एवं श्लेष्मा झिल्ली (म्यूकस मेम्ब्रेन) : त्वचा बहुस्तरीय होती है, जो शरीर का तापक्रम स्थिर रखने में तो सहायक है ही, साथ ही यह रोगाणुओं के प्रवेश को भी रोकती है। इसमें स्थित ग्रंथियाँ लाइसोजाइम्स जैसे पदार्थ स्रावित करती हैं, जो रोगाणुओं को नष्ट करते हैं। आँख द्वारा स्रावित द्रवों में भी लाइसोजाइम्स अधिक मात्रा में होते हैं। त्वचा की सतह पर भी कुछ जीवाणु होते हैं, जो हानिकारक जीवाणुओं को बढ़ने से रोकते हैं। इसी तरह शरीर के पाचन-तंत्र एवं श्वसन अंगों के अंदरूनी भाग में एक रक्षात्मक परत होती है, जिसे श्लेष्मा झिल्ली कहते हैं। श्वसन के मार्ग पर बारीक सिलिया होती हैं, जो फेफड़ों में जीवाणुओं को प्रवेश नहीं करने देते। नाक के अंदर के बाल हवा के साथ धूल या कचरे को अंदर जाने से रोक लेते हैं।

2. शरीर के स्राव : शरीर के प्राकृतिक स्राव अथवा द्रव प्रवाह के दौरान बहुत से रोगाणुओं को शरीर के बाहर कर देते हैं, जैसे—पेशाब करने से मूत्र मार्ग साफ होता है, आँखों में धूल या कचरा आँसुओं द्वारा बाहर निकाल दिया जाता है। इसी तरह मुँह की लार भी कुछ जीवाणुओं को बाहर करके शरीर की रक्षा करती है।

जुकाम में नाक से स्राव की मात्रा अत्यधिक बढ़ जाती है, यह स्राव भी विषाणुओं अथवा वायरसों को बाहर निकालता है। इसी तरह जब कोई हानिकारक पदार्थ या कीटाणु शरीर के अंदर पहुँच जाते हैं तो पाचन संस्थान उन्हें उल्टी या दस्त द्वारा बाहर निकालने का प्रयास करता है। इसी तरह शरीर की सुरक्षा

होती रहती है। भोजन के साथ जो हानिप्रद सूक्ष्म जीव रहते हैं, वे आमाशय द्वारा स्रावित हाइड्रोक्लोरिक अम्ल के संपर्क में आकर मृत हो जाते हैं और शरीर बीमार होने से बच जाता है। कई बार हैजा और टॉयफाइड जैसे जीवाणु भी इसी तरह नष्ट कर दिए जाते हैं। पाचन संस्थान के अन्य स्रोत भी जीवाणुओं को नष्ट करने का कार्य करते हैं। मुँह की लार से भी कई बैक्टीरिया नष्ट हो जाते हैं।

पाचन तंत्र के निचले हिस्से, अर्थात् बड़ी आँतों में कुछ विशेष तरह के जीवाणु प्राकृतिक रूप में रहते हैं। जो अन्य हानिकारक जीवाणुओं की वृद्धि को आँतों के भीतर रोकते हैं, यही कारण है कि जब एंटीबायोटिक दवाएँ लेने से ये प्राकृतिक रूप से आँतों में रहनेवाले बैक्टीरिया नष्ट हो जाते हैं, तो रोगी को दस्त लगने की शिकायत हो जाती है।

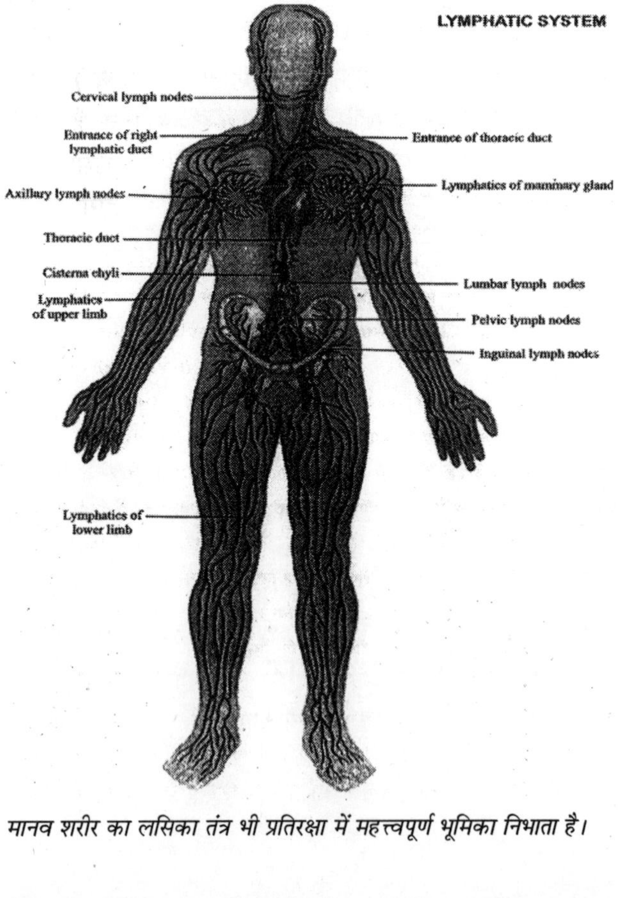

मानव शरीर का लसिका तंत्र भी प्रतिरक्षा में महत्त्वपूर्ण भूमिका निभाता है।

3. लसिका ग्रंथियाँ एवं लसिका गाँठें : यदि जीवाणु अथवा विषाणु किसी तरह शरीर में पहुँच भी जाते हैं तो वे लसिका वाहिनियों में प्रवाहित होकर लिंफ ग्रंथियों या लिंफ गाँठों में रोक लिये जाते हैं, जहाँ अकसर उन्हें श्वेत रक्तकण नष्ट कर देते हैं। ये लसिका ग्रंथियाँ और गाँठें पूरे शरीर में होती हैं। उदाहरणार्थ—गले के ऊपर, काँखों (Axila) और जंघाओं के ऊपर इत्यादि। जब शरीर में स्थित संक्रमण (इंफेक्शन) इनमें पहुँचता है तो कई बार इन गाँठों में सूजन आ जाती है और छूने से दर्द भी होता है। जीवाणुओं के लिए लसिका गाँठें वास्तव में एक तरह के फिल्टर या छन्नक का कार्य करती हैं।

4. सूजन (इन्फ्लेमेशन) : जब शरीर में कोई चोट लगती है या संक्रमण होता है तो प्रभावित अंग विशेष में सूजन आ जाती है। उस स्थान में रक्त द्वारा बहुत बड़ी मात्रा में श्वेत रक्त कणिकाएँ लाई जाती हैं, जो हानिकारक जीवाणुओं को नष्ट करने के प्रयास में मरती भी हैं, लेकिन इनसे उत्पन्न पदार्थ भी जीवाणुओं को हानि पहुँचाते हैं। इस तरह सूजन भी शरीर की सुरक्षात्मक प्रतिक्रिया है।

5. रक्त जमने की प्रक्रिया : रक्त का जमना या थक्का बनना भी शरीर की एक सुरक्षात्मक प्रक्रिया ही है। यदि रक्त में यह गुण न हो तो जरा सी चोट लगने पर शरीर का सारा रक्त निकल सकता है। इसके अलावा घाव में रक्त जमकर बाहरी रोगाणुओं को रक्त वाहिकाओं में प्रवेश से भी रोकता है।

6. दर्द : दर्द शरीर में किसी भी रोग अथवा शारीरिक विकृति का लक्षण तो है ही, साथ ही अप्रत्यक्ष रूप से दर्द हमारी सुरक्षा भी करता है। दर्द होने पर ही हम शरीर और स्वास्थ्य के प्रति सतर्क होते हैं और चिकित्सक के पास जाते हैं। यदि दर्द का आभास न हो तो बड़ी-बड़ी विकृतियाँ शरीर में आ जाएँ और कारण का पता चले बिना मरीज की मृत्यु हो जाए, उदाहरणार्थ—अपेंडिक्स के संक्रमण में जब सूजन आ जाती है तो उसके पेट में फटने की संभावना होती है, लेकिन दर्द का लक्षण रोगी को सावधान कर देता है और वह डॉक्टर के पास जाता है। डॉक्टर अपेंडिक्स फटने के पूर्व उसका ऑपरेशन कर उसे निकाल देता है। इस तरह दर्द भी एक प्रकार से शरीर की सुरक्षा का कार्य करता है।

□

5

विभिन्न संक्रामक रोगों से बचाव

बहुत से संक्रामक रोग अत्यंत शीघ्रता से फैलकर एक साथ कई व्यक्तियों को अपनी चपेट में ले लेते हैं, अर्थात् रोग महामारी का रूप धारण कर लेता है, जैसे कि कोविड-19, हैजा, प्लेग, हेपेटाइटिस-बी, मेनिनगोकॉकल, मेनिनजाइटिस, वायरल इन्सेफेलाइटिस इत्यादि क्षेत्र विशेष में महामारी के रूप में जब-तब फैलते रहते हैं। कुछ संक्रामक रोग ऐसे हैं, जो महामारी का रूप तो नहीं लेते, लेकिन यदि सावधानी न रखी जाए तो अकसर फैल जाते हैं। उदाहरणार्थ—अमीबायसिस, पेचिस, टॉयफाइड, कृमिरोग इत्यादि।

शरीर की प्रतिरक्षा प्रणाली और उसकी रोगाणुओं के प्रति सुग्राहता (सेंसिटिबिलिटी)

यह एक आश्चर्यजनक तथ्य है कि **कई लोग एक साथ संक्रमण या संक्रमित व्यक्ति के संपर्क में आते हैं, लेकिन इसमें से कुछ को ही रोग होता है और कुछ को नहीं होता।** इसी तरह कुछ की इन संक्रामक रोगों से मृत्यु तक हो जाती है और शेष की नहीं होती, तो ऐसा क्यों होता। वास्तव में किसी व्यक्ति के रोग ग्रस्त होने की संभावना, उसके शरीर में प्रवेश करनेवाले रोगाणुओं की संख्या, उनकी उग्रता और **व्यक्ति की प्रतिरक्षा प्रणाली की प्रतिरोधक क्षमता पर निर्भर करती है।** शरीर में रोगाणुओं की प्रविष्टि मात्र से रोग उत्पन्न नहीं हो जाता। इसमें अन्य कारक भी प्रभावी होते हैं। जब रोगाणुओं को क्षीण या कमजोर प्रतिरोधक शक्ति वाला व्यक्ति मिलता है तो वे उसमें आसानी से डेरा जमाकर रोग उत्पन्न कर देते हैं। बचाव के तरीकों की जानकारी के पूर्व उद्भवन काल के बारे में जान लेना भी ठीक होगा।

उद्भवन अवधि (इन्क्यूवेशन पीरियड)

शरीर में रोग उत्पन्न करनेवाले रोगाणुओं के प्रवेश के तुरंत पश्चात् रोग उत्पन्न नहीं होता, बल्कि रोग के लक्षण आने में कुछ समय लगता है। रोगाणुओं के प्रवेश से बीमारी होने तक की इस अवधि को उद्भवन अवधि कहते हैं।

विभिन्न रोगों के लिए उद्भवन अवधि

यह अवधि कुछ घंटों से लेकर कई वर्षों तक हो सकती है। उदाहरणार्थ—भोजन विषाक्तता, हैजा, पेचिस, इन्फ्लूएंजा इत्यादि रोगों का उद्भवन काल कुछ घंटों से लेकर 2–3 दिन तक होता है, जबकि टॉयफाइड, मीजल्स, चिकन पॉक्स में यह अवधि 10 से 21 दिनों के बीच होती है। एड्स में उद्भवन काल 7–8 वर्षों से लेकर 10 वर्ष से ऊपर तक हो सकता है। कोविड–19 का उद्भवन काल 5 से 14 दिन के बीच होता है। यह दृष्टव्य है कि रोगाणु के प्रवेश करने पर शरीर के प्रतिरक्षा तंत्र और रोगाणु के बीच लड़ाई चलती है। जब प्रतिरक्षा तंत्र इन रोगाणुओं को समाप्त करने में असफल होता है, तब ही रोग होते हैं, अन्यथा नहीं।

रोग से बचाव और उन पर नियंत्रण

प्रत्येक बीमारी के प्रसार की श्रृंखला में कुछ कमजोर बिंदु होते हैं। इन कमजोर बिंदुओं की पहचान करके हम बीमारी पर नियंत्रण का प्रयास करते हैं। इसके लिए सबसे पहले तो हमें बीमारी की पहचान और आवश्यक जानकारी होनी चाहिए। नियंत्रण के लिए उन कारकों को हटाया जाता है, जिनके कारण बीमारी का फैलना जारी रहता है। उदाहरणार्थ—यदि किसी गाँव में किसी कुएँ या पोखर का दूषित जल पीने से बीमारियाँ फैल रही हैं तो ऐसे पानी के उपयोग से गाँववासियों को रोका जाता है और कुएँ में जीवाणुनाशक रसायन, जैसे ब्लीचिंग पाऊडर इत्यादि डलवाया जाता है। संक्रामक बीमारियों के नियंत्रण के लिए समाज के सभी वर्गों को जागरूक करके मदद ली जाती है, तभी संक्रमणों पर रोक संभव हो पाती है। महामारी अथवा संक्रामक रोगों को नियंत्रित करने और उनसे बचने के लिए निम्नानुसार कदम उठाते हैं—

बीमारी के स्रोत अथवा संग्राहक (रिजर्वायर) पर नियंत्रण

बीमारी रोकने की श्रृंखला में यह सबसे महत्त्वपूर्ण कड़ी है। इसमें रोगाणुओं के संग्राहक को अलग कर देते हैं, लेकिन यह कार्य इतना सरल नहीं है। इसके लिए निम्न उपाय हैं—

1. रोग की शीघ्र पहचान : रोग की पहचान, इलाज, बचाव और नियंत्रण के लिए पहला कदम है। रोग के निदान या पहचान के लिए कई बार प्रयोगशाला में रक्त, मल, खखार इत्यादि के नमूने भेजने की भी जरूरत पड़ती है। यह कार्य स्वास्थ्यकर्मी करते हैं। इसके लिए प्रयोगशालाओं की सुविधा होना जरूरी रहता है। आवश्यकता पड़ने पर स्वास्थ्य विभाग द्वारा चलित प्रयोगशालाओं की व्यवस्था भी की जाती है।

2. रोग की अधिसूचना (नोटिफिकेशन) : एक बार यदि संक्रामक रोग का पता लगता है या **संक्रामक रोग की संभावना लगती है तो उसे स्वास्थ्य विभाग को बतलाना चाहिए।** देहातों में जहाँ स्वास्थ्य कर्मचारी उपलब्ध न हो, वहाँ गाँव के कोटवार को इसकी सूचना दी जा सकती है। **इस सूचना का बहुत महत्त्व होता है।** इसी के आधार पर स्वास्थ्य विभाग सक्रिय होकर, इलाज और टीकों इत्यादि द्वारा बचाव एवं रोग के नियंत्रण संबंधी व्यवस्थाएँ करता है। यह कार्य जितनी शीघ्रता से होगा, रोग से प्रभावित व्यक्तियों की संख्या उतनी ही कम होगी। अधिकांश संक्रामक बीमारियों की सूचना स्वास्थ्य विभाग को देने का नियम है। इनमें से कुछ हैं—हैजा, प्लेग, यलोफीवर, टाइफस फीवर, रिलेप्सिंग फीवर, पोलियो, मलेरिया, इन्फ्लूएंजा, स्वाइन फ्लू, सार्स, कोविड-19 इत्यादि। विश्व स्तर पर यह कार्य विश्व स्वास्थ्य संगठन करता है।

3. पृथक्करण (आइसोलेशन) : संक्रामक रोगों से बचने और नियंत्रण की यह पुरानी विधि है। चूँकि रोगी व्यक्ति अन्य स्वास्थ्य लोगों में संक्रमण फैला सकता है। **अतएव रोगी को अलग-थलग रखा जाता है। उसकी परिचर्या के लिए कम-से-कम व्यक्ति रखते हैं।** जो आवश्यक सावधानियाँ बरतते हुए मरीज की सेवा-सुश्रूषा करते हैं। यदि संभव होता है तो रोगी को अस्पताल में भर्ती कर देते हैं। इसके अलावा रोगाणुओं के संग्राहक अथवा संवाहक (कॅरियर) को भी स्वस्थ व्यक्तियों से अलग रखते हैं (यह मनुष्य भी हो सकता है या कोई और जीव-जंतु)। पृथक्करण या आइसोलेशन का उद्देश्य होता है परिवार और समाज के लोगों को संक्रामक रोग के प्रभाव से बचाना। कई बार सब गाँववासियों को ही कुछ समय के लिए अलग स्थान पर बसा देते हैं। ऐसा हैजा या प्लेग फैलने पर करते हैं। इसके अलावा पृथक्करण की विधि विभिन्न संक्रामक रोगों, जैसे—घटसर्प, न्यूमोनिक प्लेग, श्वसन संस्थान का स्ट्रेप्टोकॉकल संक्रमण आदि में भी अपनाते हैं। विभिन्न रोगों के लिए पृथक्करण का समय अलग-अलग होता है। उदाहरणार्थ—

कोरोना	-	10-14 दिनों तक
चिकिनपॉक्स (छोटी माता)	-	फुंसियाँ आने के 6 दिन पश्चात् तक
मीजल्स	-	बीमारी की शुरुआत से फुंसियाँ आने के तीन दिन पश्चात् तक
हैजा, घटसर्प	-	चिकित्सा शुरू होने के 48 घंटे बाद तक
पोलियो	-	6 सप्ताह
क्षय रोग	-	इलाज शुरू होने के तीन सप्ताह बाद तक
मस्तिष्क शोथ (मेनिनगोकॉकल)	-	चिकित्सा के 6 घंटे पश्चात् तक
हेपेटाइटिस-ए	-	तीन सप्ताह

इसके अलावा क्वारेंटाइन अथवा संगरोध का भी प्रयोग करते हैं। इसमें रोगी परिवार अथवा अन्य व्यक्ति के साथ रहते हुए भी अलग रहता है, जैसे कि वह अन्य व्यक्तियों से छह फुट दूर रहता है। मास्क लगाता है, उसके उपयोग की सामग्री अलग रहती है। उसका वॉशरूम, शौचालय और कमरा अलग होता है। क्वारेंटाइन का समय भी निश्चित होता है। उदाहरणार्थ, कोरोना संक्रमण के लिए 14 दिन व्यक्ति को इस तरह अलग रहना पड़ता है। (अब यह समय 10 दिन तक भी है)

4. इलाज : बहुत सी संक्रामक बीमारियों का प्रभाव दवाइयों द्वारा कम किया जा सकता है। यदि क्षेत्र विशेष में संक्रमित रोगियों का इलाज प्रभावी दवाइयों द्वारा किया जाए, तो संक्रमण अथवा रोग के फैलाव को एक सीमा तक रोका जा सकता है। सही इलाज बीमारी की अवधि कम कर देता है और उससे रोगी के संपर्क में आए व्यक्तियों को भी रोग लगने का खतरा प्रायः नहीं रहता। उदाहरणार्थ—क्षय रोग (टी.वी.), कुष्ठ रोग, सिफलिस इत्यादि का प्रभावी इलाज ऐसे रोगियों के संपर्क में आए व्यक्तियों को इन रोगों से बचाता है।

5. संसर्ग पर प्रतिबंध : संक्रामक रोगों पर नियंत्रण की इस विधि में रोगी या संभावित रोगी को घूमने-फिरने और अन्य स्वस्थ व्यक्तियों से संपर्क रखने से मना किया जाता है। मनुष्यों के अलावा कोई पालतू जानवर, जैसे कुत्ता आदि से भी यदि रोग फैलने की आशंका होती है, तो उसे भी अलग रखा जाता है। महामारी

के समय रोग के संपर्क में आए व्यक्ति या रोगी को रेल, पानी के जहाज, वायुयान, बस इत्यादि में यात्रा नहीं करने दी जाती। इसी तरह रोगी बच्चे को स्कूल भी नहीं भेजा जाता, ताकि स्कूल के अन्य बच्चों में रोग न फैले। वैसे आजकल इस विधि का उपयोग संक्रामक रोगों की रोकथाम में कम हो गया है। इसकी जगह पर्यवेक्षक, टीकाकरण, इलाज इत्यादि उपाय व्यवहार में लाते हैं।

संक्रामक रोगों में बचाव के लिए जरूरी है मास्क

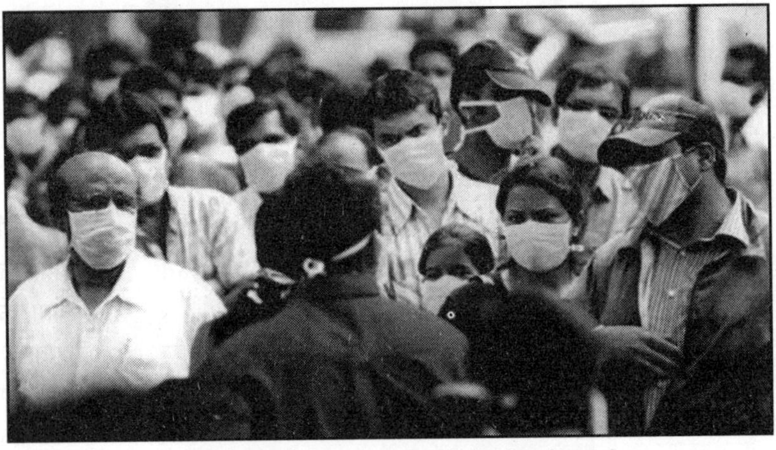

खाँसी और श्वसन तंत्र के माध्यम से फैलने वाले संचारी या संक्रामक रोगों से बचाव के लिए मास्क पहने

संक्रमण के प्रसार पर रोक

संक्रमण को रोकने का यह भी एक प्रमुख उपाय है। इसमें संक्रमण के प्रसार की श्रृंखला में रुकावट उत्पन्न करते हैं। उदाहरणार्थ—पानी से विभिन्न संक्रामक बीमारियाँ, जैसे—टॉयफाइड, पेचिश, हेपेटाइटिस-ए, हैजा, आंत्रशोथ इत्यादि बीमारी फैलती है। इसलिए इन संक्रमणों को रोकने के लिए पीने के पानी को उक्त रोगाणुओं से ब्लीचिंग पाउडर मिलाकर, छानकर अथवा अन्य तरीकों से शुद्ध अथवा निरापद बनाते हैं। भोजन एवं अन्य खाद्य पदार्थों को दूषित होने से बचाकर भी कई संक्रामक बीमारियों को रोका जा सकता है। इसके लिए हाथों और बरतनों की साफ-सफाई, साग-भाजी को पानी में धोना, भोजन को पर्याप्त समय तक पकाना, बासी भोजन न करना इत्यादि बातों का ध्यान रखते हैं।

जब बीमारी जीव-जंतुओं, जैसे—मक्खियों, मच्छरों इत्यादि से फैलती है तो इन कीटों के अंडे देनेवाले स्थानों को नष्ट करते हैं या उन पर बी.एच.जी. इत्यादि का छिड़काव करते हैं। पागल कुत्तों को भी जनता के बीच से अलग रखा जाता है, ताकि रेबीज जैसी खतरनाक बीमारी मनुष्यों में न फैले।

उक्त उपायों के अलावा व्यक्तिगत साफ-सफाई, जैसे—नाखून काटना, रोज स्नान करना तथा साफ कपड़े पहनना, भोजन के पूर्व एवं शौच के पश्चात् साबुन से हाथ धोना इत्यादि बातों को व्यवहार में लाना चाहिए। इससे कई पेट के रोगों से बचाव हो सकता है। संक्रामक रोग से ग्रसित मरीज की सेवा करनेवाले व्यक्ति को विशेष सावधानी की जरूरत होती है। इसके लिए मरीज के **संपर्क के पश्चात् कपड़े बदलना, साबुन से हाथ धोना, मुँह और नाक पर कपड़ा (मास्क) लगाना कई मामलों में दस्ताने पहनना अथवा पीपीई किट पहनने की सावधानी रखनी चाहिए। कंपाउंडर, नर्सों इत्यादि को भी ये सावधानियाँ अपनानी चाहिए।**

टीकों द्वारा संक्रमण पर नियंत्रण

टीके अथवा वैक्सीन का रोग से बचाव और नियंत्रण में महत्त्वपूर्ण योगदान होता है। कई रोगों पर नियंत्रण केवल टीकों की वजह से संभव हुआ है। वैज्ञानिकों ने अधिकतर संक्रामक रोगों के टीके बना लिये हैं, जिनको समयानुसार बच्चों को लगवाना चाहिए। कुछ टीके रोग फैलने या उसकी आशंका होने पर लगाए जाते हैं। जैसे—हेपेटाइटिस-बी, प्लेग, मेनिनजाइटिस, मस्तिष्क ज्वर इत्यादि के टीके। टीके संबंधित रोग से व्यक्ति की रक्षा करते हैं, क्योंकि ये व्यक्ति में उस रोग से लड़ने की क्षमता पैदा कर देते हैं। टी.बी., पोलियो, घटसर्प, टिटेनस, मीजल्स, कुकर खाँसी इत्यादि। अक्सर टीके बच्चों को लगाए जाते हैं, ताकि भविष्य में ये रोग उन्हें न हों। **कोविड-19 रोग का टीका या वैक्सीन बनाने का प्रयास भी जोर-शोर से हो रहा है। दुनिया में 88 टीमों के प्रयास चल रहे हैं।**

घर की गृहणियों को कब कौन से टीके लगाए जाते हैं यह जानकारी होनी चाहिए, तभी वे अपने बच्चों को उपरोक्त रोगों से बचा सकेंगी। यहाँ संक्षिप्त विवरण दे रहे हैं—महामारियों से बचने के लिए मेलों में जानेवाले लोगों को भी हैजा इत्यादि के टीके मेले में प्रवेश के पूर्व लगाते हैं। हैजे के टीके की दो मात्राएँ छह सप्ताह के अंतर पर लगवाई जाती हैं। प्लेग के टीके की भी दो मात्राएँ सात से

चौदह दिनों के अंतर से दो बार लगवाते हैं, फिर प्रत्येक वर्ष एक खुराक इंजेक्शन द्वारा ही दी जाती है। हेपेटाइटिस-बी, रेबीज के टीकों को भी आवश्यकतानुसार लगवाते हैं। शिशुओं को जन्म के समय बी.सी.जी. और पोलियो की खुराक देते हैं, फिर छह और चौदह सप्ताहों में टी.पी.टी. एवं ओरल पोलियो दिलवाते हैं। नौ महीने में मीजल्स का टीका लगवाते हैं। इसके पश्चात् प्रभावी मात्राएँ भी दी जाती हैं। आजकल जन्म के पश्चात् भी पोलियो की खुराक दी जाती है।

दवाइयों द्वारा संक्रमण पर नियंत्रण

कई बार रोगी के संपर्क में आए व्यक्ति या उस क्षेत्र विशेष के लोगों को, जहाँ महामारी फैलती है, कुछ दवाइयाँ रोगों से रक्षार्थ खिलाई जाती हैं, ताकि रोग के जीवाणुओं का असर उन पर न हो। उदाहरणार्थ—हैजा और प्लेग के रोगी के संपर्क में आए व्यक्तियों को टेट्रासाइक्लिन कैपसूल दिए जाते हैं। कंजक्टिवाइटिस के लिए आँखों में लगाने का मरहम (इरिथ्रोमाइसिन, सिप्रोफ्लाक्सेसिन) उपयोग में लाते हैं। मेनिनजाइटिस फैलने से रोकने के लिए प्रभावित क्षेत्र के लोगों को या संपर्क में आए व्यक्तियों को सल्फा इत्यादि गोलियाँ दी जाती हैं। अभी कोविड-19 से बचाव के लिए कई चिकित्सक-हाइड्राक्सी क्लोरोक्विन की सलाह भी दे रहे हैं।

अन्य उपाय

विभिन्न संक्रमण रोकने के अन्य उपाय हैं, जैसे—साफ-सुथरे घरों में रहना, जहाँ गंदे पानी के निकास की अच्छी व्यवस्था हो और आसपास गंदगी न हो, शुद्ध पेयजल कई संक्रामक रोगों से बचाता है। सड़े-गले खाद्य पदार्थों की जगह ताजा संतुलित भोजन करना एवं बगैर विशेष आवश्यकता के भीड़ भरे स्थानों में न जाने से भी कई संक्रमणों से सुरक्षित रहा जा सकता है। लोगों को स्वास्थ्य के प्रति जागरूक और शिक्षित बनाना भी इन रोगों के नियंत्रण में महत्त्वपूर्ण भूमिका निभा सकता है। संक्रामक रोगों के नियंत्रण संबंधी कानूनों, जैसे—मेले इत्यादि में प्रवेश के पूर्व हैजा का टीका लगवाना जैसे नियमों का भी कड़ाई से पालन किया जाना चाहिए। कुछ और उपाय निम्नलिखित है—

स्वच्छ कैसे रहें

निजी स्वच्छता (स्वस्थ्य के नियम) :

1. सुबह उठने के बाद, टट्टी जाने के बाद और भोजन खाने या बनाने से पहले हमेशा अपने हाथों को साबुन से धोएँ। हाथों को धोने के लिए मिट्टी या कीचड़ का इस्तेमाल कभी न करें, क्योंकि इसमें कृमियों के अंडे हो सकते हैं।

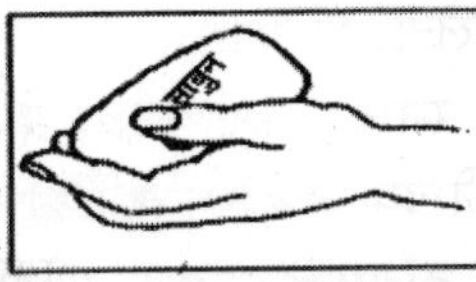

2. कई बार स्नान करें—विशेष रूप से गरमी के मौसम में, जबकि मौसम गरम होता है। कठिन परिश्रम और पसीना आने के बाद जरूर नहाएँ। बार-बार नहाने से चमड़ी के रोगों, सिकरी, कील-मुहाँसों और खुजली आदि से बचाव रहता है। रोगी को हर रोज नहाना चाहिए, चाहे वह बड़ा हो या बच्चा।

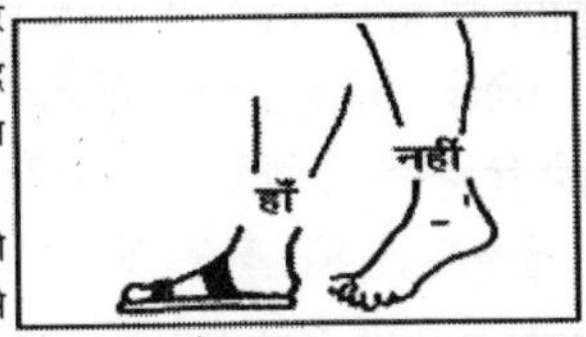

3. जिन क्षेत्रों में अंकुश-कृमि रोग लोगों में बहुत है, वहाँ न आप नंगे पाँव जाएँ और न बच्चों को ही जाने दें। अंकुश-कृमि की छूत से गंभीर अनीमिया (खून की कमी) हो जाती है। ये कृमि पाँवों की चमड़ी के रास्ते शरीर में प्रवेश करते हैं।

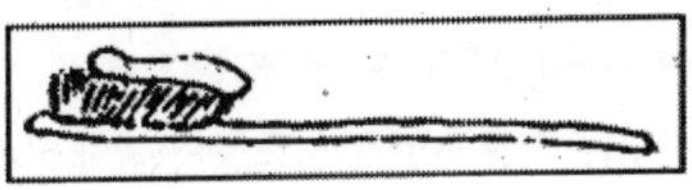

4. रोज सुबह उठने पर और हर बार भोजन या मीठी चीज खाने के बाद अपने दाँतों पर ब्रश करें। यदि आपके पास ब्रश और टूथपेस्ट नहीं है तो अपने दाँतों पर उँगली से नमक और बेकिंग (खाने का) सोडा रगड़ें।

घर में स्वच्छता (सफाई) :

1. सूअरों को घर में या उस जगह न जाने दें, जहाँ बच्चे खेलते हैं।
2. ध्यान रखें कि कुत्ते न तो आपके बच्चों के किसी अंग को चाटें और न ही उनके बिस्तर पर चढ़ें। कुत्ते भी बीमारी फैलाते हैं।

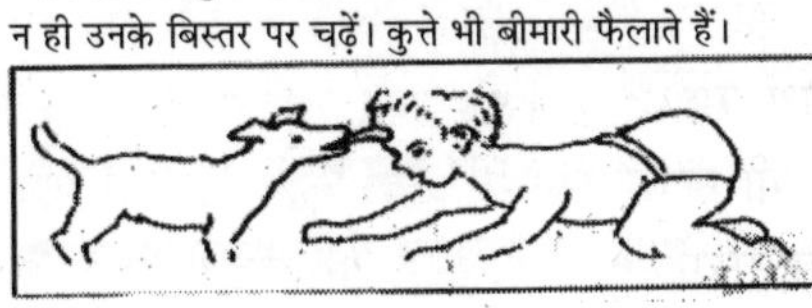

सफाई ही दवाई है। स्वच्छता के नियमों का पालन करके कई खतरनाक रोगों, जैसे स्वाइन फ्लू, हेपेटाइटिस इत्यादि से बचा जा सकता है

1. यात्रियों के लिए स्वास्थ्य संबंधी सलाह

यात्रियों को संक्रामक रोगों का अधिक खतरा होता है। साथ ही वे संक्रमण को एक क्षेत्र से अन्य क्षेत्रों अथवा एक देश से दूसरे देश में भी फैला सकते हैं। उदाहरणार्थ—वे मलेरिया, डेंगू ज्वर, फाइलेरिया, यौन जनित रोग एड्स, कोविड-19 इत्यादि रोगों के वाहक बन सकते हैं। इसलिए इन रोगों के लिए यात्रियों को निम्नलिखित सावधानियाँ अपनानी चाहिए—

मलेरिया : यात्रीगण चिकित्सक की सलाह से मलेरिया से बचाव के लिए

दवा खा सकते हैं, जैसे—क्लोरोक्विन इत्यादि। ये दवाएँ मलेरिया ग्रस्त क्षेत्र में पहुँचने के दिन से ही शुरू कर देनी चाहिए और वापस होने के 4-6 सप्ताह बाद तक लेनी चाहिए।

सार्स : सार्स के लक्षणों का तुरंत इलाज कराएँ, चेहरे पर मास्क पहनें। अभी इसकी दवा उपलब्ध नहीं है।

टॉयफाइड ज्वर : टॉयफाइड का टीका अवश्य लगवाना चाहिए।

हेपेटाइटिस-ए : इसके लिए चिकित्सक की सलाह से सामान्य इम्यूनोग्लोब्यूलिन लिये जा सकते हैं।

प्लेग : प्लेग का टीका तब लगवाना चाहिए, जब गंतव्य स्थान में प्लेग के मामले मिले हों।

हैजा : बहुत से देश हैजा के टीकाकरण संबंधी प्रमाण-पत्र माँगते हैं। वैसे आवश्यकतानुसार इसे लगवा लेना चाहिए।

टिटेनस : टिटेनस टॉकसाइड का टीका भी यात्रियों को लगवा लेना चाहिए।

विश्व स्वास्थ्य संगठन यात्रियों के लिए प्रत्येक वर्ष एक पुस्तिका प्रकाशित करता है, जिसमें यात्रियों के लिए आवश्यक टीकाकरण की जानकारी होती है।

रोगाणुनाशकों का प्रयोग

यह बात अठारहवीं सदी में ही ज्ञात हो गई थी कि जीवाणुनाशक घोल से हाथ-साफ करने के बाद भोजन करने से संक्रामक रोगों में कमी आती है। आज भी संक्रमणकारी जीवों को नष्ट करनेवाली अथवा रोगाणुविहीन करनेवाली (डिस्इन्फेक्टेंट) प्रक्रियाओं का बहुत महत्त्व है। इनके बिना शल्य क्रियाओं या संक्रमणों पर प्रतिबंध की कल्पना भी नहीं की जा सकती। जीवाणुनाशक वे पदार्थ हैं, जो बीमारी उत्पन्न करनेवाले सूक्ष्म जीवों को नष्ट करते हैं तथा एंटीसेप्टिक वे पदार्थ हैं, जो संक्रमण के फैलाव को रोकते हैं।

निर्जीवीकरण अथवा स्ट्रेरेलाइजेशन वह प्रक्रिया है, जिसमें सुइयों, सीरिंजों एवं अन्य शल्य चिकित्सा के उपकरणों इत्यादि को रोगाणु रहित बनाते हैं। इस प्रक्रिया में सभी तरह के जीवाणु-विषाणु और बैक्टीरिया के स्पोर्स नष्ट कर दिए जाते हैं। पानी को 20 मिनट उबालने से भी रोगाणु नष्ट हो जाते हैं।

संक्रमण को रोकनेवाले पदार्थ तीन तरह के होते हैं—प्राकृतिक, भौतिक और रासायनिक।

1. प्राकृतिक पदार्थ

सूर्य की किरणें एक सीमा तक कई संक्रमणकारी जीवाणुओं को नष्ट करती हैं। इसमें मौजूद अल्ट्रावायलेट किरणें कुछ जीवाणुओं और विषाणुओं का नाश करती हैं। इसलिए ओढ़ने-बिछाने के कपड़े, फर्नीचर, बरतनों इत्यादि को कई घंटों तक धूप में रखकर रोगाणु रहित किया जा सकता है। गीली वस्तुओं को खुली हवा या धूप में रखने से भी जीवाणु मर जाते हैं, लेकिन इन साधनों पर पूर्ण रूप से निर्भर नहीं रहा जा सकता। कई बार अन्य तरीकों की आवश्यकता होती है। कोरोना वायरस दो मिनट की धूप में नष्ट हो जाता है

2. भौतिक पदार्थ

(अ) कई दूषित वस्तुओं को जलाने से भी संक्रमण को रोका जा सकता है। जैसे—मरीज की पुरानी पट्टी, दूषित डिस्पोजेबल सीरिंज, मलयुक्त कपड़े, दस्ताने इत्यादि वस्तुओं को जलाना अधिक सुरक्षित होता है, लेकिन इन्हें खुली हवा में न जलाकर गड्ढे या इंसीनरेटर में जलाते हैं।

(ब) गरम हवा के द्वारा अस्पताल के औजार और उपकरणों का निर्जीवीकरण (स्ट्रेरिलाइजेशन) करते हैं।

(स) **उबालना :** यह प्रक्रिया बहुत ही सामान्य और उपयोगी है। अस्पतालों में सुइयों, सीरिंजों को उबालकर संक्रमण रहित तो किया ही जाता है, घरों में भी इसका प्रयोग कर सकते हैं। यदि पानी में थोड़ा सा सोडा एक प्रतिशत साबुन मिला दिया जाए तो जीवाणुनाशक शक्ति बढ़ जाती है।

(द) **आटोक्लेविंग :** यह प्रक्रिया अस्पतालों में ही अपनाई जाती है। इसमें गरम भाप के दबाव द्वारा वस्तुओं को रोगाणु रहित अथवा स्ट्रेरिलाइजेशन करते हैं। इसके लिए प्रेशर कुकर सरीखा बड़ा बरतन होता है, जिसमें भाप का दबाव बतलानेवाला मीटर होता है।

(य) **विकिरण :** विकरण द्वारा अलग करने योग्य (डिस्पोजेबल) सीरिंजों एवं कई औजारों तथा दवाइयों को जीवाणु रहित बनाया जाता है।

3. रासायनिक पदार्थ

जो पदार्थ उबाले या स्ट्रलाइज नहीं किए जा सकते, उन्हें विभिन्न रासायनिक पदार्थों द्वारा संक्रमण रहित बनाया जा सकता है। उदाहरणार्थ—मल-मूत्र, उल्टी एवं

अन्य दूषित सामग्री। इनको जीवाणुनाशक घोलों से संक्रमणहीन करनेवाले रसायनों का संक्षिप्त विवरण निम्न है—

(अ) **फिनॉल :** इसको कार्बोलिक एसिड भी कहते हैं। क्रीसाल और फिनॉल का मिश्रण जीवाणुनाशक के रूप में सामान्य तौर पर इस्तेमाल करते हैं। इसका 5 प्रतिशत घोल फर्श इत्यादि के लिए इस्तेमाल करते हैं तथा 10 प्रतिशत घोल मरीज के मल इत्यादि के रोगाणुओं को नष्ट करने के लिए उपयोग में लाते हैं। क्रीसाल अकेले भी प्रयोग कर सकते हैं, यह एक शक्तिशाली जीवाणु या रोगाणुनाशक है।

(ब) **क्लोरहेक्सीलेनाल या डिटॉल :** यह एक उपयोगी एंटीसेप्टिक है। इसका 5 प्रतिशत घोल में प्लास्टिक के औजारों इत्यादि को 15 मिनट तक डुबोकर जीवाणुविहीन बनाते हैं। संक्रमण से बचने के लिए इसका शेविंग (दाढ़ी बनाने) इत्यादि में भी प्रयोग करते हैं।

(स) **सेवलॉन :** इसका प्रयोग भी रोगाणु विहीन करनेवाली प्रक्रियाओं में करते हैं। यह बाजार में आसानी से मिलता है। इससे थर्मामीटर को जीवाणु रहित रखते हैं।

(द) **ब्लीचिंग पाउडर एवं सोडियम हाइपोक्लोराइट :** यह एक अच्छा जीवाणुनाशक है। इसको 1 से. 3 प्रतिशत घोल के रूप में इस्तेमाल करते हैं। इसमें 33 प्रतिशत क्लोरीन होती है, जो विभिन्न विषाणुओं या जीवाणुओं को नष्ट करती है (इससे कोरोना वायसर भी मर जाते हैं)। यह पानी को शुद्ध बनाने के लिए बहुतायत से उपयोग में लाया जाता है, लेकिन इसकी एक कमी यह है कि स्टोर करके रखने से इससे प्राप्त होनेवाली क्लोरीन की मात्रा कम हो जाती है। इसके तीन चम्मच को एक लीटर पानी में मिलाकर रोगी के मल, पेशाब इत्यादि को जीवाणु रहित बनाते हैं। सोडियम हाइपोक्लोराइट भी ब्लीचिंग पाउडर से अधिक शक्तिशाली जीवाणुनाशक है। इसको बहुत कम मात्रा में पानी में मिलाने से काम चल जाता है। यह जल प्रदाय संयंत्रों में उपयोग किया जाता है। इसके 1 प्रतिशत घोल से काम चल जाता है।

(य) **हैलोजन गोलियाँ :** ये क्लोरीन की गोलियाँ होती हैं। इनसे पीने के पानी को संक्रमण विहीन बनाया जाता है। आजकल बाजार में दवाइयों की दुकानों पर भी ये मिलती हैं। एक गोली एक लीटर

पानी के लिए पर्याप्त होती है। गोली डालकर पानी को आधा से एक घंटे तक रखना चाहिए। इसके पश्चात् प्रयोग करना चाहिए। इनको मात्रानुसार कुओं में भी डाला जा सकता है।

(फ) **आयोडीन :** इसके अलावा आयोडीन युक्त एंटीसेप्टिक भी प्रयोग करते हैं। 2 प्रतिशत टिंक्चर आयोडीन को एक लीटर पानी में मिलाते हैं, फिर घोल का उपयोग करते हैं। क्लोरहेक्सीडीन और आयोडीन का अल्कोहल में मिश्रण अत्यंत शक्तिशाली जीवाणुनाशक होता है (वीटाडाइन और वोकाडाइन इत्यादि)।

(ल) **स्प्रिट :** मेथिलेटेड स्प्रिट का उपयोग एंटीसेप्टिक के रूप में बहुतायत से किया जाता है। 70 प्रतिशत स्प्रिट जीवाणुओं को एक सेकंड में नष्ट कर देती है, लेकिन यह ध्यान रखते हैं कि स्प्रिट अच्छी क्वालिटी का हो। इसके अलावा फार्मलीन चूना इत्यादि वस्तुओं को जीवाणु रहित बनाने में उपयोगी है।

रोगी की गंदगी को रोगाणुविहीन बनाने की विधियाँ

1. मल एवं मूत्र : मल-मूत्र को बरतन में इकट्ठा करके उसमें समान मात्रा में 5 प्रतिशत ब्लीचिंग पाउडर या 10 प्रतिशत फार्मलिन मिलाते हैं और मिक्स करके एक-दो घंटे के लिए रखते हैं। यदि फार्मलिन, फेनॉल अथवा ब्लीचिंग पाउडर उपलब्ध नहीं हो तो तुरंत बनाया हुआ चूने का पानी (1:4 के अनुपात में) मल-मूत्र में मिलाकर 2 घंटे तक रखते हैं और यदि कुछ भी उपलब्ध नहीं है, तो 1 बाल्टी खौलता हुआ पानी मिलाकर उसे ठंडा होने तक रखते हैं। इसके पश्चात् उसे नाली इत्यादि में फेंकते हैं। इसके लिए सोडियम हाइपोक्लोराइट का घोल भी प्रयोग में ला सकते हैं।

2. स्पुटम (खंखार) : खखार को अखबार या रुमाल में इकट्ठा करके जला देना चाहिए। यदि खखार की अधिक मात्रा है तो उसे उबालकर जीवाणुरहित बनाया जा सकता है या 5 प्रतिशत क्रीसाल के घोलयुक्त बरतन में खखार या बलगम इकट्ठा करना चाहिए। फिर जब बरतन भर जाए, तो इसे फेंक देना चाहिए। यह ध्यान रहे कि बरतन को क्रीसाल (5 प्रतिशत) के घोल से आधा भरना चाहिए।

3. कमरा : संभव हो तो कमरे के अंदर दो दिन तक धूप दिखानी चाहिए या ऊपर बताए अनुसार **क्लोरीन उत्पाद या फार्मलीन (10 प्रतिशत) से कमरे को**

धोना चाहिए अथवा फेनॉल या क्रीसाल (2.5 प्रतिशत) से भी कमरे और उसकी वस्तुओं, जैसे—पलंग या अन्य फर्नीचर इत्यादि को धोया जा सकता है। इसके लिए 1 प्रतिशत सोडियम हाइपोक्लोराइट का घोल भी (यदि अन्य कीटाणुरोधी उपलब्ध न हों तो) प्रयोग में ला सकते हैं। इन विधियों से कारों को भी सैनेटाइज कर सकते हैं।

कई रोगों से बचाव के लिए सही विधि से साबुन से हाथ धोएँ

चरण–1 हथेलियाँ धोएँ

चरण–2 हथेली के पीछे धोएँ

चरण–3 अंगुलियाँ और पैर धोएँ

चरण–4 अँगूठे को धोएँ

चरण–5 अंगुलियों के सिरे धोएँ

चरण–6 कलाइयाँ धोएँ

नाश्ते अथवा भोजन के पूर्व हाथ अवश्य धोएँ और हाथ कई लोगों द्वारा उपयोग किए गए तौलिए से न पोछें। अच्छा हो, हाथों को हवा में ही सुखाएँ। यह भी देखें कि उँगलियों के नाखून बढ़ें हुए न हों, वरना हाथ धोने के बावजूद उनमें गंदगी लगी रहती है, जिससे बीमारी फैलती है।

5. गंदे हाथों एवं उँगलियों द्वारा

व्यक्तिगत सफाई के अभाव में हाथों द्वारा अकसर बीमारी उत्पन्न करनेवाले रोगाणु, त्वचा, नाक एवं शौच की जगह से भोजन में प्रवेश कर रोग फैलाते हैं। इस तरह से होनेवाली कुछ बीमारियाँ हैं—आंत्रशोथ, स्ट्रेप्टो और स्टेफिलोकॉकल संक्रमण, टॉयफाइड ज्वर, हेपेटाइटिस-ए और आँतों के कृमि इत्यादि।

उपर्युक्त वर्णन से स्पष्ट हो गया है कि हमारी कई गलत आदतों और जानकारी के अभाव के कारण दर्जनों रोगों के फैलाने में हम स्वयं सहायक बनते हैं। यदि साफ-सफाई और बचाव के लिए आवश्यक सावधानियाँ रखी जाएँ, तो ऊपर बतलाए बहुत से रोगों से सहज ही बचा जा सकता है।

□

6

टीकों द्वारा खतरनाक रोगों से सुरक्षा

बहुत से खतरनाक और जानलेवा रोगों पर काबू पाने में सफलता केवल टीकों के आविष्कार के कारण मिली है। विभिन्न संक्रामक रोगों, जैसे—बड़ी माता, प्लेग इत्यादि के नियंत्रण या समाप्ति में टीकों की प्रमुख भूमिका रही है। अब पोलियो जैसी बच्चों में अपंगता उत्पन्न करनेवाली बीमारी का भी उन्मूलन, पल्स पोलियो अभियान के अंतर्गत टीकों द्वारा करने का प्रयास चल रहा है और टीकों के द्वारा एड्स जैसे भयानक रोग पर भी नियंत्रण के प्रयास किए जा रहे हैं। भारत में एड्स रोग के टीके का प्रथम चरण का मनुष्यों पर परीक्षण पूरा कर लिया है। कोरोना के टीके के भी प्रयास विश्वस्तर पर चल रहे हैं। 100 से अधिक देश प्रयासरत हैं।

टीके क्या हैं ?

टीकों द्वारा रोगों से प्रतिरक्षा कैसे होती है ? इसको जानने के पूर्व वास्तव में टीके या वैक्सीन क्या होते हैं, इसको जानना जरूरी है। किसी रोग का टीका उस रोग को उत्पन्न करनेवाले रोगाणुओं अथवा उसके रोगाणु विष (एंटीजन) से तैयार किया जाता है। जब इसे रोगाणुओं से तैयार करते हैं तो रोगाणु (बैक्टीरिया या वायरस) मृत अथवा जीवित दोनों अवस्थाओं में हो सकते हैं। टीके के लिए यदि **रोगाणु जीवित अवस्था में लिये जाते हैं तो उन्हें विभिन्न प्रक्रियाओं द्वारा इतना कमजोर बना दिया जाता है कि वे शरीर में जाकर रोगों से प्रतिरक्षा के लिए एंटीबॉडीज तो उत्पन्न करें, लेकिन बीमारी नहीं**। टीकों में उपस्थित एंटीजन या कमजोर अथवा मृत रोगाणु जब शरीर में प्रवेश करवाए जाते हैं तो ये **रोग उत्पन्न न करके शरीर के प्रतिरक्षा तंत्र को उस रोग से लड़ने के लिए सक्षम बनाते हैं, जिसका कि टीका लगाया जाता है**। होता यह है कि जब कम मात्रा में रोग के विषाणु या एंटीजन रक्त में पहुँचते हैं तो खून में उपस्थित टी–

कोशिकाएँ इन एंटीजन्स को पहचानकर बी–कोशिकाओं को संदेश भेजती हैं। बी–कोशिकाएँ एंटीजन्स को प्रभावहीन बनाने के लिए आवश्यकतानुसार एंटीबॉडीज (प्रतिपिंड) तैयार करती हैं और **इस तरह शरीर का प्रतिरक्षा तंत्र टीकों द्वारा संबंधित रोग से लड़ने के लिए प्रशिक्षित हो जाता है।**

कुछ टीके जीवाणुओं (बैक्टीरिया) के खोल में उपस्थित एंटीजन (जो प्रोटीन होता है) से भी बनाए जाते हैं, जैसे—मस्तिष्क शोथ का टीका। जबकि पोलियो, मीजल्स, टाइफाइड आदि बीमारियों से रक्षा करनेवाले टीके जीवित रोगाणुओं को कमजोर करके बनाए जाते हैं। इसी तरह हैजा, कुकर खाँसी, यकृत शोथ इत्यादि रोगों के टीके मृत विषाणुओं से तैयार किए जाते हैं। आजकल जेनेटिक इंजीनियरिंग द्वारा विषाणुओं के नकली प्रतिरूप भी बनाकर टीके बनाते हैं।

विभिन्न तरह के टीके

(अ) जीवित (कमजोर किए गए) बैक्टीरिया अथवा वायरस युक्त टीके

- बी.सी.जी. (क्षय रोग का टीका)
- टॉयफाइड (मुँह द्वारा लिया जानेवाला)
- प्लेग
- पोलियो (मुँह द्वारा लिया जानेवाला)
- यलो फीवर
- मीजल्स
- रवेला
- मम्प्स
- इन्फ्लूएंजा
- टाइफस

(ब) मृत बैक्टीरिया या वायरस युक्त टीके

- टॉयफाइड
- हैजा
- कुकर खाँसी
- मस्तिष्क ज्वर
- प्लेग
- रेबीज
- शॉक पोलियो

- इन्फ्लूएंजा
- हेपेटाइटिस-बी
- जापानी एनसेफेलाइटिस

(स) टॉक्साइड

- घटसर्प (डिफ्थीरिया) या गलघोंटू
- टिटेनस

(द) वेनम/सीरम

- एंटी स्नेक वेनम (A.S.V.)
- एंटी टिटेनस सीरम (A.T.S.)

टीके रोगों से कैसे सुरक्षा करते हैं?

विभिन्न रोगों से सुरक्षित रखने में टीकों का महत्त्वपूर्ण योगदान रहा है। कई भयानक रोग, जैसे—हेपेटाइटिस-बी (विषाणुजन्य यकृत शोथ), टिटेनस, रेबीज एवं घटसर्प (गलघोंटू) जैसी बीमारियों से बचाव टीके के कारण ही संभव हुआ है। टीका लगवाने के पश्चात् यदि व्यक्ति पर संबंधित रोग का जीवाणु अथवा विषाणु आक्रमण करता भी है तो टीके द्वारा पहले से ही रक्त में उत्पन्न एंटीबॉडीज उन रोगाणुओं के विषैले तत्त्व एंटीजन को पहचानकर उसे निष्क्रिय या प्रभावहीन बना देती है और रोग नहीं हो पाता। वास्तव में टीके शरीर के प्रतिरक्षा तंत्र को संबंधित रोग से लड़ने के लिए पूर्व से ही प्रशिक्षित करने का कार्य करते हैं।

मृत रोगाणुओं से बनाए गए टीकों की अपेक्षा जीवित रोगाणुओं से बनाए गए टीकों का प्रभाव अधिक होता है।

टीकों के खतरे एवं कुप्रभाव

टीके लगवाने के सामान्य तौर पर कोई खतरे नहीं हैं। अपवादस्वरूप ही कोई परेशानी अथवा प्रतिक्रिया होती है। जिसका इलाज तुरंत किया जाए तो तुरत ठीक भी हो जाती है। टीकों द्वारा उत्पन्न कुछ लक्षण या परेशानियाँ निम्न हैं—

1. सामान्य परेशानियाँ : टीके जिस जगह लगाए जाते हैं, उस स्थान पर सूजन और दर्द हो सकता है या छोटी सी गाँठ बन सकती है। कभी-कभी इस जगह मवाद भी पड़ सकती है।

2. गलत तरीके से लगाए जाने पर टीकों द्वारा परेशानियाँ : सही ढंग से सुइयाँ या पिचकारी न उबाले जाने पर अन्य बीमारियों, जैसे—हेपेटाइटिस-बी,

एवं कुछ बैक्टीरियाओं द्वारा संक्रमण हो सकता है, बुखार या सिरदर्द इत्यादि भी हो सकते हैं।

3. अति संवेदनशीलता के कारण प्रतिक्रियाएँ : टिटेनस के लिए ए.टी. एस. देने से कई बार रिएक्शन के कारण शॉक की स्थिति बन जाती है। कुछ विषाणु युक्त टीकों को बनाने के लिए एंटीबायोटिक्स का उपयोग किया जाता है। इनके कारण भी रिएक्शन हो सकता है। इन्फ्लूएंजा के टीके से भी गंभीर प्रतिक्रियाएँ हो सकती हैं। इसके अलावा इनसे सीरम सिकनेस हो सकती है, जिसमें बुखार, शरीर पर दाने, सूजन, जोड़ों में दर्द इत्यादि लक्षण उत्पन्न हो जाते हैं। ये लक्षण इंजेक्शन लगाए जाने के 7–12 दिनों पश्चात् मिलते हैं। टीके डॉक्टर की सलाह से लगवाना चाहिए।

बी.सी.जी. का टीका लगाते हुए

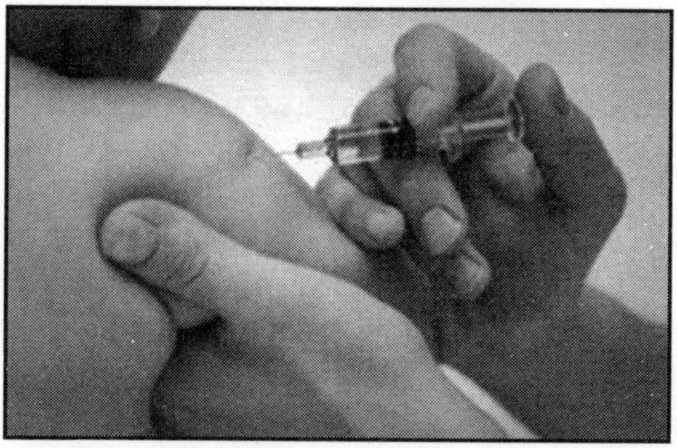

पोलियो ड्रॉप पिलाते हुए

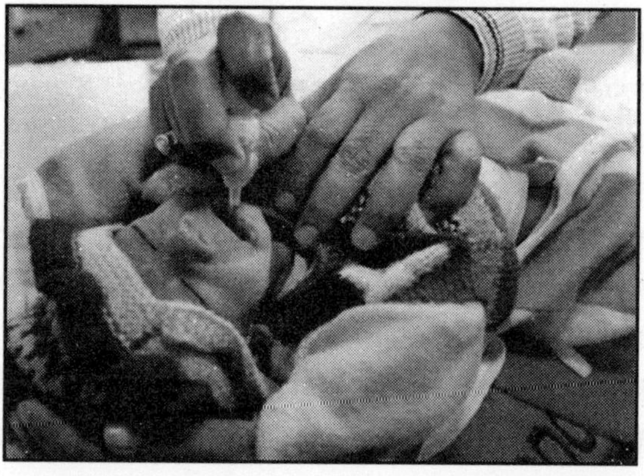

4. तंत्रिका-तंत्र संबंधी रोग : जैसे एन्सेफेलाइटिस इत्यादि रेबीज या बड़ी माता का टीका लगाने के पश्चात् हो सकते हैं, इसलिए रिएक्शन से बचने के लिए कुछ टीकों, जैसे—ए.टी.एस. इत्यादि को शरीर पर टेस्ट करने के पश्चात् लगाते हैं। इस बारे में डॉक्टर की सलाह लेनी चाहिए।

कौन से टीके कब लगवाएँ?

अब लोग टीकों के महत्त्व को समझने लगे हैं, लेकिन अधिकतर पढ़े-लिखे व्यक्ति भी पूर्ण रूप से यह नहीं जानते कि बच्चों को कब कौन से टीके लगवाना उचित रहता है एवं टॉयफाइड, हेपेटाइटिस-बी इत्यादि के टीके भी जरूरत पड़ने पर लगवाए जा सकते हैं। बहुत सी महिलाएँ अज्ञानता अथवा आलस्यवश बच्चों को उचित टीके नहीं लगवा पाती हैं या प्रतिरक्षा के इस सस्ते साधन की उपेक्षा कर देती हैं, परिणामस्वरूप जब उनके बच्चों को पोलियो या अन्य कोई गंभीर बीमारी हो जाती है तो उन्हें अपनी गलती का अहसास होता है। यदि बच्चे या छोटे शिशु को स्वास्थ्य कार्यकर्ता टीके लगाने न आएँ तो उसका ज्यादा इंतजार न करते हुए स्वयं अस्पताल जाकर टीके लगवाना चाहिए। इसी तरह मस्तिष्क ज्वर, हैजा, पीलिया इत्यादि फैलने पर चिकित्सक के परामर्श से इन खतरनाक बीमारियों के भी टीके लगवाए जा सकते हैं। गर्भवती महिला को गर्भावस्था के दौरान टिटेनस टॉकसाइड के दो टीके अवश्य लगवाने चाहिए, इससे माता और होनेवाला बच्चा दोनों टिटेनस की खतरनाक बीमारी से सुरक्षित रहते हैं।

बी.सी.जी. का टीका : जन्म लेनेवाले शिशु को जन्म के तुरंत पश्चात् अथवा एक सप्ताह के अंदर बी.सी.जी. का टीका लगवाना चाहिए। यदि इस वक्त न लगवा पाएँ, तो 9 महीने के अंदर कभी भी यह टीका लगवाया जा सकता है। बी.सी.जी. का टीका क्षय रोग (टी.बी.) से बच्चे की रक्षा करता है। यह कंधे के मसल पर लगाया जाता है। इंजेक्शन लगाते वक्त डेटाल या स्प्रिट का उपयोग नहीं करते। टीका लगने के पश्चात् 2 से 3 सप्ताह पश्चात् एक छोटी सी गाँठ सरीखी बनती है, जो आकार में बढ़कर लगभग 5 सप्ताहों में 4 से 8 मि.मी. हो जाती है। फिर यह अपने आप बैठ जाती है या इस जगह एक छाला बन जाता है, जो बाद में भर जाता है, लेकिन एक गोलाकार छोटा निशान छोड़ जाता है। **इन बातों की चिंता नहीं करनी चाहिए।** कुछ असामान्य मामलों में टीके के स्थान का छाला भरता नहीं है या अन्य प्रतिक्रियाएँ, जैसे—लसिका ग्रंथियों का बढ़ना या हड्डियों में संक्रमण इत्यादि हो सकता है। ऐसी स्थिति में शीघ्र चिकित्सक को दिखलाना चाहिए, वह आवश्यक इलाज देगा।

उक्त बी.सी.जी. का टीका 15–20 वर्षों तक सुरक्षा प्रदान करता है। यह विवादास्पद तथ्य है कि फिर इसके बाद पुनः टीका लगवाना चाहिए कि नहीं और वह आगे भी टी.बी. से सुरक्षा प्रदान करेगा कि नहीं। कुछ विशेषज्ञ स्कूली बच्चों को पुनः बी.सी.जी. का टीका लगवाने की सलाह देते हैं, ताकि वयस्क प्रकार के रोग से रक्षा हो सके। एक्जिमा एवं कुछ अन्य बीमारियों में बी.सी.जी. का टीका नहीं लगाते, यह ठीक होने पर लगाते हैं।

पोलियो एवं ट्रिपल वैक्सीन (डी.पी.टी.) और पेंटावेलेंट वैक्सीन

पोलियो की खुराक शिशु के जन्म के समय बी.सी.जी. के साथ ही देने की सलाह, ई.पी.आई. कार्यक्रम के अंतर्गत विश्व स्वास्थ्य संगठन द्वारा दी जाती है और 6 सप्ताह होने पर पोलियो के साथ डी.पी.टी. की मात्राएँ देते हैं। डी.पी.टी. का पूरा नाम डिफ्थीरिया, परट्यूसिस और टिटेनस है। यह बच्चे की घटसर्प, कुकर खाँसी और धनुषटंकार नामक तीन खतरनाक रोगों से रक्षा करता है। **अब इनकी जगह 6वें, 10वें और 14वें सप्ताह में पेंटालेंट वैक्सीन लगाते हैं। इन तीन रोगों के साथ ही हेपेटाइटिस बी और इफ्लूएंजा से रक्षा करता है।**

फिर 9–12 माह के बीच मीजल्स का टीका शिशुओं को लगवाना चाहिए। यह मीजल्स से सुरक्षा प्रदान करता है। इसके पश्चात् पुनः डेढ़ वर्ष और दो वर्ष की उम्र में पोलियो और डी.पी.टी. की एक–एक खुराक और देते हैं। इसे बूस्टर डोज अथवा प्रभावी मात्रा कहते हैं।

5–6 वर्ष के बीच जब बच्चा स्कूल जाने लगता है तो उसे डी.टी., जो डिफ्थीरिया और टिटेनस के लिए होता है, पुनः लगवाते हैं। साथ ही टॉयफाइड का टीका भी लगवाते हैं। दस और सोलह वर्ष की उम्र में पुनः टाइफाइड एवं टिटेनस के टीके लगवाते हैं।

यहाँ यह बात ध्यान देने योग्य है कि यदि भूलवश माताएँ डेढ़ माह की उम्र से डी.पी.टी. और पोलियो देना शुरू नहीं कर पातीं, तो वे 9 माह के भीतर कभी भी 4–4 सप्ताह के अंतर से इनकी 3 खुराकें दे सकती हैं। कुछ ध्यान देने योग्य बातें—

1. टीके की दो खुराकों में कम–से–कम 4 सप्ताह का अंतर होना चाहिए।
2. हलके बुखार, सर्दी, खाँसी में भी बच्चे को टीके लगवाए जा सकते हैं।
3. यदि शिशु का जन्म अस्पताल या नर्सिंग होम में होता है तो उसे जन्म के समय ही बी.सी.जी. का टीका लगवा देना चाहिए।

बच्चों के लिए भारतीय शिशु रोग विशेषज्ञों द्वारा तय की टीकाकरण तालिका

क्र.	समय-सारणी	टीका	किन रोगों से सुरक्षा प्रदान करते हैं।
1	जन्म के समय	बीसीजी. हेपेटाइटिस बी, पोलियो खुराक (ओपीवी-0)	क्षय रोग (टी.बी.) पीलिया (यकृत शोथ) पोलियो (बालपक्षाघात)
2	6 सप्ताह, फिर 10 सप्ताह और 14 सप्ताह होने पर	पेंटावेलेंट (डीपीटी + हेपेटाइटिस बी + हिब) पोलियो खुराक (ओपीवी)	गलघोंट, काली या कुकर खाँसी, टिटनेस हीमोफिलिस निमोनिया (हिब) पोलियो
3	9-12 माह में	खसरा (और विटामिन ए की खुराक)	खसरा रोग (विटामिन 'ए' अंधत्व से बचाता है)
4	16-24 माह	डीपीटी का बूस्टर, पोलियो का बूस्टर, खसरे का दूसरा टीका	गलघोंट, काली खाँसी, टिटनेस और पोलियो, खसरा
5	5-6 वर्ष	डीपीटी की बूस्टर मात्रा	गलघोंट, काली खाँसी, टिटनेस

- खसरे का दूसरा टीका या एम.एम.आर. (कुछ चुने हुऐ राज्यों में)।
- **छोटे बच्चों के टीकाकरण के लिए शिशु रोग विशेषज्ञ अथवा स्वास्थ्यकर्मी की सलाह ले।**

विशेष परिस्थितियों में टीकाकरण

कई बार कुछ क्षेत्रों में हैजा, प्लेग, टॉयफाइड, फ्लू इत्यादि का संक्रमण सामूहिक रूप से (एपिडेमिक्स) होता है, तब उस क्षेत्र विशेष में बड़े पैमाने पर टीकाकरण करना होता है। इसी तरह मेलों में हैजा जैसी बीमारी से बचाव के लिए

मेले में प्रवेश करनेवालों को भी टीका लगाया जाता है। यहाँ कुछ ऐसे टीकों का संक्षिप्त विवरण दिया जा रहा है, जो विशेष परिस्थितियों में लगवाए जाते हैं।

1. **हैजा (कालरा) :** हैजा का टीका इंजेक्शन द्वारा त्वचा के नीचे लगाया जाता है। इसकी दो मात्राएँ 4 से 6 सप्ताहों के अंतर से लगवाई जाती हैं, लेकिन जब बड़े पैमाने पर इसे लगाते हैं तो केवल एक खुराक, जो एक मि.ली. की होती है, लगाते हैं। टीके लगने के 6 दिन पश्चात् रोग प्रतिरोधक शक्ति विकसित हो जाती है। प्रत्येक 6 महीने में प्रभावी मात्रा लगवाने की सलाह चिकित्सा विशेषज्ञों द्वारा दी जाती है।
2. **प्लेग :** यह टीका भी जहाँ प्लेग फैलता है या उसका खतरा रहता है, ऐसे स्थानों के लोगों को लगाया जाता है। त्वचा के नीचे या मांसपेशियों में 7 से 14 दिनों के अंतर से लगते हैं। टीके द्वारा रोग प्रतिरोधकता 5 से 7 दिनों में विकसित होती है, जो 6 महीने तक बनी रहती है।
3. **टॉयफाइड बुखार :** इसकी दो मात्राएँ शरीर की त्वचा के नीचे 4–6 सप्ताहों के अंतर से लगाई जाती हैं। रोग प्रतिरोधकता 10–19 दिनों के बीच विकसित होती है। जिन लोगों को इस रोग का खतरा होता है, उन्हें प्रत्येक वर्ष इसकी प्रभावी मात्रा लगवानी चाहिए। ऐसे परिवार के सदस्य जहाँ टॉयफाइड का रोग किसी को हुआ हो तो सभी सदस्यों को टीके लगवा लेना चाहिए।

उपरोक्तानुसार इन्फ्लूएंजा, यलो फीवर इत्यादि के टीके भी विशेष परिस्थितियों में आवश्यकतानुसार लगाए जाते हैं।

सार्वभौमिक टीकाकरण कार्यक्रम

इसे यू.आई.पी. भी कहते हैं। विश्व स्वास्थ्य संगठन और यूनिसेफ की मदद से पूरे विश्व में छह बीमारियों—डिप्थीरिया, कुकर खाँसी, टिटेनस, पोलियो, मीजल्स एवं क्षय रोग के विरुद्ध टीकों द्वारा पूर्णत: नियंत्रण के लिए एक अभियान चलाया गया है। इसके अंतर्गत सन् 2000 तक विश्व के सारे बच्चों को उक्त बीमारियों से सुरक्षित बनाने का लक्ष्य था। अब पेंटावेलंट वैक्सीन आने के बाद टिपल वैक्सीन की जगह इसे शामिल कर लिया गया है। क्योंकि हेपेटाइटिस बी और इन्फ्लूएंजा के लिए फिर अलग से टीकाकरण करने की जरूरत नहीं होती। अब राष्ट्रीय टीकाकरण कार्यक्रम में रोटा वायरस वैक्सीन को भी शामिल कर लिया गया है।

पल्स पोलियो अभियान

सन् 1988 में विश्व स्वास्थ्य संगठन में पोलियो जैसे खतरनाक रोग को पूरे विश्व से उन्मूलन के लिए प्रस्ताव पारित किया था। इसका उद्देश्य है कि एक भी ऐसा मामला, जिसमें पोलियो का वायल्ड वायरस (जो बीमारी फैलाता है) हो, नहीं मिलना चाहिए। पल्स पोलियो के अंतर्गत अतिरिक्त पोलियो की दो खुराकें सारे देश के बच्चों को पिलाई गईं। (शुरू में यह कार्यक्रम प्रयोग के तौर पर केवल दिल्ली में प्रारंभ किया गया था।) इस तरह एक साथ पोलियो के टीके की खुराकें बच्चों को पिलाने से बायल्ड वायरस, वैक्सीन वायरस में बदल जाएगा, जिससे पोलियो का उन्मूलन हो सकेगा, ऐसा चिकित्सा विशेषज्ञों का विश्वास है। (और यह विश्वास अब सच्चाई में बदल गया है, क्योंकि भारत अब पूर्णतः पोलियो मुक्त है, लेकिन अभी एक वर्ष यह कार्यक्रम और चलाया जाएगा।)

इम्यूनोग्लाब्यूलिंस

टीकों के अलावा किसी रोग के विरुद्ध रोग प्रतिरोधक क्षमता बढ़ाने के लिए इम्यूनोग्लोब्यूलिंस दिए जाते हैं। उनमें से कुछ प्रमुख हैं—हेपेटाइटिस-बी (पीलिया), रेबीज, रवेला, टिटेनस आदि। इम्यूनोग्लोब्यूलिंस कुछ एलर्जी संबंधी रोगों एवं दमा इत्यादि में भी दिए जाते हैं। इन्हें इंजेक्शन के रूप में मसल्स या नसों में देते हैं।

एंटीसीरा या एंटी टॉक्सिन्स

ये वे पदार्थ हैं, जो मनुष्य के अलावा अन्य जानवरों, जैसे—घोड़ा, बंदर इत्यादि के रक्त से तैयार किए जाते हैं। टिटेनस (ए.टी.एस.) डिफ्थीरिया, गैस गैंगरीन एवं सर्प के काटने के लिए ये एंटीसीरा उपयोग में लाए जाते हैं। एंटीसीरा सावधानीपूर्वक उपयोग में लाते हैं, क्योंकि इनसे रिएक्शन का खतरा होता है। आजकल इनकी जगह इम्यूनोग्लोब्यूलिंस का उपयोग करते हैं।

□

द्वितीय भाग

कोरोना वायरस और कोविड-19

1

महामारियों का इतिहास और कोरोना संक्रमण की शुरुआत

अभूतपूर्व महामारी है यह। कोरोना वायरस या विषाणु द्वारा होने वाली कोविड-19 से पूर्व, मानव इतिहास में कई महामारियों ने इससे भी अधिक लोगों की जानें लीं, लेकिन सारी दुनिया को एक साथ इतना भयाक्रांत और तहस-नहस नहीं किया। इसके दुष्प्रभाव प्रत्येक क्षेत्र में दिख रहे हैं। मानव इतिहास में महामारियों के प्रकोप की घटनाएँ बहुत पुरानी हैं। ईसवी सन् के 1800 साल में 3 बड़ी महामरियाँ आईं, फिर लगभग 200 साल में 7 और अब 10 वर्ष में पाँच वायरस या विषाणुजन्य बीमारियाँ आईं; जिन्होंने दुनिया को हिलाकर रख दिया।

पिछले दो हजार वर्षों में उक्त महामरियों ने 18 करोड़ 15 लाख से अधिक लोगों की जान ली है। डिस्कवरी, बी.बी.सी. लाइव साइंस, हिस्ट्री टुडे और यू.एस. नेशनल लाइब्रेरी ऑफ मेडिसिन के आँकड़ों के अनुसार सबसे अधिक मौतें जस्टिनियन प्लेग, ब्लैक डेथ प्लेग, स्पैनिश इन्फ्लूएंजा से हुईं। **इन तीनों महाबीमारियों से लगभग 5-5 करोड़ मौतें हुई हैं** और इन 15 करोड़ मौतों का प्रभाव सारी दुनिया ने भोगा। जस्टिनियन प्लेग से विश्व 4 साल प्रभावित रहा। इस प्लेग से उस वक्त लगभग 10 प्रतिशत जनसंख्या खत्म हो गई। उस समय के वाइजेंहाइन साम्राज्य के शाहशाह जस्टिनियन भी इस प्लेग से ग्रस्त हो गए थे, लेकिन वे बच गए थे। **इसलिए इस प्लेग को उनके नाम पर 'जस्टिनियन प्लेग' कहा गया।**

सन् 1850 तक चार बड़े संक्रामक रोग फैले, लेकिन फिर कम समय के अंतर से ही नई महामारियाँ होने लगीं। पिछले 50 वर्षों (सन् 2002 तक) 7 संक्रामक रोग फैले। इसके बाद यह गति और भी तेज हो गई। विगत 18 वर्षों

से कोविड–19 को मिलाकर कुछ 8 संक्रामक बीमारियाँ फैलीं, जिनमें ज्यादातर वायरसों (विषाणुओं) द्वारा उत्पन्न थीं।

लेकिन टीकों के आविष्कार और एंटीबायोटिक तथा एंटीवायरस दवाओं की उपलब्धता के कारण अब होने वाली मृत्यु की संख्या काफी घट गई है। अब पूर्व इतिहास की तरह मौतें करोड़ों में नहीं होतीं। कई संक्रामक रोगों के टीके या वैक्सीन आज भी नहीं बन सके हैं, जिसके कारण बीमारियों की रोकथाम कम समय में कारगर ढंग से नहीं हो पाती है और बीमारी नए–नए व्यक्तियों को अपना शिकार बनाती रहती है। जैसे कि अभी सार्स, एच.आई.वी.(एड्स), मर्स, इबोला के वैक्सीन प्रयास करने के बावजूद नहीं बन सके हैं।

ये महामारियाँ फैलीं

वर्ष (एडी)	वायरस/ बैक्टीरिया महामारी	मौतें
165	एंटोनाइन प्लेग	50 लाख
541	जस्टिनियन प्लेग	5 करोड़
1346–53	ब्लैक डेथ प्लेग	5 करोड़
1852	कालरा (हैजा)	10 लाख
1889	रशियन फ्लू	10 लाख
1910	कालरा (हैजा)	8 लाख
1918	स्पैनिश फ्लू	5 करोड़
1957	एशियन फ्लू	11 लाख
1968	हांगकांग फ्लू	10 लाख
1981	एच.आई.वी. एड्स	2.22 करोड़
2002	सार्स	770
2005–12	एच.आई.वी. एड्स	1.28 लाख
2009	स्वाइन फ्लू	2 लाख
2012 से	मर्स	850
2014–16	इबोला	11300

2015	जीका विषाणु रोग	आँकड़ा नहीं
2016	डेंगी (डेंगू)	38 हजार
2019–20	कोविड–19	एक लाख पचास हजार (लगभग)

इसी प्रकार कोरोना वायरस द्वारा उत्पन्न कोविड–19 का टीका भी नहीं बना; हालाँकि प्रयास हो रहे हैं। अमेरिका और चीन ने तो वैक्सीन का परीक्षण भी शुरू कर दिया है, लेकिन अभी पूर्ण सक्षम वैक्सीन उपलब्ध नहीं हो सका है। यदि इस रोग का भी वैक्सीन बन जाता, तो स्थिति इतनी भयानक न होती। (अब सब ने टिका बना लिया है। जानकारी के अनुसार रूस और चीन ने टीका बना लिया है।)

अब बैक्टीरिया (जीवाणु) की जगह वायरस (विषाणु) द्वारा उत्पन्न रोग ज्यादा हो रहे हैं। नेशनल लाइब्रेरी ऑफ मेडिसिन का कथन है कि ये वायरस और तेजी से नए रूप में हमारे सामने आते रहेंगे। तब तो हमें इसके कारगर विकल्प होने और दवाओं की खोज करनी होगी।

दिसंबर 2019 में वुहान की पहली महिला मरीज

चीन ने हालाँकि स्पष्ट रूप से स्वीकार नहीं किया, लेकिन वुहान की 57 वर्षीय महिला वेई गुमियान को कोरोना से संक्रमित प्रथम रोगी माना जा रहा है। चीन इसे जीरो पेशेंट कहता है। शुरू में इसमें जो लक्षण मिले, उसमें रोग की पहचान नहीं हो सकी, इसलिए चीन द्वारा इसे पेशेंट जीरोबतलाया गया। एक महीने चले इलाज के पश्चात् यह महिला ठीक हो गई, यह उन संक्रामक रोगियों में शामिल थी और वुहान में ही झींगा बेचने का कार्य करती थी।

द वाल स्ट्रीट जनरल के अनुसार यह महिला उस समय संक्रमित हुई, जब वह 10 दिसंबर, 2019 के वुहान के हुआनेन सी–फूड मार्केट में झींगे बेच रही थी। महिला के अनुसार उसने बाजार के एक सार्वजनिक शौचालय का इस्तेमाल किया। इसके बाद उसे सर्दी–जुकाम ने जकड़ लिया।

31 दिसंबर, 2019 को वुहान म्यूनिसपल हेल्थ कमीशन ने सबसे पहले इस महिला का नाम बतलाया। जिन 27 रोगियों में वह शामिल थी, उनमें से 24 रोगी उसी सी फूड मार्केट से संक्रमण का शिकार हुए थे, जहाँ महिला झीगें बेचती थी। हालाँकि चीन ने यह सब सीधे तौर पर स्वीकार नहीं किया, न ही इस संबंध में

आधिकारिक बयान आया। उल्टा चीनी अखबार ग्लोबल मीडिया ने दावा किया कि यह वायरस अमेरिका की देन है। इससे दोनों देशों में जुबानी जंग छिड़ गई।

वुहान की प्रथम रोगी ने बतलाया कि मुझे हर बार ठंड के मौसम में सर्दी-जुकाम हो जाता था। 10 दिसंबर को ऐसा हुआ कि मैं पास के क्लीनिक गई, लेकिन दवा खाने के बावजूद हालत बिगड़ने लगी, तो मैंने वुहान के द इलेविंथ हॉस्पिटल में दिखलाया, वहाँ भी बीमारी का उस समय पता नहीं चला। 5 दिन बाद मेरी चेतना खोने लगी, तो 16 दिसंबर को फिर मेरी जाँचें हुईं, तब वहाँ बतलाया गया कि उसके जैसे लक्षण और भी कई मरीजों में देखे गए हैं, फिर चीनी प्रशासन ने उसे दिसंबर के आखिर में क्वारेंटाइन किया और वुहान के सी फूड मार्केट से कोरोना वायरस का संबंध लोगों की नजर में आया।

फिर 31 दिसंबर, 2019 को पहली बार महिला को कोरोना का संक्रमण बतलाया गया। महिला का कहना था कि उसे रोग उसी पब्लिक टॉयलेट से लगा था, जिसको सी फूड मार्केट के व्यापारी इस्तेमाल करते थे। वह जनवरी 2020 में पूरी तरह ठीक भी हो गई। इस प्रकार हम भयानक जानलेवा कोरोना से ग्रसित हुए। यह था पहले रोगी का इतिहास।

कुछ लोगों का कथन है कि चीन ने 20 दिसंबर, 2019 में ही 266 रोगियों की पहचान कर ली थी, जो कोरोना वायरस से संक्रमित थे, बाद में उस पहली महिला मरीज के संपर्क में रहा उसका पति और बेटी एवं भानजी भी इस रोग की शिकार बन गई। इसके अलावा उस सी फूड मार्केट के कई व्यापारी भी कोरोना वायरस से संक्रमित हुए। चीन पर कुछ ने यह आरोप भी लगाया कि समय रहते सरकार ने कार्यवाही नहीं की और विश्व के देशों को सूचना नहीं दी, वरना इस रोग में मरनेवालों की संख्या कम होती।

क्या चीन से पहले इटली में था यह रोग

इस संबंध में वैज्ञानिकों के अलग-अलग दावे सामने आए हैं। दुनिया की एक बड़ी महामारी घोषित हो चुके कोविड-19 के संबंध में कुछ वैज्ञानिकों ने दावा किया है कि चीन से पहले नवंबर 2019 में इटली में निमोनिया के कुछ अलग तरह के अजीव मामले रोगियों में देखे गए। चीन की न्यूज एजेंसी सिन्हुआ के अनुसार 'द लेंसेट' पत्रिका के लेख में नेशनल पब्लिक रेडियो के यह लेखक गिऊसेपी रेमुजी की रिपोर्ट में कहा गया है कि विशेषकर बुजुर्गों में यह अजीव निमोनिया देखा गया है, जबकि इस रोग की शुरुआत चीन के वुहान से मानी जा रही है। 21 फरवरी को

लोम्बार्डी (इटली) में इस महामारी के फैलने से अब तक दो लाख से ऊपर मामले आ चुके हैं और इटली चीन से 30 प्रतिशत ज्यादा मौतें हुई हैं, यदि हम चीन के आँकड़ों को सही मानें, तो इस प्रकार इटली पूरे विश्व में सर्वाधिक प्रभावित देश बन गया है, लेकिन अब अमेरिका में भी इस बीमारी से मौतें और संक्रमितों का आँकड़ा तेजी से बढ़ रहा है। अमेरिका में लगभग 17 लाख संक्रमित मौजूद हैं और एक लाख से ऊपर मौतें हुई हैं। (अब 70 लाख के करीब रोगी हो चुके हैं।)

कैसे पता चला इस खतरनाक वायरस या विषाणु का

वुहान हॉस्पिटल के विशेषज्ञ डॉ. ली वेगलियोग चीन में कोरोना वायरस के बारे में लोगों को बतलाने वाले पहले व्यक्ति थे। 31 दिसंबर, 2019 को ही उन्होंने चीन के सोशल मीडिया प्लेटफॉर्म की चैट पर लोगों को इस वायरस के बारे में चेतावनी दे दी थी। इसके बाद पुलिस ने आकर उन्हें एक पत्र पर हस्ताक्षर करने को कहा था, क्योंकि उन पर अफवाह फैलाने का आरोप लगाया गया था। उन्हें इस संबंध में चुप रहने को भी कहा गया, लेकिन वे रोगियों का इलाज भी करते रहे, लोगों को इस कोरोना रोग के प्रति आगाह और जागरूक भी करते रहे। उन्हें यह लगा कि सार्स रोग के वायरस जैसा ही कोई खतरनाक वायरस आ गया है, क्योंकि उन्होंने ऐसे सात केस देखे थे, जिनमें सार्स रोग जैसे ही लक्षण थे। फिर 31 जनवरी को डॉ. ली ने न्यूयॉर्क टाइम्स को एक साक्षात्कार भी दिया। 10 जनवरी को उन्हें खाँसी शुरू हुई और बाद में बतलाया गया कि उनकी कोरोना से मौत हो गई।

बाद में इंपीरियल कॉलेज लंदन के महामारी विशेषज्ञ नील फर्ग्यूसन ने इस बीमारी के बारे में चेतावनी देते हुए बतलाया कि यदि जरूरी कदम नहीं उठाए गए, तो दो लाख से ऊपर मौतें अकेले ब्रिटेन में हो सकती हैं।

इसके पूर्व नोबल कोरोना वायरस का पता लगाने वाली चीन की डॉक्टर जहाँग जियांग, जो श्वसन तंत्र विशेषज्ञ थीं, ने 26 दिसंबर, 2019 को क्रिटिकल केयर सेंटर में निमोनिया के चार रोगियों में एक से लक्षण पाए। इन मरीजों में तीन तो एक ही परिवार के थे। फिर अगले दिन तीन रोगी और उनके पास इन्हीं लक्षणों के आए, तो उन्होंने इस नई बीमारी की चर्चा अस्पताल के अधिकारियों से की और फिर इस वायरस की पहचान हुई।

विभिन्न मत : कुछ वैज्ञानिकों के अनुसार यह चमगादड़ में रहनेवाला वायरस है, जो मनुष्यों में पेंगोलिन के द्वारा किसी तरह प्रवेश कर गया, क्योंकि वायरस के जीनाम्स या संरचना चमगादड़ों के जीनाम्स से कुछ

मिलती-जुलती है। कुछ का मानना है कि जीवाणु युद्ध में प्रयोग करने के लिए यह वायरस बना है। इस संबंध में दो महाशक्तियाँ एक-दूसरे पर आरोप-प्रत्यारोप भी लगा रही हैं।

कोरोना वायरस की खोज और संक्रमण की शुरुआत

डॉ. जून. अल्मीडा : आपको जानकर आश्चर्य होगा कि 56 साल पहले एक महिला ने दुनिया को हिलाकर रख देनेवाले वायरस नोबल कोरोना परिवार के पहले सदस्य की खोज सन् 1964 यानी कि 56 वर्ष पूर्व की थी। स्कॉटलैंड की उस महिला का नाम था डॉ. जून. अल्मीडा और उसने यह वायरस की खोज जब लंदन स्थित लैब में की, तो उस वक्त डॉ. डेविड टॉयटेल सर्दी, जुकाम पर शोध कर रहे थे, लेकिन जिस वायरस को वे देखना चाह रहे थे, वह बी-814 देख नहीं पा रहे थे। तब उन्होंने इसके लिए डॉ. जून अल्मोडा को बुलाया, जो इम्यून इलेक्ट्रॉन माइक्रोस्कोपी में विशेष अनुभव रखती थीं। जून ने उस वायरस के नमूने को सर्दी-जुकाम वाले मरीज की नाक से लिया था। जब उन्होंने विशेष प्रक्रिया के तहत डॉ. डेविड द्वारा बतलाए गए वायरस को देखा, तो उन्होंने भी बी-814 को इन्फ्लूएंजा वायरस की तरह ही बतलाया, लेकिन यह भी कहा कि यह उससे भिन्न है। उनकी हम खोज को पहले मानव कोरोना वायरस के रूप में जाना गया है। इसके **बाद 5 कोरोना वायरस और खोजे गए।** म्याँमार में भी कई वायरस खोजे गए। कोविड-19 रोग उत्पन्न करनेवाला वायरस सातवाँ है, जिसे वैज्ञानिकों ने नाम दिया है सार्स-COV-2।

डॉ. जहाँग जियांग, श्वसन तंत्र विशेषज्ञ : नोबल कोरोना वायरस (SARS COV-2 की खोजकर्ता)—नोबल कोरोना वायरस का पता लगाने वाली 54 वर्षीय डॉ. जहाँग जियांग दुनिया में पहली डॉक्टर बनी, जिन्होंने नोबल कोरोना के कई रोगियों की पहचान की और इस खतरनाक कोविड-19 से दुनिया का परिचय करवाया।

26 दिसंबर, 2019 को श्वसन तंत्र विशेषज्ञ और क्रिटिकल केयर डिपार्टमेंट की डायरेक्टर डॉ. जहाँग जियांग ने अपने यहाँ भर्ती चार रोगियों में बिल्कुल एक से लक्षण पाए। ये रोगी निमोनिया से गंभीर रूप से पीड़ित थे और जाँच में इन रोगियों के फेफड़ों में एक जैसा संक्रमण दिख रहा था और एक विशेष बात यह थी, इन चार रोगियों में तीन रोगी तो एक ही परिवार के थे। फिर अगले दिन तीन रोगी और

बिल्कुल ऐसे ही उनके विभाग में आए। ये उन्हें कुछ अलग तरह के मामले लगे तो उन्होंने खोजबीन शुरू की और विभागों और डॉक्टर्स को भी सूचित कर दिया कि यह कोई सामान्य बीमारी नहीं है। उन्होंने 27 दिसंबर, 2019 को अपने चीनी अधिकारियों को भी बतला दिया। इसके पहले वे 2003 में सार्स वायरस से निपटने वाली टीम में भी शामिल थी। उन्होंने बतलाया इस समय मेरा ज्ञान और अनुभव अब काम आया। बाद में वायरस को भी नाम दिया गया SARS COV-2 (सार्स को.वी.-2) इस तरह नए वायरस की खोज हुई।

नील फर्ग्यूसन (महामारी विशेषज्ञ, इंपीरियल कॉलेज लंदन) : 52 वर्षीय नील फर्ग्यूसन ने ब्रिटिश सरकार को पूर्व में ही चेतावनी दे दी थी। उन्होंने सरकार से कहा कि यदि जरूरी कदम नहीं उठाए गए तो ब्रिटेन में 2 लाख 60 हजार तक रोगी रोग से प्रभावित हो सकते हैं और उनकी मौतें हो सकती हैं। इसके बाद ही ब्रिटेन में वर्क फ्रॉम होम शुरू हुआ। सरकार ने स्कूल मॉल, थिएटर और सभी सार्वजनिक जगह बंद कर दीं।

तो यह है कोरोना जैसे महा रोग और उसके वायरस की अधूरी कहानी। अधूरी इसलिए कि यह स्पष्ट ही नहीं हुआ कि **वायरस वुहान में या दुनिया में आया कहाँ से। वह बनाया गया है या किसी प्रयोगशाला से गलती से लीक हुआ या जानबूझकर फैलाया गया,** ये कुछ प्रश्न हैं, जो मेरे मन भी हैं और आपके मन में भी होंगे। वास्तव में इस संबंध में बिना पुख्ता प्रमाणों के कुछ नहीं कहा जा सकता है, लेकिन विभिन्न देश शंका जरूर जाहिर कर रहे हैं कि अमेरिका सहित कुछ देश है कि यह वायरस चीन के वुहान की लैब से लीक हुआ, लेकिन आश्चर्य की बात यह है कि जिस लैब की बात हो रही है, उसके लिए 28 करोड़ रुपए अमेरिका भी देता था। फिर उसे स्वयं क्यों नहीं पता उसके फंड से चलनेवाली लैब में क्या होता रहा है ? जर्मनी ने तो अरबों रुपए के हरजाने का बिल भी चीन को भेजा है। एड्स रोग के वायरस ह्यूमन इम्यूनो डिफिशिएंसी वायरस की खोज करनेवाले नोबल पुरस्कार विजेता ल्यूकमॉण्टेग्नियर ने भी कहा है, यह वायरस एक लैब से आया है और एड्स वायरस के वैक्सीन बनाने के दौरान लीक हुआ है। फॉक्स न्यूज ने लिखा कि वुहान लैब में सुरक्षा नियमों का पालन न होने से एक इंटर्न इस वायरस से संक्रमित हुई और फिर यह वायरस वेट मार्केट पहुँचा। तो कुल मिलाकर अभी ये आरोप प्रमाणित नहीं है। इसलिए निश्चित रूप से कुछ नहीं कहा जा सकता। चीन ने इन आरोपों का खंडन भी किया है और कहा है कि इस मामले में हम दोषी

नहीं हैं। चीन ने वायरस की रोकथाम के लिए जिम्मेदार रवैया अपनाया है। वैसे तो सारा विश्व इस रोग से प्रभावित है, लेकिन अमेरिका सबसे ज्यादा प्रभावित देशों में है। वहाँ मौतों का आँकड़ा पचास हजार के पास पहुँच रहा है। चीन पर रोगियों के गलत आँकड़े बतलाने और दुनिया के वैज्ञानिकों और देशों की शीघ्र जानकारी प्रदान न करने के भी आरोप लगते रहे हैं। प्रमाण मिलने पर ही सच सामने आएगाञ अब रूस ने भी आरोप लगाया है कि कोरोना का यह नया वायरस वुहान लैब के प्रयोगों का नतीजा है। वे वायरस की रोग उत्पन्न करने की क्षमता को परख रहे थे। इस प्रक्रिया में यह वायरस पैदा हो गया। अमेरिका के विदेशमंत्री ने भी आरोप लगाया कि चीन ने जानकारी दुनिया के साथ शेयर नहीं की।

□

2

दुनिया और भारत में कोरोना एवं नियंत्रण के प्रयास

सारी दुनिया को अस्त-व्यस्त और चिंतित करनेवाली महामारी यह कोविड-19 लॉकडाउन सोशल डिस्टेंसिंग और मास्क इत्यादि उपायों के बावजूद बढ़ती ही जा रही है। कई देशों से बीमारों और मौतों का आँकड़ा तेजी से बढ़ रहा है। जो लोगों में असुरक्षा की भावना भी उत्पन्न कर रहा है। यह जानते हुए भी इस संक्रमण से प्रभावित 80 से 90 प्रतिशत तक रोगी साधारण सर्दी, बुखार, खाँसी जैसे फ्लू के लक्षणों के बाद ठीक हो जाते हैं। रोग 3-5 प्रतिशत में ही गंभीर अवस्था में पहुँचता है। लोग अभी आश्वस्त नहीं हैं, शायद इसलिए कि रोगी पूर्ण प्रभावी दवा अथवा टीका फिलहाल तो उपलब्ध नहीं है।

सूचनाओं के अनुसार : चीन में लगभग 83 हजार संक्रमित मामले और 4 हजार सात सौ के लगभग मौतें हुई हैं। वहाँ 77,029 रोगियों को स्वस्थ होने के बाद छुट्टी दे दी गई है। इस तरह देखे तो **चीन में भारत से भी संख्या बहुत अधिक कम है।** जबकि कोरोना वायरस की शुरुआत ही चीन के वुहान शहर से 30 दिसंबर, 2019 या इसके पूर्व हुई थी, इसलिए कई देशों को चीन द्वारा जारी रोगियों और मौतों की संख्या पर विश्वास नहीं है।

प्रतिशत के हिसाब से कोरोना के मामले (21 मई, 2020 की स्थिति)

अमेरिका	–	31.47 प्रतिशत
रूस	–	6.17 प्रतिशत
स्पेन	–	5.57 प्रतिशत
ब्राजील	–	5.43 प्रतिशत

भारत	–	2.14 प्रतिशत
शेष दुनिया	–	50.28 प्रतिशत

भारत में कोविड-19 और नियंत्रण के प्रयास

देश माह फरवरी तक बड़े सुकून में था, यद्यपि प्रथम मामला 30 जनवरी, 2020 को केरल में चीन में पढ़नेवाली छात्रा का था, जो भारत आई हुई थी। फिर फरवरी में उँगलियों पर गिने जानेवाले मामले मिले, इसलिए देश ज्यादा चिंतित नहीं हुआ, यह सोचकर कि विदेश में ही इसका असर ज्यादा है, लेकिन जब मार्च में मामले बढ़ना शुरू हो गए, तो हवाई अड्डों पर थर्मल स्क्रीनिंग की जाने लगी। स्वास्थ्य मंत्रालय ने पहले ही गाइडलाइन और अलर्ट जारी कर दिया था। मार्च के शुरू में संक्रमितों की संख्या बढ़ने लगी, लेकिन अधिक नहीं।

यहाँ एक बात और बता दें कि हवाई अड्डों में कोरोना संक्रमण के लिए जो थर्मल स्क्रीनिंग की जाती है, वह शरीर के तापक्रम पर आधारित है। कई बार संक्रमण भी होता है और तापक्रम सामान्य रहता है। तब कोरोना संक्रमित व्यक्ति पकड़ में नहीं आता। इसी कारण कुछ व्यक्तियों को तापक्रम सामान्य होने के कारण रोका नहीं जाता और वे देश में प्रवेश कर जाते हैं।

इसी दौरान देश में कुछ पर्यटक जयपुर में रोग से संक्रमित पाए गए। इनसे भी कुछ लोगों का संक्रमण हो गया और इस तरह मार्च में कुछ मामले बढ़ने लगे। कुछ घटनाएँ कोरोना संक्रमितों को बढ़ानेवाली भी देश में हुई कई संक्रमित विदेशों में भी आ गए, जो ऐसे देशों से आए थे, जहाँ कोरोना प्रकोप ज्यादा था। इन संक्रमित विदेशियों से देश के कई नागरिकों का विभिन्न जगह संपर्क हुआ और कई मामले संक्रमण के आए। कई जगह पूरा परिवार ही संक्रमित मिला और वर्तमान में कई महानगरों के रेड जोन से भी कुछ संक्रमित वापस अपने-अपने शहर और गाँव आ रहे हैं। सावधानियाँ तो नियमानुसार रखी जा रही हैं, परंतु इनसे भी कई जगह संक्रमित रोगियों की संख्या बढ़ रही है। कई ग्रीन जोन में भी इन श्रमिकों का प्रवेश हो चुका है। शुरू में देश में संक्रमित मामलों की संख्या धीरे-धीरे बढ़ रही थी, फिर संख्या एकदम बढ़ी, यहाँ तक कि 6-8 दिनों में केस दोगुने होने लगे। **30 जनवरी को संक्रमण का प्रथम मामला आया था, उसके 75 दिनों (ढाई महीने) पश्चात् यह संख्या 13 अप्रैल को 10 हजार पर पहुँच गई। केवल 8 दिनों बाद ही संख्या दुगुनी होकर 20 हजार को पार कर गई। जबकि 25 मार्च को जब लॉकडाउन लगा,**

तब मात्र 570 के लगभग संक्रमित मामले थे। फिर 11 अप्रैल, 2020 को 7901 संक्रमित और कुल 242 मौतें हुईं और इसी दिन महाराष्ट्र में सबसे अधिक 5218 मामले तथा गुजरात में 2272 मामले, दिल्ली में 2156 मामले तथा राजस्थान में 1587 और तमिलनाडु में 1629 संक्रमण के मामले थे। सबसे अधिक संक्रमण और मौतें मई माह में बढ़ीं। 15 मई को देश में कुल संक्रमितों क़ी संख्या 44015 थी और स्वस्थ होने वाले मरीजों की संख्या 11762 थी और कुल मौतों की संख्या 1424 थी। वहीं 15 दिनों बाद 21 मई को स्थिति—(केंद्रीय स्वास्थ्य एवं परिवार कल्याण मंत्रालय के अनुसार) 1 जून, 2020 तक कुल संक्रमित—

कुल कोरोना वायरस से संक्रमित	–	1 लाख 90 हजार 535 हो गई
क्रियाशील मामले	–	99717 है।
स्वस्थ हुए रोगियों की संख्या	–	91818 है।
कुल कोरोना रोग से हुई मृत्युएं	–	5394 है।
व्यक्ति जो विदेश चले गए	–	01

(यह आँकड़े स्वास्थ्य मंत्रालय के हैं।)

अभी सर्वाधिक प्रभावित प्रदेशों की सूची के इन प्रदेशों के बारे में संक्षिप्त रूप से बताया गया। शेष सभी प्रदेशों के संक्रमित रोगियों, ठीक हुए रोगियों तथा मृत्युओं की जानकारी तालिकाओं में दी जा रही है। उत्तराखंड, मेघालय इत्यादि में बहुत कम मामले पाए गए हैं।

भारत में रोग नियंत्रण के लिए विभिन्न प्रयास

जैसाकि आप सबको विदित ही होगा कि देश में कोरोना रोग का पहला मामला त्रिशूर में 30 जनवरी को पता चला था। यह मेडिकल की भारतीय छात्रा थी, जो चीन के मेडिकल कॉलेज से केरल वापस आई। इसके पूर्व स्वास्थ्य मंत्रालय अलर्ट हो चुका था, क्योंकि वुहान में तो दिसंबर से ही रोग की शुरुआत हो चुकी थी और वहाँ से अन्य देशों में फैल रहा था। मंत्रालय ने विश्व स्वास्थ्य संगठन से जानकारी मिलने के बाद गाइडलाइन भी जारी कर दी। जब भारत में केस (प्रकरण) कुछ बढ़े तो विभिन्न अंतरराष्ट्रीय हवाई अड्डों पर थर्मल जाँच द्वारा यात्रियों की स्क्रीनिंग भी शुरू हो गई।

कोरोना वायरस के संक्रमण के नियंत्रण के लिए प्रधानमंत्री श्री नरेंद्र

मोदीजी ने स्वयं रुचि ली। उनके साथ ही स्वास्थ्य एवं परिवार कल्याण के मंत्री डॉ. हर्षवर्धनजी, जो स्वयं ही एक अच्छे डॉक्टर हैं, की भूमिका भी कोरोना नियंत्रण में महत्त्वपूर्ण रही। बाद में डॉ. हर्षवर्धन को 194 देशों ने विश्व स्वास्थ्य संगठन (WHO) का निर्विरोध अध्यक्ष भी चुना।

24 मार्च को आ. प्रधानमंत्री जी ने 25 मार्च से 21 दिवस के लिए सारे देश में लॉकडाउन या तालाबंदी की घोषणा कर दी, ताकि बढ़ते कोरोना पर रोक लग सके। लॉकडाउन लगाने के समय देश में मात्र 570 प्रकरण कोरोना के थे और केवल 4 मौतें हुई थीं।

इसके बाद बढ़ते मामलों को रोकने के उद्‌देश्य से 15 अप्रैल से 3 मई तक लॉकडाउन को और विस्तार दिया गया।

कुछ विशेषज्ञों का मानना था कि यदि लॉकडाउन न लगता तो देश में कोरोना मरीजों की संख्या ज्यादा बढ़ सकती थी। वैसे जो मामले 6 दिन में दुगुने हो रहे थे, उसकी दर लॉकडाउन के कारण धीमी हो गई। फिर 4 मई से 17 मई तीसरा लॉकडाउन दो सप्ताह के लिए पुनः बढ़ाया गया। इसमें कुछ छूट भी दी गई। इसके बाद अधिकतम रियायतों के साथ 18 मई से 31 मई तक चौथा लॉकडाउन भी लगाया गया है। इस तरह **कोरोना रोकने के लिए दो महीने आठ दिन के ये लॉकडाउन लगाए गए।** मंत्रालय के अनुसार लॉकडाउन के समय का भरपूर उपयोग सुविधाएँ जुटाने में किया गया। साथ-साथ अन्य व्यवस्थाएँ भी की गईं, जैसे टेस्टों की संख्या बढ़ाई, पी.पी.ई. किट, एन-95 मास्क बनवाए गए, नए कोविड सेंटर बनाए गए। जाँच की संख्या में निरंतर वृद्धि हुई, पहले जो क्षमता 30-35 हजार टेस्ट की थी।

भारत में बनी सस्ती और कम समय लेनेवाली कोविड-19 की जाँच के लिए सार्स कोव-2 नामक किट को भारतीय चिकित्सा विज्ञान शोध संस्थान (आई. सी.एम.आर.) ने मान्यता भी प्रदान की है। कोरोना एंटीबॉडी के लिए एलाइजा जाँच भी शुरू की गई। इसके अलावा आर.टी.-पी.सी.आर. की कम समय लेनेवाली मशीनें भी देश में तैयार की गईं।

लॉकडाउन के दौरान देश में निम्न व्यवस्थाएँ की गईं

(अप्रैल अंतिम सप्ताह की स्थिति)

1. कोविड इलाज की सुविधा वाले अस्पताल 70 थे, 100 से अधिक हो गए।

2. कोरोना टेस्टिंग लैब पहले 118 थे और अब 360 (कुछ निजी लैब को भी जाँचों की अनुमति दी गई)। अब डेढ़ हजार से अधिक लेब हैं।

कुछ कोरोना नियंत्रण में प्रमुख भमिका निभाने वाले सलाहकार चिकित्सा विशेषज्ञ और वैज्ञानिक एवं अधिकारी :

डॉ. विनोद पाल : ये सदस्य नीति आयोग (स्वास्थ्य) और मेडिकल काउंसिल ऑफ इंडिया बोर्ड ऑफ गवर्नर के चेयरमैन है। ये कोराना की महामारी रोकने की गाइडलाइन पर कार्य कर रहे हैं। वे नीति आयोग के मेडिकल ग्रुप के अगुआ हैं। आपका कार्य मेडिकल आपदा प्रबंधन योजना तैयार करना तथा दवा, चिकित्सा उपकरण और अस्पतालों की उपलब्धता सुनिश्चित करना है। वे पब्लिक हेल्थ से जुड़े 21 लोगों की एक टेक्निकल कमेटी के प्रमुख हैं।

श्री लव अग्रवालजी : वे केंद्र सरकार में संयुक्त सचिव स्वास्थ्य मंत्रालय है। आपका कार्य केंद्र की तैयारियों के साथ राज्यों का भी समन्वय स्थापित करना है। कोरोना मरीजों का एक-एक रिकॉर्ड रखना और उस मरीज के संपर्क में आए लोगों की ट्रेनिंग कराने की जिम्मेदारी इनके पास है। केंद्रीय स्तर पर कोविड-19 से जुड़ा डेटा तैयार करवाते हैं।

इन रोगों से पीड़ित और वरिष्ठ नागरिक को बाहर न निकलने की विशेष हिदायत दी गई

1. पुराना दमा (अस्थमा)
2. फेफड़ों के रोग, जैसे ब्रांकाइटिस
3. क्षय रोग टी.बी. के रोगी
4. हृदय रोग (पुराने)
5. उच्च रक्त चाप
6. यकृत शोथ (हेपेटाइटिस)
7. स्ट्रोक (लकवा)
8. पार्किंसन बीमारी
9. गुरदों (किडनी) की बीमारी
10. कैंसर (कोई भी प्रकार)

देश में लगे चार ऐतिहासिक और अभूर्त पूर्व लॉकडाउन

1. **पहला फेज :** 25 मार्च से 14 अप्रैल, 21 दिन का था। इस फेज में मेडिकल स्टोर्स, चिकित्सा इमरजेंसी सेवाएँ जारी रहीं। पर जरूरी सामान की दुकानें सीमित समय तक खोलने की इजाजत रही। बस, रेल, सेवाएँ, हवाई, सेवाएँ बंद रहीं।

2. **दूसरा फेज :** 15 अप्रैल से तीन मई तक 19 दिन का रहा, जिसमें इमरजेंसी सेवाएँ बहाल रहीं। रेडजोन (हॉटस्पॉट) को छोड़कर ऑरेंज और ग्रीन जोन में जरूरी दुकानें सीमित समय के लिए खोलने की इजाजत है। इस फेज में भी बस, रेल, सेवाएँ, हवाई, सेवाएँ बंद थीं।
3. **तीसरा फेज :** 4 मई से 17 मई तक, 12 दिन का हॉटस्पॉट को छोड़कर ऑरेंज और ग्रीन जोन में सीमित समय के लिए जरूरी दुकानें खोलने के लिए और कुछ ट्रेनें व कुछ बसें चलाई गईं। दवा दुकानें, क्लीनिक और इमरजेंसी सेवाएँ बहाल रहेंगी।
4. **चौथा फेज :** 18 मई से 31 मई तक, 14 दिनों का, केंद्र सरकार की नई गाइडलाइन के अनुसार यात्रियों के लिए घरेलू और अंतरराष्ट्रीय उड़ानों पर प्रतिबंध जारी रहेगा तथा मेट्रो और रेलवे की सामान्य पेसेंजर सेवाएँ शुरू नहीं होंगी। राज्य सरकारें परस्पर सहमति से इंटर स्टेट बसें चला सकेंगी, लेकिन कंटेनमेंट जोन्स को छोड़कर। 31 मई तक केवल स्पेशल और श्रमिक स्पेशल ट्रेनें ही चलेंगी। शाम 7 बजे से सुबह 7 बजे तक लोग घरों में ही रहेंगे। दुकानें 7 बजे तक खुलेंगी। सैलून कड़े नियमों का पालन करते हुए खोलने होंगे।

□

3

कोरोना वायरस और कोरोना रोग

वास्तव में कोरोना रोग या कोविड-19 एक संक्रामक बीमारी है, जो कोरोना वायरस द्वारा होती है और एक व्यक्ति से दूसरे व्यक्ति में आसानी से फैल जाती है। सन् 2002-03 में चीन में इसी कोरोना नामक विषाणु परिवार के एक वायरस द्वारा सार्स नामक बीमारी दुनिया में फैली थी, लेकिन अब यह बीमारी बहुत बड़े रूप में सामने आई है। वैज्ञानिकों ने इसे सार्स-2 के रूप में जाना है। रोग के विषाणु और रोग के बारे में संक्षिप्त वर्णन निम्न है—

कोरोना वायरस (CoV2) क्या है ? : वायरस या विषाणु मानव शरीर में रोग उत्पन्न करनेवाली बैक्टीरिया से भी छोटी इकाई है, जो कि मि.मी से कई लाख गुना छोटी होती है और इलेक्ट्रॉन माइक्रोस्कोप से ही देखी जा सकती है। कई वायरस जीव-जंतुओं अथवा पशुओं में होते हैं, जो कभी-कभी उन मनुष्यों में प्रवेश कर खतरनाक रोग फैलाते हैं। ये आर एन ए अथवा डी.एन.ए. और प्रोटीन से मिलकर बने होते हैं। कोविड-19 (COVID 19) रोग फैलाने वाला विषाणु आर.एन.ए. और प्रोटीन से मिलकर बना होता है, जिसे स्पाइक प्रोटीन कहते हैं। इसी प्रकार स्वाइन फ्लू या एच1 एन1 का वायरस भी आर.एन.ए. युक्त होता है। कोरोना वायरस में कुछ मुगदर के आकर की संरचनाएँ उसके कवच से बाहर निकली होती हैं, जो स्पाइक प्रोटीन की बनी होती हैं और इनके द्वारा ही यह वायरस मनुष्य के फेफड़ों की कोशिकाओं में प्रवेश करते हैं। स्पाइक प्रोटीन वायरस के कवच पर मुकुट जैसे दिखते हैं। लैटिन में कोरोना का अर्थ होता है मुकुट, इसलिए इस वायरस को कोरोना वायरस या कोरोना विषाणु कहते हैं।

विषाणु या वायरस के प्रमुख गुण : परजीवी अर्थात् अपना पोषण जीवित जीव-जंतुओं या मनुष्यों की कोशिकाओं में प्रवेश कर उनसे ग्रहण करते हैं और शरीर की रोग प्रतिरोधक शक्ति को कम करते हैं। इनके अलावा विषाणुओं पर सामान्य

एंटीबायोटिक दवाओं का असर नहीं होता। इसके लिए विषाणु रोधी या उनको नष्ट करनेवाली दवाइयाँ अलग आती हैं, लेकिन अभी तक मनुष्य में होनेवाले लगभग 60 तरह के विषाणुजन्य रोगों में से कुछ रोगों की ही दवाएँ उपलब्ध हुईं, जैसे स्वाइन फ्लू की दवा टेमीफ्लू है, जिसने स्वाइन फ्लू से होने वाली लाखों मौतों को रोका है, लेकिन यह विडंबना है कि सार्स-2 या कोविड-19 की अभी तक कोई शर्तिया दवा या टीका उपलब्ध नहीं हुआ है। इस विषाणु का आकार 7 से 8 माइक्रान होता है।

बीमारी और विषाणु का नामकरण : पूर्व में यह रोग कोरोना वायरस समूह के वायरस द्वारा सन् 2003 में फैलने वाला रोग सार्स (SARS, Acute Severe Respiratry Sundrome) का ही एक रूप है, लेकिन यहाँ वायरस की प्रकृति में कुछ अंतर है और यह पूर्व सार्स से भी घातक रोग माना गया है, जिसने विश्व में तबाही मचा दी है। **कोरोना वायरस सार्स 1 के वायरस से 10 गुना अधिक संक्रामक है। यही कारण है कि यह इलाज करनेवाले डॉक्टर्स और स्वास्थ्यकर्मियों को भी अकसर हो जाता है।**

11 फरवरी, 2020 को विश्व स्वास्थ्य संगठन द्वारा बीमारी का नाम दिया गया है कोरोना वायरस रोग-19 (Corona Virus disease-Covid-19) इसका संक्षिप्त नाम है कोविड-19 और विषाणु या वायरस का नाम दिया गया है—सीवियर एक्यूट रेस्पीरेटरी सिंड्रोम कोरोना वायरस-2, इसे संक्षिप्त मे सार्स-कोविड-2 कहते हैं। (Severe Acute Respiratory Syndrome Corona Virus-2 or SARS-CoV-2) वैसे हम इनके संक्षिप्त नाम ही याद रखें तो ज्यादा बेहतर होगा।

रोग कैसे फैलता है : यह रोग संक्रमित रोगी के संपर्क में आने से तथा कोरोना वायरस से दूषित वस्तुओं से फैल सकता है। रोगी व्यक्ति के सामने या तेज साँस छोड़ने से कोरोना वायरस युक्त छोटी-छोटी बूँदें, जिन्हें ड्रॉपलेट्स कहते हैं, निकलती हैं। इन्हें जब स्वस्थ व्यक्ति साँस द्वारा अंदर लेता है, तो रोग स्वस्थ व्यक्तियों को भी हो जाता है। कुछ चिकित्सा वैज्ञानिकों का मानना है कि रोगी के उपयोग की वस्तुएँ और दरवाजे के हत्थे, जैसी वस्तुओं से भी रोग हो सकता है, वैसे रोग का अधिक फैलाव रोगी के सीधे संपर्क से ही होता है।

कोरोना वायरस या विषाणु मनुष्य के शरीर के मरने के बाद भी कई घंटे जिंदा रह सकता है और रोगी के रक्त, मल-मूत्र में भी 4 दिनों तक विषाणु जीवित रह सकता है। यह विषाणु ठंडे माहौल में और भी ज्यादा समय तक जीवित रहता है। सार्स या कोविड-19 प्रभावित क्षेत्रों के संपर्क में आनेवाले व्यक्तियों में भी रोग ज्यादा पाया गया है। स्वथ्य व्यक्ति की उँगलियों में यदि रोग के विषाणु दूषित सतह

या वस्तुएँ छूने से जब लग जाते हैं और यदि वह इन्हीं हाथों से नाक, आँख, मुँह या चेहरे का कोई भी हिस्सा छूता है, तब भी रोग लगने की संभावना बनती है।

रोग का उद्भवन काल : कोरोना वायरस के शरीर में प्रवेश करने के बाद रोग होने में 2 से 7 दिनों का समय लगता है। कई मामलों में रोग 14 दिनों के बाद भी होना पाया गया है।

बीमारी के चिह्न और लक्षण : (1) जुकाम, (2) नाक बहना, (3) गले में खराश, (4) खाँसी, (5) बुखार, (6) साँस लेने में कठिनाई या तकलीफ होना अथवा निमोनिया। अब कुछ नए लक्षणों में रोगी को किसी खाद्य पदार्थ की गंध या स्वाद महसूस नहीं होना भी शामिल किया गया है। कुछ रोगियों को दस्त भी लगते हैं।

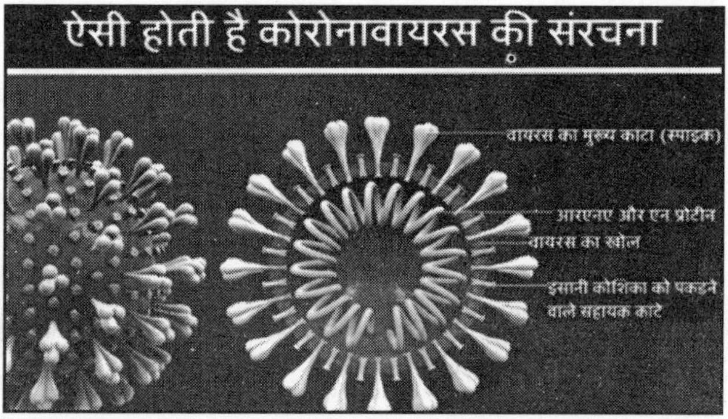

वायरस का मॉडल

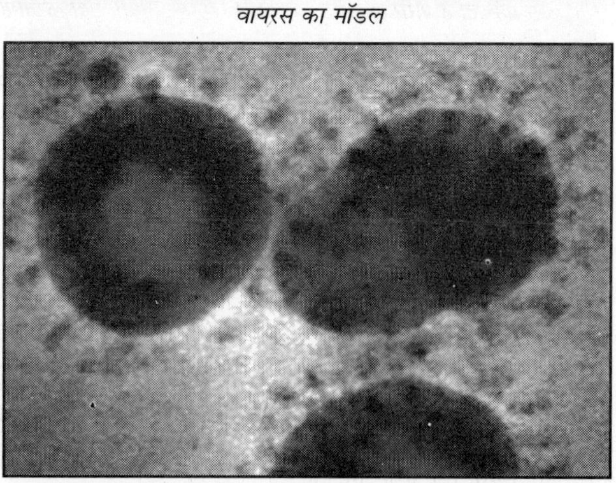

कोरोना वायरस इलेक्ट्रॉन माइक्रोस्कोप में कुछ ऐसा दिखता है

8 चरणों में कोरोना का हमला, कैसे हर एक साँस चुनौती बन जाती है ?

1 किसी संक्रमित व्यक्ति के खाँसने या छींकने से छोटी बूँदों के माध्यम से वायरस दूसरे व्यक्ति तक पहुँचता है। सामान्य व्यक्ति की नाक, मुँह या आँखों से वायरस उसके शरीर में पहुँच जाता है। यहाँ से वायरस सीधे नेसल पैसेज (नाक का रास्ता) के पीछे और गले के पीछे की म्यूकस मेम्ब्रेन में पहुँचता है।

2 यहाँ वायरस खुद को कीशिकाओं से जोड़ लेते हैं। कोरोना के कण नुकीले होते हैं। इनकी सतह से प्रोटीन निकला होता है, जो कोशिकाओं की झिल्ली से चिपक जाता है।

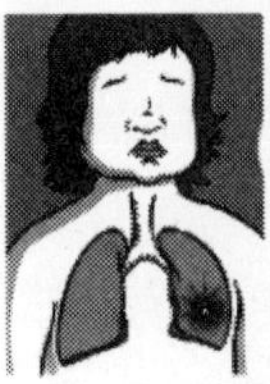

3 वायरस जेनेटिक मटेरियल कोशिका में प्रवेश कर जाता है। कोशिकाएँ अब सामान्य तरह से काम नहीं कर पातीं। उसके मोटाबॉलिज्म पर अतिक्रमण हो जाता है। संक्रमित कोशिकाओं की मदद से वायरस की संख्या बढ़ने लगती है। ज्यादा कोशिकाएँ संक्रमित होने लगती हैं। शरीर कोरोना फैक्टरी बन जाता है।

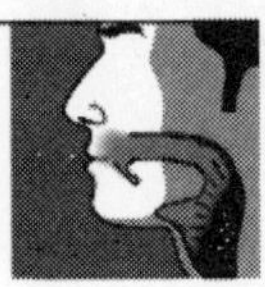

4 यहीं से संक्रमित व्यक्ति का गला-खराब होता है और उसे सूखी खाँसी शुरू हो जाती है। यह सब कोरोना से संक्रमित व्यक्ति के सबसे पहले लक्षण हैं। यह कई बार हल्के होते हैं।

5 अब वायरस श्वास-नली में प्रवेश करता है। यहाँ से फेफड़े की चिकनी झिल्ली में सूजन शुरू हो जाती है। इस स्थिति में आते-आते कई बार मरीज को दर्द होने लगता है। उसे अपने लक्षण ज्यादा स्पष्ट पता लगते हैं।

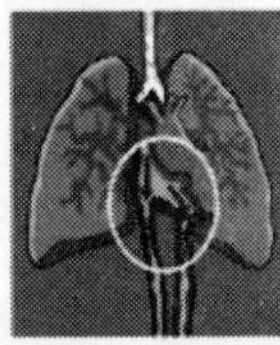

6 फेफड़े की थैली (जिसमें हवा रहती है।) नष्ट होने लगती है। इससे फेफड़ों को काम करने में परेशानी शुरू हो जाती है। रक्त में ऑक्सीजन की कमी होने लगती है। रक्त से कार्बन डाई ऑक्साइड निकालने की प्रक्रिया धीमी हो जाती है।

7 सूजन बढ़ने, ऑक्सीजन का प्रवाह कम होने से फेफड़े के हिस्से में द्रव, पस और मृत कोशिकाएँ जमा होने लगती हैं। इससे निमोनिया का खतरा बढ़ जाता है।

8 कई मरीजों में खतरा इतना बढ़ता है कि वेंटिलेटर की जरूरत पड़ती है। एक्यूट रेस्पिरेटरी डिस्ट्रेस सिंड्रोम हो जाता है। इसमें फेफड़ों में इतना द्रव जमा हो जाता है कि साँस लेना नामुमकिन हो जाता है और मरीज की मौत हो जाती है।

इलस्ट्रेशन : मंसूर

कोरोना कैसे पहुँचता है शरीर के अंदर और फिर क्या परेशानियाँ पैदा करता है

रोग के लिए जाँच : इस कोविड-19 रोग की प्रामाणिक जाँच सुविधाएँ संपन्न और बड़े स्थानों की प्रयोगशालाओं में ही संभव है और जाँच रिपोर्ट तुरंत नहीं मिल पाती है। रोग के निश्चयन के लिए आर.टी.-पी.सी.आर. जाँच की जाती है, जिसका विस्तार से विवरण आगे एक अलग अध्याय में दिया जाएगा। एक विशेष जाँच इम्यूनोफ्लोरोसेंस भी कोरोना वायरस की शरीर में उपस्थिति के लिए की जाती है, लेकिन जाँच रिपोर्ट आने तक लक्षणों के आधार पर ही रोगी की चिकित्सा की जाती है।

इस रोग की पहचान में रोगी का इतिहास का महत्त्वपूर्ण होता है, क्योंकि यदि रोगी रोग प्रभावित क्षेत्रों से आया है या उक्त रोगियों के संपर्क में रहा है तो उसे यह रोग होने की संभावना अधिक होती है। जाँचों के परिणाम नेगेटिव होने पर भी 100% यह नहीं कहाँ जा सकता कि रोगी को कोविड-19 नहीं है।

रोग का इलाज : रोग का लाक्षणिक इलाज ही संभव है, जो सुविधा-संपन्न

अस्पतालों में ठीक से हो पाता है, क्योंकि रोगी को वेंटिलेटर जैसे आधुनिक उपकरणों की भी जरूरत पड़ सकती है। रोग के विषाणु (कोरोना-2) को समाप्त करनेवाली एंटीवायरल दवा अभी उपलब्ध नहीं है, फिर कुछ विषाणु रोधी दवा जैसे रेमडेसिविर देते हैं। कुछ जगह हाइड्रोक्सी क्लोरोक्विन दवा का भी उपयोग किया जा रहा है।

भारत में रोगियों में लगभग 2 से 3 प्रतिशत मरीजों की मृत्यु की संभावना होती है, जबकि अमेरिका, ब्रिटेन, फ्रांस और इटली जैसे देशों में मृत्यु दर 5 से 7 प्रतिशत तक है। वैसे कुछ देशों को इसकी दवा खोजने में सफलता मिली है और उसके अभी ट्रायल चल रहे हैं। जब तक रोग का सही इलाज और वैक्सीन नहीं मिलता, तब तक एकमात्र उपाय बचाव ही है। अतएव इस अति संक्रमक रोग से बचाव करना अत्यंत जरूरी भी है।

बचाव के कुछ उपाय निम्नलिखित हैं—

1. रोगी की तुरंत पहचान कर उसे अस्पताल में अलग वार्ड में भर्ती कर इलाज दिया जाए। उसे चिकित्साकर्मियों के अलावा अन्य लोगों के संपर्क से अलग रखा जाएँ, जिससे कि संक्रमण अन्य परिवार के लोगों में एवं स्वास्थ्यकर्मियों में न फैले।
2. रोगी की चिकित्सा करनेवाले डॉक्टर, नर्स अपनी पर्याप्त बचाव और सुरक्षा के उपाय अपनाएँ और विशेष सुरक्षा का मास्क का प्रयोग करें एवं पी.पी.ई. उपकरण जरूर पहनें तथा सैनिटाइजर इत्यादि का प्रयोग भी बार-बार करते रहें।
3. अंतरराष्ट्रीय स्तर पर रोग न फैले, इसके लिए हवाई अड्डों की निगरानी हो तथा वहाँ जाँचों की व्यवस्था हो। यात्रियों की भी कोविड-19 के लिए जरूरी जाँचें की जानी चाहिए और संदिग्ध यात्रियों को स्वस्थ यात्रियों से अलग रखकर क्वारेंटाइन किया जाए तथा आवश्यक होने पर आर.टी.-पी.सी.आर. जाँचें भी की जाएँ। यह उल्लेखनीय है कि थर्मल जाँच से वास्तविक रोगियों का पता निश्चित रूप से नहीं चलता है, अतएव इस मामले में सावधानियाँ बरती जाएँ, क्योंकि भारत में कोरोना रोग विदेशी यात्रियों द्वारा भी अधिक मात्रा में फैला है। इस वक्त में विदेश यात्राएँ स्थगित रखी जाएँ।

आपके फेफड़े ऐसे प्रभावित करता है कोविड-19

व्यक्तिगत बचाव के लिए आप क्या करें : विश्व स्वास्थ्य संगठन और स्वास्थ्य मंत्रालय के निर्देशानुसार हाथों को दिन में कई बार ठीक तरह से साबुन का उपयोग करते हुए धोना चाहिए। इसके लिए अल्कोहल और एंटीसेप्टिक युक्त हैंड वॉश का भी उपयोग किया जा सकता है। खाँसते और छींकते समय टिशू पेपर से मुँह और नाक ढकें, ताकि संक्रमण न फैले और लोगों से कम-से-कम छह फीट की दूरी बनाए रखे। जिन व्यक्तियों को सर्दी-खाँसी हो, उनसे बचें और दूरी बनाए रखें। जंगली जानवरों और समुद्री जीवों के संपर्क से बचें और मांसाहार की बजाय शाकाहार को अपनाएँ।

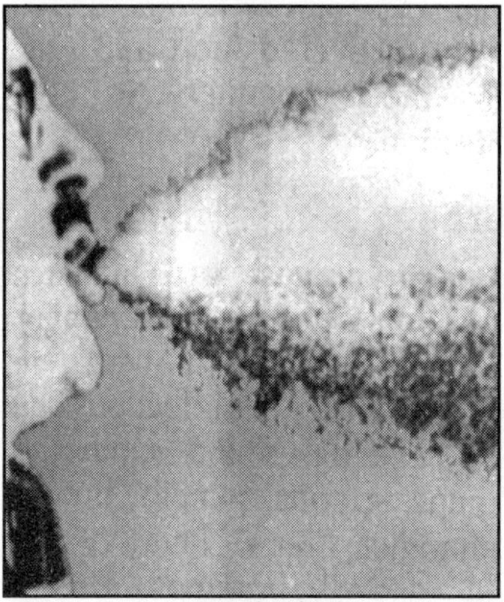

रोगी के मुँह से खाँसने पर ड्रॉपलेट्स (जिनमें कोरोना वायरस होते हैं) इस तरह दूर तक फैलते हैं

(सौजन्य—पार्कस्-ए-टेक्स्ट बुक ऑफ प्रीवेंटिव एंड सोशल मेडिसिन)

देश में भी क्रमशः स्थिति विस्फोटक होती जा रही है, इसलिए स्वास्थ्य सेवाओं को भी साधन-संपन्न और अधिक चुस्त-दुरुस्त बनाने की आवश्यकता है। यदि कोविड-19 रोगी बढ़े तो क्या हमारी स्वास्थ्यगत व्यवस्थाएँ इतनी सक्षम होनी है कि हम इस आपदा का मुकाबला कर सकें, लेकिन अभी शहरों में तो इलाज और जाँच को सुविधाएँ मुहैया हो भी रही हैं, पर गाँवों में ये सुविधाएँ मुहैया कराना कठिन कार्य है। चिकित्सकों और पैरा मेडिकल स्टाफ के साथ उपकरणों और अन्य साधनों की कमी भी आड़े आ सकती है।

पैनडैमिक कोरोना वायरस : विश्व स्वास्थ्य संगठन (वर्ल्ड हेल्थ ऑर्गेनाइजेशन यानी डब्ल्यू.एच.ओ.) ने अब तक 114 देशों में फैल चुके कोरोना **वायरस को आखिरकार ग्लोबल पैनडमिक यानी दुनिया भर में फैली महामारी घोषित** कर दिया। डब्ल्यू.एच.ओ. ने इसकी घोषणा की, दिसंबर से चीन के वुहान शहर से फैलना शुरू हुए इस वायरस का जून के महीने में भी कोई अंत नहीं दिख रहा है, बल्कि यह फैलता ही जा रहा है। **यद्यपि डब्ल्यू.एच.ओ. ने कोरोना को विश्व महामारी घोषित करने में कुछ विलंब किया है।**

पूर्व के लक्षण + नए लक्षण

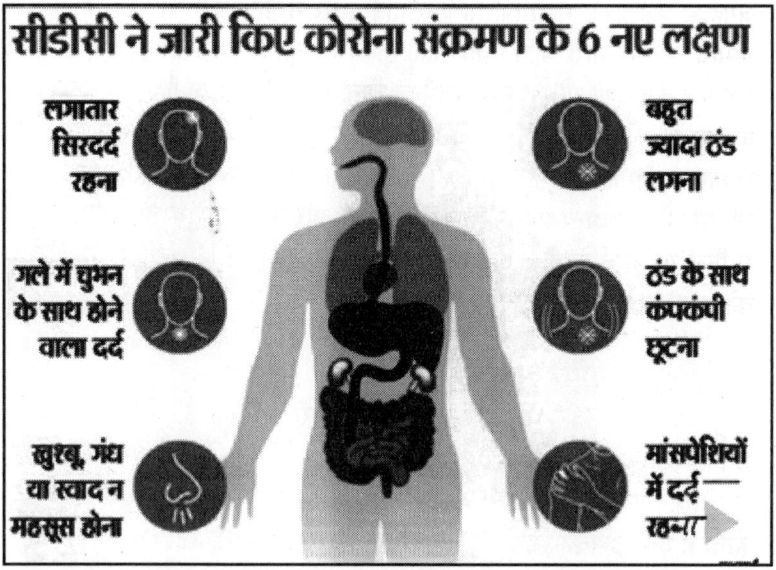

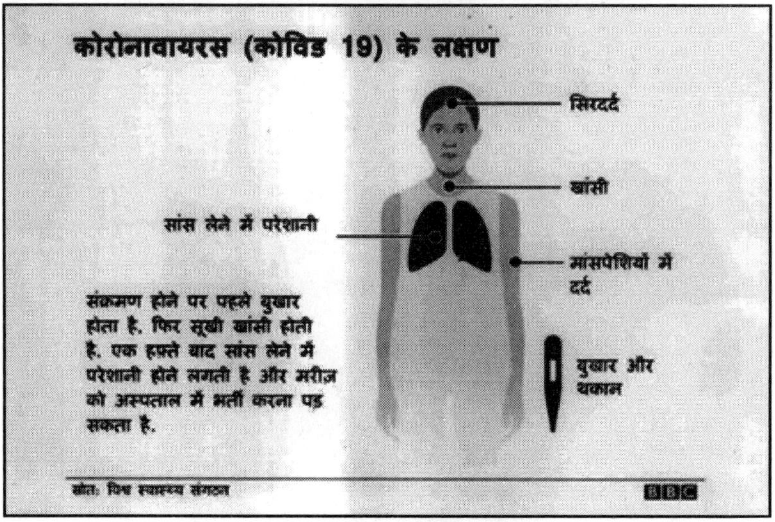

पूर्व के लक्षण

पैनडैमिक : पैनडैमिक ऐसी संक्रामक महामारी को कहते हैं, जो किसी एक जगह से कई देशों, महाद्वीपों या फिर दुनिया भर में फैल गई हो। कोई भी संक्रामक बीमारी तब महामारी घोषित की जाती है, जब उसका संक्रमण किसी एक देश को पार कर कई देशों या महाद्वीपों में फैल जाता है। उदाहरण के लिए कोरोना वायरस दिसंबर में चीन के वुहान में सामने आया था, लेकिन उस समय इसे इतनी बड़ी संक्रामक बीमारी के तौर पर नहीं देखा गया था, लेकिन जनवरी 2020 से यह बीमारी चीन के अन्य प्रांत में फैलनी शुरू हुई और फरवारी शुरू होते-होते कई देशों में फैल गई मार्च के शुरू तक यह महामारी बन चुकी थी और दुनिया के 114 देशों को अपने चपेट में ले चुकी थी।

पैनडैमिक व एपिडैमिक में अंतर

एपिडैमिक का भी शाब्दिक अर्थ महामारी ही होता है, लेकिन इसका स्तर उतना बड़ा नहीं होता। एपिडैमिक में भी संक्रमण बीमारी के फैलने का खतरा होता है, **लेकिन इसका संक्रमण ज्यादातर क्षेत्रीय या स्थानीय जनसंख्या के बीच ही होता है और इसका संक्रमण ज्यादा लोगों तक नहीं पहुँचता।** दुनिया में असर—

- भारत में मास्क और सैनिटाइजर आवश्यक वस्तुएँ घोषित।
- अमेरिका ने भी कोरोना को राष्ट्रीय आपदा घोषित किया।
- फ्रांस ने 79 मरीजों की कोविड-19 से मौत के बाद कई उड़ानें रद्द कीं।

कोरोना से बचाव का सबसे अच्छा उपाय हाथ धोना

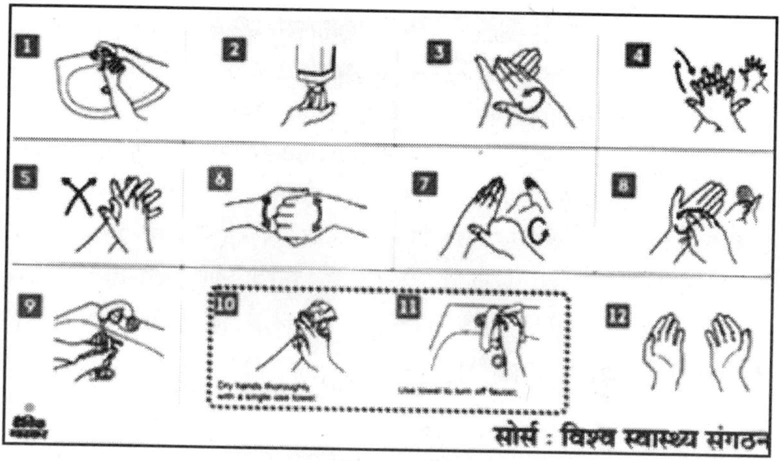

हाथ धोने का सही तरीका

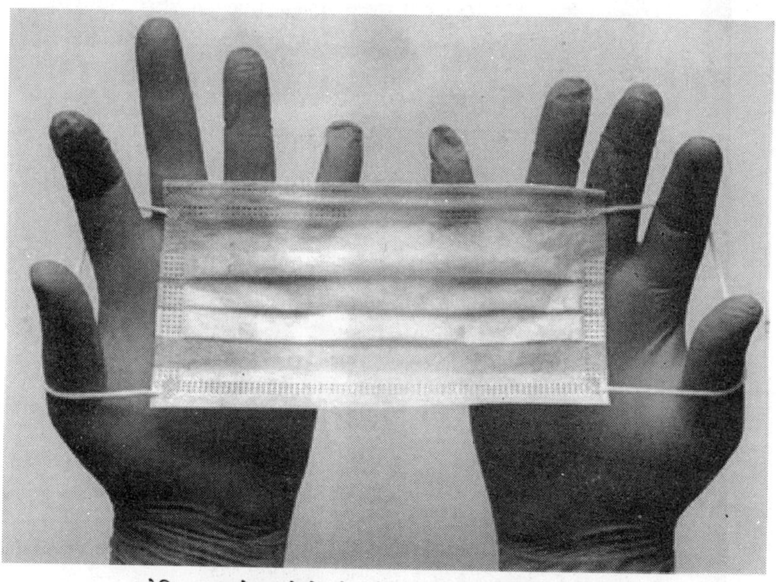

कोविड-19 से बचने के दो बड़े उपाय—मास्क और सेनिटाइजर

सेनिटाइजर

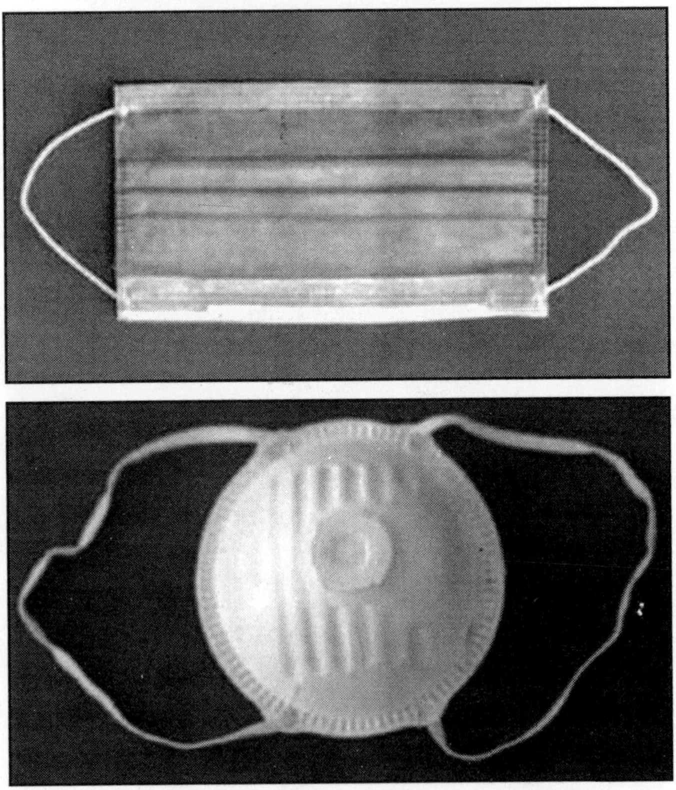

मास्क के कुछ प्रकार—(कोरोना से बचाव के लिए अच्छा साधन)

एक खानाबदोश जाति–लमानने का बालक, जो मास्क पहने हुआ है, वह उसकी माँ ने हाथ से सिलकर बनाया है

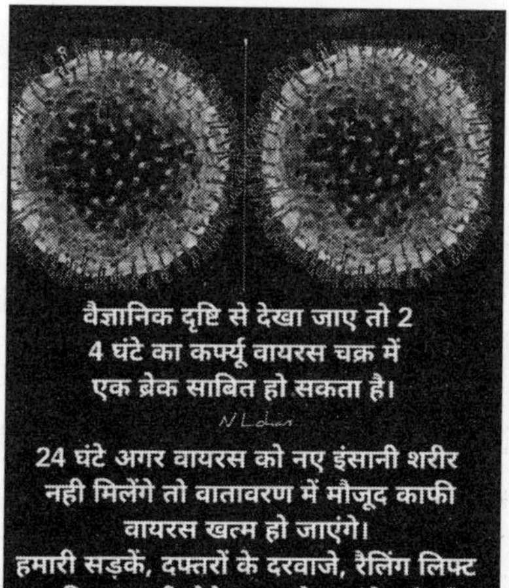

समझें और तोड़ें कोरोना की चेन

मुलेठी, गरम पानी व नमक का गरारा गले के लिए सैनिटाइजर जैसा

एडिनबर्ग यूनिवर्सिटी के वैज्ञानिकों ने अपने शोध में की पुष्टि

चीन ने अचानक कोरोना पर कैसे काबू पाया? यह सभी देशों के लिए कौतूहल है। फरवरी 2020 में कई रिपोर्ट में यह बात सामने आई कि चीन में अपनी हर्बल दवाओं में मुलेठी को शामिल किया और 87 फीसदी रोगियों को यह दवा दी गई, जिससे वे स्वस्थ हुए।

इसको लेकर आयुष मंत्रालय ने भी औषधि तैयार की है। मंत्रालय के सलाहकार मनोज नेसारी का कहना है कि इसके शुरुआती परीक्षण उपयोगी होने के संकेत हैं। दो माह में क्लीनिकल ट्रायल के बाद मुलेठी की उपयोगिता और भी स्पष्ट हो जाएगी। आयुर्वेद में मुलेठी का इस्तेमाल सूखी खाँसी में होता है। कोविड-19 में भी सूखी खाँसी होती है। ईएनटी के पूर्व विभागाध्यक्ष एवं वर्तमान में अपोलो अस्पताल के विभागाध्यक्ष प्रोफेसर डॉ. राजेश विश्वकर्मा का कहना है कि नमक के साथ गरम पानी का गरारा

करें। नमक के साथ गरम पानी का घोल न सिर्फ गले के लिए, बल्कि साँस नली और आहार नली के बाहरी भाग के लिए सैनिटाइजर का काम करता है। हाल ही में एडिनबर्ग यूनिवर्सिटी के वैज्ञानिकों के शोध में काफी कारगर परिणाम मिले थे।

नमक-पानी या सूप भी महत्त्वपूर्ण

अहमदाबाद के राजस्थान अस्पताल के ईएनटी विशेषज्ञ डॉ. सुनील शर्मा का कहना है कि नमक पानी हो या फिर गरम सूप गले की सूजन व संक्रमण के लिए बेहतर है। वायरस से बचाव के लिए जिस तरह मास्क के साथ हाथ धोना, सैनिटाइज करना जरूरी है। उसी तरह गरम पानी के साथ नमक का गरारा कोरोना के अलावा अन्य संक्रमणों से बचाता है। इससे गले की सिंकाई होती है। गरम पदार्थ का सेवन गले को साफ करने में अहम भूमिका निभाता है।

इम्यूनिटी बढ़ाने के कुछ देशी (आयुर्वेदिक) उपाय

- दिन में एक या दो बार हर्बल चाय लें, तुलसी पत्र, दालचीनी, कालीमिर्च, सौठ और किशमिश का काढ़ा बनाकर पिएँ, गुनगुना पानी पिएँ, सुबह शाम च्यवनप्राश का सेवन करें, योग प्राणायाम को भी व्यवहार में लाएँ। कम-से-कम 30 मिनट इसे करें। च्यवनप्राश में विटामिन 'सी' होता है।
- भोजन पकाने में हल्दी, जीरा, धनिया जैसे मसालों का उपयोग करें।
- कुछ आयुर्वेद के ज्ञाताओं ने नाक के दोनों नथुनों में तिल या नारियल का तेल अथवा शुद्ध घी लगाने जैसे उपाय भी बतलाए हैं।
- चाहे तो हल्दी को 150 मि.लि. गरम दूध में 1/2 चम्मच मात्रा में ले सकते हैं।
- सूखी खाँसी के लिए पुदीने की पत्ती या अजवाइन के साथ भाप लें।
- गले में खराश के लिए शहद में लौंग का पाउडर दो-तीन बार लें। यदि लक्षण फिर बने रहते हैं तो फिर शीघ्र डॉक्टर की सलाह लें। खानपान में यह परिवर्तन करें। ताजा भोजन करें। हमेशा गुनगुना

पानी लें। आइसक्रीम कोल्ड ड्रिंक्स जैसी ठंडी चीजों में परहेज करें।

- भोजन में मूँग, मसूर, मोठ जैसी हलकी दालों का प्रयोग करें।
- ताजा फलों और हरी साफ भाजी-सलाद का उपयोग करें।
- भोजन में अदरक कालीमिर्च, तुलसी, इलायची, शहद भी शामिल करें।

होमियोपैथी के रोग प्रतिरोधक उपाय : अर्सेनिक एल्बम 3, दवा की 4-5 गोलियाँ प्रतिदिन खाली पेट 3 दिन तक लें, फिर एक माह पश्चात् इसे पुन: लें।

कैसे हर अंग पर असर डालता है कोरोना

पाचनतंत्र/पेट संबंधी : अमेरिका के सेंटर फॉर डिजीज कंट्रोल एंड प्रिवेंशन ने कहा है कि उसे कोरोना के मरीजों के रक्त और मल के नमूनों में कोरोना वायरस का संक्रमण मिला है। यही कारण है कि कोरोना संक्रमित मरीजों में डायरिया और पाचन संबंधी शिकायत भी है।

किडनी : किडनी में करीब 8 लाख नेफ्रॉन होते हैं। इन नेफ्रॉन में दो चीजें होती हैं। एक-फिल्टर, जो खून साफ करता है। दूसरा-छोटी-छोटी ट्यूब, जिनमें अच्छे तत्त्व वापस शरीर में जाते हैं और खराब चीजें ब्लैडर से यूरीन के तौर पर जाते हैं। कोरोना वायरस इन टिब्यूल्स पर हमला करता है।

लिवर/दिल : कोरोना संक्रमण बढ़ने पर रक्त में ऑक्सीजन की कमी हो जाती है, जिससे लिवर दिल और ब्रेन को क्षति पहुँच सकती है। वायरस शरीर के अंगों को सीधे भी क्षति पहुँचाता है।

कुछ कोरोना वायरस के टीके के बारे में

विश्व में प्लेग, हैजा, बड़ी माता (Small Pox), पोलियो जैसी महामारियों पर नियंत्रण टीकों के कारण ही संभव हो सका। टीके चिकित्सा विज्ञान के लिए वरदान से कम नहीं हैं। इसलिए 194 देशों में से लगभग 100 देश कोरोना (कोविड-19) का सफल टीका बनाने में जुटे हैं, ताकि करोड़ों स्वस्थ लोगों को इस खतरनाक रोग से बचाया जा सके। लगभग 41 देशों के प्रयास तो अब अंतिम चरणों में है। यद्यपि टीके बनाने की प्रक्रिया को कई चरणों से गुजरना होता है और कई वर्षों तक

का समय लग सकता है। लेकिन वैज्ञानिकों ने इस लंबी प्रक्रिया को कुछ संक्षिप्त बनाया है और आशा बँध रही है कि भारत सहित कुछ देशों को इस वर्ष (2020) के अंत तक सफलता मिल जाएगी।

रूस ने तो कोरोना से रक्षार्थ 'स्पुतिनिक-2' नामक एक टीका बना भी लिया है और वहाँ के राष्ट्रपति की बेटी को यह टीका लगाकर टीकाकरण की शुरुआत भी हो चुकी है। इसके बाद चीन ने भी कोवड-19 का सफल टीका बनाने का दावा कर दिया है। वहाँ के प्रशासन की अनुमति से टीके का प्रयोग शुरू भी हो गया है। भारत में भी सीरम इंस्टीट्यूट और भारतीय चिकित्सा अनुसंधान परिषद् एवं कुछ निजी कंपनियों के द्वारा तीन वैक्सीन के ट्रायल चल रहे हैं, जिनमें दो वैक्सीन के ट्रायल मनुष्यों पर तीसरी अवस्था में है। इन दो वैक्सीन के शीघ्र बन जाने के अनुमान हैं। सहयोगी संस्थाओं में भारत बायोटेक व कैडिला प्रमुख हैं, और ऑक्सफोर्ड का टीका भी इस दौड़ में शामिल है। इस तरह भारत देश में भी शीघ्र वैक्सीन बननेवाला है।

अमेरिकन कंपनी मॉडर्न थेराप्यूटिक भी 'मॉडर्ना' नामक वैक्सीन तैयार कर रही है। इसका मनुष्यों पर परीक्षण चल रहा है, जो सफल रहा है। यह वैक्सीन बुजुर्गों पर भी प्रभावी है। अध्ययनों में विशेष साइड इफेक्ट भी नहीं पाए गए हैं। ऑस्ट्रेलिया की एक विशेष फर्म ने नाक में डालनेवाली वैक्सीन बनाने का दावा किया है। फर्म का कहना है कि यह वैक्सीन 96 प्रतिशत तक सफल है। और ब्रिटेन भी शीघ्र वैक्सीन बनाने का प्रयास कर रहा है। हैदराबाद की कंपनी भी नाक में प्रयोग करनेवाली वैक्सीन बनाने के अंतिम चरण में है।

भारत और विश्व के कई प्रमुख देशों के प्रयासों से लगता है कि दुनिया को और भी वैक्सीन शीघ्र उपलब्ध होगी। लेकिन ये वैक्सीन प्रत्येक व्यक्ति तक पहुँचने में कई महीनों तक का समय लग सकता है। यहाँ हमारे देश को वैक्सीन उपलब्धता के पक्ष में एक अच्छी बात यह है कि विश्व में भारत के सीरम इंस्ट्रीट्यूट के पास ही कम समय में सर्वाधिक मात्रा में वेक्सीन उत्पादन की क्षमता है, इसलिए कुछ वैक्सीन देश में ही बनाई जाएगी। अत: बहुत अधिक संभावना है कि भारत को अन्य देशों की अपेक्षा शीघ्र वैक्सीन उपलबध हो जाए। भारत का रूस से वैक्सीन उत्पादन के लिए तो करार भी हो चुका है। और रूसी वैक्सीन शीघ्र भारत को प्राप्त हो सकेगी।

□

4

कोविड-19 के विभिन्न परीक्षण और उनकी विश्वसनीयता

मनुष्य में किसी भी वायरस द्वारा संक्रमण और रोग के निश्चय के लिए परीक्षणों का विशेष महत्त्व है। केवल लक्षणों के आधार पर किसी रोग की संभावना व्यक्त तो की जा सकती है, परंतु रोग का निदान या डायग्नोसिस पाश्चात्य चिकित्सा पद्धति में पैथोलॉजिकल जाँचों द्वारा ही संभव होता है। किसी भी रोग की पहचान या निदान इलाज के पूर्व आवश्यक होता है। चिकित्सक असरकारक दवाओं द्वारा रोगी का इलाज तभी कर सकता है, जब उसे विदित हो कि वास्तव में उसके रोगी को रोग कौन सा है। बिना रोग जाने इलाज करना रोगी के लिए हानिकारक हो सकता है। कई रोगों में शुरुआती लक्षण एक से ही होते हैं, तब यह पहचान करना कठिन होती हैं कि रोगी को वास्तव में रोग कौन सा है ? उदाहणार्थ, कोरोना रोग या कोविड-19 को लें, इस रोग के प्रारंभ में सामान्य फ्लू जैसे लक्षण—सर्दी, जुकाम, खाँसी, गले में खराश इत्यादि होते हैं, जो साधारण फ्लू में भी मिल सकते हैं। तो फिर चिकित्सक कैसे समझें कि रोगी को कोरोना रोग ही है। साँस लेने में दिक्कत तो कई रोगों में होती है, इसलिए इस रोग का निश्चयन जाँच अथवा परीक्षण द्वारा ही संभव हो पाता है।

कोरोना रोग में तो रोग की पहचान शीघ्र होना (एक सप्ताह के अंदर) अत्यंत आवश्यक होता हैं, क्योंकि जाँच में विलंब हुआ तो इलाज में विलंब होगा। इस कारण रोगी की हालत गंभीर हो सकती है और हो सकता है उसको बचाया भी न जा सके। अतएव पाश्चात्य चिकित्सा विशेषज्ञ उचित और पूर्ण इलाज जाँच रिपोर्ट आने पर ही शुरू करते हैं, लेकिन जो इलाज रोगी के लिए आवश्यक और संभव है, वह तो चिकित्सक करता ही है।

कोरोना वायरस और उसके द्वारा उत्पन्न कोविड-19 रोग चिकित्सा-विज्ञान और दुनिया के लिए नया रोग है। अतएव अभी इस रोग के बारे में तथा उसके परीक्षणों और इलाज के बारे में चिकित्सा-विज्ञानियों को भी संपूर्ण जानकारियाँ नहीं हैं। इस संबंध हर रोज कोई-न-कोई नई जानकारी उपलब्ध हो रही है। इसके साथ ही परीक्षणों अथवा जाँचों की कुछ विधियाँ तो उपलब्ध हैं, परंतु कुछ नई विधियों पर भी शोध चल रहे हैं। राष्ट्रीय विषाणु संस्थान पुणे ने स्वयं भी कुछ जाँचें विकसित की हैं। इसी प्रकार आई.सी.एम.आर. ने भी कोरोना एंटीबॉडी जाँच के लिए एलाइजा जाँच विकसित की है। तथा आजकल आर.टी.-पी.सी.आर. जाँच का छोटा रूप विकसित किया गया है। यहाँ उपलब्ध सभी जाँचों का विवरण दिया जा रहा है। साथ ही उनकी कितनी विश्वसनीयता है, इसका उल्लेख भी करेंगे।

किन लोगों को कोरोना की जाँच करवाना चाहिए—वास्तव में इस रोग में शुरू में जो लक्षण मिलते हैं, जैसे सर्दी, जुकाम, खाँसी, बुखार वे अन्य तरह के साधारण फ्लू में भी मिलते हैं। अतएव चिकित्सक साधारण सर्दी, जुकाम, खाँसी और बुखार के रोगियों के ये परीक्षण या जाँचें करवाने की सलाह नहीं देते हैं। जब तक रोगी का किसी अन्य कोरोना रोगी से संपर्क का इतिहास न हो। यहाँ यह उल्लेखनीय है कि कोविड-19 जाँचों में समय भी लगता है और आर.टी.पी.सी.आर जैसी जाँचें महँगी भी होती हैं, अतएव चिकित्सक ही जाँचों के संबंध में निर्णय लेते हैं।

कोरोना जाँच के लिए कुछ महत्त्वपूर्ण तथ्य

1. संक्रमण (Infection) के बाद 5 दिन बाद सामान्य तौर पर लक्षण उभर आते हैं।
2. सातवें दिन तक रक्त में कोरोना वायरस के विरुद्ध आई.जी.एम. नामक एंटीबॉडीज बन जाती है, जो खून की जाँच में मिल सकती है।
3. चौदहवें दिन तक आई.जी.जी. एंटीबॉडीज भी बन जाती है, जो खून की जाँच में मिलती है।
4. संक्रमण के दिन से लेकर 28 दिन तक शरीर में कोरोना वायरस (SARS CoV-2) के आर.एन.ए. और एंटीजन उपस्थित हो सकते हैं, जो जाँच में मिलते हैं।
5. संक्रमण के 21वें दिन तक आई.जी.एम. नामक एंटीबॉडी रक्त से विलीन (गायब) हो जाती है।

6. संक्रमण के 28वें दिन कोरोना वायरस का आर.एन.ए. और उसके द्वारा उत्पन्न एंटीजन भी विलीन (गायब हो जाते हैं।)
7. आमतौर पर पाँच दिन तक रोगी में लक्षण नहीं मिलते।
8. सात दिन तक विंडो पीरियड होता है, अर्थात् एंटीबॉडीज जाँचें नेगेटिव आती हैं, लेकिन आर.टी.-पी.सी.आर. जाँच पॉजीटिव आती है।
9. 14 से 21 दिन के बीच लक्षण कम होने लगते हैं, लेकिन रोगी स्वस्थ व्यक्तियों में संक्रमण फैला सकता है।
10. संक्रमण के 21 दिन से 28 दिन के बीच रोगी का स्वास्थ्य सुधरना शुरू हो जाता है, लेकिन इस दौरान भी उससे अन्य लोगों को संक्रमण लग सकता है।

आर.टी.-पी.सी.आर. जाँच के लिए नाक के अंदर से नमूना लेते हुए

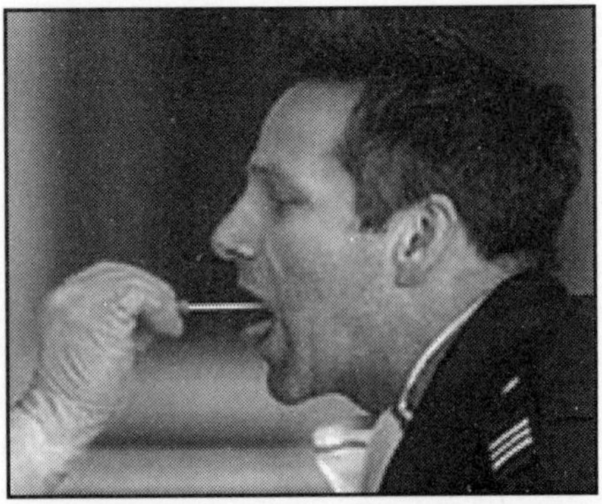

आर.टी.-पी.सी.आर. जाँच के लिए गले के अंदर से नमूना लेते हुए

1. **आर.टी.-पी.सी.आर. (R.T.P.C.R.) जाँच :** यह रोग के निश्चयन के लिए अभी सबसे ज्यादा व्यवहार में लाई जाती है और सबसे विश्वसनीय जाँच है, इसे रियल टाइम पोलिमेरेज चेन रिएक्शन जाँच (Real time polymerase chain reaction test) भी कहते हैं। **इस जाँच में रिवर्स ट्रांस्टक्रिप्टेज एंजाइम द्वारा वायरस के आर.एन.ए. को डी.एन.ए. में परिवर्तित किया जाता है।**
2. **एंटीजन जाँच (Antiqon test) :** यह वायरस द्वारा उत्पन्न एंटीजन (विषाणु विष) की जाँच करके की जाती है। इससे मात्र 30 मिनट लगते हैं, लेकिन इस जाँच की विश्वसनीयता कम है।
3. **एंटीबॉडीज जाँच (Antibodies deletion test) :** यह भी सरल जाँच है। समय भी कम लेती है, पर एंटीबॉडीज जाँचों द्वारा कोविड-19 का निश्चित रूप से पता नहीं लगता। यह जाँच सर्विलॉस के उद्देश्य से ठीक है, लेकिन एलाइजा विधि द्वारा जाँच की विश्वसनीयता अधिक है।
4. **थर्मल जाँच (Thermal Screening) :** यह एयरपोर्ट रेलवे स्टेशन इत्यदि भीड़ वाली जगह प्रयुक्त होती है, लेकिन विश्वसनीय नहीं है।
5. **फेलूदा जाँच (Feluda) :** यह भारत में ही वैज्ञानिक द्वारा अविष्कृत कम समय लेने वाली सस्ती और अच्छी जाँच है, जिसकी विश्वसनीयता 96 से 98 प्रतिशत है।

अब उक्त सभी परीक्षणों का क्रमवार संक्षिप्त में वर्णन करेंगे—

1. आर.टी.-पी.सी.आर. परीक्षण : यह व्यवहार में लाई जानेवाले सर्वाधिक संख्या में की जाने वाली प्रामाणिक जाँच है। इस विधि में शरीर में सीधे वायरस की उपस्थिति का पता किया जाता है। आर.टी.-पी.सी.आर. या पॉलिमेरेज चेन रिएक्शन टेस्ट एक जटिल जाँच है और कई भागों में किया जाता है तथा 5-6 घंटे एक जाँच में लगते हैं, इसलिए एक साथ कई रोगियों के सैंपल की जाँच की जाती है, ताकि एक दिन में अधिक-से-अधिक जाँचें की जा सकें। भारत में इसी जाँच को प्रधानता दी जाती है और अब ये जाँच 700 केंद्रों में उपलब्ध हो गई है। अभी तक देश में लगभग 6 करोड़ जाँचें हो चुकी हैं और जाँचों की संख्या की दृष्टि से दुनिया में भारत का स्थान चौथा हो गया है। आजकल प्रतिदिन 10 लाख से अधिक जाँचें प्रतिदिन देश में संपन्न हो रही हैं।

जाँच का आधार : पी.सी.आर. जाँच की प्रक्रिया में कोरोना वायरस (SARS CoV2) में मौजूद आर.एन.ए. के टुकड़े को हजारों गुना आवर्धित (Amplified) कर दिया जाता है। इसके बाद वह आसानी से जाँच में आ जाता है।

जाँच के लिए नमूना (Sample) लेना : इस जाँच के लिए साफ स्ट्रेलाइज काटन लगी स्टिक से नाक या गले के अंदर से स्वेब लेते हैं। अधिकतर मामलों में नाक से ही स्वेब को लिया जाता है। नाक से स्वेब लेने में सैंपल लेनेवाले टेक्नीशियन या डॉक्टर को संक्रमण की संभावना कम होती है और रोगी को भी ज्यादा कठिनाई नहीं होती।

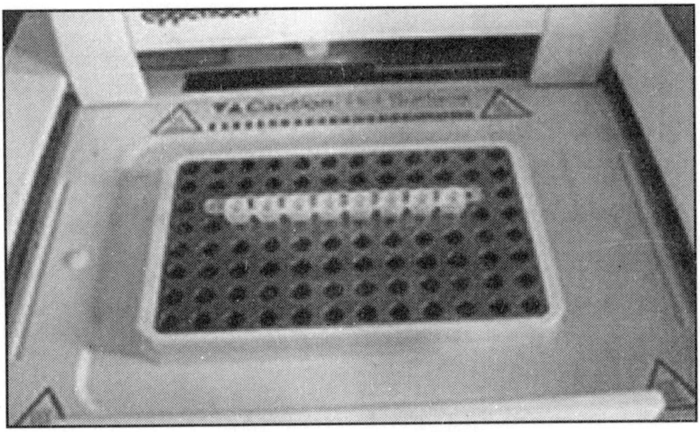

पी.सी.आर. जाँच का उपकरण

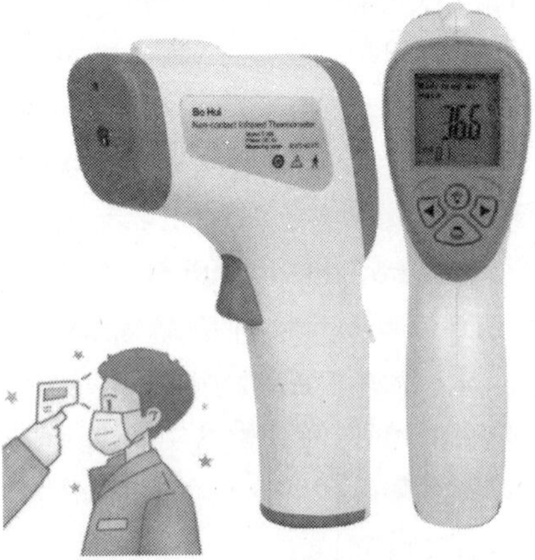

थर्मल जाँच (Thermal Screening) का उपकरण

विधि (Mothod) : यह कई हिस्सों या स्टेप्स में की जाने वाली लंबी प्रक्रिया है। पहले तो लिये गए सैंपल को कुछ रसायनों में डालकर उसका अनुपयोगी हिस्सा अलग कर देते हैं और केवल आर.एन.ए. को उपयोग में लाते हैं। इसके लिए रिवर्स टांसक्रिप्सन विधि अपनाते हैं और आर.एन.ए. को डी.एन.ए. में बदलते हैं। इसके बाद पी.सी.आर. विधि का उपयोग कर पैतृक द्रव्य या जेनेटिक मटेरियल डी.एन.ए. को हजार गुना आवर्धित करते हैं। यह आकार में बड़ा हो जाने से आसानी से पहचान में आ जाता है। पहचानने के लिए कोरोना वायरस के जेनेटिक कोड का इस्तेमाल करते हैं। (जेनेटिक कोड वायरस के डी.एन.ए. की संरचना और विन्यास को कहते हैं।)

विधि का लाभ : यह प्रमाणिक और विश्वसनीय जाँच है, जिसके गलत होने की संभावना बहुत कम होती है। इसकी कमी दो ही है कि समय ज्यादा लगता है और दूसरा जाँच महँगी होती है तथा सभी जिलों में उपलब्ध भी नहीं है।

वैसे समाचार मिला है कि एक भारतीय वैज्ञानिक ने इसी का छोटा रूप विकसित किया है, जिसकी लागत कम है और समय भी कम लगता है।

2. एंटीजन जाँच : एंटीजन वास्तव में एक तरह के विषैले प्रोटीन (स्पाइक) ही है, जो शरीर में रोग के लक्षण उत्पन्न करते हैं। ये वायरस की सतह पर लगे होते हैं।

इस तरह की जाँच में इन्हीं एंटीजन का उपयोग किया जाता है। इस प्रकार की जाँच का अमेरिका में 9 मई, 2020 को प्रयोग किया गया है, लेकिन यह सटीक परिणामों के मामले में आर.टी.-पी.सी.आर. जैसी नहीं है, परंतु इस जाँच में बहुत कम समय लगता है और सस्ती भी है, इसलिए इसे बहुत लोगों के लिए एक साथ किया जा सकता है।

इस जाँच में नमूने (Sample) के लिए नाक से स्वेब लेते हैं। इसे ऐसी पट्टी (स्ट्रिप) पर डाला जाता है। जिसमें कृत्रिम रूप में बनाई गई कोरोना वायरस की एंटीबॉडीज होती है। दोनों के रिएक्शन को देखकर परिणाम पता कर लेते हैं।

इस जाँच में मात्र 30 मिनट का वक्त लगता है।

विश्वसनीयता : इस विधि में पॉजीटिव रिजल्ट तो एकदम सही आते हैं, परंतु इसमें फाल्स नेगेटिव परिणाम अधिक आते हैं। इस कारण कई विशेषज्ञ इस प्रकार की जाँच की सलाह नहीं देते। एक विशेषज्ञ के अनुसार लगभग 50 प्रतिशत जाँच सही आती हैं।

एंटीबॉडीज जाँच : जब शरीर और रक्त में कोरोना वायरस प्रवेश करता है, तो रक्त द्रव में इसके एंटीजन के विरुद्ध एंटीबॉडीज शरीर के रक्षार्थ बन जाती है, लेकिन इसको बनने में लगभग 5–8 दिन लगते हैं। एंटीबॉडीज जाँच में इन्हीं का पता किया जाता है। इन जाँचों में समय कम लगता है। आर.टी. पी.सी.आर से काफी सस्ती भी पड़ती है। इनके कार्ड आते हैं। 20–25 मिनट में यह जाँच हो जाती है।

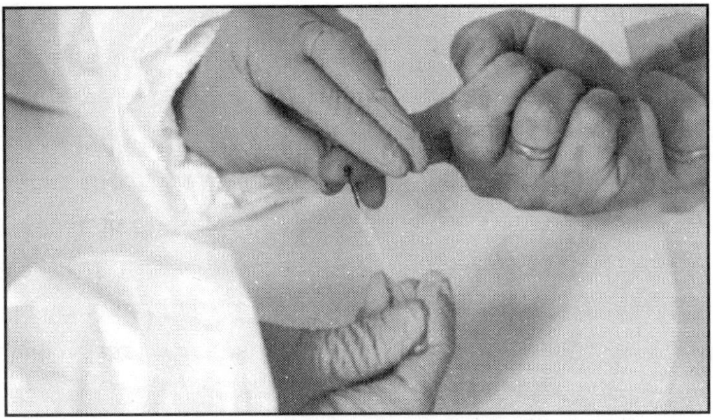

एंटीबॉडीज जाँच के लिए रक्त का नमूना लेते हुए

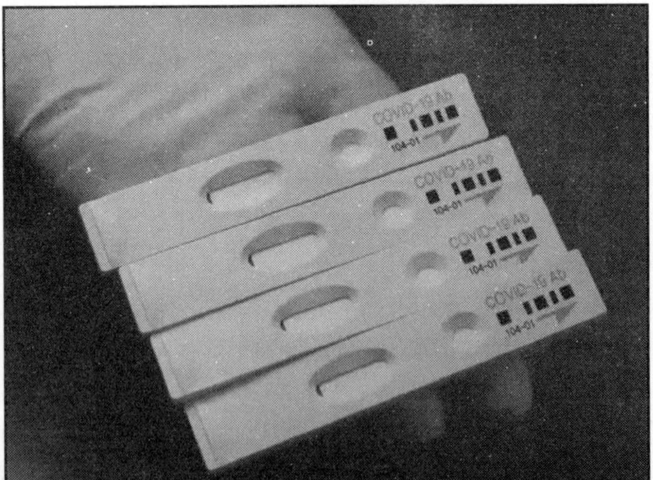

एंटीबॉडीज जाँच के परिणाम

एंटीबॉडीज जाँच रोग की पहचान के लिए भी करते हैं और अधिकतर इसे जनसंख्या में सर्वे (Surveillance) के लिए इस्तेमाल करते हैं। इन जाँचों से यह पता चलता है कि एक क्षेत्र विशेष में कितने लोगों में बीमारी थी। जो अब लक्षण विहीन है या फिर उनमें हलके लक्षण है। इससे लोगों में हर्ड इम्यूनिटी का भी पता चलता है। आजकल इन जाँचों की किट्स अपने देश में भी बनने लगी हैं, जो शीघ्र ही सभी जगह उपलब्ध होने वाली हैं। यद्यपि पहले इन्हें चीन से आयात किया गया था, परंतु परिणाम सही न होने के कारण इन किटों को वापस भेजा गया था।

विश्वसनीयता : जैसा कि पूर्व में बतलाया है कि एंटीबॉडीज टेस्ट कोविड-19 का ठीक-ठीक पता नहीं चलता। इस विधि से फाल्स पॉजीटिव और फाल्स नेगेटिव परिणाम बहुत आते हैं। अतएव यह जाँच कोविड-19 रोग के निश्चयत के लिए ठीक नहीं है। इसे आबादी के सविलांस के लिए उपयोग में लाया जा सकता है। एक बात और ध्यान देने योग्य है कि यदि रोगी के रक्त में एंटीबॉडी नहीं बनी, अर्थात् वह यदि बिंडो पीरियइस में है तो फिर जाँच नेगेटिव रहेगी।

विशेष : अभी आई.सी.एम.आर. (इंडियन काउंसिल ऑफ मेडिकल रिसर्च, दिल्ली) ने कुछ कंपनियों द्वारा निर्मित एंटीबॉडी, टेस्ट किट्स के उपयोग की अनुशंसा की है, जिनके परिणाम हालाँकि 100 प्रतिशत सही तो नहीं, लेकिन विदेशी किट्स से ज्यादा बेहतर है।

एक और परीक्षण की भारतीय किट : अभी दिनांक 12/5/2020 को एक नई जानकारी के अनुसार पश्चिम बंगाल की एक कंपनी ने 500 रुपए कीमत वाली एक किट बनाई है, जो तत्काल नतीजा देती है तथा सबसे प्रमुख बात यह कि इसे देश की चिकित्सा वैज्ञानिकों की संस्था इंडियन काउंसिल ऑफ मेडिकल रिसर्च ने भी मान्यता प्रदान कर दी है। इस तरह अब हमें विदेश से ये एंटीबॉडीज रेस्ट किट्स नहीं मँगवाना पड़ेगी। इसके रीजेंट भी कंपनी खुद बनाती है तथा 40 लाख किट वह बना भी चुकी है। हमारा देश भी किसी से कम नहीं है। इससे साबित होता है।

1. थर्मल जाँच (Thermal Screening) : यह जाँच इस तथ्य पर आधारित है कि जब शरीर में किसी वायरस द्वारा संक्रमण होता है तो शरीर का तापक्रम सामान्य से अधिक हो जाता है। यह तापक्रम एक छोटे से उपकरण, जिसे इन्फ्रारेड थर्मल रीडर कहते हैं, उससे नाप लेते हैं। यह उपकरण मनुष्य के तापमान को सेंटीग्रेट और फेरनहाइट दोनों तरह से डिजिटल डिस्प्ले पर बतला देता है। सामान्य रूप से तामक्रम 98.6°F होता है, परंतु संक्रमण की स्थिति में यह 100°F

हो जाता है। कम-से-कम 99°F तो बढ़ ही जाता है। तापक्रम या टेम्प्रचर नापने के लिए इसे व्यक्ति के सामने थोड़ी दूर रखते हैं।

थर्मल स्कैनिंग का उपयोग एयरोड्रम रेलवे स्टेशन, मेट्रो स्टेशन इत्यादि भीड़ भरे स्थानों पर किया जाता है, लेकिन इस जाँच में एक बहुत बड़ी कमी यह है कि इसके परिणाम पूरे सही नहीं होते हैं और बहुत कोरोना रोगियों की सही पहचान नहीं हो पाती है। वे जाँच होने के बावजूद स्वस्थ व्यक्तियों में शामिल होकर निकल जाते हैं, इसलिए इस विधि को कई देशों के लोग व्यवहार में नहीं लाते हैं।

रोगी व्यक्ति की थर्मल स्कैनिंग से सही पहचान न होने के कई कारण है, जैसे कि व्यक्ति को संक्रमण हो तो चुका है, परंतु बिंडो पीरियड के होने के उसमें कोई लक्षण मौजूद न हों। इस कारण उसका टेंपरेचर या शरीर का तापक्रम नॉर्मल हो। यदि ऐसा है तो वह जाँच के बावजूद पकड़ में नहीं आता है। इसके अलावा शरीर के किसी अन्य संक्रमण (जरूरी नहीं कि वह कोरोना संक्रमण ही हो) में भी शरीर का तापक्रम बढ़ जाता है। अब यदि किसी व्यक्ति के शरीर का तापक्रम किसी अन्य संक्रमण के कारण बढ़ा है तो जाँच में उसे भी कोरोना वायरस के संक्रमण से ग्रस्त माना जा सकता है। इस प्रकार यह विधि बहुत विश्वसनीय नहीं है, लेकिन कोई अन्य सही विकल्प न होने के कारण इस जाँच विधि का प्रयोग हो रहा है, लेकिन पॉजीटिव व्यक्ति की बाद में आर.टी.-पी.सी.आर. से जाँच तो करवाना ही पड़ती है।

□

5

कोरोना वायरस से जुड़े वैज्ञानिक अभिमत और खोजें

कोविड-19 एक ऐसा महारोग विश्व में अचानक फैला है कि किसी भी देश को इसके वायरस और रोग के संबंध में पूर्ण और अंतिम जानकारियाँ नहीं हैं। प्राय: रोज ही नई-नई जानकारियाँ अथवा तथ्य सामने आ रहे हैं। अभी सारी दुनिया के चिकित्सा विज्ञानी इस रोग और वायरस के संबंध में बहुत कुछ जानने में लगे हैं और साथ ही हम रोग से लड़ने का प्रमुख अस्त्र वैक्सीन (टीका) बनाने में। अभी प्रमुख देशों में इन पर तेजी से शोध चल रहा है। तब भी अभी इस संबंध में हमारा ज्ञान अधूरा है, उपलब्ध ज्ञान को संपूर्ण नहीं माना जा सकता। जैसे कि शुरू में रोग के लक्षणों में जुकाम, सूखी खाँसी, बुखार गले में तकलीफ और साँस लेने में कठिनाई (निमोनिया) तो बतलाए गए, लेकिन बाद में वैज्ञानिकों ने बतलाया कि रोगी को किसी खाद्य वस्तु का स्वाद नहीं मिलता और गंध भी नहीं पहचान पाता है। उसे कम भी सुनाई देने लगता है और इसी के उलट अब डॉक्टर्स को कई कोरोना वायरस से संक्रमित रोगी बिना लक्षणों के भी मिल रहे हैं। जैसे अभी चीन में 40 रोगी मिले और भारत में भी कुछ ऐसे संक्रमितों को पता चला। इनसे वैज्ञानिक अचंभित भी हैं और चिंतित भी, चिंतित इसलिए कि लक्षण विहीन रोगी अन्य स्वस्थ लोगों को यह खतरनाक संक्रमण बाँट सकते हैं और नए रोगियों या चिकित्सकों को यह पता भी नहीं लगेगा कि रोग कहाँ से कैसे मिला है, यह स्थिति रोग बढ़ने के लिए खतरनाक मानी जाती है। इसके अलावा भारत में एक संक्रमित ऐसा भी मिला, जिसे केवल सारे शरीर में दर्द है।

इसी प्रकार अभी स्पष्ट रूप से दुनिया के वैज्ञानिकों को यह भी नहीं पता कि यह वायरस (SARS CoV-2) आखिर आया कहाँ से। कोई कहता है जानवरों

से आया, कोई कहता है चमगादड़ों से मनुष्यों में आया, क्योंकि वायरस की संरचना चमगादड़ों के जीनॉम्स से मिलती-जुलती है और कोई कहता है इसे जीवाणु युद्ध के लिए प्रयोगशालाओं में तैयार किया गया है। इस संबंध में चीन और अमेरिका परस्पर एक-दूसरे पर आरोप-प्रत्यारोप भी लगा रहे हैं, लेकिन दावे के साथ अभी कुछ भी नहीं कहा जा सकता है। वैसे यह भी सत्य है कि कुछ देश अपनी प्रयोगशालाओं का इस्तेमाल जीवाणु युद्ध के लिए खतरनाक विषाणु या जीवाणु बनाने में भी जुटे रहते हैं।

कोविड-19 के प्रसार के सभी माध्यमों के बारे में विभिन्न मत

विश्व स्वास्थ्य संगठन शुरू से कह रहा है कि कोरोना का प्रसार हवा द्वारा नहीं होता, यह रोग रोगी के खाँसने पर जो वायरस युक्त बलगम की बहुत छोटी-छोटी बूँदें (ड्रॉपलेट्स) निकलती हैं, उनको पास में मौजूद व्यक्ति जब उन्हें अपनी साँस द्वारा अंदर खींच लेता है, तभी रोग उत्पन्न होता है, इस सिंद्धात में भी वैज्ञानिकों के मतभेद है। कुछ वैज्ञानिक मानते हैं कि जरूरी नहीं कि रोगी खाँसे उसकी साँस द्वारा भी ये छोटी बुँदिकाएँ, जिनमें कोरोना वायरस होते हैं, निकल सकती हैं और पास में मौजूद व्यक्ति में कोरोना रोग (कोविड-19) का संक्रमण पहुँच सकता है।

विश्व स्वास्थ्य संगठन की कई सलाहों पर विभिन्न देशों के शोधकर्ता उँगली उठाने लगे हैं। संगठन ने सोशल डिस्टेंसिंग के लिए 3 फुट अथवा 1 मीटर बचने के लिए पर्याप्त बतलाया है और इसी तथ्य को सब व्यवहार ला रहे हैं और इसी की जानकारी भी आम लोगों तक भी पहुँचाई जा रही है। सब यही मानकर चल रहे हैं कि इस भयंकर रोग कोविड-19 से बचने के लिए संक्रमित व्यक्ति से 1 मीटर या तीन फुट दूर रहे तो रोग नहीं लगेगा, लेकिन **अब जो तथ्य सामने आए हैं, वे चौंकाने वाले हैं, यदि इनको व्यवहार में लाना है तो बचाव करना न केवल कठिन है, बल्कि पूरी प्रक्रिया पर नए सिरे से विचार कर उसे बदलना होगा और इनका प्रचार भी करना होगा। हालाँकि अब अपने देश में व्यक्तिगत या सोशल डिस्टेसिंग की दूरी दो गज अथवा छह फीट बतलाई जा रही है।**

अमेरिका के मैसचुस्ट्स इंस्टीट्यूट ऑफ टेक्नोलॉजी की वैज्ञानिक लीडिया बॉरुइबा ने इस बारे में शोध किया है, जो अमेरिकन मेडिकल एसोसिएशन के जर्नल में भी प्रकाशित हुआ है। इसके अनुसार कोरोना वायरस से संक्रमित व्यक्ति के ड्रॉपलेट्स (छींक और खाँसी के निकलने वाली ऐसी छोटी-छोटी बूँदे, जिनमें वायरस भी होते हैं) 23 से 27 फुट तक की दूरी तय कर सकते हैं। यदि तथ्य माना

जाए तो वैज्ञानिकों को पूरी अवधारणा ही बदलनी होगी और बचाव के लिए रोगी तथा स्वस्थ व्यक्ति के बीच की दूरी कम-से-कम 22 फीट तो रखना ही पड़ेगी। एक हाल में एक रोगी को रखना पड़ेगा। यदि रोगी का कमरा छोटा है तो फिर स्वास्थ्य व्यक्ति को पी.पी.ई. किट और अच्छी गुणवत्ता के मास्क के साथ प्रवेश करना होगा, लेकिन बॉरुइवा का कहना है कि यदि सोशल डिस्टेंसिंग में बदलाव नहीं हुआ तो संक्रमण रुकने वाला नहीं है। **ड्रॉपलेट्स, जमीन, कुरसी, टेबल, दरवाजे, इत्यादि को भी दूषित कर सकते है। विश्व स्वास्थ्य संगठन का यह भी कहना है कि यह कोविड-19 रोग हवा द्वारा नहीं फैलता, लेकिन वॉरुइबा का कहना है रोग का वायरस हवा में भी लंबे समय तक जिंदा रह सकता है।** (लेकिन अब विश्व स्वास्थ्य संगठन ने कुछ तथ्यों को माना भी है।)

एक और शोध के अनुसार, जो वॉशिंगटन में हुआ है, नेशनल अकादमी ऑफ साइंस के अध्ययन के अनुसार कोरोना केवल ड्रॉपलेट्स ही नहीं, बल्कि रोगी की साँसों से भी हो सकता है। यद्यपि अभी इन शोधों के परिणाम अंतिम नहीं है, लेकिन अकेडमी से सार्वजनिक रूप से मास्क पहनने की सलाह दी है। अमेरिका में इसका अमल भी शुरू कर दिया गया है। भारत के कुछ प्रदेशों और जिलों में तथा दिल्ली-मुंबई जैसे शहरों में भी सभी को मास्क लगाना आवश्यक कर दिया गया है। तुर्की के राष्ट्रपति ने तो आदेश निकाल दिया है कि कोई भी व्यक्ति घर से बिना मास्क के बाहर नहीं निकलेगा।

वैज्ञानिकों का एक समूह यह कहता है कि कोविड-19 छींकने और खाँसने के अलावा एयरोसॉल के कणों से भी फैल सकता है, ये कण ड्रॉपलेट्स से छोटे होते हैं और इनका आकार 5 माइक्रान के लगभग होता है, यानी एक बाल के व्यास से कई गुणा छोटा, लेकिन इसमें विपक्ष के वैज्ञानिकों का कथन है कि कोरोना वायरस का व्यास 60 एन.एम. से 140 एन.एम. के मध्य होता है, अर्थात् यह एयरोसॉल के कणों में नहीं आ सकता।

लेकिन लेखक का मानना है कि साइज बड़ी होने से वह सतहों पर तो बैठ सकता है और रोग भी फैला सकता है। मेरे अनुसार खाँसी या छींकने के अलावा अन्य माध्यम भी हो सकता है, क्योंकि रोगी के पास रहने से भी वायरस अन्य व्यक्ति में पहुँच जाता है। भले रोगी न खाँसे, न छींके।

कोरोना की दवाओं के बारे में : कोरोना वायरस के इलाज में हाइड्रोक्सीक्लोरोक्विन दवा कारगर है। यह 3 देशों के कई डॉक्टरों ने माना है और

शोध पत्र तथा किताबों में भी इसका उल्लेख है। दवा सस्ती है और भारत में आसानी से उपलब्ध है। अमेरिकी राष्ट्रपति ट्रंप महोदय ने भी यह दवा भारत से बड़ी मात्रा में मँगवाई है और वे इस दवा को अपने यहाँ तेजी से बढ़ते रोगियों को देने के पक्ष में है, जबकि स्वीडन ने इस दवा का इस्तेमाल बंद कर दिया और बिना मेडिकल पुष्टि के इस दवा को देने के निर्णय के कारण ट्रंप की आलोचना भी की। स्वीडन ने दवा के प्रतिकूल प्रभाव के कारण अपने रोगियों को यह दवा देना बंद किया। जबकि भारत में यह मलेरिया रोग की लोकप्रिय दवा है और इसके वयस्कों में कोई विशेष कुप्रभाव नहीं है। इस सबके बावजूद यह दवा कोरोना के लिए दी जा रही है, क्योंकि विकल्प के रूप में इससे अच्छी कोई एंटीवायरस दवा अभी वैज्ञानिकों द्वारा खोजी नहीं गई है।

क्या गरमी का मौसम कोरोना वायरस को मार देगा।

चिकित्सा विज्ञानिकों के बीच एक और बहस चल रही है कि क्या गरमियों में कमजोर हो जाएगा कोविड-19 बीमारी का असर। इस संबंध में अधिकतर वैज्ञानिकों का कहना है कि गरमी का विशेष असर नहीं होगा, इस रोग पर अतएव लोग इस आशा में न रहें, लेकिन इसी प्रकार के सासे कोरोना वायरस के प्रकोप के बारे में यह तथ्य सामने आया था कि गरमी शुरू होते ही बीमारी कम हो गई थी। फ्लू (Influenza) के संबंध में भी यह मान्यता रही है कि रोग का प्रकोप कम हो जाता है और लोगों को राहत मिलती है।

बी.सी.जी. टीका के बारे में अभिमत : अमेरिकी शोध संस्थान ने दुनिया के विभिन्न देशों, जो 200 से अधिक है, में फैल चुके कोविड-19 की स्थिति के आधार पर भविष्य में इस रोग का अवलोकन किया है। इस आकलन के अनुसार टी.बी. से रक्षार्थ बी.सी.जी. (वेसिलस, कैलमेट-गुएरिन) टीका भारत में 70 वर्षों से लगता आ रहा है, इस कारण यहाँ स्थिति नियंत्रण के बाहर नहीं है। वहीं जिन देशों के लोगों को यह टीका कभी नहीं लगा, वहाँ कोरोना का खतरा ज्यादा है, जिन देशों को यह टीका लगा उनमें भारत, जापान और ब्राजील शामिल हैं, तथा जिनको नहीं लगा, उनमें अमेरिका, इटली, नीदरलैंड आदि हैं।

हालाँकि शोधकर्ता ने यह भी कहा कि अंतिम निष्कर्ष के लिए विस्तृत अध्ययन की जरूरत है।

रोगियों की उम्र : अभी तक यह माना जाता रहा है कि कोविड-19 उम्रदराज 60 वर्ष से ऊपर के व्यक्तियों को ज्यादा जकड़ता है और उनमें मृत्यु भी अधिक

होती हैं। यह इस आधार पर कहा गया है कि रोग प्रतिरोधक शक्ति (Immunity) कम हो जाती है और वे डायबिटीज, हृदय रोग, टी.बी., किडनी का रोग, उच्च रक्तचाप, दमा इत्यादि के शिकार भी होते हैं। यह तो देखा गया है कि जिनको पहले से डायबिटीज, या अन्य रोग होते हैं और उम्र भी ज्यादा होती है तो उन्हें कोरोना रोग होने की संभावना ज्यादा होती है, लेकिन यदि अन्य बीमारियाँ साथ में नहीं हैं तो रोग होने और मृत्यु की संभावना भी सामान्य लोगों जैसी होती है।

उम्र	रोग का प्रतिघात
0–20	0%
21–40	41%
41–60	33%
60 से अधिक	17%

कोरोना रोगी के लिए वरदान कोन्वार्लेसेंट प्लाज्मा

कोरोना रोगियों के लिए रक्त में से निकाला हुआ कोन्वार्लेसेंट प्लाज्मा एक बहुत अच्छी दवा का कार्य कर रहा है। चिकित्सकों के अनुसार इससे कई कोविड-19 के रोगी बचाए जा चुके हैं। इसका प्रयोग कई देशों, विशेष कर विकसित देशों में हो रहा है। भारत ने भी अब इस थेरैपी को मान्यता दे दी है।

क्या है कोन्वार्लेसेंट प्लाज्मा ? : कोरोना रोग से उबर चुके स्वस्थ व्यक्तियों के रक्त से इसे निकाला जाता है। इसमें कोविड-19 से रक्षा करने के लिए रोगी के रक्त में बहुमूल्य एंटीबॉडीज तैयार हो जाते हैं। ये एंटीबॉडीज कोरोना वायरस को निष्प्रभावी करके रोगी की रक्षा करते हैं। ऐसी एंटीबॉडीज युक्त प्लाज्मा को ही जो रोगी कोरोना रोग से स्वस्थ हो चुके हैं, वे 14 दिनों पश्चात् अपना प्लाज्मा रोगियों के इलाज के लिए दान कर सकते हैं। चूँकि स्वस्थ होने के बाद भी व्यक्ति के रक्त में 8 दिनों तक कोरोना वायरस बना रह सकता है।

चिकित्सकों को कोविड-19 बीमारी के कुछ गंभीर लक्षण मिले : जैसे-जैसे इस रोग के रोगी बढ़े और अस्पतालों में भर्ती हुए, तो डॉक्टर्स एवं शोधकर्ताओं को इस रोग के नए-नए लक्षण मिल रहे हैं, जिनमें से कई अत्यंत गंभीर भी है। कुछ साधारण लक्षणों का तो पहले ही पता चल गया, जैसे रोगी को **सर्दी-खाँसी, बुखार के साथ किसी खाद्य पदार्थ की खुशबु या गंध महसूस**

नहीं होती। इसके साथ साँस लेने में तो दिक्कत हो जाती है तथा गंभीर किस्म का निमोनिया भी हो जाता है। जिससे शरीर में ऑक्सीजन की भी कमी हो जाती है। इस कारण चेहरा या ओंठ भी नीले पड़ जाते हैं। कुछ पेट दर्द के साथ फुड पॉयजिनिंग जैसे लक्षण मिलते हैं। रोगी के पैरो में जामुनी रंग के चकत्ते और घाव बन जाते हैं तथा दिमाग में सूजन आ जाती है और स्ट्रोक या मस्तिष्कघात भी हो जा सकता है। इसका कारण दिमाग में खून के थक्के बन जाना होता है। डॉक्टरों ने बतलाया कि कई रोगी को बात करते-करते अचानक सब भूल जाते हैं। इस तरह इस रोग के बारे में नई-नई बातें सामने आ रही है। ज्यो-ज्यों शोध होंगे और भी बातें और तथ्य सामने आएँगे।

□

6

सामान्य रूप से पूछे जानेवाले प्रश्नों के उत्तर

प्रश्न 1 : कोरोना वायरस क्या है ?

उत्तर : यह बैक्टीरिया से भी बहुत छोटा रोग उत्पन्न करनेवाला विषाणु है, जो कोराना नामक परिवार का है। इस परिवार में 5-6 वायरस और हैं, जो सामान्य सर्दी से लेकर कई गंभीर रोग जैसे श्वसन संस्थान का न्यूमोनिया और सार्स (SARS) या मर्स इत्यादि उत्पन्न करते हैं, लेकिन अभी वुहान (चीन) में खोजा गया नया वायरस, जिसे नोवल कोरोना (SARS-CoV-2) नाम दिया गया है। **यह विषाणु अत्यंत संक्रामक और खतरनाक है।** इसका आकार 60 माइक्रान से 140 माइक्रान तक होता है। जो कोविड-19 (Covid-19) नामक जानलेवा रोग का कारण है।

प्रश्न 2 : यह कोविड-19 या कोरोना रोग क्या है ?

उत्तर : कोविड-19 एक बहुत ही संक्रामक श्वसन संस्थान की बीमारी है, जो कोरोना वायरस द्वारा उत्पन्न की जाती है। इस रोग की शुरुआत दिसंबर 2019 में चीन के वुहान शहर से हुई थी। आज दुनिया के 194 देशों में यह रोग फैल चुका है और लगभग 68 लाख संक्रमित है। (अब 3 करोड़ 26 लाख)।

प्रश्न 3 : कोरोना रोग के लक्षण क्या हैं ?

उत्तर : इस रोग के प्रमुख लक्षण हैं—बुखार, थकान, सिर और बदन दर्द, नाक बहना, गले में खराश तथा श्वास रुधना और स्वाद और गंध का पता न चलता तथा कुछ मामलों में दस्त भी लग सकते हैं। लगभग 80

प्रतिशत रोगियों में से साधारण फ्लू जैसे लक्षण होते हैं और वह बिना कोई विशेष इलाज के ठीक हो जाते हैं, लेकिन 6 में से लगभग एक रोगी में रोग गंभीर स्थिति में पहुँचता है और उसे साँस लेने में कठिनाई होने लगती है। अकसर यह देखा गया है कि ऐसे मरीज जो 65 वर्ष से ऊपर है और जिन्हें मधुमेह, उच्च रक्तचाप, या हृदय रोग जैसी कोई बीमारी है, वे ही गंभीर स्थिति में पहुँचते हैं, इसलिए ऐसे रोगियों को शीघ्र ही अस्पताल ले जाना चाहिए, क्योंकि उन्हें भर्ती करने की जरूरत हो सकती है। विशेषज्ञों के अनुसार कोरोना रोगी में दो लक्षण और मिल सकते हैं—खाना के स्वाद का पता न चलना, दूसरा गंध न आना।

प्रश्न 4 : क्या यह रोग हवा द्वारा भी हो सकता है?

उत्तर : इस पर वैज्ञानिकों ने शोध किए हैं, उनसे यह बात सामने आई है कि रोग मुख्य रूप से ऊपर बतलाए अनुसार ड्रॉपलेट्स द्वारा ही होता है, लेकिन कुछ शोधकर्ताओं ने हवा द्वारा भी रोग होने की संभावना व्यक्त की है और उन्होंने यह भी बतलाया है कि जरूरी नहीं रोगी खाँसे या छींके तभी संक्रमण होगा। उसके पास बैठे अन्य व्यक्ति को संक्रमण, संक्रमित व्यक्ति से साधारण बातचीत के दौरान भी हो सकता है।

प्रश्न 5 : कोविड-19 किस तरह से फैलता है?

उत्तर : यह रोग प्राय: रोगी के संपर्क से एक-दूसरे में फैलता है। जब रोगी खाँसता है, छींकता है या बात करता है, उसके मुँह/नाक से कुछ छोटी-छोटी बूँदे निकलती हैं, जिनमें से कोरोना के वायरस या विषाणु होते हैं। इन बूँदों को ड्रॉपलेट्स कहते हैं। वैज्ञानिकों के अनुसार ये तीन फुट से 12 फीट तक जाती हैं। अब यदि पास में कोई अन्य व्यक्ति हैं तो वे साँस द्वारा इन्हें अंदर खीच लेते हैं और संक्रमण हो जाता है। कुछ वैज्ञानिकों के अनुसार ये ड्रॉपलेट्स 12 फीट में भी ज्यादा दूर जाते हैं। ये बूँद रोगी के पास रखे टेबल एवं अन्य सामान पर भी जमा हो जाती हैं। अब यदि कोई इस सामान्य टेबल को छूता है तो और उन्हीं हाथों से नाक, मुँह या आँखों को छूता है तो उसे भी संक्रमण लग जाता है।

प्रश्न 6 : क्या यह संक्रमण ऐसे संक्रमित व्यक्ति से भी अन्य व्यक्ति में हो सकता है, जिसमें कोविड-19 के कोई लक्षण प्रत्यक्ष रूप में नहीं दिखते?

उत्तर : कुछ व्यक्तियों में लक्षण हलके रूप में होते हैं। जो प्रकट नहीं होते, इनसे भी ड्रॉपलेट्स के माध्यम से रोग हो सकता है, इसलिए मास्क के अलावा सोशल डिस्टेंसिंग पर भी जोर दिया जा रहा है।

प्रश्न 7 : ऐसा पता चला है कि रोगी के मल में भी कोरोना वायरस होते हैं, तो क्या इससे भी रोग हो सकता है?

उत्तर : इसकी संभावना बहुत कम है और अभी इस संबंध में शोध कार्य चल रहे हैं, लेकिन यह सलाह दी जाती है कि शौचालयों में भी बहुत साफ-सफाई रखी जाए एवं उपयोग के बाद अच्छी तरह साबुन से हाथों को धोया जाए। यह भी ध्यान रखें कि नाखून काटकर रखे जाएँ।

प्रश्न 8 : हमें यदि संक्रमण है तो क्या कोविड-19 के बारे में चिंता करनी चाहिए?

उत्तर : अकसर कोविड-19 के कारण बच्चों और जवान व्यक्तियों में साधारण फ्लू के लक्षण जैसे खाँसी, सर्दी, बुखार ही होते हैं। यह गंभीर अवस्था में 6 रोगियों में से केवल एक में पहुँचता है और इस गंभीर रोगी को अस्पताल में भर्ती करने की जरूरत होती है। बीमारी की सूचना भी हमें स्थानीय स्वास्थ्य अधिकारी को दे देनी चाहिए और रोगी से स्वयं का बचाव भी ऊपर बतलाए अनुसार करना चाहिए। जैसे हाथ धोते रहें, मास्क लगाएँ, रोगी से 2 मीटर की दूरी बनाए रखें इत्यादि। भर्ती कोरोना रोगियों में भी लगभग 97-98 प्रतिशत रोगी ठीक हो जाते हैं। अतएव हमें चिंता रोगी के सही इलाज और उससे स्वयं और परिवार एवं रिश्तेदारों के बचाव को बचाव करना चाहिए, क्योंकि यह रोग बहुत जल्दी फैलता है।

प्रश्न 9 : क्या अभी हमें रोग का टीका (वैक्सीन) और कोई इलाज उपलब्ध है?

उत्तर : अभी तो नहीं है, लेकिन भारत सहित चीन, अमेरिका इत्यादि कई देशों में वैक्सीन पर शोध कर रहे हैं। कुछ देशों ने तो वैक्सीन बना ली है और मनुष्य पर ट्रायल चल रहा है। आशा है कि हम वर्ष के अंत तक रोग की वैक्सीन उपलब्ध हो जाएगी। अभी रोग की शर्तिया दवा ईजाद नहीं हुई है, लेकिन हाड्राक्सीक्लोरोक्विन और रेमडेसिविर दवा के अच्छे परिणाम चिकित्सकों को मिले हैं। इनसे कुछ रोगी ठीक भी हुए हैं।

प्रश्न 10 : गंभीर अवस्था में किस तरह के रोगी पहुँच जाते हैं ?

उत्तर : अकसर 60 या 65 वर्ष के ऊपर के व्यक्ति, जिन्हें अन्य बीमारियाँ (जैसे मधुमेह) उच्च रक्तचाप, हृदयरोग, टी.बी. या कैंसर में से कोई भी साथ में होती है। इनकी मृत्यु की संभावना भी जवान व्यक्तियों की अपेक्षा कुछ ज्यादा होती है।

प्रश्न 11 : क्या जीवाणुरोधी दवाओं (Antibiotics) से कोविड-19 का इलाज हो सकता है ?

उत्तर : नहीं, बैक्टीरिया या जीवाणुओं से संक्रमण मे उपयोगी है। कोविड-19 वायरस (विषाणु) द्वारा होने वाला रोग है, अत: इसमें एंटीवायरल दवा ही काम कर सकती है।

प्रश्न 12 : क्या कोई दवा या चिकित्सा रोग से बचाव कर सकती है ?

उत्तर : फिलहाल अभी निश्चित रूप से कोई ऐसी दवा नहीं खोजी गई, जिसको खाने से रोग न हो। ऐसी मान्यता है कि आयुर्वेद और योग अपनाने से शारीरिक रोग प्रतिरोधक क्षमता बढ़ती है, जिससे यह रोग होने की संभावना कम हो जाती है और अभी हाइड्रॉक्सीक्लोरोक्विन के ऊपर शोध चल रहे हैं। रेमडेसिविर दवा कोरोना के इलाज में उपयोगी पाई गई है, लेकिन इस रोग में बिना चिकित्सक की सलाह के कोई दवा नहीं लेनी चाहिए।

प्रश्न 13 : क्या कोविड-19 का वायरस पूर्व में चीन में पाए गए सार्स (SARS) (जो कोरोना फैमिली का ही है) जैसा ही है ?

उत्तर : दोनों एक ही परिवार के सदस्य हैं, परंतु दोनों में कुछ भिन्नता है। दोनों अलग तरह की बीमारी उत्पन्न करते हैं। कोविड-19 रोग सार्स की अपेक्षा दस गुना अधिक संक्रामक होता है।

प्रश्न 14 : इस रोग का उद्भवन काल (Incubation peniod) क्या है ?

उत्तर : उद्भवन काल यानी कि वायरस के शरीर में प्रवेश से लेकर लक्षण उत्पन्न होने तक का वक्त होता है। कोविड-19 में 1 से 14 दिन होता है और सामान्य: 5 दिन का माना जाता है।

प्रश्न 15 : क्या किसी जानवर से कोविड-19 (कोरोना रोग) मनुष्यों को हो सकता है ?

उत्तर : कोरोना वायरस लगभग 6 तरह के होते हैं और अधिकतर जानवरों या

पक्षियों (चमगादड़ या पेंगोलिन में पाए जाते हैं।) बहुत कम स्थिति में ये जानवरों से मनुष्यों में आ पाते हैं। कोविड-19 के बारे में यह कहा जा रहा है कि ये पहले चमगादड़ में पाया गया, फिर पेंग्विन में, इसके बाद यह मनुष्य में आया है।

प्रश्न 16 : कोरोना वायरस शरीर के बाहर किसी सतह पर कितने समय तक जिंदा रहता है?

उत्तर : यह कुछ समय से लेकर कुछ दिनों तक जिंदा रह सकता है। यह अन्य परिस्थितियों पर निर्भर होता है।

प्रश्न 17 : जहाँ कोविड-19 तेजी से फैल रहा हो, वहाँ से आया कोई सामान/पैकेज लिया जा सकता है?

उत्तर : हाँ, ले सकते हैं। इससे रोग होने का रिस्क न के बराबर होता है। एक तो समय लग जाता है आने में, यह अलग-अलग तापक्रम से गुजरता है, जिससे विषाणु नष्ट हो जाते हैं।

प्रश्न 18 : मुझे क्या नहीं करना चाहिए?

उत्तर :
1. स्मोकिंग न करें।
2. मन से रोग की दवाएँ (एलोपैथिक) और एंटीबायोटिक न लें।
3. यदि आपको खाँसी, बुखार, खराश, साँस लेने में तकलीफ है तो टालें न, एकदम डॉक्टर को दिखाएँ और अपना इलाज शुरू करवाएँ, यदि वह जाँच कराने और अस्पताल में भर्ती की सलाह देता है तो भर्ती भी हो जाएँ।
4. जो सावधानियाँ बतलाई गईं, जैसे कई बार साबुन-पानी से हाथ धोना या सैनिटाइजर का उपयोग करना व्यक्तियों से 2 मीटर से अधिक दूरी (सोशल डिस्टेंसिंग) का पालन करें। यात्राओं से बचें संभावित या संदिग्ध रोगियों से भी सावधान रहें तथा उनकी सूचना शासन को दें। मास्क का उपयोग करें।

प्रश्न 19 : क्या रोगी के डकार लेने से संक्रमण का खतरा है?

उत्तर : कोई मुँह बंद कर डकार ले तो नहीं, लेकिन मुँह खोलकर जोर से डकार लेने पर लार की बूँदें बाहर निकल सकती हैं, इसलिए मास्क उपयोग करना बहुत जरूरी है।

प्रश्न 20 : ऐसा पढ़ा है कि कोरोना वायरस भारत में सिंगल म्यूटेशन में है तो इससे क्या होगा?

उत्तर : इसका मतलब है कि कोरोना वायरस अपने असली रूप में नहीं आ पा रहा है अथवा अपना रूप नहीं बदल पा रहा है। यदि यह ऐसे ही सिंगल म्यूटेशन में रहेगा तो शीघ्र खत्म होने की संभावना है और यदि वायरस का म्यूटेशन बदलता है तो खतरा बढ़ेगा। वैक्सीन खोजने में भी परेशानी होगी।

प्रश्न 21 : यह म्यूटेशन क्या है ?

उत्तर : म्यूटेशन वायरस के जीनाम्स में बदलाव को कहते हैं। किसी स्थान या जहाँ के वातावरण या अन्य कारणों से वायरस के डी.एन.ए. या आर.एन.ए. में होने वाले परिवर्तन को ही कहते हैं। वायरस में अकसर म्यूटेशन होता रहता है और जीनाम्स परिवर्तन के कारण उसकी वैक्सीन बनाने में भी समस्या आती है।

प्रश्न 22 : मलेरिया में काम आनेवाली हाइड्रॉक्सीक्लोरोक्विन कैसे कोरोना के संक्रमण में कार्य करती है ?

उत्तर : यह कोरोना के रोगियों में प्रभावी पाई जा रही है। रोगी पर यह किस प्रकार असर करती है, इस बारे में अभी शोध चल रहे हैं। यह माना जा रहा है कि यह विषाणुओं या वायरसों की संख्या में वृद्धि को रोक देती है। चीन के शोध में भी इसे उपयोगी पाया गया है। लगभग 32 देशों ने यह माना है कि यह असर कारक है, अमेरिका को भी भारत ने इस दवा को दिया है।

प्रश्न 23 : डॉक्टर्स कहते हैं कि बार-बार आँखें नहीं छूनी चाहिए, तो क्या आँखों से भी संक्रमण का खतरा हो सकता है ?

उत्तर : आँखों द्वारा कोरोना वायरस का खतरा कम होता है, लेकिन इससे रोग फैलने की संभावना व्यक्त की गई है। फिलहाल अभी आँखों द्वारा संक्रमण होने का कोई मामला देखने में नहीं आया है। वैसे चश्मा पहनकर संक्रमण की इस संभावना को रोका जा सकता है।

प्रश्न 24 : मास्क को डिस्पोज करना चाहिए या दुबारा प्रयोग में ले सकते हैं ?

उत्तर : अधिकतर मास्क एक बार प्रयोग करने पश्चात् अलग करनेवाले बनाए जाते हैं, लेकिन घर में बने मास्क को अच्छे से धोकर दुबारा उपयोग में ला सकते हैं, इसलिए एक व्यक्ति को दो-तीन धुलने वाले मास्क रखने चहिए।

प्रश्न 25 : मास्क संबंधी और क्या सावधानियाँ हमें रखनी चाहिए ?

उत्तर : 1. मास्क को लगाने के बाद या उसे उतारते वक्त बाहरी दूषित सतह हाथ से नहीं छूनी चाहिए, क्योंकि हो सकता है, उस पर वायरस लगे हो।

2. मास्क को उतारकर गरदन पर न लटकाए, न ही माथे पर चढ़ाएँ।

3. मास्क हटाने के पश्चात् हाथों को साबुन पानी से अच्छी तरह धोएँ या 60 प्रतिशत अल्कोहल वाले सैनिटाइजर को रब करें। हाथों या उँगलियों के स्थान छूटे न।

प्रश्न 26 : क्या पान या गुटका खाकर थूकने से भी कोरोना वायरस हो सकता है ?

उत्तर : जी हाँ, लोगों को यह गंदी आदत छोड़नी होगी, क्योंकि इससे अन्य लोगों को संक्रमण हो सकता है। थूकने से लार और ड्रॉपलेट्स बाहर दूर तक जाते हैं। इस तरह बार-बार थूकना खतरनाक साबित हो सकता है, इसलिए स्वस्थ व्यक्तियों को भी आजकल घरों के बाहर जाते वक्त मास्क लगाने की सलाह दी जा रही है। मुँह से थूक लगाकर नोट या कागज के पन्ने भी नहीं गिनना चाहिए।

प्रश्न 27 : ऐसे समाचार आ रहे हैं, कि बी.सी.जी. टीका संक्रमण रोकने में मददगार साबित हो रहा है। क्या यह सच है ?

उत्तर : भारत में टी.बी. या क्षय रोग से बचाव के लिए बी.सी.जी. का टीका सन् 1948 से ही लगाया जा रहा है। चीन में भी इस टीके का प्रयोग होता रहा है। भारत में अपेक्षाकृत कोरोना रोग के मामले कम होने के कारण कुछ विदेशी वैज्ञानिकों का मत है कि टी.बी. के रक्षार्थ जो टीके यहाँ लगाए गए हैं, उनके कारण ही यहाँ कोरोना का प्रकोप कम है, लेकिन निश्चित रूप से हम तथ्य की पुष्टि के लिए बिना शोध-कार्य के यह बात नहीं की जा सकती है और अब तो रोग भारत में भी बढ़ चुका है।

प्रश्न 28 : क्या हाइड्रॉक्सीक्लोरोक्विन स्वस्थ व्यक्ति कोरोना से बचाव के लिए स्वयं खा सकता है ?

उत्तर : ऐसे डॉक्टर, जो हम लोगों का इलाज कर रहे हैं, वे इसे दे सकते हैं और लिख सकते हैं और इसे डॉक्टर की सलाह के बिना न लें, इसका कुप्रभाव भी हो सकता है।

प्रश्न 29 : क्या सिगरेट के धुएँ से भी रोग लग सकता है ?

उत्तर : यह वायरस सिगरेट के धुएँ से नहीं फैलता, लेकिन यह फेफड़ों को कमजोर अवश्य करता है और जिनके फेफड़े कमजोर होंगे, उन्हें वायरस के संक्रमण का खतरा अधिक होता है।

प्रश्न 30 : यदि वायरस की कोई शर्तिया दवा नहीं है तो बहुत से लोग ठीक कैसे हो रहे हैं ?

उत्तर : किसी भी रोग के बैक्टीरिया या वायरस का जब शरीर पर आक्रमण होता है तो हमारे शरीर में मौजूद प्राकृतिक रोग प्रतिरोधक क्षमता भी सक्रिय हो जाती है और यदि वह क्षमता (Immunity) सशक्त हुई तो व्यक्ति अपने आप ही ठीक हो जाता है। अस्पताल में उसे भर्ती कर उसका लाक्षणिक इलाज ही करते हैं, जैसे—बुखार कम करना, साँस लेने में कठिनाई हुई तो ऑक्सीजन देना या वेंटिलेटर पर रखना इत्यादि। उसे खून की नसों द्वारा पोषण (ग्लूकोज, सेलाइन) देना। तो 80 प्रतिशत कोरोना रोगी तो घर में ही ठीक हो जाते हैं। अब चूँकि इस खतरनाक रोग की दवा नहीं है तो हमें बचाव के उपाय ही करने होंगे, जैसे लॉकडाउन में घर पर ही रहना, लोगों से दूरी बनाए रखना (Social distasing), मास्क का उपयोग करना।

प्रश्न 31 : क्या नीम की पत्ती खाने या लहसुन खाने से रोग से बचा जा सकता है ?

उत्तर : आयुर्वेद या देशी इलाज वाले कई हर्बल दवाइयाँ और उक्त चीजें बतलाते हैं, परंतु अभी कोरोना के रोगियों में इनको लेकर शोध (रिसर्च) नहीं हुए तो दावे के साथ हम कुछ कहने की स्थिति में नहीं हैं।

प्रश्न 32 : क्या नोट या सिक्कों से रोग हो सकता है ?

उत्तर : कोरोना दुनिया के 194 देशों में फैल चुका है, लेकिन अभी तक नोट यो सिक्कों से रोग फैलने की बात सामने नहीं आई। फिर भी ऑनलाइन पेमेंट करें तो बेहतर है और दुकानदार के वापस पैसे भी उसी पन्नी में रखें, घर आने पर हाथ धो लें या हाथ में सैनिटाइजर लगाएँ और नोटों को मुँह का थूक लगाकर न गिनें, सामनेवाले को भी इसके लिए मना करें।

प्रश्न 33 : हाथों पर वायरस कितने समय तक जिंदा रहता है ?

उत्तर : समय निश्चित नहीं है। 4–5 घंटे तो जिंदा रह ही सकता है, इसलिए हाथों से मुँह या नाक आँखें न छुएँ, इसलिए बार-बार हाथ धोने को कहा जाता है। बाहर से आए हैं, तब तो जरूर हाथ धोएँ।

प्रश्न 34 : क्या घर के अंदर मास्क लगाना जरूरी है ?

उत्तर : कोई सदस्य संक्रमित नहीं है तो घर के अंदर मास्क न लगाएँ, लेकिन बाहर जाएँ तो जरूर लगाएँ।

प्रश्न 35 : क्या एक-दूसरे के मास्क का परस्पर प्रयोग कर सकते हैं ?

उत्तर : कतई नहीं, इससे परस्पर संक्रमण का बहुत खतरा होता है, बल्कि घर में तौलिया/नैपकिन इत्यादि भी अलग-अलग रखें।

प्रश्न 36 : जो कोरोना रोगी स्वस्थ हो चुके हैं, उन्हें क्या सावधानियाँ रखनी चाहिए ?

उत्तर : उन्हें बचाव के वे सभी सावधानियाँ तो रखनी ही चाहिए, जो अन्य सभी रख रहे हैं और समय-समय पर अपने डॉक्टर को दिखाते रहें। यदि वे सलाह दें, तो दुबारा भी जाँच करवा सकते हैं, क्योंकि कुछ रोगी (कोविड-19 के) ऐसे भी मिले हैं कि जो दुबारा जाँच करवाने पर उनमें जाँच का परिणाम पॉजीटिव मिला है।

प्रश्न 37 : क्या घटी हुई रोग प्रतिरोधक क्षमता (Immunity) को नापा जा सकता है ?

उत्तर : पूरी तरह इसे नापना संभव नहीं है, परंतु कई-कई जाँचों द्वारा रोग प्रतिरोधक क्षमता को नाप सकते हैं।

प्रश्न 38 : क्या मच्छर के काटने से यह रोग हो सकता है ?

उत्तर : नहीं, अभी तक ऐसे कोई प्रमाण नहीं मिले हैं।

प्रश्न 39 : तो क्या मक्खियों से कोरोना हो सकता है ?

उत्तर : यद्यपि रोगी के मल में भी नोवल कोरोना वायरस पाए गए हैं, लेकिन अभी तक के जो शोध (रिसर्च) हुए हैं, उनमें कहीं भी मक्खियों द्वारा कोरोना फैलाने का उल्लेख नहीं है।

प्रश्न 40 : मरीज के झूठे बरतनों का उपयोग करने से यह रोग हो सकता है ?

उत्तर : नहीं, भोजन और खाने की सामग्री से कोरोना रोग फैलने के प्रमाण नहीं मिले हैं। हाँ, भोजन करते वक्त मरीज को 2 मीटर से दूर रखा जाए।

प्रश्न 41 : रोगी द्वारा उपयोग किए शौचालय या वॉशरूम का उपयोग करने से कोरोना हो सकता है?

उत्तर : इसकी भी संभावना कम है। हाँ, रोगी से दूरी बनाकर रखी जाए तथा शौचालय और वॉशरूम को सैनिटाइज करते रहें। चूँकि मल में भी कोरोना वायरस होते हैं।

प्रश्न 42 : क्या संक्रमित माता को शिशु को अपने पास रखना चाहिए अथवा उसे दूध पिलाना चाहिए?

उत्तर : नहीं, शिशु को माता की बीमारी के दौरान अलग ही रखें और उसकी जाँच भी करवाएँ।

प्रश्न 43 : क्या कोरोना जाँच के परिणाम नेगेटिव आने पर यह सौ प्रतिशत निश्चित होता है कि रोगी को कोविड-19 नहीं है?

उत्तर : अकसर समझा तो यही जाता है, लेकिन यदि लक्षणों में आराम नहीं लगता तो फिर डॉक्टर दुबारा जाँच करवाने की सलाह दे सकते हैं। अतः योग्य डॉक्टर को दुबारा दिखलाना चाहिए।

प्रश्न 44 : कोविड-19 जीवन के लिए कितना घातक होता है?

उत्तर : इस रोग का प्रचार माध्यमों के द्वारा कुछ ज्यादा ही डर फैलाया गया है। रोग के 80 प्रतिशत मरीज तो साधारण इलाज से अथवा बगैर इलाज के घर में ही रहकर ठीक हो जाते हैं, बाकी को डॉक्टर की जरूरत पड़ती है, जिनमें से 3 से 5 प्रतिशत को ऑक्सीजन या वेंटिलेटर पर आई.सी.यू. में रखने की जरूरत होती है।

इस रोग में मृत्यु दर दो से आठ प्रतिशत तक है, अर्थात् रोग से ग्रस्त 100 रोगियों में से कम-से-कम दो रोगियों की मृत्यु होती है। यदि शीघ्र इलाज मिल जाए तो रोगी ठीक हो जाते हैं। भारत में मृत्युदर 1.7% है।

प्रश्न 45 : शरीर की रोग प्रतिरोधक क्षमता (Immunity) किन कारणों से कम हो जाती है?

उत्तर : अंग प्रत्यारोपण के लिए ऐसी दवाइयाँ दी जाती हैं, जिनमें यह क्षमता कम हो, ताकि उस अंग को शरीर स्वीकार कर ले। इसी तरह ज्यादा मात्रा में कार्टिको स्टेरायड लेने से भी इम्यूनिटी कम हो जाती है।

प्रश्न 46 : क्या शरीर की कम हुई रोग प्रतिरोधक शक्ति को बढ़ाने के लिए एलोपैथी में भी दवाइयाँ है?

उत्तर : हाँ, हैं। इंटरल्यूकिन-2 और आइनो साइन, इसके अलावा प्लेनोडेक्स

भी रोग प्रतिरोधक क्षमता या इम्यूनिटी बढ़ाने में सहायक सिद्ध हुई हैं।

प्रश्न 47 : क्या जानवरों या जीव के मांस खाने से यह रोग हो सकता है? हमें क्या सावधानियाँ रखनी चाहिए?

उत्तर : विश्व स्वास्थ्य संगठन के अनुसार मीट या मांस खाने से यह कोविड-19 रोग नहीं होता, लेकिन यह सलाह दी जाती है कि अधपका मांस या भोजन न करें। इसी प्रकार जहाँ तक संभव हो, चमगादड़ पेंगोलिन से बचें। पशुओं के सीधे संपर्क से भी बचें। साफ-सफाई भी रखें और शाकाहार ही अपनाएँ तो अच्छा।

प्रश्न 48 : क्या हृदय रोग, मधुमेह या उच्च रक्तचाप के रोगियों को कोरोना वायरस से संक्रमण का अधिक खतरा है?

उत्तर : नहीं। इन रोगियों को अन्य लोगों की तुलना में कोविड-19 होने का खतरा अधिक नहीं होता है, लेकिन कई मामलों में देखा गया है कि जिन्हें डायबिटीज, हृदय रोग या उच्च रक्तचाप है। उनमें अकसर रोग गंभीर दशा में पहुँच जाता है। चूँकि मधुमेह, हृदय रोग या उच्च रक्तचाप अकसर 60 वर्ष से ऊपर के लोगों को होता है, इसलिए विशेष रूप से बुजुर्गों को कोरोना संक्रमण से बचने की सलाह दी जाती है।

प्रश्न 49 : कोरोना रोगी के ठीक होने के बाद क्या उससे बचाव करना जरूरी होता है?

उत्तर : यद्यपि अस्पताल में रोगी की जाँच रिपोर्ट नेगेटिव आने पर ही उसे अस्पताल से छुट्टी दी जाती है। फिर भी अतिरिक्त सावधानियाँ रखते हुए कम-से-कम 14 दिन रोगी से सीधे संपर्क से बचना चाहिए। उसे होम क्वारेंटीन में रख सकते हैं।

प्रश्न 50 : क्या मोबाइल फोन से भी यह रोग एक से दूसरे में जा सकता है?

उत्तर : यद्यपि इस संबंध में अभी शोध नहीं हुए हैं, लेकिन संभावना मोबाइल से भी रोग एक रोगी से दूसरे स्वस्थ व्यक्ति में पहुँचने की होती है, क्योंकि निर्जीव वस्तुओं पर कोरोना वायरस कई घंटों तक जीवित रह सकता है। अब यदि रोगी मोबाइल पर बात करे तो उसके मुँह से निकलने वायरस युक्त ड्रॉपलेट्स मोबाइल फोन पर भी लग जाएँगी, अब यदि अन्य व्यक्ति इसे इस्तेमाल करेंगे तो ये उसके मुँह या नाक

तक पहुँच सकते हैं। और वह भी रोग का शिकार बन सकता है। इसलिए अपने स्वयं के मोबाइल से ही बात करना सुरक्षित है। अनजान या बाहरी किसी व्यक्ति से भी मोबाइल न माँगें। इसी प्रकार पब्लिक लैंडलाइन फोन, जिसे कई–कई व्यक्ति उपयोग करते हैं, उसे भी इस्तेमाल करने से बचें।

प्रश्न 51 : कोरोना ठीक होने के पश्चात् अपना रक्तदान किसी रोगी के लिए कितने दिन बाद कर सकता है?

उत्तर : कम–से–कम 21 दिनों बाद रक्तदान करना चाहिए, क्योंकि एक सप्ताह तक उसके रक्त में कोरोना वायरस होने की संभावना हो सकती है। स्वस्थ हुआ कोरोना रोगी अपने रक्त से किसी दूसरे कोरोना मरीज की जान भी बचा सकता है।

प्रश्न 52 : लॉकडाउन क्या है? इस समय कौन सी सेवाएँ उपलब्ध रहती हैं और कौन सी नहीं?

उत्तर : लॉकडाउन एक इमरजेंसी अथवा अपातकालीन व्यवस्था है, जो महामारी या प्राकृतिक आपदा के वक्त देश, प्रदेश या किसी जिले में लगाई जा सकती है। लॉकडाउन अकसर जानलेवा संक्रमण बीमारी से लागों को बचाने और रोकथाम एवं नियंत्रण के लिए लगाया जाता है। इस दौरान बिना पास या अनुमति के किसी को घर से बाहर निकलने की इजाजत नहीं होती है, केवल आवश्यक दवाई या रोज के खाने–पीने की वस्तुएँ तथा दूध इत्यादि एक निश्चित समय के दौरान ला सकते हैं। लॉकडाउन वाले क्षेत्र में, मेडिकल स्टोर्स, अस्पताल, बैंक, पोस्ट ऑफिस जैसी आवश्यक सेवाएँ जारी रहती हैं। सीमित समय के लिए दूध, सब्जियाँ, फल, राशन, किराना दुकानें खोली जा सकती हैं या इनको घर पहुँचाया जाता है। यात्राओं और यातायात के यात्री वाहनों पर भी रोक रहती है। स्कूल, कॉलेज, कार्यालय भी बंद रहते हैं। घर के अंदर कोई कंपनी का ऑनलाइन कार्य संभव हो तो कर सकते हैं। कंपनियाँ लॉकडाउन के वक्त में कर्मचारी का वेतन नहीं काट सकते।

प्रश्न 53 : आइसोलेशन क्या है? क्वारेंटाइन और आइसोलेशन में क्या अंतर है?

उत्तर : इसका शाब्दिक अर्थ है पृथक् या अलग होने की अवस्था। आइसोलेशन में संक्रामक रोग जैसे (कोविड–19) से पीड़ित या संदिग्ध रोगी को

अन्य लोगों से पूर्णत: अलग कर रखा जाता है। **आइसोलेशन बीमार लोगों से सामान्य लोगों को अलग करता है, जबकि क्वारेंटाइन सामान्य लोगों से उन लोगों को अलग किया जाता है, जो बीमार हो सकते हैं या संदिग्ध है और उनमें रोग के लक्षण नहीं है।** या फिर जिन्हें रोग हो गया था और स्वस्थ होकर आ गए हैं तो इनको सावधानी बतौर क्वरेंटाइन किया जाता है।

प्रश्न 54 : ये होम क्वारंटाइन क्या है, इसे कैसे करते हैं?

उत्तर : कोविड-19 के कुछ लक्षण, जैसे सर्दी-खाँसी, बुखार, गले में खराश इत्यादि मिलने या फिर किसी कोरोना रोगी के संपर्क में रहनेवाले व्यक्ति को 14 दिनों का या संदिग्ध रोगी को अलग कमरे में अलग रखा जाता है, ताकि यदि उसे रोग हो तो अन्य परिवार के सदस्यों को न लगे। इसे ही होम क्वारेंटाइन कहते हैं। होम क्वारेंटाइन में विदेश से लौटे पारिवारिक सदस्यों को तथा अस्पताल से ठीक होकर लौटे कोरोना रोगी का भी करते हैं। इसे करने की विधि इस प्रकार है—

1. जो कमरा चुने वह हवादार हो तथा उसी से लगा टॉयलेट, बाथरूम भी हो। बेहतर हो यदि क्वारेंटाइन में जानेवाला अकेला ही रहे।
2. उसे घर के बच्चों-बुजुर्गों सभी से दूरी बनाकर रखनी चाहिए। बेहतर हो साथ आए आपने कमरे में ही समय बिताएँ और अपने उपयोग के कपड़े, मंजन, ब्रुश, शेविंग की सामग्री, तौलियाँ, सब अलग अपने ही कमरे में रखें।
3. आप किसी समारोह में भी न जाएँ और मोबाइल फोन भी अलग रखें। घर की अन्य चीजें न छुएँ।
4. सर्जिकल मास्क या अच्छी गुणवत्ता का मास्क लगाएँ और उसे बदलते भी रहें। स्वयं की साफ-सफाई और हाथ धोने का ध्यान रखें। **यदि आप उक्त नियमों का पालन करेंगे, तभी आपके होम क्वारेंटाइन की सफलता है,** जब वास्तव में आप एक मकान में रहकर भी परिवारजनों से अलग रहें।

प्रश्न 55 : लॉकडाउन की अवधि 21 दिन ही क्यों रखी जाती है और लॉकडाउन से संक्रमण के मामले कैसे रुकते हैं या कम होते हैं?

उत्तर : महामारियों के नियंत्रण के लिए लॉकडाउन लगाने का एकमात्र उद्देश्य बीमारी के संक्रमण को रोकना या कम करना होता है और

चिकित्सा वैज्ञानिकों के अनुसार यह उद्देश्य कम-से-कम 21 दिन में ही पूरा हो सकता है। महामारी की क्षमता विकसित करने और वायरस की मारक शक्ति कम करने की लिए 21 दिनों की अवधि ही सहायक होती है। एसोसिएट प्रोफेसर डॉ. सुरेश कुमार राठी के अनुसार इस वायरस का इक्यूवेशन पीरियड (उद्भवनकाल) अधिकतम 14 दिनों का होता है। 14 दिनों के भीतर रोग के लक्षण प्रकट होने पर रोग का कभी भी पता लग सकता है। इसके पश्चात् 7 दिनों तक यह लोग घरों में ही बंद रहेंगे तो वायरस का जीवन चक्र (Life cycle) बीच में टूट (ब्रेक) जाता है तो स्वाभाविक रूप से नए मामले कम होंगे और जो घरों में रहेंगे, उनका बाहरी लक्षण विहीन संक्रमितों और वायरस युक्त चीजों से भी संपर्क नहीं होगा तो वे रोग से बचे रहेंगे। लॉकडाउन से भले आर्थिक नुकसान हो, लेकिन लोगों की जान बच जाती है।

प्रश्न 56 : क्या एक बार ठीक होने के पश्चात् दुबारा भी रोग हो सकता है?

उत्तर : आमतौर पर नहीं होता, क्योंकि कोविड-19 के रोगियों में कोरोना वायरस के विरुद्ध खून में एंटीबॉडीज बन जाते हैं, जो लगभग 3 वर्ष अगले संक्रमण से रक्षा करते हैं। इसी कोरोना परिवार के वायरसों द्वारा दो रोग सार्स और मर्स पूर्व में भी हो चुके हैं, लेकिन दुबारा उसी व्यक्ति में संक्रमण देखने नहीं मिला। हाँ, चीन से अभी कुछ मामलों की सूचना आई थी, परंतु अभी उसके संबंध में दावे से कुछ नहीं कहा जा सकता है। भारत एवं अन्य कई देशों में भी दुबारा संक्रमण के मामले मिले हैं।

प्रश्न 57 : किसी सतह पर वायरस कितनी देर जिंदा रहता है? क्या इससे बीमारी लग सकती है?

उत्तर : यह सतहों पर निर्भर करता है। जैसे कि दरवाजे के हैंडल, लिफ्ट बटन या अन्य धातु की वस्तुओं पर 48 घंटे जिंदा रहता है और कपड़ों जैसी सतह पर वायरस ज्यादा लंबे समय तक जिंदा नहीं रहता। यदि इन सतहों को छूकर व्यक्ति मुँह, नाक या आँखें छूता है, तभी रोग का खतरा होता है।

प्रश्न 58 : अपने देश में भी अब बहुत से कोरोना से संक्रमित नए और कुछ पुराने रोगी बिना लक्षणों के मिल रहे हैं, तो क्या ये रोग फैला

सकते हैं ? इनसे भी अन्य कोरोना रोगियों की तरह सावधानियाँ बरतनी होंगी क्या ?

उत्तर : जी हाँ, बिल्कुल बिना लक्षण वाले नए या पुराने रोगी, जो कोरोना पॉजीटिव है, रोग फैलाने में उतने ही सक्षम होते हैं, जितने कि लक्षणों वाले रोगी। अभी ऐसे रोगी चीन में पाए गए अब अपने देश में भी कई प्रदेशों जैसे महाराष्ट्र, गुजरात, कर्नाटक, दिल्ली आदि में ऐसे रोगी मिले हैं। यद्यपि ऐसे बिना लक्षण वाले रोगियों की रोग प्रतिरोधक क्षमता (Immunity) बढ़ी होने के कारण इन्हें तो रोग होने का खतरा कम होता है, लेकिन इनके संपर्क में आए लोगों के लिए ये खतरनाक साबित हो सकते हैं। अतएव जिन लक्षण रहित कोरोना संक्रमितों की जाँच रिपोर्ट पॉजीटिव आ गई है, उनसे सावधान रहें। रोगियों को भी जब तक उनकी रिपोर्ट नेगेटिव (दो बार की जाँच में) नहीं हो जाती क्वारेंटाइन में रहना चाहिए। उनके परिवार वालों को भी बतलाई गई सावधानियाँ रखनी चाहिए, चूँकि यह अन्य रोगों की अपेक्षा बहुत ही ज्यादा संक्रामक रोग है।

प्रश्न 59 : **अपने देश में आई.सी.एम.आर किन चीजों पर शोध कर रहा है ? सुना है कि वैक्सीन भी आप बना रहे हैं ?**

उत्तर : **वैज्ञानिक डॉ. तरुण भटनागर**—कोरोना वाइरस पर दो तरह के रिसर्च जारी है—पहला प्लाज्मा थैरेपी और दूसरा बी.सी.जी. वैक्सीन। वैसे इन पर अन्य देशों में भी शोध चल रहा है। हम हाइड्रॉक्सीक्लोरोक्विन दवा के कोरोना रोग पर प्रभाव पर भी अनुसंधान कर रहे हैं। इसके अलावा आई.सी.एम.आर. और राष्ट्रीय विषाणु विज्ञान संस्थान ने वायरस के कलचर का पता लगा लिया है। अब ऑक्सफोर्ड यूनिवर्सिटी के वैज्ञानिक भी भारत के साथ जुड़ गए हैं, जो सीरम इंस्टीट्यूट ऑफ इंडिया के साथ मिलकर कार्य कर रहे हैं। **हमें वैक्सीन बनाने में भी जल्दी ही सफलता मिलेगी।**

प्रश्न 60 : **सामुदायिक फैलाव या कम्यूनिटी स्प्रेड के लिए किस प्रकार से लोगों की जाँचें की जानी चाहिए ?**

उत्तर : **वरिष्ठ वैज्ञानिक डॉ. तरुण भटनागर**—इसमें दो तरह की टेस्टिंग की जाती है। अभी जो हम कर रहे हैं, उसे आर.टी.पी.सी.आर. जाँच कहते हैं, यह शरीर में कोरोना वायरस के संक्रमण की उपस्थिति की

जाँच करता है। जो हम अभी रोगियों की पहचान के लिए कर रहे हैं। ये एंटीबॉडी कोरोना के आक्रमण के पश्चात् रक्त द्रव (प्लाज्मा) में बन जाती है। किसी इलाके में हम कई लोगों की एक साथ एंटीबाडीज की जाँच करें तो पता लगा सकते हैं कि वहाँ के लोगों में वायरस द्वारा कितना संक्रमण है, लेकिन रोग के लक्षण नहीं है और इसके साथ ही कितने लोग बीमार हैं, यह भी पता चल जाता है। इस आधार पर हम रोग के कम्यूनिटी स्प्रेड का पता कर सकते हैं।

प्रश्न 61 : **क्या प्लाज्मा कोविड-19 से ग्रस्त रोगी को ठीक करने में मदद कर सकता है? प्लाज्मा देने से रक्तदाता में जो पूर्व में रोगी भी रहा है, उसे कमजोरी तो नहीं आएगी?**

उत्तर : **वरिष्ठ वैज्ञानिक डॉ. तरुण भटनागर**—अभी हम इस पर शोध कर रहे हैं कि प्लाज्मा रोगी को स्वस्थ करने में कितना उपयोगी हो सकता है। संक्रमित इनसान के रक्त प्लाज्मा में वायरस के विरुद्ध लड़ने के लिए एंटीबॉडीज बन जाते हैं, इन्हें ही निकालकर गंभीर रूप से संक्रमित रोगी को दिया जाता है। अब तक कितना प्रभावी है और इसके कोई शरीर पर दुष्प्रभाव तो नहीं है यह हम देख रहे हैं। प्लाज्मा या रक्त देने से ठीक हो चुके रोगी को कोई कमजोरी नहीं आती, यह प्लाज्मा रोगी के ठीक हो जाने में 14 दिन बाद ही लिया जाता है। (अभी मिली जानकारी के अनुसार प्लाजमा थैरेपी को कोरोना रोगी में उपयोगी पाया गया है।)

प्रश्न 62 : **कोई नाक में डालने वाली दवा या नेजल स्प्रे भी बनाई गई, जो वायरस को गले के अंदर फेफड़ों में नहीं जाने देती?**

उत्तर : हाँ, अभी इस पर शोध चल रहा है और इसे बनाने में सफलता भी मिली है। यह वास्तव में नेजल स्प्रे है, जो तीन ब्रिटिश कंपनियों के अलग-अलग शोध से बनाया गया है। इस पर परीक्षण जारी है। यह सिद्ध हो गया है कि यह दवा कोरोना का रास्ता ब्लॉक (बंद) कर देती है। यह कोरोना वायरस को नाक में घुसने से रोकती है। जल्द ही इसके क्लीनिकल ट्रायल भी शुरू हो रहे हैं। सकारात्मक परिणाम आने पर यह नेजल स्प्रे. मार्केट में मिलने लगेगा।

□

7

कोरोना संघर्ष के कर्मवीर और कोरोना योद्धा

जूझ रहे हैं हिम्मती डॉक्टर्स और स्वास्थ्यकर्मी महामारी कोरोना से : देखा जाए तो इस कोरोना वायरस द्वारा उत्पन्न कोविड-19 महामारी की त्रासदी में सर्वाधिक प्रमुख भूमिका तो चिकित्सा से जुड़े चिकित्सकों और स्वास्थ्यकर्मियों एवं अस्पतालों की ही है। अन्य लोगों के साथ इन्हीं के प्रयासों और मेहनत तथा कर्तव्य-निष्ठा से इस महामारी पर नियंत्रण संभव हो सकेगा। हमें यह बात भी स्वीकारनी होगी कि हमारे देश में उच्च शिक्षित डॉक्टर्स और पैरा मेडिकल स्टाफ की कमी है। संसाधन भी विकसित देशों की अपेक्षा कुछ कम। सर्वसुविधा युक्त अस्पताल भी दूरस्थ ग्रामीण क्षेत्रों में जनसंख्या के अनुपात में कम हैं, लेकिन हमारे चिकित्सकीय वर्ग का जज्बा प्रशंसनीय है।

सभी चिकित्सक और पैरा मेडिकल स्टाफ जी-जान से कोरोना जैसी महामारी को हराने में लगे हैं, यद्यपि कई जगह उन्हें विषम परिस्थितियों का सामना करना पड़ रहा है। जैसे कई लोग जाँच कराने तैयार नहीं होते। कई क्वारेंटाइन में जाने से मना करते हैं और झगड़ते हैं। कुछ रोगी के घरवाले बाहर से ही कर्मचारियों को भगाने का प्रयास करते हैं। पत्थरबाजी तथा चिकित्सकों पर आक्रमण तक की घटनाएँ हुई हैं। भले ही दुनिया में डॉक्टर्स पर हमले की 68 प्रतिशत घटनाएँ अपने देश में हो रही हों, लेकिन ये कठिनाई उन्हें अपने पथ से विचिलित नहीं कर सकीं। वे किसी भी धमकियों से नहीं डरे। जुटे हैं रोगियों की जाँच करने में इलाज करने में, उन्हें समझाने में और रोगी के घर के या संपर्क में आए लोगों को क्वारेंटाइन करवाने में।

इस क्षेत्र का उत्तरदायित्व बड़ा है। कई जगह स्टाफ कम होने से बाहर के स्टाफ को भी बुलाना पड़ता है। कई ऐसे भी चिकित्सक हैं, जिन्होंने अस्पताल को

ही अपना घर भी बना लिया है, अर्थात् कई-कई दिन घर नहीं जा पा रहे हैं। 16-16 और 18-18 घंटे काम कर रहे हैं। वे घर इसलिए भी नहीं जाना चाहते कि परिवार के किसी सदस्य को भी संक्रमण न लग जाए।

कोविड-19 एक अत्यधिक संक्रामक रोग है। जो बतलाई गई सावधानियाँ रखने पर भी चिकित्सकों, नर्सों और अन्य स्वास्थ्यकर्मियों, जैसे वार्डबॉय, लैब टेक्नीशियन इत्यादि को लग जाता है और बड़ी विडंबना तो इस प्रोफेशन की यही है कि कई इलाज करनेवाले चिकित्सक और रोगी संपर्क में आए स्टाफ में कर्मचारी भी संक्रमित हो गए, ऐसे उदाहरण है। मुंबई में लगभग 300 से अधिक डॉक्टर्स, नर्सें और अन्य स्वास्थ्यकर्मी कोरोना संक्रमण के शिकार बन चुके हैं। इंदौर, दिल्ली, अहमदाबाद इत्यादि देश के महानगरों में चिकित्सकीय स्टाफ अधिक संक्रमण ग्रस्त हुए हैं। एक मोटे अनुभव के अनुसार देश में 1500 से 2000 के मध्य डॉक्टर्स और नर्सें, वार्डबॉय, स्वीपर एवं अन्य कर्मचारीगण संक्रमित हो चुके हैं।

एक समस्या यह भी है कि जब कोई अस्पताल में डॉक्टर कोरोना पॉजीटिव होता है तो उसके संपर्क में आए स्टाफ के कई सदस्यों को क्वारेंटाइन होना पड़ता है, तो अस्पताल के कई डॉक्टर्स और स्टाफ के सदस्य कई दिनों (14 दिन/10 दिन) के लिए कम हो जाते हैं। तब अस्पताल की कार्यक्षमता भी प्रभावित हो जाती है। उदाहरणार्थ, गांधी मेडिकल कॉलेज भोपाल के पाँच डॉक्टर्स कोरोना से संक्रमित पाए गए थे तो इनमें संपर्क में आए 90 डॉक्टर्स व 30 नर्सेज समेत 20 वार्डबॉय को भी क्वारेंटाइन किया गया। यदि कुल 140 व्यक्तियों को अब एक साथ 14 दिन के लिए ये क्वारेंटाइन में जाएँगे, तो अस्पताल की कार्यक्षमता पर तो असर पड़ेगा ही और स्टाफ को दुहरी ड्यूटी भी करनी पड़ेंगी। इस कोरोना की महामारी के साथ कई त्रासदियों और विडंबनाएँ भी जुड़ी हैं। कई डॉक्टर्स तो रोगियों का इलाज करते-करते जब कोरोना के शिकार बने तो प्रयासों के बावजूद उन्हें बचाया नहीं जा सका और वे कोरोना से संघर्ष करते-करते वीरगति को प्राप्त हो गए। कई नर्सिंग स्टाफ और अन्य कर्मचारियों ने भी इस कोरोना की लड़ाई में अपने प्राणों की आहूति दे दी, लेकिन चिकित्सकों और स्टाफ ने हिम्मत नहीं हारी, ये कोरोना के योद्धा जुटे हैं, पूरी ताकत से इस संघर्ष में प्रस्तुत हैं। चिकित्सकों एवं स्वास्थ्यकर्मियों के सेवा-भाव, त्याग और बलिदान के अनेक उदाहरण हैं—

न केवल चिकित्सक और स्वास्थ्य कर्मी इस बीमारी से संघर्ष कर रहे हैं, बल्कि प्रशासनिक अधिकारी, पुलिस, समाजसेवी सभी अपने-अपने स्तर पर जुटे हुए हैं और कोरोना रोगियों की मदद कर रहे हैं। कई उद्योगपतियों और दानदाताओं

ने भी इस करोना त्रासदी से निपटने के लिए स्तुत्य दान दिया है। ऐसे जनहित में दान देनेवाले की सूची लंबी है। ये सब धन्यवाद और साधुवाद के पात्र हैं। हजारों कोरोना संघर्ष के योद्धाओं ने कोरोना काल में अपने प्राणों की आहुतियाँ भी दीं। इनका बलिदान को भी देश की जनता याद रखेगी।

सैकड़ों चिकित्सकों और स्वाथ्य कर्मियों के साथ सैकड़ों पुलिस अधिकारियों और पुलिस कर्मचारियों ने भी अपने कर्तव्य के दौरान जान गँवा दी। इनका दर्जा भी देश क शहीदों से कम नहीं है। लेखक की ओर से इन सबको सादर श्रद्धांजलि। मेरी यह पुस्तक ऐसे ही कर्मवीरों और कोरोना योद्धाओं एवं बलिदानियों को समर्पित है।

इस बीमारी ने समाज से कितना कुछ छीना है, इसकी गणना तो संभव नहीं है, लेकिन समाज के मददगारों ने, जो प्रभावित लोगों की मदद की, उनको विस्मृत नहीं किया जा सकता। ऐसे सैकड़ों उदाहरण हैं कि कोरोना जैसी खतरनाक बीमारी से ग्रस्त रोगियों की कई लोगों ने तन-मन-धन से मदद की है। उद्योगपतियों ने अरबों रुपए तथा अस्पताल तक दान में दिए, तो कइयों ने पीपीई किट दान किए। एक पेंशनर ने तो अपनी पेंशन से मास्क बनवाकर निःशुल्क वितरित किए। वहीं एक परिवार की छोटी बच्ची ने अपना गुल्लक पापा को देकर कहा कि यह गरीब मरीजों को दे दीजिएगा। फिर ट्रैक्टर से अपना अनाज बेचने जा रहे किसान ने अपनी बिटिया के कहने पर सारा आनाज रोगियों और उसके रिश्तेदारों को मुफ्त में खाना खिलानेवाली संस्थाओं को दे दिया।

पुलिसवाले और स्वास्थ्य कर्मी पत्थरों की मार सहकर भी अपने कर्तव्य-पथों पर डटे रहे। कुछ ऐसे भी उदाहरण हैं कि जब कोरोना मरीजों की देखभाल करनेवाले स्टाफ के पारिवारिक सदस्यों की मृत्यु भी हो गई, तब भी वे अपने घर नहीं गए। कई युवाओं ने कोरोना रोगियों की सेवा में लगे होने के कारण शादी की तारीख भी अगले वर्ष की रख दी।

कई बड़े शहरों में कोरोना रोगियों की मौतों के कारण सुरक्षित तरीके से शव दफनाने की समस्याएँ खड़ी हो गई, तब कोरोना वीर के रूप में कई समाजसेवी ही इस कार्य के लिए आगे आए। उन्होंने लावारिस या परिवार के सदस्यों द्वारा छोड़कर चले जाने के बाद शवों को श्मशान घाट ले जाने के लिए न केवल वाहन उपलब्ध करवाए, बल्कि रीति-रिवाज के अनुसार अंतिम क्रियाएँ भी संपन्न करवाए। ये कार्य भी कोई सहज कार्य नहीं थे। नमन है ऐसे निस्स्वार्थ सेवाभावी महान् व्यक्तियों को।

□

8

दुनिया में कोरोना का कहर : हर तरफ असर

मानसिक स्वास्थ्य पर प्रभाव : विगत लगभग छह महीनों से देश-विदेश में तेजी से बढ़ रही इस महामारी ने लोगों की मानसिक स्थिति पर भी बहुत प्रभाव डाला है, क्योंकि यह रोग आम रोगों जैसा नहीं है। इसका तेजी से फैलाव लोगों में डर पैदा कर रहा है। भले ही रोग की मृत्यु-दर भारत में 2 प्रतिशत से कम है, लेकिन आम लोगों में धारणा यह है कि इस रोग से जान भी जा सकती है। जबकि 85 प्रतिशत मरीज तो बिना अस्पताल जाए ठीक हो जाते हैं अथवा क्वारेंटाइन समय (14 दिन) में ही अच्छे हो जाते हैं। बुजुर्गों के लिए भी रोग का कुछ ज्यादा भय पैदा कर दिया गया है।

कोरोना 18 से 24 प्रतिशत तक बुजुर्गों (60 वर्ष से अधिक उम्र के) में डिप्रेशन की बीमारी पैदा कर रहा है, जबकि भारत में इस रोग से युवक अधिक प्रभावित हैं और बुजुर्ग प्रभावित होने के बाद रोग से ठीक भी हो गए। वास्तव में खतरा उन बुजुर्ग व्यक्तियों को अधिक होता है, जिन्हें पहले से ही डायबिटीज या उच्च रक्तचाप, दमा और हृदय रोग जैसी बीमारियों से कोई पूर्व से ही हों।

अब प्रश्न उठता है कि बुजुर्ग डिप्रेशन या अवसाद से ग्रस्त न हों, इसके लिए क्या करें। इसके लिए उन्हें एकदम लंबे समय के लिए अकेला न छोड़ें। कोरोना से बचे रहने के उपाए बतलाएँ। यदि बुजुर्ग दूर रहते हों तो रोज फोन पर बात करें। यदि उन्हें मोबाइल को उपयोग करना ना आता हो तो वह भी सिखलाएँ, ताकि अकेले होने पर भी वे अपना कुछ मनोरंजन करते रहे। यह उल्लेखनीय तथ्य है कि **भारत में 60 वर्ष से अधिक उम्र के बुजुर्गों की संख्या 16 करोड़ के लगभग है,** जिन्हें नजरअंदाज नहीं किया जा सकता एवं उनका ध्यान रखना भी जरूरी है। विशेषकर

इस कोरोना त्रासदी के समय कई 60 से ऊपर के लोग यह जानकर चितिंत है कि यह कोविड-19 अकसर 60 से ऊपर के लोगों को होने पर जान का खतरा ज्यादा होता है। तो उन्हें यह समझाने की भी जरूरत है कि यह जरूरी नहीं कि 60 से ऊपर के लोगों को जान जाने का खतरा अधिक है। ऐसे कई लोग ठीक हुए हैं, जिनकी उम्र 100 वर्ष से ऊपर तक की थी।

सुरक्षा कर्मचारियों एवं अन्य कर्मचारियों की समस्याएँ : स्वास्थ्य सेवाओं के बाद सबसे ज्यादा जिम्मेदारी और व्यस्तता वाला विभाग है तो वह है पुलिस और अन्य सुरक्षा एजेंसियों का। लॉकडाउन से अन्य महत्त्वपूर्ण महामारी नियंत्रण की योजनाओं के पालन की जिम्मेदारी तो इसी विभाग की है। वे अपने स्वास्थ्य और जान की परवाह किए बिना निभा भी रहे हैं, लेकिन इन कार्यों की उन्हें भारी कीमत कोरोना से संक्रमित होकर, यहाँ तक कि अपनी जान देकर भी चुकानी पड़ी। अनेक अफसर और सिपाही कोरोना ग्रस्त हो गए। कई की मौतें भी हो गईं। केवल मध्य प्रदेश में पुलिस के तीन अफसरों ने ड्यूटी पर रहते हुए इस महामारी की जंग में आकर अपने प्राणों तक की आहुति दी है। कुछ पुलिसकर्मी भी शहीद हो चुके हैं। इसी प्रकार बी.एस.एफ. और इंडो तिब्बत बॉर्डर पुलिस के भी सैकड़ों जवान कोरोना से संक्रमित हुए हैं। मध्य प्रदेश में तो एस.पी. रैंक के अफसर तक संक्रमित हो गए।

अर्थव्यवस्था : इस महामारी से बहुत बड़ी संख्या में जनहानि तो हुई ही है (8 लाख से ऊपर मौतें), साथ ही लगभग ढाई करोड़ व्यक्तियों के संक्रमित होने से और दुनिया में लाखों लोगों को क्वारेंटाइन या आइसोलेशन में जाने से तथा अधिकतर देशों में कई-कई बार लॉकडाउन होने से जो आर्थिक नुकसान हुआ है, वह अकल्पनीय है। मेरे खयाल से जिसकी सही गणना करना संभव नहीं। मिल, फैक्टरियाँ, दुकानें, बाजरुहाट, मॉल, सिनेमाघर, रेल, यात्री बसें इत्यादि सब बंद होने से आर्थिक गतिविधियाँ भी लगभग ठप्प हो गईं, अब इनका विपरीत असर तो होना ही था।

रोज के कमाने-खाने वाले और दिहाड़ी मजदूरों के समक्ष तो खाने का संकट पैदा हो गया और ऊपर से महामारी का डर, जैसे लागों की दुनिया ही बदल गई। आमदनी कम होने से कंपनियों ने कर्मचारियों की छँटनी शुरू कर दी। फैक्टरियाँ बंद होने और लॉकडाउन होने से मजदूर भी नहीं होगा और बिक्री भी नहीं होगी तो अर्थव्यवस्था पर तो प्रभाव होगा ही। भारत ही क्या आर्थिक सुदृढ़ता के मामले में

विश्व में नंबर वन कहे जानेवाले अमेरिका की भी आर्थिक स्थिति लड़खड़ा गई। कोरोना के कारण दुनिया की प्रति व्यक्ति आय भी कम जाएगी।

भारत में कोरोना के कारण शेयरों में भारी गिरावट देखी गई। जहाँ 28 फरवरी को सेंसेक्स 38297 था, वहीं 16 अप्रैल को 30602 हो गया। 7695 अंकों की गिरावट के साथ बंद हुआ। कई शेयर 9 प्रतिशत तक लुढ़क गए, देश में महँगाई भी बढ़ी है। सीमेंट और लोहा लगभग 50 प्रतिशत महँगे हो गए। दशक में देश की सबसे कम ग्रोथ दर 1.5–2.8 प्रतिशत रहेगी और कुछ **आर्थिक मामलों के विशेषज्ञों ने 0 प्रतिशत भी ग्रोथ बतलाई है।** अब तो ग्रोथ माइनस में आ गई है। आर्थिक कारणों से भी लॉकडाउन 4 में आर्थिक गतिविधियाँ शुरू करने की बात की जा रही है, हालाँकि मिल फैक्टरी शुरू करने की अनुमति तीसरे लॉकडाउन में ही दे दी गई थी। माननीय प्रधानमंत्रीजी ने अर्थव्यवस्था को जीवंत बनाने के छोटे उद्योगों, किसानों, मजदूरों इत्यादि के लिए 20 लाख करोड़ का पैकेज दिया है।

विशेषज्ञों का कहना है कि विश्व अर्थव्यवस्था 1930 के दशक की महामंदी के बाद सबसे बड़े संकट से गुजर रही है। आई.एम.एफ. का अनुमान है कि महामारी कोरोना के कारण 60 वर्ष में पहली **बार एशिया की ग्रोथ 0 प्रतिशत रह सकती है।** वैसे विश्व बैंक ने भारत के जी.डी.पी. के आँकड़ों को आशावादी बतलाया है। उन्होंने दस लाख करोड़ खर्च करने की जरूरत बतलाई थी, परंतु भारत ने इसका दुगुना 20 लाख करोड़ का पैकेज दे दिया है और इधर चीन की विकास दर 1.2 प्रतिशत रहने का अनुमान लगाया गया है।

दुनिया की सबसे बड़ी अर्थव्यवस्था वाला देश अमेरिका भी 1939 की महामंदी के बाद सबसे खराब हालत में है। यहाँ कोरोना संक्रमित भी विश्व के कुल संक्रमितों के लगभग एक-तिहाई (70 लाख से ऊपर) हैं तथा मृत्यु दो लाख से ऊपर हो चुकी हैं। अमेरिका की भी विकास दर काफी घटने का अनुमान आर्थिक मामलों के विशेषज्ञों ने लगाया है। अमेरिका जैसे देश को भी अब कर्ज लेना पड़ रहा है, उसकी अर्थव्यवस्था का अनुमान इसी से लग सकता है।

पर्यटन और होटल व्यवसाय को भी भारी नुकसान

पर्यटन और होटल इंडस्ट्री परस्पर जुड़ी हुई हैं और एक-दूसरी पर आश्रित हैं। दुनिया के कई छोटे देश पर्यटन की आय पर ही निर्भर हैं। उनके देशों की अर्थव्यवस्था के परिचालन में पर्यटन उद्योग अथवा व्यवसाय का बड़ा हाथ है।

विदेशी मुद्रा अर्जित करने का भी पर्यटन एक बड़ा स्रोत है। महँगे पाँच सितारा होटलों की मुख्य आय विदेशी मेहमानों से ही ज्यादा होती है।

लेकिन इस कोरोना की महात्रासदी ने पर्यटन और होटल व्यवसाय को ठप्प ही कर दिया। अब दुनिया के लोग पर्यटन नहीं कर रहे, वे यह देख रहें कि उनकी जान कहाँ सुरक्षित होगी, वहाँ रहो। **भारत में विगत दो-तीन महिनों से होटल का रेवेन्यु घटकर 29 प्रतिशत पर आ गया।** दिल्ली, मुंबई, पुणे, गोवा, जैसे शहरों में लोगों का आना काफी कम हो गया। पिछले वर्ष की तुलना में स्थिति बिल्कुल बदल गई है। दिल्ली में होटलों के सबसे ज्यादा कमरे खाली रहे और यही हाल पर्यटन के अन्य देशों में आय घट गई, जब पर्यटक ही नहीं होंगे तो आय कहाँ से होगी। इस क्षेत्र से जुड़े गाइड एवं अन्य कर्मचारियों के काम भी ठप्प ही है। ऐसे वक्त जब लोगों को जान बचाने की पड़ी हो, कहीं घूमने जाने का लोग सोचते भी नहीं हैं तथा लॉकडाउन बस बंद, ट्रेन बंद, हवाई यात्राएँ बंद ही रहती हैं तथा सामान्यत: इस तरह बाहर जाने की अनुमति भी नहीं दी जाती है, इसलिए पर्यटन उद्योगों और होटलों को हजारों-करोड़ का नुकसान करना पड़ रहा है।

एक नई समस्या मजदूरों का पलायन : देश में एक और समस्या उत्पन्न हो गई। देश के करोड़ों मजदूर दूसरे प्रदेशों के बड़े शहरों में जाकर कार्य करते हैं, जैसे ही लॉकडाउन लगा तो फैक्टरी मिल और निर्माण कार्य बंद हो गए, कुछ उनके मालिकों ने अपने श्रमिकों की उचित देखरेख भी नहीं की। कोरोना के मरीज और संक्रमित भी बढ़ने लगे। मुंबई की धारावी जैसे झुग्गी-बस्तियों में कम जगह में लाखों मजदूर रहते हैं। एक कमरे में ही दस से अधिक लोग सोते हैं। साफ-सफाई का और साथ ही जागरूकता का भी अभाव, तो रोग तेजी से फैलने लगा। मौतें भी होने लगीं। एक तो काम नहीं, दूसरे कोरोना का डर। ऐसा ही रोग का डर अन्य स्थानों पर भी उत्पन्न हुआ। दो लॉकडाउन का समय उन्होंने किसी तरह यथास्थान रहकर काटा, पर फिर उनकी मानसिकता अपने-अपने घरों की वापसी की बनने लगी। कुछ मोपेड़ या वाहन या साइकिलों, तो कई तो पैदल ही रवाना हो गए। इन्हें तकलीफों का भी सामना करना पड़ा। कुछ अवैध रूप से भी छुपकर जाने लगे। एक कारण और था सभी जगह तो नहीं, लेकिन कई जगह रहने-खाने की व्यवस्थाओं में कुछ कमियाँ भी होने लगीं। शासन ने भी देखा कि अब मजदूर रुक नहीं सकते, तो 1000 के लगभग श्रमिक ट्रेन चलाना शुरू किया। ट्रेनों ने कई लाख मजदूर अपने-अपने गंतव्य पहुँचे। कुछ प्रदेश सरकारों ने भी बसों की व्यवस्थाएँ कीं, लेकिन मजदूरों

की संख्या करोड़ों में थी, तो समय तो लगना ही था, तो कई ऑटो से वापस हुए, तो कई पैदल ही रवाना हुए और कुछ भाड़ा देकर ट्रकों में रवाना हुए। इस दौरान भी उन्हें कई कठिनाइयों, दुर्घटनाओं का सामना करना पड़ा। 16 मजदूरों से अधिक रेलवे ट्रेक पर सो जाने के कारण अपनी जान से हाथ धो बैठे। कई श्रमिकों की ट्रक इत्यादि पलटने से मौतें हो गईं। कुछ अधिक पैदल चलने से बीमार होकर जान गँवा बैठे और इन श्रमिकों का पलायन आज भी जारी है, जबकि कई दिनों से फैक्टरी मिल चालू करने की अनुमति दी जा चुकी है। अब मिल मालिकों को श्रमिकों की कमी की समस्या भी हो सकती है। यदि मजदूरों को भेजना ही था तो लॉकडाउन के पहले या शुरू में भिजवा दिया जाता, उस समय उनमें संक्रमण भी कम था, **तो देश के गाँव या शहरों में इनके द्वारा संक्रमण कम फैलता।**

मजदूरों से बाते करने पर एक बात मुख्य रूप से सामने आई कि अधिकतर का पेट तो किसी तरह भर ही रहा था, लेकिन इस कोरोना का अतिरंजित प्रचार-प्रसार होने से उनके मन में बीमारी का डर बैठ गया था। कई बोले भी कि यदि मरना ही है तो घर जाकर अपनों के बीच मरे। श्रमिक तो अपनी समस्याओं से घिरे ही, अब एक नई समस्या यह उत्पन्न हो गई है कि रेड जोन और कंटेनमेंट एरिया से निकले श्रमिकों में कुछ कोरोना पॉजीटिव भी हैं। इनमें से जिनकी जानकारियाँ हैं, उन्हें तो क्वारेंटाइन भी कर सकते हैं, अस्पतालों में भर्ती भी कर सकते, लेकिन कुछ सीधे आकर गाँवों में रहने लगे, तो अभी धारावी और मुंबई से वापस हुए रोगी क्रमशः मध्य प्रदेश के सागर और दमोह जिले में पहुँचे भी हैं। तो इस तरह कोरोना का कहर श्रमिकों पर भी पड़ा। जिन गाँवों के सरपंच और कर्मचारी जागरूक हैं, वे तो इन मरीजों को अलग रखकर (क्वारेंटाइन कर) उनकी व्यवस्था कर देते हैं, लेकिन कुछ जगह जब लोग छुपकर आते हैं तो बाद में पता चलता है। हालाँकि कोरोना को छुपाना अपराध की श्रेणी में है। क्वारेंटाइन के डर से भी कई ट्रेन से उतरकर भागते हैं या कई मजदूर छुपकर गाँव आ रहे हैं। इनमें से कुछ का पता चलता है, तो अधिकारी उन्हें समझाकर सेंटर में ले जाते हैं और उन्हें क्वारेंटाइन करवाते हैं।

□

9

आखिर कोरोना महामारी का भविष्य क्या है ?

तो क्या एक मिलीमीटर से भी लाखों गुना छोटा वायरस दुनिया में रोज कई हजार स्वस्थ व्यक्तियों को अपना शिकार बनाता रहेगा और हजारों मौतें भी रोज होती रहेंगी, इस मौत के तांडव पर कोई अंकुश लग पाएगा कि नहीं? इसकी कोई असरकारक दवा या बचाव का टीका (वैक्सीन) बन पाएगा कि नहीं? आखिर इस रोग का भविष्य क्या है ? ये कुछ प्रश्न हैं, जो मेरे मन में भी हैं, इनमें कुछ चिंताजनक जबाव भी हो सकते हैं, कुछ सांत्वना देनेवाले जबाव भी हैं।

कभी-कभी मुझे लगता है कि आज से सौ-सवा सौ वर्ष पहले जो संक्रामक महामारियाँ आकर लाखों-करोड़ों इनसानों को मौत की नींद सुला देती थीं, लगभग उसी तरह की बीमारियाँ सौ वर्ष बाद भी होती हैं तो चिकित्सा विज्ञान की इतनी प्रगति का आखिर फायदा क्या हुआ। **अमेरिका, ब्रिटेन जैसे विकसित देश भी दयनीयता से इस बेहद संक्रामक और अपने रूप बदलने वाले शातिर वायरस द्वारा हुई मौतों की रोज गिनती कर रहे हैं। क्या कभी किसी ने सोचा था, विज्ञान के सबसे ज्यादा नोबल प्राइज लेनेवाला देश अमेरिका इस वायरस का शिकार बनकर सबसे अधिक मौतों की संख्या वाला देश बन जाएगा।**

मनुष्य की प्रकृति हार मानने की नहीं है। वह दुनिया का बौद्धिक रूप से सबसे सशक्त प्राणी है। इस निराशा में भी आशा की कुछ किरणें हैं, जिनके आधार पर लगता है कि कोरोना वायरस की मनमानी हमेशा नहीं चलेगी। पहले भी ऐसे रोग आए और चले गए। प्रायः हर समर्थ देश के चिकित्सा विज्ञानी और बायोटेक्नोलॉजिस्ट फार्मेसिस्ट इत्यादि जुटे हुए हैं इलाज और टीके की खोज में और इस मुहिम में अपना देश भारत भी लगा है। अब वैज्ञानिकों के प्रयास अंतिम चरणों

में हैं, इसलिए टीका (वैक्सीन) या शर्तिया दवा कुछ महीनों में मिल जानी चाहिए। हो सकता है, दवा और टीका दोनों मिल जाए। इस कोविड-19 नामक बीमारी पर विजय पाने के ही दो अस्त्र हैं। अब रूस की वैक्सीन बन चुकी है।

टीका अथवा वैक्सीन : हार्वर्ड यूनिवर्सिटी के वैज्ञानिकों का मानना है कि **असरदार इलाज या वैक्सीन के बिना कोरोना पर नियंत्रण व और उसे खत्म नहीं किया जा सकता।** कोरोना वायरस उसी परिवार (फैमिली) से है, जिस परिवार में सर्दी-जुकाम फैलाने वाला वायरस भी है। अब यदि दुर्भाग्यवश कोविड-19 को वैक्सीन न बन सका या प्रभावी इलाज न मिल सका तो वैज्ञानिकों का कहना है कि बहुत संभावना यह है कि वह सीजन फ्लू बनकर लोगों को संक्रमित करते रहे और वैसे ही यह रोग भी किसी विशेष मौसम में हर वर्ष लोगों को बीमार बनाता रहे। वैज्ञानिक डॉ. एथनी फाउची का कहना है कि कोरोना मौसमी बीमारी बन सकता है और सन् 2025 तक हर साल इसका संक्रमण होता रहेगा।

कोरोना वायरस (SARS CoV2) परिवार में ही सार्स और मर्स जैसी बीमारियाँ भी हैं, जिनके द्वारा कई वर्ष पूर्व दो बीमारियाँ फैलाई गई थीं। सन् 2002-03 में सार्स (SARS-Serve Acute Repiratory Syndrome) और सन् 2015 में मर्स (MERS-Middle Easte Repiratory Syndrome), लेकिन यह उल्लेखनीय है कि सार्स और मर्स जैसी बीमारियों से वैक्सीन न बन सकने के बावजूद जल्द छुटकारा मिल गया था, जबकि इसी फैमिली का HCov वायरस प्रतिवर्ष सर्दियों में लागों को परेशान करता है। इसी वायरस की वजह से सर्दियों के मौसम में सर्दी-जुकाम होता है।

यदि कम समय के लिए मनुष्यों में कोरोना वायरस के प्रति रोग प्रतिरोधक क्षमता आती है तो यह वायरस नष्ट नहीं होगा, बल्कि हमारे जीवन का हिस्सा बन जाएगा, सर्दी-जुकाम की तरह और टीका इत्यादि द्वारा इम्यूनिटी पैदा भी हो गई, तब भी कोविड-19 को समाप्त होने में वक्त लगेगा। यह रोग सन् 2025 तक खत्म हो सकेगा। कई वैज्ञानिकों का कहना है कि **लॉकडाउन या सोशल डिस्टेसिंग केवल रोग फैलने की रफ्तार धीमी या कम कर सकते हैं। उसे पूर्णतः नहीं रोका जा सकता। जैसे ही लॉकडाउन खोला जाएगा, दोबारा संक्रमण बढ़ सकता है।** इसलिए जब तक वैक्सीन या असरदार दवा नहीं उपलब्ध होती, तब सोशल डिस्टेंसिंग का पालन करना होगा और मास्क जैसे उपाय साथ में अपनाने होगे। शोध करनेवाले वैज्ञानिकों ने यह भी कहा है कि कोविड-19 से बचने के लिए

हमें कम-से-कम 2022 तक सोशल डिस्टेंसिंग बनानी होगी और कुछ शहरों में 8 सप्ताह का प्रतिबंध भी जारी रखने होंगे।

शोधकर्ता एरिन मोडैकाई कहती है कि 1918 में स्पैनिश फ्लू फैला था, तब अमेरिका ने कुछ शहरों से प्रतिबंध हटा लिया था, इससे यह फ्लू कम समय में ज्यादा लोगों में फैल गया था। **स्पैनिश फ्लू से 50 करोड़ से ज्यादा लोग संक्रमित हुए थे, जबकि 5 करोड़ लोगों की मौतें हुई थीं, तो हमें इतिहास से भी सबक लेना चाहिए।**

क्या वैक्सीन और दवा मिल सकेगी कोरोना की : दुनिया भर में 100 से अधिक प्रयास विभिन्न देशों में वैक्सीन बनाने के चल रहे हैं। इनमें हमारा देश भी शामिल है। छह वैज्ञानिक संस्थाओं ने तो मनुष्य पर भी वैक्सीन की ट्रायल शुरू कर दी है और ऐसी आशा है कि इसी वर्ष वैक्सीन उपलब्ध हो जाना चाहिए। (अभी सूचना मिली है कि सीरम इंस्टीट्यूट ऑफ वायरोलॉजी पुणे में एक वैक्सीन (कोरोना वायरस के लिए) अंतिम ट्रयल में है।

लेकिन कुछ वैज्ञानिकों का मानना है कि यह भी संभावना है कि वैक्सीन सफल न हो सके, क्योंकि कोरोना वायरस मे तेजी से म्यूटेशन हो रहा है। उसके कई तरह के म्यूटेशन हो चुके हैं। ये वैक्सीन की राह में बाधा भी है। कुछ अन्य वायरस की वैक्सीन भी आज तक नहीं बन सकी। अभी तक एच.आई.वी. की भी वैक्सीन या टीका उपलब्ध नहीं हो सका है। इसी तरह सन् 2002-03 में चीन से आए सार्स वायरस ने आतंक मचा दिया था, जिसका टीका आज तक नहीं बन सका है। रेमडेसिविर जैसे कुछ प्रभावी दवाएँ जरूर बाजार में आ गईं और कुछ की खोज तेजी से जारी है। यदि वैक्सीन नहीं बनी, तो दवाएँ तो आ ही जाएँगी।

कुछ चिकित्सा विज्ञानी कहते हैं, अभी कोरोना की दूसरी लहर का दौर भी आ सकता है। इस तरह के कई मत-मतांतर है। पिछले कई वायरस जन्य बीमारियों की कुछ समय के अंतराल से संक्रमण की दूसरी लहर आई थी, इसी आधार पर यह माना जा रहा है कि अभी एक बार और कोरोना संक्रमण गंभीर रूप लेगा, लेकिन इस वायरस के बारे में लोगों के अनुमान गलत साबित हो रहे हैं। जैसा कि सोचा गया था कि वायरस 38° सेंटीग्रट तापक्रम पर मृत हो जाता है तो गरमी आते ही कोरोना का प्रकोप कम हो जाएगा, परंतु हुआ उल्टा अप्रैल और मई में संक्रमण की दर भी बहुत ज्यादा हो गई और मृत्यु की संख्या भी बहुत बढ़ गई।

हर्ड इम्यूनिटी कर सकती है रोग से बचाव : परिकल्पना इस तथ्य पर

आधारित है कि यदि किसी आबादी में 65 प्रतिशत लोगों में संक्रमण हो जाता है तो फिर उन लोगों में 3-4 साल के लिए हर्ड इम्यूनिटी विकसित हो जाती है और शेष लोग भी रोग के शिकार नहीं बनते, क्योंकि वायरस के संक्रमण की चेन टूट जाती है, लेकिन कोरोना जैसे वायरस द्वारा 65 प्रतिशत आबादी को संक्रमित करवाना अत्यंत खतरनाक है। इस तरह हर्ड इम्यूनिटी तो विकसित हो जाएगी, लेकिन पता नहीं कितने लोगों की मौतें हो जाएँगी। इस तरह हर्ड इम्यूनिटी का विकल्प व्यावहारिक नहीं लगता है और जिन लोगों को वायरस द्वारा एक संक्रमण हो जाता है, उनमें तीन चार साल के लिए तो इम्यूनिटी विकसित हो ही जाती है, लेकिन जानबूझकर एक बड़ी आबादी को वायरस से संक्रमित करवाना खतरनाक और जोखिम भरा कार्य है।

दुनिया में अब तक कोरोना वायरस के 33 से अधिक म्यूटेशन (पैत्रिक संरचना में स्वतः बदलाव को म्यूटेशन कहा जाता है) होते हैं। अमेरिका के एरिजोना में कोरोना वायरस में आए बदलाव (म्यूटेशन) का वैज्ञानिकों का पता लगा है और ऐसी पैत्रिक संरचना (जेनेटिक पैटर्न) ज्ञात हुई है, जो 17 वर्ष पूर्व सार्स वायरस के संक्रमण के दौरान सार्स वायरस की पैत्रिक संरचना में देखे गए थे। ये म्यूटेशन या परिवर्तन वायरस प्रोटीन के बड़े हिस्से यानी जेनेटिक मटेरियल का अपने आप गायब हो जाना है। इस परिवर्तन से वायरस कमजोर हो जाता है। अर्थात् उसकी आक्रमण क्षमता, जिसे वैज्ञानिक भाषा में वायरुलेंस (Virulence) कहते हैं क्रमशः कम हो रही है। वैसे भी यह वायरुलेन्स समय बीतने के साथ कई वायरसों में कम हो जाती है।

इस खोज से वैज्ञानिक उत्साहित है। क्योंकि जब 17 वर्ष पूर्व सार्स वायरस में पैत्रिक संरचना से प्रोटीन का हिस्सा गायब हुआ था तो 5 महीनों के दौरान सार्स जैसे खतरनाक संक्रमण का खात्मा हो गया था, इसलिए वैज्ञानिकों को आशा बँधी है, अब कोरोना वायरस भी कमजोर होकर कुछ महीनों में समाप्त या उसका संक्रमण एकदम कम हो जाएगा। लेकिन कुछ वैज्ञानिक इसे मनुष्यों द्वारा बनाया वायरस मान रहे हैं।

भारतीय वैज्ञानिक की राय क्या है : कोरोना वायरस (SARS CoV2) में उक्त प्रकार का म्यूटेशन होने के बारे में काउंसिल ऑफ साइंटिफिक एंड इंडस्ट्रियल रिसर्च के विशेषज्ञ डॉ. सी.एच. मोहन राव कहते हैं, भारत में कोरोना वायरस सिंगल म्यूटेशन में है। इसका मतलब यह है कि इसके जल्दी खत्म होने की

संभावना है, लेकिन यदि वायरस बार-बार रूप बदलता है तो खतरा बढ़ भी सकता है। इससे वैक्सीन बनाने में भी परेशानी होगी। पूरे शोध या रिसर्च के ये हैं नतीजे—

1. ये जो म्यूटेशन दिखा है, वह अच्छा है। वायरस में कुछ म्यूटेशन इनसानों के खिलाफ जाते हैं, तो कुछ वायरस में हमारे हित में भी होते हैं। एरिजोना स्टेट यूनिवर्सिटी के शोधकर्ताओं का कहना है, हमने जो म्यूटेशन खोजा है। वास्तव में वह इनसानी हित में एक अद्वितीय परिवर्तन है, कहा जा सकता है।
2. शोधकर्ताओं ने नाक के स्वेब के 382 नमूनों में पाए गए वायरस के जीनोम को क्रम में या सिक्वेंस में जमा कर अध्ययन किया था।
3. पैतृक द्रव्य या जेनेटिक मटेरियल सूक्ष्मतम केमिकल यूनिट्स से बनते हैं, जिन्हें लेटर्स कहते हैं। जब वैज्ञानिक 382 सैंपल का अध्ययन कर रहे थे तो उन्हें एक वायरस के सैंपल में 8 प्रतिशत लेटर्स गायब मिले। डॉ. इफ्रेम लिम ने बतलाया ऐसा उन्होंने 17 वर्ष पूर्व 2003 में सार्स वायरस के संक्रमण के दौरान सार्स वायरस में भी देखा था। जब यह वायरस कमजोर पड़ रहा था तो उसकी प्रोटीन की संरचना के बड़े हिस्से गायब थे।
4. डॉ. लिम ने कहा कोरोना वायरस का यह कमजोर रूप इसलिए अच्छा है, क्योंकि इससे समय के साथ उसकी क्षमता कम होने का पता चलता है। ये वैक्सीन बनाने के लिए भी बहुत उपयोगी साबित हो सकते हैं।

इस प्रकार मानव जाति के लिए तो यह सुखद संकेत है और वायरस कमजोर होने के कारण अब कम संक्रमक होगा और कोविड-19 के रोगी भी क्रमशः कम होते जाएँगे।

□

10

कोरोना से संबंधित पारिभाषिक शब्दावली

1. **एंटीबॉडीज (Antibodies) :** रक्त द्रव (Serum) में उपस्थित वे प्रोटीन पदार्थ हैं, जो विषाणु-विष या एंटीजन के रक्त में संपर्क होने के बाद उत्पन्न होते हैं और शरीर को रोगों से बचाने का कार्य करते हैं। इन्हें इम्यूनोग्लोव्यूलिंस भी कहते हैं या प्रतिपिंड कहते हैं।
2. **एंटीजन या प्रतिजन (Antigen) :** ये वे पदार्थ हैं, जो मानव रक्त में एंटीबॉडीज या प्रतिपिंड उत्पन्न करते हैं। ये वास्तव में किसी भी बैक्टीरिया या वायरस में मौजूद होते हैं, जिन्हें जीवाणु या विषाणु-विष भी कहते हैं। एंटीबॉडीज इसको प्रभावहीन बनाने का कार्य करते हैं।
3. **एंटीबॉडी टेस्ट :** जब किसी जीवाणु या विषाणु (वायरस) का प्रतिजन या विषाणु विष रक्त में पहुँचाया जाता है तो शरीर में एंटीबॉडीज या प्रतिपिंड उत्पन्न हो जाते हैं। इसी सिद्धांत का उपयोग कर वायरस के संक्रमण की पहचान भी की जाती है। एंटीजन और एंटीबॉडी में जो प्रतिक्रिया होती है, उसे देखकर संक्रमण की पहचान हो जाती है। कोरोना के लिए भी आजकल यह जाँच होने लगी है।
4. **ए.जेड.टी. (एजिथ्रोथाइमिन) :** इसे जुड़ोविडीन भी कहते हैं, यह एड्स वायरस के संक्रमण में दी जाती है, लेकिन कुछ चिकित्सकों ने इसे कोरोना वायरस को नष्ट करने में भी उपयोगी पाया है।
5. **वाहक (Carrier) :** कॅरियर ऐसा व्यक्ति होता है, जो ऊपर से स्वस्थ दिखता है, वह अन्य व्यक्तियों में संक्रमण फैला सकता है। कोरोना वायरस ग्रस्त व्यक्ति बाहर से भी लक्षण विहीन दिख सकते हैं, लेकिन उनके संपर्क में आने से स्वस्थ व्यक्ति को रोग लग सकता है।
6. **एलाइजा (ELISA) जाँच :** यह विषाणुओं अथवा वायरस के लिए की

जाने वाली प्रारंभिक जाँच है, जिसमें एंटीबॉडी का पता करते हैं। इस जाँच का पूरा नाम है—एंजाइम लिक्ड इम्यूनो सार्वेंट एसे।

7. **फॉल्स नेगेटिव (False Negative) :** जब जाँच द्वारा कोरोना एंटीबॉडी का पता नहीं चलता, लेकिन रक्त में उपस्थित रहते हैं, तब जाँच के परिणाम को झूठी ऋणात्मकता या फॉल्स नेगेटिव कहते हैं।
8. **फॉल्स पॉजीटिव (False Positive) :** इसी प्रकार जब जाँच में कोरोना एंटीबॉडीज उपस्थित नहीं होती और जाँच में परिणाम धनात्मक मिलते हैं, तब इसे फॉल्स पॉजीटिव बोलते हैं।
9. **इंसीडेंस :** एक निश्चित समय में निश्चित जनसंख्या में पाए जानेवाले किसी संक्रामक रोग से संक्रमित व्यक्तियों की संख्या को इंसीडेंस कहते हैं।
10. **आई.ई.सी. (I.E.C.-Information, Education and Communication) :** इसे हिंदी में सूचना, शिक्षा और संचार बोलते हैं। इसका किसी संक्रामक रोग, जैसे कोरोना रोग इत्यादि पर नियंत्रण में अत्यंत महत्त्व होता है। जब आम लोगों को रोग की जानकारी होंगी, तभी तो वे बचाव कर सकेंगे।
11. **उद्भवन काल (Incubation Period) :** शरीर में विषाणु या रोगाणु का संक्रमण होने तथा लक्षण मिलने के बीच की अवधि को इक्यूवेशन कहते हैं। कोरोना रोग में यह अवधि 3 से लेकर 14 दिन तक है।
12. **रोग प्रतिरोधक क्षमता (इम्यूनिटी Immunity) :** किन्हीं रोग विशेष, उदाहणार्थ कोई संक्रामक रोग से शरीर की स्वयं को सुरक्षित रखने की क्षमता। यह दो प्रकार की होती है—(1) जन्मजात, (2) अर्जित, जैसे विभिन्न रोगों के टीकों द्वारा उत्पन्न इम्यूनिटी।
13. **एपिडेमिक (Epidemic) :** ऐसा रोग, जो शीघ्रता से क्षेत्र विशेष में फैलकर कई व्यक्तियों को अपनी गिरफ्त में ले लेता है। इसे जानपदिक रोग या महामारी भी कहते हैं। ऐसे रोग अकसर संक्रामक ही होते हैं।
14. **पेंडेमिक (Pandemic) :** संपूर्ण विश्व में फैल जाने वाला संक्रामक रोग या जानपदिक रोग। इसे विश्व महामारी भी कहते हैं। इससे विश्व के प्राय: सभी लोग प्रभावित होते हैं। उदाहरणार्थ, कोरोना संक्रमितों की संख्या लगभग तीन करोड़ हो गई है तथा मौतों की संख्या नौ लाख से ऊपर पहुँच गई है।
15. **प्रतिरक्षा तंत्र (Immune System) :** शरीर को वायरसों जीवाणुओं

इत्यादि रोग उत्पन्न करनेवाले जीवों से सुरक्षित रखने की प्रक्रिया को संपादित करनेवाले अवयवों के समूह को प्रतिरक्षा तंत्र कहते हैं। इस तंत्र में श्वेत रक्त कोशिकाओं और रक्त-प्लाज्मा में उपस्थित एंटीबॉडीज (प्रतिपिंड) की विशेष भूमिका रहती है। ये वायरस या विषाणु को निष्क्रिय या नष्ट करने का कार्य करती है।

16. **लिंफोसाइट्स** : ये श्वेत रक्त कोशिकाओं का ही एक प्रकार है, जो प्रतिरक्षा तंत्र की प्रणाली में सहयोग करते हैं।
17. **नॉजीकोमिनल संक्रमण (Nosicominal Infection)** : ऐसे संक्रामक रोग, जो अस्पतालों द्वारा रोगियों या स्वस्थ व्यक्तियों में होते हैं। जैसे—कोविड-19 संक्रमण।
18. **परजीवी (Parasite)** : ऐसे रोगाणु या विषाणु (वायरस), जो मानव शरीर से ही पोषण ग्रहण करते हैं और अपनी संख्या बढ़ाते रहते हैं। वायरस शरीर के अंदर रहकर ही कई दिनों तक शरीर की कोशिकाओं में रहकर अपनी संख्या बढ़ाते रहते हैं, जबकि शरीर के बाहर निर्जीव वस्तुओं पर यह कुछ घंटे या 1-2 दिन तक ही जीवित रहते हैं।
19. **पी.सी.आर (P.C.R.)** : यह एक विशेष जाँच का नाम है, जिसे पॉलीमरेज चेन रिएक्शन कहते हैं। इस जाँच में वायरस की पैतृक संरचनाओं, जैसे आर.एन.ए. अथवा डी.एन.ए. आवर्धित करते हैं और वायरस या विषाणुओं के बारे में पता करते हैं। इससे प्राय: हर प्रकार के वायरस का शरीर में पता चल जाता है। यह एक विश्वसनीय जाँच है और बड़े शहरों में ही उपलब्ध है। इससे कोरोना के अलावा एच.आई.वी. हेपेटाइटिस 'बी' इत्यादि का पता लग जाता है।
20. **प्रीवेलेंस (Prevalence)** : एक निश्चित क्षेत्र स्थान में निश्चित अवधि के दौरान कोई एक बीमारी का बार-बार होना, जैसे—किन्हीं-किन्हीं गाँवों में हैजा की बीमारी प्रत्येक वर्ष एक निश्चित मौसम में गाँव में फैलती है।
21. **आर.एन.ए. (Ribo Nucleac Acid)** : ये मानव कोशिकाओं (cells) में स्थित आनुवंशिक द्रव्य है, जो विषाणु में भी होते हैं। जिन विषाणुओं या वायरस में आर.एन.ए. होता है, उन्हें आर.एन.ए. वायरस कहा जाता है। जैसे कि कोरोना और एच.आई.वी. आर.एन.ए. वायरस है। इनके साथ खतरनाक बात यह है कि ये कोशिकाओं से चिपककर उसमें अंदर

प्रवेश कर जाते हैं और उनके जेनेटिक द्रव्य (डी.एन.ए.) से मिलकर अपनी वृद्धि करते रहते हैं। साथ ही रोग भी उत्पन्न करते हैं। उदाहणार्थ, **कोरोना वायरस श्वास द्वारा गले में आकर चिपकते हैं और वहाँ अपनी संख्या बढ़ाते हैं। फिर कुछ समय बाद ये फेफड़ों में प्रवेश कर जाते हैं और वहा श्वास-नलिकाओं में अपनी संख्या बढ़ाकर सूजन और श्वास में रुकावट उत्पन्न कर देते हैं, अर्थात् निमोनिया उत्पन्न हो जाता है।** फेफड़ों को ऑक्सीजन मिल नहीं पाती और रोगी का दम घुटने लगता है।

22. **सिंड्रोम (Syndrome) :** किसी रोग में यह चिह्न और लक्षणों की ऐसी श्रृंखला या समूह होता है, जिसका कारण वायरस या जीवाणु (बैक्टिरिया) हो सकता है। जब रोग कई चिह्न और लक्षणों के साथ जटिल अवस्था में पहुँच जाता है तो रोग के नाम के साथ सिंड्रोम लग जाता है; जैसे सार्स रोग (SARS-Seyere acute Respiratory Syndrome), कोविड-19 में भी लगभग इसी तरह का सिंड्रोम होता है।

23. **विंडो पीरियड (Windo Period) :** शरीर में संक्रमण के पश्चात् उसे वायरस या रोगाणु को निष्प्रभावी करने के लिए शरीर एंटीबॉडीज बनाता है, लेकिन ये एंटीबॉडीज या प्रतिपिंड तुरंत नहीं बनते, इन्हें कुछ समय लगता है। विषाणु प्रवेश के पश्चात् शरीर में एंटीबॉडीज बनने तक जो समय लगता है, उसे विंडो पीरियड कहा जाता है। जो जाँचें एंटीबॉडी की पहचान पर आधारित होती हैं, वे विंडो पीरियड के समय नेगेटिव मिलती हैं, इसलिए लक्षण मिलने पर ही रक्त जाँच की जाती है, तब परिणाम धनात्मक आते हैं। कोविड-19 के रोगियों में भी कई बार ऐसा हुआ है।

24. **डब्ल्यू.एच.ओ. (Word Health Orgnaization) :** इसे विश्व स्वास्थ्य संगठन भी कहते हैं। यह सारी दुनिया के देशों का एक संगठन है, जो विभिन्न बीमारियों की रोकथाम सूचनाएँ, इलाज और शिक्षा के लिए सम्मिलित रूप से कार्य करता है, बीमारियों का प्रकोप रोकने में विश्व के देशों की मदद करता है। यह स्वास्थ्य कार्यकर्ताओं और चिकित्सकों की विशेष प्रशिक्षण सेमिनार इत्यादि भी आयोजित करते हैं। इसमें विश्व के प्रमुख देशों के चिकित्सक, वैज्ञानिक इत्यादि कार्य करते हैं। ये देश उसे आर्थिक मदद भी देते हैं।

□

तृतीय भाग
अन्य वायरस जनित रोग

1

स्वाइन फ्लू अथवा एच1एन1

वायरस या विषाणु द्वारा उत्पन्न खतरनाक स्वाइन फ्लू ने विश्व के 200 से अधिक देशों में आतंक मचाकर सन् 2009 से भारत में भी आतंक मचाना शुरू कर दिया था और आज भी इस जानलेवा रोग के मरीज मिलना जारी है। पाँच दशक पूर्व अमेरिका के न्यू जर्सी में इस तरह का रोग फैला था। पचास वर्ष बाद अप्रैल 2009 में मेक्सिको में इस रोग के रोगी पाए गए, तो लगा यह रोग नया है, जबकि 1950 के दशक में भी 2000 अमेरिकी सैनिक इस रोग की गिरफ्त में आए थे। विश्व में तीन लाख के लगभग और भारत में 15 हजार से ऊपर रोगियों का पता चला था और हजारों रोगियों की मौतें भी इस गंभीर संक्रामक रोग से हो चुकी है। अकेले मेक्सिको में सैकड़ों रोगियों की मौत इस संक्रामक रोग से हुई। अमेरिका में लगभग 10000 से ऊपर स्वाइन फ्लू के मामलों की पुष्टि हुई और कई मौतें भी हो चुकी थी, जबकि ब्रिटेन में भी हजारों मामले पाए गए। भारत में कुछ डॉक्टर सहित हजारों लोग भी इस रोग से संक्रमित हो चुके हैं। कुल मिलाकर पूरा विश्व इस खतरनाक रोग से भयाक्रांत है और भारत में भी यह विषाणुजन्य रोग अपना तांडव दिखला रहा है। पिछले वर्षों में देश में इस रोग से हजारों की मृत्यु हो चुकी हैं, लेकिन अब इस रोग के मामले कुछ कम हो गए हैं।

विश्व स्वास्थ्य संगठन के अनुसार इस रोग पर शीघ्र नियंत्रण पाना अत्यंत जरूरी है, वरना यह तीव्र संक्रामक रोग पूरी दुनिया के लिए एक बड़ा खतरा बन जाएगा। इसी तथ्य को ध्यान में रखकर विश्व स्वास्थ्य संगठन द्वारा स्वाइन फ्लू के चेतावनी स्तर को अधिकतम अर्थात् छह तक बढ़ा दिया गया था। प्राय: प्रत्येक देश इस रोग के प्रति सतर्क हो चुका है और अपने यहाँ प्रवेश करनेवाले प्रत्येक विदेशी की जाँच कर रहा है। इनमें भारत भी शामिल है।

रोग का इतिहास : जैसा कि पूर्व में बतलाया जा चुका है कि फ्लू एक

पुराना रोग है। सन् 1958 में यूरोप के अलावा इस रोग ने सन् 1918 और 1968 में भी दुनिया में दहशत फैलाई थी। एक जानकारी के अनुसार रोग के वायरस या विषाणु सन् 1933 और 1946 में भी पाए गए थे। यह देखा गया है कि यह एक विश्वव्यापी रोग है, जो 10 से 15 वर्षों के अंतराल से कई देशों में एक साथ फैल जाता है तथा इस रोग के प्रकारों को विभिन्न देशों के नाम से भी जाना जाता है। उदाहरणार्थ—सन् 1957 में एशिया में फैले फ्लू को 'एशियन फ्लू' नाम दिया गया और 1968 में हांगकांग में फैले रोग को 'हांगकांग इन्फ्लूएंजा' नाम दिया गया। वास्तव में यह रोग इन्फ्लूएंजा का ही एक प्रकार है। इसके कई लक्षण सार्स और कोरोना से मिलते-जुलते हैं।

भारत में स्वाइन फ्लू : पहले पहल जब यह रोग देश में आया तो यहाँ सावधानी बतौर हवाई अड्डों पर भी रोग की जाँच शुरू की गई। अमेरिका से लौटे हैदराबाद के 23 वर्षीय एक रोगी में स्वाइन फ्लू की पहले पुष्टि हुई थी, फिर उसकी माँ में भी इस रोग के लक्षण पाए गए। इसके बाद मुंबई, दिल्ली, चेन्नई, बंगलुरु, कोलकाता, वडोदरा, अहमदाबाद, पुणे, जबलपुर एवं भोपाल तथा अन्य शहरों में भी इस रोग के लक्षणों वाले सैकड़ों मरीजों की जानकारी हुई। इसका अभिप्राय यह है कि भारत में यह रोग तेजी से फैला, क्योंकि यहाँ भी प्रतिदिन हजारों विदेशी यात्रियों का आना-जाना है और विशेष बचाव के तरीकों के अभाव में यह तीव्र संक्रामक रोग बढ़ता ही गया। स्वाइन फ्लू से प्रभावित मरनेवालों की संख्या एक शतक से ऊपर थी तथा पुणे विशेष रूप से इस रोग से प्रभावित हुआ था। इसके बाद फिर विभिन्न प्रदेशों में इस रोग के हजारों मरीज पाए गए हैं और मृत्यु का सिलसिला शुरू हो गया। राजस्थान, गुजरात, मध्य प्रदेश, छत्तीसगढ़ जैसे कई प्रदेश रोग की चपेट में हैं। यहाँ तक कि लद्दाख में भी रोगियों का पता चला है। अभी तक इस रोग से लगभग 1700 लोगों की मृत्यु हो चुकी है।

स्वाइन फ्लू से 2009-10 में सर्वाधिक प्रभावित हुए देश

देश	स्वाइन फ्लू के मामले	मृत्युएँ
अमेरिका	1,13,690	3,433
ब्राजील	58,178	2,135
भारत	29,599	2,024

मेक्सिको	70,715	1,316
चीन	1,20,940	800
तुर्की	12,316	656
अर्जेंटीना	11,458	626
रूस	25,339	604
ब्रिटेन	28,456	474
कनाडा	25,828	429

भारत में 2010 से 2015 तक की स्थिति

वर्ष	**मामले**	**मौत**
2010	20,604	1763
2011	603	75
2012	5,044	406
2013	5,253	699
2014	937	218
2015 (14 मार्च)	29,558	1710
2015 (11 अप्रैल तक)	3500	20167

स्वाइन फ्लू से देश में सर्वाधिक प्रभावित राज्य

स्वास्थ्य मंत्रालय से मिले आँकड़ों के अनुसार स्वाइन फ्लू देशभर में अब तक 965 लोग दम तोड़ चुके थे, जबकि इससे प्रभावित लोगों की संख्या 26 फरवरी की शाम को 1700 का आँकड़ा पार कर गई—

राज्य	**मरनेवालों की संख्या**	**पीड़ित**
राजस्थान	234	4,884
गुजरात	231	3,527

मध्य प्रदेश	127	716
महाराष्ट्र	112	1221
दिल्ली	8	2456

(तेलंगाना, कर्नाटक और पंजाब में क्रमश: 54, 39 और 38 लोगों को यह जानलेवा बीमारी लील चुकी है।)

टिप्पणी : *ये आँकड़े 26 फरवरी, 2015 तक वे हैं। प्रभावित रोगियों और मृत व्यक्तियों की संख्या इससे अधिक है।*

स्वाइन फ्लू क्या है ? : विश्व स्वास्थ्य संगठन के अनुसार यह रोग इन्फ्लूएंजा (H1N1) के नाम से जाना जाता है। वास्तव में अभी यह तय भी नहीं हो सका है कि इस तरह का फ्लू भी सुअरों में पाया जाता है या केवल विषाणु (Virus) पिग या सुअरों में पाए गए हैं, अत: विश्व स्वास्थ्य संगठन ने सुअरों को मारने से मना किया है। यह दृष्टव्य है कि इस रोग के विषाणु सुअरों के अलावा पक्षियों, घोड़ों, कुत्तों, घरेलू मुरगे-मुर्गियों में भी पाए जाते हैं। इस तरह यह कहना कि रोग केवल सूअरों द्वारा ही फैलता है, पूर्णत: सही नहीं है। हाँ, अलग-अलग जंतुओं में इस रोग के पाए जानेवाले विषाणुओं की संरचना में थोड़ा अंतर पाया गया है। जैसे पक्षियों में एस5, एन1 एंटीजन युक्त स्ट्रेन्स खोजा गया है। पक्षियों में पाए जानेवाले इस तरह के विषाणु से एवियन फ्लू होता है, लेकिन सुअर का पका मांस खाने से यह रोग नहीं होता, ऐसा विशेषज्ञों का कहना है। एवियन फ्लू को बर्ड फ्लू कहते हैं।

संक्षेप में हम फ्लू या इन्फ्लूएंजा या एच1 एन1 को कुछ इस तरह परिभाषित कर सकते हैं—"यह एक श्वसन संस्थान का तीव्र संक्रमण है, जो इन्फ्लूएंजा के एच1एन1 प्रकार के विषाणुओं द्वारा होता है और इस रोग में एकदम से तेज बुखार, खाँसी, पेशियों में दर्द और कमजोरी महसूस होती है। गले में खराश के साथ साँस लेने में तकलीफ, नाक बहना, दस्त और निमोनिया जैसे लक्षण भी मिल सकते हैं और रोगी गंभीर अवस्था में पहुँच जाता है। रोगी को उल्टियाँ भी हो सकती हैं तथा खाँसी में खखार के साथ खून आ सकता है।

रोग का कारक : इस रोग का विषाणु आर्थो मिक्सो वाइरेडी परिवार का है। इसके तीन उप-प्रकार होते हैं। टाइप-ए, टाइप-बी और टाइप-सी होते हैं। इन तीनों विषाणुओं के विषाणु विष अलग-अलग तरह के होते हैं। जैसे कि स्वाइन फ्लू में एच1 एन1 (H1N1) सरफेस एंटीजन पाया गया है। इन्फ्लूएंजा ए वायरस अन्य

विषाणुओं से अलग तरह का होता है। इसकी खोज सन् 1933 में की गई थी, बाद में 1957 और 1968 में इसके एंटीजन अथवा प्रतिजन में कुछ परिवर्तन पाए गए। स्वाइन फ्लू का कारण वायरस ए प्रकार को ही माना गया है। (इसमें एच1एन1 सरफेस एंटीजन होता है) जबकि वायरस 'बी' दुर्लभ रूप में ही मिलता है तथा वायरस 'सी' सुअरों में नहीं पाया जाता है। इसका एक स्ट्रेन एच-3 एन-2 फ्लू स्ट्रेन भी खोजा गया है।

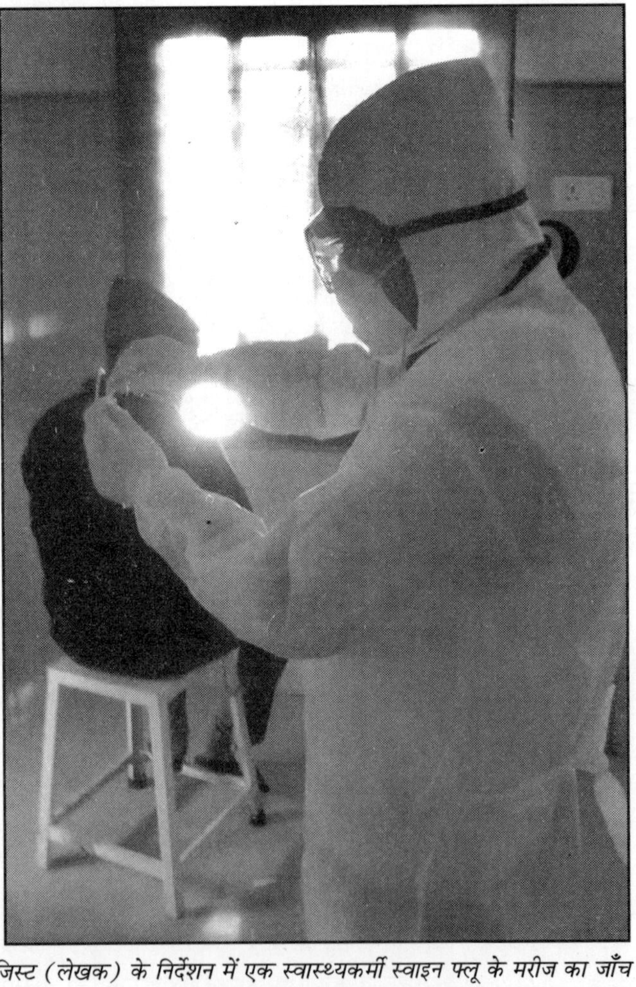

पैथोलॉजिस्ट (लेखक) के निर्देशन में एक स्वास्थ्यकर्मी स्वाइन फ्लू के मरीज का जाँच के लिए पी.पी.ई. सुरक्षा किट पहनकर सैंपल लेते हुए

स्वाइन फ्लू मनुष्यों को शिकार कैसे बनाने लगा ? : यह शुरू में पिग जैसे जानवरों में होनेवाली बीमारी आखिर मनुष्यों में कैसे आ गई, इसके बारे में कई शोध करनेवाले चिकित्सा विज्ञानियों का मत है कि विषाणु या वायरस (RNA Virus) के अंदर पैत्रिक द्रव्यों (Genomes) के मिलने से एन1 एच1 (ए) वायरस की उत्पत्ति हो गई। इसमें आधे आर.एन.ए. सेगमेंट (खंड) स्वाइन के थे और आधे आर.एन.ए. खंड मनुष्यों के थे, फिर इस वायरस ने ही मनुष्यों में यह खतरनाक रोग फैला दिया।

संक्रमण का स्रोत : संक्रमण के स्रोत रोगी के अलावा कुछ स्वस्थ दिखनेवाले मनुष्य भी हो सकते हैं। संक्रमित व्यक्ति के नाक के स्राव में रोग के विषाणु होते हैं। जो खाँसी के साथ या रुमाल और तौलिया जैसे कपड़ों के द्वारा अन्य स्वस्थ व्यक्ति में प्रवेश कर सकते हैं। रोग के वायरस या विषाणु, रोग के लक्षण मिलने से एक-दो दिन पूर्व और 1 से 2 दिन बाद तक रोगी में मिलते हैं, अत: इस समयावधि के अंदर रोगी अन्य स्वस्थ व्यक्तियों को भी संक्रमण का शिकार बना सकता है। अत: रोगी से दूरी बनाए रखना चाहिए एवं सुरक्षा के लिए मास्क इत्यादि का प्रयोग करना चाहिए।

कौन-कौन व्यक्ति रोग ग्रस्त हो सकते हैं ? : यह फ्लू प्रत्येक उम्र के व्यक्तियों को अपना शिकार बनाता है, परंतु 18 महीने से लेकर 5 वर्ष से कम के बच्चों में और 65 वर्ष से ऊपर के वृद्धों एवं मधुमेह और गुरदों के रोगियों और हृदय रोगियों में इस रोग के कारण अधिक मौतें पाई गई हैं। ऐसे लोगों को अधिक खतरे वाले समूह में रखा गया है, क्योंकि इनकी रोग प्रतिरोधक क्षमता कम होती है, अतएव इनके ऊपर बीमारी का असर शीघ्र और ज्यादा होता है। अस्पतालों एवं लैब में काम करनेवाले डॉक्टर, नर्सें और अन्य कर्मचारी भी सावधानी के अभाव में रोगग्रस्त हो सकते हैं। जो रोगी रोग प्रतिरोधक शक्ति कम करनेवाली दवाएँ लेते हैं, उन्हें भी स्वाइन फ्लू होने का खतरा अधिक होता है।

रोग को बढ़ानेवाले कारक : सघन आबादी वाले शहरों, मेलों, उत्सव स्थलों में रोग के फैलने और बढ़ने की संभावना अधिक होती है। इसी तरह स्कूलों, जहाजों जैसे स्थानों में भी संक्रमण की गुंजाइश अधिक होती है। विदेश यात्राएँ और विदेशियों से संपर्क से भी यह रोग उस दशा में हो सकता है, जब रोग से पूरा विश्व प्रभावित हो अथवा संबंधित देश में रोग फैल रहा हो।

यह एक व्यक्ति से दूसरे व्यक्ति में खाँसी अथवा श्वसन संस्थान के स्रावों द्वारा फैलता है। होता यह है कि रोगी की खाँसी में रोग के रोगाणु छोटी बूँदों के रूप में रहते हैं, संपर्क में आनेवाला व्यक्ति श्वसन क्रिया के माध्यम से अपने अंदर खींच लेता है

और उसे रोग हो जाता है। रोगी के साथ रहने से भी यह रोग हो सकता है। रोगी की वस्तुओं के इस्तेमाल और नजदीक संपर्क से भी रोग हो सकता है। अधिकतर रोगी पुराने रोगियों के संपर्क में आने से बनते हैं।

रोग का उद्भवन काल : इस रोग का संक्रमण होने के तुरंत बाद रोग के लक्षण उत्पन्न नहीं होते, बल्कि यह लक्षण 18 से 72 घंटे पश्चात् उत्पन्न होते हैं।

बॉक्स-1

स्वाइन फ्लू के प्रमुख लक्षण

1. **खाँसी**	7. ठंड लगना
2. **बुखार**	8. थकान
3. **नाक बहना**	9. **उल्टी की इच्छा या उल्टियाँ होना**
4. **गले में दर्द और खराश**	10. दस्त लगना
5. **बदन दर्द**	11. खकार के साथ खून आना
6. **सिरदर्द**	12. नाखून और होंठ नीले पड़ना

बॉक्स-2

क्या करें आप यदि—स्वाइन फ्लू के रोगी के संपर्क रहे हों

1. यदि उक्त लक्षण न हों तो डरने की या कोई इलाज लेने की जरूरत नहीं। हाँ, यदि ये लक्षण मिलें तो डॉक्टर से सलाह लेकर दवा लें। डॉक्टर लक्षण देखकर जानेगा कि आपको स्वाइन फ्लू की जाँच करवाने की जरूरत है अथवा नहीं।
2. स्वाइन फ्लू से बचाव के लिए टीका लगवाएँ।
3. यह एक अच्छी बात है कि स्वाइन फ्लू की बहुत अच्छी दवा टेमीफ्लू उपलब्ध है।

रोग का विषाणु शरीर में जाकर क्या करता है ? : रोग का विषाणु (टाइप-ए-एच1 एन1) श्वसन संस्थान में पहुँचकर श्वास नलिकाओं में सूजन उत्पन्न करता है, साथ ही इनकी कोशिकाओं के अस्तर को भी नष्ट कर देता है। इस कारण श्वसन नलिकाओं में जीवाणुओं का भी संक्रमण हो जाता है, फिर रोगी को बुखार, शरीर में दर्द, खाँसी में खखार व खून आ सकता है। कमजोरी, साँस लेने में कठिनाई इत्यादि लक्षण उत्पन्न हो जाते हैं। गले में खराश होने के साथ गले की गाँठें भी बढ़ सकती हैं।

रोग का इलाज : इस रोग के रोगी को अस्पताल में भर्ती करना ठीक रहता है, बल्कि एक अलग कमरे में रोगी को रखना चाहिए, जिससे वह अन्य व्यक्तियों को रोग न बाँट सकें। चूँकि इस रोग के टीके के असर की कुछ सीमाएँ होती हैं। अत: विषाणु प्रतिरोधी दवाएँ रोगी को दी जाती हैं। विश्व स्वास्थ्य संगठन के नए निर्देशों के अनुसार एंटी वायरल दवा केवल गंभीर मरीजों को दी जाती है। राइमंटीडाइन या टेमीफ्लू नामक विषाणुरोधी दवाएँ रोग में असरकारक साबित हुई हैं। इससे रोगी की जान बच जाती है और तकलीफों में शीघ्र आराम मिलता है। ऑक्सीजन एवं अन्य दवाएँ भी चिकित्सक के परामर्श अनुसार दी जाती हैं। यह ध्यान देने योग्य बात है कि इलाज का पूरा असर तभी होता है, जब इलाज रोग की पहचान कर 48 घंटे के भीतर शुरू कर दिया जाए। शीघ्र इलाज से रोगी की मृत्यु भी नहीं हो पाती। यहाँ यह तथ्य भी उल्लेखनीय है कि रोगी की देखभाल करनेवाले स्वास्थ्यकर्मियों और मिलने-जुलनेवाले लोगों को मास्क पहनकर रोगी के कमरे में प्रवेश करना चाहिए, वे रोगी के खाँसते वक्त मुँह पर कपड़ा रखें एवं उसके उपयोग के सामान और रुमाल, तौलिया और अन्य कपड़े न छुएँ।

एच1एन1 (स्वाइन फ्लू) से बचाव : जब विश्व में यह रोग सामूहिक रूप से फैलता है तो रोग पर पूर्णत: नियंत्रण कर पाना मुश्किल होता है, क्योंकि आज पूरे विश्व के देशों के लोग परस्पर एक-दूसरे के देशों की यात्रा करते हैं और ये लोग इस तरह के रोग को अन्य देशों में फैलाने में सहायक बनते हैं। रोग से बचाव के लिए निम्न बातों पर ध्यान देना चाहिए—

निमोनिया रोग में फेफड़ों की स्थिति

सामान्य

निमोनिया में

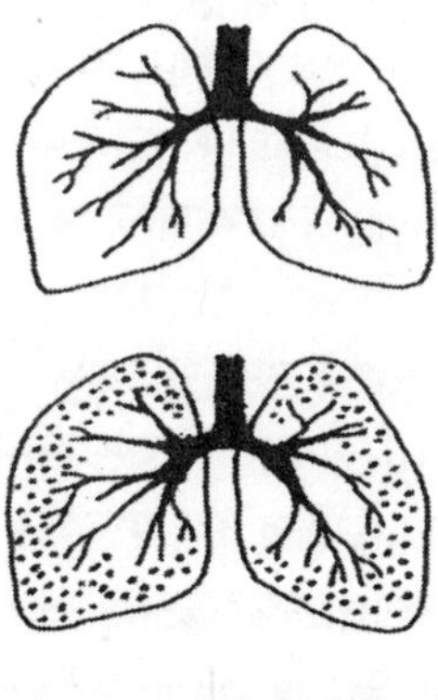

स्वाइन फ्लू में संक्रमण के कारण फेफड़ों में सूजन आ जाती है और फेफड़े आवश्यक ऑक्सीजन नहीं ले पाते, इस कारण रोगी को साँस लेने में परेशानी होती है।

1. नए लोगों या विदेशियों से गले मिलने, हाथ मिलाने, चुंबन आदि से बचें।
2. ऐसे शासकीय और निजी भवन हों, जहाँ कर्मचारियों को खुली हवा मिले एवं एक ही भवन में लोगों की अति सघनता न हो, अर्थात् व्यक्तियों के बीच पर्याप्त दूरी हो।
3. जब यह रोग फैल रहा हो, तब लोग भीड़ भरे स्थानों से स्वयं भी बचें और अपने बच्चों को भी बचाएँ।
4. ऊपर बताए गए फ्लू के लक्षण मिलने पर तुरंत चिकित्सक को दिखलाकर इलाज शुरू करें।
5. जब रोग फैल रहा हो तो घरेलू पालतू जानवरों और पक्षियों से सीधे संपर्क से बचें।
6. ऐसे देशों या शहरों की यात्रा करने से बचें, जहाँ यह रोग फैल रहा हो।
7. साबुन से कई बार हाथ धोएँ।
8. रोग के लक्षण मिलने पर रोगी को शीघ्र सुविधापूर्ण अस्पताल में भर्ती करें, ताकि उससे अन्य लोगों में रोग न फैले और उसे उचित व पर्याप्त इलाज मिल सके। रोगी से सीधे संपर्क से बचें और मास्क का उपयोग करें।
9. स्वाइन फ्लू के रोगी से सीधे संपर्क से बचें। मास्क जरूर पहने।

बचाव का टीका : इन्फ्लूएंजा 'ए' या फ्लू से बचाव का सबसे कारगर हथियार हो सकता है इसका टीका। टीके शरीर में रोग प्रतिरोधक शक्ति उत्पन्न करते हैं, जब रोग के विषाणुओं का शरीर पर संक्रमण होता है तो शरीर पूर्व से टीकों द्वारा उत्पन्न प्रतिरोधक क्षमता के बलबूते पर रोग के विषाणुओं को परास्त या नष्ट कर देता है। अब इस फ्लू के कई एंटीजन के प्रकारों से रक्षा के लिए प्रभावी वैक्सीन या टीके उपलब्ध हैं, ये टीके चिकित्सकों के निर्देश पर प्रभावित रोगी के घरवालों एवं रोगी के संपर्क में आए स्वस्थ लोगों को स्वाइन फ्लू से बचाव के लिए लगाए जाते हैं।

अभी कुछ नए तरह के टीके भी आए हैं, जिन्हें स्प्लिट वायरस वैक्सीन कहते हैं। ये टीके पूरे विषाणु से तैयार न करके उसके कुछ हिस्से से तैयार किए जाते हैं, अतएव ये टीके अधिक सुरक्षित और प्रभावी होते हैं। ऐसे टीके बच्चों को भी सुरक्षा के लिए आसानी से लगाए जाते हैं, परंतु यह देखा गया है कि कुछ मामलों में टीके ज्यादा प्रभावी नहीं हैं। फ्लू के बारे में उक्त विवरण से ज्ञात होता है कि **यह रोग**

खतरनाक एवं जानलेवा तो है, लेकिन आवश्यक सावधानियाँ रखकर रोग से बचा जा सकता है। अतः इस तरह के संक्रामक रोगों से अनावश्यक रूप से डरने की आवश्यकता नहीं है। हाँ, सावधान रहने की आवश्यकता जरूर है।

स्वाइन फ्लू की श्रेणियाँ या वर्ग तथा इलाज एवं जाँच

भारत में चिकित्सा विशेषज्ञों द्वारा प्राप्त निर्देशों के अनुसार इस भयंकर संचारी अर्थात् संक्रामक रोग को तीन श्रेणियों में बाँटा है] जिनके संक्षिप्त विवरण लक्षणों सहित निम्नानुसार हैं—

वर्ग (अ) : इसके लक्षण हैं—रोगी को हलका बुखार आना, शरीर एवं सिर में दर्द तथा गले में खराश और दस्त-उल्टी का होना।

उक्त लक्षणों वाले रोगी को तकलीफों के अनुसार इलाज दिया जाता है, लेकिन विषाणुरोधी दवा टेमीफ्लू देने की जरूरत नहीं होती और न ही जाँच के लिए रक्त का नमूना भेजने की आवश्यकता होती है, लेकिन ऐसे रोगी को घर में रहकर इलाज करवाने और आराम की सलाह दी जाती है। साथ ही अन्य स्वस्थ व्यक्तियों को रोगी के संपर्क में सावधानी बरतने अथवा उसके संपर्क में न आने की सलाह दी जाती है तथा 48 घंटे बाद पुनः जाँच के लिए आने की सलाह दें।

वर्ग (ब) : इसे दो श्रेणियों में विभक्त किया गया है—ब-1 और बः-2

ब-1 : इस वर्ग में वे रोगी आते हैं, जिनको तेज बुखार के साथ गले में तीव्र दर्द और खराश होती है। ऐसे रोगी तुरंत शासकीय अस्पताल या चिकित्सा केंद्र से सलाह लें तथा स्वाइन फ्लू की जाँच गले/नाक से स्वाब लेकर होनी चाहिए और साँस में तकलीफ हो तो टेमीफ्लू की दवा भी दी जा सकती है। (जाँच रिपोर्ट की प्रतीक्षा न करें) तथा रोगी को घर पर ही पृथक् रखें और 24 घंटे बाद चिकित्सक से जाँच पुनः करवाएँ।

ब-2 : इस वर्ग में बी-1 जैसे लक्षण वाले उच्च जोखिम समूह, जैसे 5 वर्ष से कम आयु के बच्चे, गर्भवती महिलाएँ एवं 65 वर्ष से अधिक आयु के लोगों के साथ फेफड़ों, हृदय, लीवर, गुरदे के रोगी तथा कैंसर एवं एच.आई.वी./एड्स पीड़ित लोग आते हैं। इनकी जाँच गले/नाक के स्वाब से होना चाहिए। टेमीफ्लू दवा भी लेना चाहिए। (रिपोर्ट का इंतजार न करें) तथा रोगी को पृथक् रखकर 24 घंटे बाद जाँच पुनः करवाएँ।

वर्ग (स) : इस वर्ग के रोगियों में अ एवं ब वर्ग के लक्षणों के साथ ही

कुछ गंभीर तकलीफें या लक्षण उत्पन्न हो जाते हैं, जैसे—सीने में दर्द, खखार में खून आना तथा रक्तचाप का कम हो जाना एवं नाखून नीले पड़ना। इन लक्षणों के अलावा रोगी में उनींदापन और चिड़चिड़ापन आ जाता है। वह खाना छोड़ देता है।

ऐसी स्थिति में रोगी को तत्काल सुविधायुक्त अस्पताल के आइसोलेशन वार्ड या अलग बने चिकित्सा कक्षों में इलाज के लिए भर्ती करवाना चाहिए। ऐसे रोगी की जाँच के लिए रक्त का नमूना भी तुरंत भेजा जाना चाहिए तथा इस स्थिति में टेमीफ्लू दवा भी देना जरूरी होता है, जो कि डॉक्टर की देखरेख में दी जाती है।

कुछ ऐसे रोगियों का विवरण निम्नलिखित है, जिन्होंने स्वाइन फ्लू के प्रति लापरवाही बरती और इलाज विलंब से शुरू हुआ—

केस क्र.1 : कोलार रोड के 28 वर्षीय रमेश (नाम बदल दिया गया है) की राजधानी के अस्पताल में मौत हो गई। रमेश स्वाइन फ्लू के संक्रमण होने के 5 दिनों बाद इलाज के लिए भर्ती हुआ था और रमेश की हिस्टरी जान लेने पर यह भी पाया गया कि सर्दी-खाँसी के लक्षण प्रकट होने के बावजूद वह पचमढ़ी घूमने चला गया था। इस प्रकार उससे रोग को सीमा से अधिक अनदेखा किया था।

केस क्र. 2 : एक दूसरे अस्पताल में अरेरा कॉलोनी निवासी 22 वर्षीय सुनील भर्ती हुआ (परिवर्तित नाम) यह रोगी भी विलंब से आया था। लक्षणों के आधार पर उसके रक्त का सैंपल जबलपुर भेजा गया, लेकिन रिपोर्ट आने के पूर्व ही रोगी चल बसा। बाद में रिपोर्ट से विदित हुआ कि सुनील को स्वाइन फ्लू का संक्रमण था। यदि शीघ्र डॉक्टर को दिखाकर स्वाइन फ्लू की दवा ले लेता तो बच भी सकता था।

केस क्र. 3 : इसी प्रकार होशंगाबाद रोड निवासी 35 वर्षीय सरिता (परिवर्तित नाम) को एक हाइटेक अस्पताल में भर्ती किया गया। यह रोगी सर्दी-खाँसी के लक्षण होने के 6 दिनों बाद भर्ती हुई थी। सरिता की रिपोर्ट में भी स्वाइन फ्लू पॉजीटिव आया था। इलाज के बाद भी उसकी मृत्यु हो गई, क्योंकि देर से आने के कारण इलाज में भी देरी हुई।

इस तरह हम देखते हैं कि इलाज में लापरवाही स्वाइन फ्लू के रोगियों में मौत का कारण बनती है, इसलिए चिकित्सक यह सोचता कि इलाज में और अधिक विलंब न हो और वह स्वाइन फ्लू की दवा रिपोर्ट आने के पहले ही शुरू कर देते हैं।

लोगों के संभावित प्रश्न और उनके उत्तर प्रश्न

प्रश्न : अगर किसी को स्वाइन फ्लू है और मैं उसके संपर्क में आया हूँ तो क्या करूँ?

उत्तर : सामान्य जिंदगी जीते रहें, जब तक फ्लू के लक्षण नजर नहीं आने लगते। अगर मरीज के संपर्क में आने के 7 दिन के अंदर आप में लक्षण दिखते हैं तो डॉक्टर से सलाह लें।

प्रश्न : अगर साथ में रहनेवाले किसी व्यक्ति को स्वाइन फ्लू हो तो क्या मुझे ऑफिस जाना चाहिए?

उत्तर : हाँ, आप ऑफिस जा सकते हैं, मगर आपमें फ्लू का कोई लक्षण दिखता है तो फौरन डॉक्टर को दिखाएँ और मास्क का इस्तेमाल करें और डॉक्टर की सलाह लेकर ऑफिस जाना बंद कर दें।

प्रश्न : स्वाइन फ्लू होने के कितने दिन बाद मैं ऑफिस या स्कूल जा सकता हूँ?

उत्तर : स्वाइन फ्लू के शुरुआती लक्षण दिखने पर वयस्कों को सामान्यतः पाँच दिन तक अस्पताल में डॉक्टर ऑब्जर्वेशन में रखते हैं। बच्चों के मामले में 7 से 10 दिन तक इंतजार करने को कहा जाता है। सामान्य परिस्थितियों में व्यक्ति को 7 से 10 दिन तक आराम करना चाहिए, ताकि ठीक से रिकवरी हो सके। जब तक फ्लू के सारे लक्षण खत्म न हो जाएँ, वर्कप्लेस से दूर रहना ही बेहतर है।

प्रश्न : क्या किसी को दो बार स्वाइन फ्लू हो सकता है ?

उत्तर : जब भी शरीर में किसी वायरस की वजह से कोई बीमारी होती है, शरीर की प्रतिरक्षा तंत्र उस वायरस के खिलाफ एक प्रतिरोधक क्षमता विकसित कर लेता है। जब तक स्वाइन फ्लू के वायरस में कोई सा बदलाव नहीं आता, जो जब तक नहीं देखा गया, किसी को दो बार स्वाइन फ्लू की आशंका नहीं रहती, लेकिन इस वक्त फैले वायरस का स्ट्रेन बदला हुआ है, जिससे हो सकता है कि शरीर के प्रतिरोधक तंत्र इसे नहीं रोक पाएँ, तो **ऐसे में दोबारा बीमारी होने की आशंका हो सकती है।**

युवा वर्ग में लापरवाहियों के कारण मृत्यु का आँकड़ा अधिक होने के साथ ही यह भी पाया गया है कि देहातों की अपेक्षा शहरी लोग इस रोग के शिकार अधिक संख्या में बने हैं। यह शायद घनी आबादी के कारण है। स्वाइन फ्लू की संक्रामकता इतनी अधिक है कि आवश्यक सावधानियों की जरा सी चूक के कारण यह जाँच और इलाज करनेवाले कई चिकित्सकों और स्वास्थ्यकर्मियों को भी हो चुका है। लेखक (जो स्वयं भी डॉक्टर हैं) के साथ अस्पताल में कार्य करनेवाले दो चिकित्सकों को भी स्वाइन फ्लू का संक्रमण हो चुका है।

स्वाइन फ्लू के रोगी के संपर्क में आए लोगों में रोग की धनात्मकता (Positivity) भी अपेक्षाकृत अधिक है। लेखक ने (जो स्वयं एम.डी. डॉक्टर है) ने जाँच के लिए आए (जिला चिकत्सालय में) 112 रोगियों के रक्त के नमूने भिजवाए थे जिनमें से 34 लोगों अर्थात् 33 प्रतिशत में स्वाइन फ्लू का संक्रमण पाया गया, लेकिन **इन सभी को त्वरित इलाज उपलब्ध हो जाने से इनमें से किसी की भी मौत नहीं हुई।**

स्वाइन फ्लू से डरें नहीं, लेकिन सावधान अवश्य रहें

भारत में सन् 2009 में कुल 27236 रोगी इस रोग से प्रभावित हुए थे और 981 मृत्यु हुई थीं। फिर सन् 2010 में 20 हजार से अधिक व्यक्ति प्रभावित थे और 1763 की मृत्यु हुई थीं जबकि 2015 में सर्वाधिक रोगी पाए गए और मृत्यु भी अधिक हुई हैं। फिर अगले वर्ष देश में स्वाइन फ्लू रोग से संक्रमित रोगियों की संख्या 30 हजार से भी ऊपर हो गई थी तथा मौतों का आँकड़ा लगभग दो हजार के नजदीक पहुँच गया, जो कम नहीं कहा जा सकता। सबसे अधिक मामले राजस्थान में इसके बाद गुजरात और फिर दिल्ली और महाराष्ट्र का स्थान है। राजस्थान में तो एक पूर्व मुख्यमंत्रीजी को भी स्वाइन फ्लू अपनी चपेट में ले चुका है।

यद्यपि आबादी को देखते हुए प्रभावित की संख्या बहुत ज्यादा भले न लगे, लेकिन हमें स्वाइन फ्लू जैसे रोगों से सावधान रहने की जरूरत है। अनावश्यक रूप से डरने की आवश्कता नहीं है, लेकिन रोग से सावधानियाँ अवश्य बरतें।

इस तरह के रोगों की जानकारी ही बचाव होती है, अतएव देश के हर हिस्से के लोगों को ऐसे रोगों से बचाव का ज्ञान होना चाहिए, तभी वे रोग से सुरक्षित रह सकेंगे। इसके अलावा स्वास्थ्य सेवाओं को और भी चुस्त-दुरुस्त और साधन संपन्न बनाने की आवश्यकता है।

रहें सावधान

- 5 साल से कम उम्र के बच्चे, 65 साल से ज्यादा उम्र के बुजुर्ग और गर्भवती महिलाएँ। जिन लोगों को निम्न में से कोई बीमारी है, उन्हें अतिरिक्त सावधानी बरतनी चाहिए—
- फेफड़ों, किडनी या दिल की बीमारी वाले रोगी।
- मस्तिष्क संबंधी (न्यूरोलॉजिकल) बीमारी मसलन, पार्किंसन से ग्रस्त मरीज।
- कमजोर रोग प्रतिरोधक क्षमता वाले लोग।
- डायबिटीज के मरीज।
- ऐसे लोग, जिन्हें पिछले 3 साल में कभी भी अस्थमा की शिकायत रही हो या अभी भी हो। ऐसे लोगों को फ्लू के शुरुआती लक्षण दिखते ही डॉक्टर से सलाह लेनी चाहिए।
- गर्भवती महिलाओं का प्रतिरोधक तंत्र (इम्यून सिस्टम) शरीर में होने वाले हार्मोन संबंधी बदलावों के कारण कमजोर होता है। खासतौर पर गर्भावस्था के तीसरे चरण यानी 27वें से 40वें सप्ताह के बीच उन्हें ज्यादा ध्यान रखने की जरूरत है।

स्वाइन फ्लू न हो, इसके लिए क्या करें ?

- साफ-सफाई का विशेष ध्यान रखा जाए और फ्लू के शुरुआती लक्षण दिखते ही सावधानी बरती जाए, तो इस बीमारी के फैलने की आशंका न के बराबर रह जाती है।
- जब भी खाँसी या छींक आए रुमाल या टिशू पेपर उपयोग करें।
- इस्तेमाल किए मास्क या टिशू पेपर को ढक्कन वाले डस्टबिन में डालें।
- थोड़ी थोड़ी देर में हाथ को साबुन और पानी से धोते रहें।
- लोगों से मिलने, हाथ मिलाने, गले लगाने या चूमने से बचें।
- फ्लू के शुरुआती लक्षण दिखते ही अपने डॉक्टर से संपर्क करें।
- अगर फ्लू के लक्षण नजर आते हैं तो दूसरों से दूरी बनाएँ रखें।
- फ्लू के लक्षण दिखने पर घर पर रहें। ऑफिस, बाजार, स्कूल न जाएँ।
- बिना धुले हाथों से आँख, नाक या मुँह छूने से परहेज करें।

बर्ड फ्लू (Bird Flu)

जैसा कि बतलाया गया है कि इन्फ्लूएंजा या फ्लू के विषाणु (Virus) सूअर (Swine) के अलावा घोड़ों, कुत्तों, मुरगे-मुरगियों और पक्षियों में भी पाए जाते हैं, लेकिन मुरगे या पक्षियों में पाए जानेवाले विषाणुओं की संरचना सुअरों में पाए गए विषाणुओं से भिन्न होती है। इनमें एच5एन1 एंटीजन खोजा गया है, इसलिए इस वाइरस का नाम ए—एच5एन1 रखा गया और इस रोग को एवियन फ्लू (Avion Flu) भी कहते हैं । (जबकि स्वाइन फ्लू के वाइरस का नाम एच-1 एन-1 रखा गया है) वैसे बहुत से पक्षियों में पाए जाने वाले विषाणु मनुष्य में रोग उत्पन्न नहीं करते, लेकिन एच5एन1 जब-तब मनुष्यों में रोग उत्पन्न कर विभिन्न देशों में आतंक की स्थिति निर्मित कर देता है। विषाणु का यह प्रकार भी स्वाइन फ्लू जैसा ही अत्यंत खतरनाक है। सन् 1997 में हांगकांग में बर्ड फ्लू पाया गया। फिर 2003 में पोल्ट्री फार्मों में भी मुरगे-मुरगियाँ इसके कारण मृत हुईं। फ्लू के विषाणु कई प्रकार के होते हैं और इन विषाणुओं में समय के अनुसार बदलाव होते रहते हैं। उदाहरणार्थ— 1957 में पाया जानेवाला वाइरस एच1एन1 (H1N1) था, जो 1968 में बदलाव के बाद एच2एन2 (H2N2) बन गया। विश्व स्वास्थ्य संगठन के अनुसार बर्ड फ्लू अब तक कई लाख लोगों की जान ले चुका है।

बर्ड फ्लू के फैलने के माध्यम, रोग के लक्षण, इलाज और बचाव के तरीके भी लगभग स्वाइन फ्लू जैसे ही हैं, इसलिए अलग से विवरण देने की आवश्यकता नहीं है। चूँकि यह रोग भी पूर्व में हमारे देश में फैल चुका है, अतएव इससे सावधान रहने की जरूरत है। इस रोग का टीका पूरी तरह रोग के फैलाव को रोकने में सक्षम नहीं है, वह आंशिक बचाव की करता है। इस रोग में विशेषकर मुरगे-मुरगियों तथा पोल्ट्री के उत्पादों से बचना चाहिए तथा बतलाए अनुसार रोगी से भी बचाव करना जरूरी है। रोग बर्ड फ्लू और अधिक न फैले इसके लिए पोल्ट्री फार्म के मालिकों को भी सावधानियाँ बरतने की जरूरत होती है।

जैसा कि बतलाया गया है कि अशिक्षा और जानकारियों का अभाव भी इस तरह के त्वरित गति से फैलनेवाले रोगों को और भी बढ़ाता है। अतएव जन साधारण को इन रोगों के बारे में जानकारी पूर्व से ही होनी चाहिए। ऐसे कुछ रोगों को विद्यार्थियों के पाठ्यक्रम में भी शामिल किया जा सकता है। इसके अलावा सरकारी स्वास्थ्य सेवाओं तथा अस्पतालों से निजी अस्पतालों का तालमेल होना भी जरूरी है। यह देखा गया है कि अकसर निजी अस्पतालों में भर्ती गंभीर संक्रमित रोगियों की जानकारी या तो होती नहीं है या विलंब से पता चल पाती है। अतएव शासकीय अस्पतालों के साथ निजी अस्पतालों/नर्सिंग होम्स के लिए इस प्रकार के रोगों पर त्वरित नियंत्रण और इलाज के स्पष्ट निर्देश अथवा गाइडलाइन तय किए जाने चाहिए। यह विचार किया जाना चाहिए कि निजी अस्पताल केवल आर्थिक लाभ के लिए नहीं हैं, उनका भी समाज की स्वास्थ्य रक्षा के प्रति दायित्व बनता है।

स्वाइन फ्लू का क्या इलाज है आयुर्वेद में

कुछ आयुर्वेद के ज्ञाताओं के अनुसार आयुर्वेद में रोग से बचाव के लिए यह प्रयोग करें—8-10 तुलसी के पत्ते, 5 ग्राम अदरक और एक चुटकी काली मिर्च का पाउडर और इतनी ही मात्रा में हल्दी का पाउडर लेकर एक कप पानी में उबालकर दो-तीन बार पिएँ। इसे चाय में भी उबाल सकते हैं।

- अमृता (गिलोय) बेल को पानी में उबालकर फिर छानकर पिएँ।
- गिलोय के सत्त्व को दो रत्ती या चौथाई ग्राम के लगभग पौने गिलास पानी के साथ लें।
- आधा चम्मच हल्दी पौन गिलास दूध में उबालकर पिएँ या फिर हल्दी को गरम पानी अथवा शहद के साथ लें।
- आधा चम्मच आँवले के चूर्ण को आधा कप पानी में मिलाकर दिन में दो बार पीने से शरीर की रोग प्रतिरोधक क्षमता या शक्ति बढ़ती है, जिससे रोगों का आक्रमण होता भी है तो शरीर रोग के रोगाणुओं को निष्क्रिय बना देता है।
- वैद्यगण इलाज के लिए गोदंती रस या संजीवनी वटी और विल्वादि टैबलेट भी इन रोगियों को देते हैं।

होम्योपैथी में स्वाइन फ्लू का क्या इलाज है

फ्लू के शुरुआती लक्षण दिखने पर इन्फ्लूएंजाइनम-200 की चार-पाँच बूँद आधी कटोरी पानी में डालकर सुबह-शाम पाँच दिन तक लें। इस दवा को बच्चों समेत सभी लोग ले सकते हैं। डॉक्टर की सलाह से इन दवाओं को लें।

बीमारी के शुरुआती दौर के लिए जब खाँसी-जुकाम व हलका बुखार महससू हो रहा हो, जब इनमें से कोई एक दवा डॉक्टर की सलाह से ले सकते हैं—एकोनाइट (Aconite 30), बेलेडोना (Belladona), ब्रायोनिया (Bryonia 30), सल्फर (Suphur 30), रसटॉक्स (Rhus Tox 30) की चार-पाँच बूँदें दिन में तीन से चार बार लें। अगर फ्लू के मरीज को उल्टियाँ और डायरिया भी हो तो नक्स बोमिका (Nuxvomica 30), पल्साटिका (Pulsatilla 30), इपिकॉक (Ipecac 30), की चार-पाँच बूँदे दिन में तीन से चार बार ले सकते हैं। मरीज को साँस की तकलीफ बढ़ने पर आर्सेनिक एल्बम (Arsenic Album 30) की चार-पाँच बूँदे दिन में 3-4 बार उसे दें।

स्वाइन फ्लू वायरस कहाँ, कितने समय जीवित रहता है

- स्वाइन फ्लू का वायरस (एच1एन1) स्टील या प्लास्टिक की सतह पर 24 घंटे से 48 घंटे तक जीवित रहता है।
- कपड़ों और कागज पर 8 से 12 घंटे, लेकिन टिशू पेपर पर मात्र 15 मिनट और हाथों में 30 मिनट तक सक्रिय (Active) रह सकता है।

वायरस को कैसे खत्म कर सकते हैं

- यह साबुन, ब्लीचिंग पाउडर अथवा डिटरजेंट से नष्ट हो जाता है। अल्कोहल या स्प्रिट भी इसे खत्म कर देती है। अतएव साबुन या डिटर्जेंट से हाथ धोते रहें।
- स्वाइन फ्लू का रोगी लक्षण आने के 24 घंटे पूर्व से लेकर 10 दिन बाद तक इस रोग के वायरस या विषाणु अन्य स्वास्थ्य व्यक्ति में फैला सकता है। अत: रोगों से बचाव करने की अवश्यकता होती है।

स्वाइन फ्लू का कहर

रोज औसतन 12 मौतें

▪ नए साल के 43 दिनों में 485 ने दम तोड़ा, 6298 से ज्यादा संक्रमित ▪ गर्मी बढ़ने के साथ ही मामलों में आती जाएगी कमी

स्वाइन फ्लू धीरे-धीरे पूरे देश को अपनी चपेट में लेता जा रहा है। इस साल 1 जनवरी से 12 फरवरी तक औसतन करीब 12 लोग रोजाना स्वाइन फ्लू से दम तोड़ रहे हैं। केंद्रीय स्वास्थ्य मंत्रालय के अनुसार 12 फरवरी तक इससे 485 लोगों की मौत हो चुकी है। हालांकि स्वास्थ्य मंत्रालय का कहना है कि गर्मी बढ़ने के साथ ही स्वाइन फ्लू के मामलों में कमी आएगी।

देश में स्वाइन फ्लू

स्वाइन फ्लू सोडाध महिला मरीज की मौत, 7 साल का बच्चा भी पीड़ित

दो नए मरीज मिले, छग में पीड़ितों की संख्या बढ़कर हुई 129

जिले में स्वाइन फ्लू से तीसरी मौत की पुष्टि

अखबारों की नजर से स्वाइन फ्लू

स्वाइन फ्लू पीड़ित

Swine flu toll climbs to 1,731

New Delhi: The swine flu toll in the country climbed to 1,731 on Monday as 21 more deaths were reported even as the number of persons affected by the disease inched close to 30,000-mark, surpassing the earlier levels reached during 2009.

Data collated by the Union health ministry said that as of March 16, 1,731 people have perished to the disease while the total number of affected persons across the states stood at 29,...

The Union health ministry had yesterday said that the disease on March 14, the disease claimed the lives of 1,710 people and 29,938 have been infected across the country.

As per health ministry figures, in 2009, 27,236 persons were affected due to the disease and 981 deaths were registered. In 2010, the disease affected more than 20,000 people and 1,763 deaths were reported.

ट्विटर ब्लॉक

प्रदेश में स्वाइन फ्लू से एक और मौत

भोपाल में गर्भवती महिला ने दम तोड़ा

स्वाइन फ्लू का खतरा

दिल्ली, भोपाल, इंदौर में मामले सामने आने के बाद जबलपुर भी डेंजर जोन में

रिपोर्ट पॉजीटिव

देशभर में स्वाइन फ्लू ने तेजी से फैलाए पैर

तीन दिन में 100 मौतें

प्रदेश में एक दिन में संक्रमण ने लील लीं आठ जिंदगियां

स्वाइन फ्लू का संक्रमण विकराल होता जा रहा है। यह गुजरात, राजस्थान, मध्यप्रदेश, तेलंगाना, महाराष्ट्र, दिल्ली, पंजाब, हिमाचल प्रदेश में अब तक 585 से ज्यादा जिंदगियां लील चुका है।

मंगलवार को जारी आधिकारी आंकड़ों के मुताबिक 12 फरवरी तक एचवनएनवन संक्रमण से मरने वालों की संख्या 485 थी। तीन दिन बाद 15 फरवरी को यह आंकड़ा बढ़कर 585 हो गया। सबसे ज्यादा मौतें राजस्थान (165) में हुई हैं। इस साल करीब 8 हजार लोग इसकी चपेट में आए हैं। केंद्रीय स्वास्थ्य मंत्रालय ने सभी सरकारी अस्पतालों को अलर्ट जारी किया गया है। साथ ही दवाओं और जांच किट के अतिरिक्त भंडारण का आदेश दिया गया है।

स्वाइन फ्लू

यहां कम हो रहा

तेलंगाना, दिल्ली और तमिलनाडु में स्वाइन फ्लू के मामलों में तेजी से कमी आ रही है। यहां जागरूकता और अच्छी स्वास्थ्य सुविधाओं से ऐसा संभव हो रहा है। वहीं हिमाचल सरकार ने धार्मिक स्थलों पर जांच के लिए विशेष इंतजाम किए हैं।

मप्र : थम नहीं रहा मौतों का सिलसिला

निजी अस्पतालों में इलाज की सुविधा देने के बावजूद प्रदेश में स्वाइन फ्लू पीड़ितों की मौत का सिलसिला थम नहीं रहा है। बुधवार को भी प्रदेश में सात लोगों की मौत हो गई। इनमें इंदौर से दो, खंडवा, खरगोन, झाबुआ, मंदसौर, सतना में एक-एक मरीज की मौत हो गई।

जबलपुर में पांच और नए मामले

अब बीएमसी के डाक्टर को हुआ स्वाइन फ्लू

जांच में सैंपल पाया गया पॉजीटिव

ठंड गुजरने के बाद मौसम में गर्माहट आने लगी है। बावजूद स्वाइन फ्लू के मामले निरंतर आ रहे हैं। अबकी बार स्वाइन फ्लू का हमला बीएमसी यानी बुंदेलखंड...

स्वाइन फ्लू से आठ और लोगों की मौत

नई दिल्ली। देश में स्वाइन फ्लू से आठ और लोगों की मौत हो गई है। इसके साथ ही इस बीमारी से मरने वालों की संख्या 2167 हो गई और प्रभावितों का आंकड़ा 35,000 के पार कर गया। केंद्रीय स्वास्थ्य मंत्रालय के मुताबिक, कल तक देश भर में स्वाइन फ्लू से 2,167 लोगों की जान जा चुकी है।

11 अप्रैल 2015

चार मरीज और मिले, मुफ्त उपचार को लेकर संशय

भोपाल. स्वाइन फ्लू के मुफ्त उपचार की सरकारी मदद 31 मार्च को खत्म हो चुकी है। ऐसे में नए मरीजों को इलाज मुफ्त मिलेगा कि नहीं इसको लेकर मरीज और निजी अस्पताल संचालक पसोपेश में हैं। बुधवार को चार मरीजों में स्वाइन फ्लू की पुष्टि की गई। इनमें से एक मरीज को निजी अस्पताल में भर्ती कराया गया है। मरीज के परिजन इस बात से चिंतित कि उन्हें सरकारी मदद मिलेगी कि नहीं। पॉजिटिव मरीजों की संख्या 65 के पार हो गई है। मप्र नर्सिंग होम एसोसिएशन के अध्यक्ष डॉ. उमेश शर्मा ने बताया कि वैसे तो यह व्यवस्था खत्म हो गई है लेकिन इसके बावजूद...

2

सार्स (SARS-1)

(कोरोना परिवार के वायरस द्वारा ही फैलनेवाली कोविड-19 से मिलती-जुलती बीमारी खतरनाक बीमारी)

सार्स ने सन् 2003 के मध्य में कई एशियाई देशों के साथ भारत में भी दहशत फैला दी थी। एक के बाद एक कई रोगी, जो विदेश यात्राओं से लौटे थे या ऐसी यात्राओं से लौटे व्यक्तियों के संपर्क में आए, सार्स जैसे जानलेवा रोग से ग्रस्त हो गए। रोग का भय इस कदर हावी रहा कि हांगकांग में आयोजित होनेवाले दो बड़े भारतीय मेले रद्द हो गए, इस कारण हस्तशिल्प के सामान के निर्यातकों को करोड़ों रुपयों का घाटा हुआ। भारत में यह रोग आने के पूर्व करीब 22 देशों में फैल चुका था, बाद में भारत भी इस रोग से प्रभावित हुआ।

सार्स रोग क्या है ? वास्तविकता यह है कि रोग की शुरुआत के कई वर्ष पश्चात् भी इस रोग के बारे में पर्याप्त जानकारी उपलब्ध नहीं है। अभी तक न तो रोग का टीका और न रोग का इलाज खोजा जा सका है, फिर भी रोग के बारे में जो तथ्य उपलब्ध हैं, उनकी जानकारी दी जा रही है, ताकि लोग इस भयानक रोग से बचाव कर सकें।

सार्स रोग श्वसन संस्थान का एक ऐसा रोग है, जो एकदम श्वसन संबंधी तकलीफें, जैसे—खाँसी, साँस लेने में कठिनाई इत्यादि उत्पन्न करता है, साथ ही रोगी को बुखार भी रहता है। इसमें दम घुटने से रोगी की मृत्यु होती है।

सार्स (Severe Acute Respiratory Syndrome) : एक अत्यंत संक्रामक (संचारी) रोग है, जिसके कारण इलाज के अभाव में रोगी की मृत्यु हो जाती है। कई बार सार्स के लक्षण निमोनिया जैसे रोगों से मिलने के कारण

रोग की सही पहचान नहीं हो पाती, अत: रोग की प्रयोगशाला में जाँच जरूरी है।

रोग का कारण : सार्स जैसे खतरनाक रोग की वजह बनते हैं छोटे से वायरस या विषाणु, जो साधारण माइक्रोस्कोप से भी नहीं दिखते हैं। इन विषाणुओं को शरीर में आसानी से नष्ट भी नहीं किया जा सकता है, लेकिन वायरस शरीर के बाहर कुछ घंटे ही जीवित रह सकते हैं। सार्स का विषाणु जुकाम पैदा करनेवाले समूह से ही संबंधित सदस्य है। इसे कोरोना वायरस या विषाणु (Corona Virus SARS-1) समूह कहते हैं। इसी समूह का कोविड-19 का वायरस भी है।

रोग कैसे फैलता है : यह रोगी के संपर्क में आने तथा संक्रमित वस्तुओं से फैल सकता है। संक्रमित व्यक्ति के साँस छोड़ने या खाँसने से तथा नाक द्वारा भी विषाणु युक्त छोटी-छोटी बूँदें निकलती हैं, जिन्हें ड्रॉपलेट्स कहते हैं। ये जब स्वस्थ व्यक्ति के संपर्क में आती हैं तो उसे रोग हो सकता है। वैसे तो ऐसा माना जाता है कि सार्स हवा द्वारा फैलनेवाला रोग (Air born disease) नहीं है। हांगकांग में मनुष्यों के मल, नालियों के गंदे पानी और कॉकरोच से रोग फैलने की भी संभावना जताई गई। कुछ का मानना है कि दरवाजों के हत्थे जैसी चीजें भी रोग फैलाती हैं। अधिक फैलाव रोगी से सीधे संपर्क द्वारा भी होता।

सार्स का वायरस मनुष्य के शरीर के बाहर किसी भी वस्तु की सतहों पर कई घंटे जीवित रह सकता है और **मनुष्य के शरीर से निकले खँखार, मल-मूत्र इत्यादि में यह 4 दिनों तक जिंदा रह सकता है। इसके अलावा यह प्लास्टिक की सतह पर कमरे के तापक्रम में 24 घंटे जीवित रह सकता है** और ठंडे माहौल में और भी अधिक समय तक जिंदा रह सकता है। सार्स प्रभावित क्षेत्रों से वापस आनेवाले कई व्यक्तियों में भी यह रोग पाया गया था।

बीमारी का उद्भवन काल (Incubation Period) : विषाणु के प्रवेश के पश्चात् बीमारी के लक्षण आने में 2 से 7 दिनों तक का समय लगता है। वैसे सामान्यतया उद्भवन काल 3 से 5 दिन होता है। (कुछ मामलों में यह दस दिन भी हो सकता है)

बीमारी के लक्षण : अभी यह रोग नया होने के कारण रोग की पूर्ण जानकारी उपलब्ध नहीं है, फिर भी खोज जारी है। वर्तमान जानकारी के अनुसार एक सार्स रोगी में निम्न लक्षण या चिह्न (Sign and Symptoms) मिल सकते हैं—

1. तेज बुखार – तापमान 30°C से ऊपर हो सकता है।
2. खाँसी एवं साँस लेने में कठिनाई होना

रोग के लक्षण गंभीर निमोनिया और कोविड-19 से मिलते-जुलते हैं, लेकिन सार्स के मामलों में रोगी का अन्य सार्स रोगी के निकट संपर्क में आना अथवा सार्स प्रभावित क्षेत्रों में रहना पाया गया है।

रोगी की जाँचें : रोगी की एक्स-रे जाँच में फेफड़ों में धब्बे दिखते हैं तथा साँस, घुटने (Distress) के लक्षण भी दिखते हैं। (कई बार फेफड़ों में खराबी नहीं दिखती) रोगी के फेफड़ों का अध्ययन (Autopsy) करने पर उनमें साँस घुटने (Respiratory Distress) के चिह्न तो मिलते हैं, लेकिन अन्य कोई रोग समझ में नहीं आता है।

रोग का संक्रमण और फैलाव : रोगी में बीमारी के दसवें दिन श्वसन संस्थान से रोग के विषाणु अधिकतम मात्रा में उत्सर्जित होते हैं, अत: इस समय रोगी अन्य स्वस्थ व्यक्तियों में बीमारी फैलाने में अधिक सक्षम होता है, लेकिन यदि रोगी को पाँचवें दिन से ही अलग कमरे में रख दिया जाए तो वह बहुत कम व्यक्तियों में रोग फैला पाता है।

बच्चे सार्स से कम प्रभावित होते हैं। अभी तक दो मामले ऐसे मिले हैं, जिनमें बच्चों से वयस्क में रोग पहुँचा है, लेकिन बच्चे से बच्चे में सार्स रोग के फैलने के प्रमाण प्राप्त नहीं हुए हैं। ऐसी माँ के शिशु में भी रोग नहीं पाया गया, जो गर्भावस्था के दौरान सार्स से ग्रस्त थी।फिर भी विश्व स्वास्थ्य संगठन ने विमान में यात्रा करने के पूर्व प्रत्येक यात्री की सार्स के लिए जाँच की सिफारिश की थी, ताकि विमान यात्राओं से यह रोग न फैले।

रोग की पहचान के लिए परीक्षण : पहचान के लिए जो जाँचें की जाती हैं, उनके ऋणात्मक परिणाम आने पर 100 प्रतिशत यह नहीं कहा जा सकता है कि रोगी को सार्स नहीं है। निदान के लिए एलाइजा, पी.सी.आर. और इम्यूनो फ्लोरोसेंस नामक जाँचें करते हैं, लेकिन इम्यूनो फ्लोरोसेंस जाँच के परिणाम रोग के दसवें दिन ही सही मिल पाते हैं।

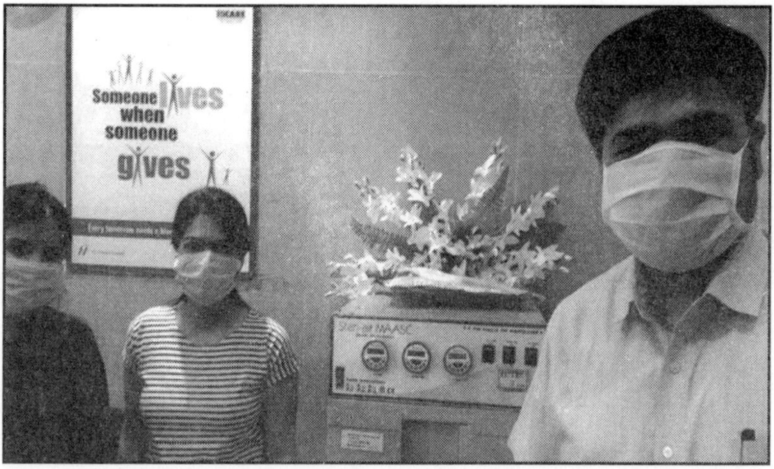

सार्स से बचाव के लिए मास्क का प्रयोग जरूरी है

रोग का इलाज : इस रोग का कोई विशेष और प्रभावी इलाज उपलब्ध नहीं है। रोग प्रतिरोधक दवाओं का भी असर रोगी पर नहीं होता तथा रोग के वायरस को नष्ट करनेवाली विशेष दवा उपलब्ध नहीं है। फिर भी अन्य विषाणुरोधी दवाएँ, जैसे राइबोविरिन को नस द्वारा देते हैं, साथ में कार्टिको स्टेराइड की अधिक मात्रा भी देते

हैं। इस इलाज से कुछ फायदा रोगी को मिलता है।

सार्स से बचाव : सार्स से बचने के कुछ उपाय निम्न हैं—

1. रोगी की तुरंत पहचान और अस्पताल में उसे लोगों या अन्य रोगियों के संपर्क से अलग करना भी बचाव का एक उपाय है।
2. सार्स मरीज की चिकित्सा और देखभाल करनेवाले डॉक्टर, नर्स एवं अन्य स्वास्थ्यकर्मियों को संक्रमण से बचाने के लिए पर्याप्त सावधानियों का उपयोग भी रोग फैलने पर नियंत्रण ला सकता है, जैसे कि **मास्क एवं पी.पी.ई. किट का उपयोग इत्यादि।**
3. अंतरराष्ट्रीय यात्रियों की इस रोग के संक्रमण के लिए जाँच और जाँच में धनात्मक परिणाम वाले रोगी को पृथक् रखना भी रोग नियंत्रण में सहायक।
4. संबंधित अधिकारियों को रोगी की तुरंत सूचना देना, ताकि रोकथाम और इलाज के उपाय शीघ्र किए जा सकें।

इस तरह कुछ सावधानियाँ रखकर रोग से बच सकते हैं।

□

3

इबोला (Ebola)

इबोला अब भारत में भी दस्तक दे चुका है और पश्चिमी अफ्रीका के तीन इबोला प्रभावित देशों में मरनेवालों की संख्या 8 हजार पर पहुँच गई है। विश्व स्वास्थ्य संगठन के अनुसार लाइबेरिया लियोन और गिनी में इस महामारी की चपेट में आनेवाले संभावित रोगियों की संख्या 20 हजार के आसपास हो गई है। अफ्रीकी देशों की हदों को पार करता यह रोग अब दुनिया के विभिन्न देशों में भी फैलता जा रहा है और स्वास्थ्य जगत् के लिए इबोला एक बड़ी चुनौती बन चुका है, क्योंकि रोग के कारण अनायास मृत्यु होने से चिकित्सकों को रोगी को बचाने का अवसर भी नहीं मिल पाता है।

अमेरिका की एक नर्स भी रोग से प्रभावित हुई है। इबोला संक्रमित रोगी की देखभाल कर रहे स्वास्थ्यकर्मचारियों में कुछ अस्पतालों में भी यह रोग हो चुका है। अभी चिकित्सा वैज्ञानिक रोग से निपटने के तरीकों पर भी पुनर्विचार करने की सलाह दे रहे हैं, क्योंकि लाइबेरियाई रोगी डंकन की मृत्यु होने के पश्चात् अमेरिका के चिकित्सा वैज्ञानिक थामस फ्रीडेन ने रोग के बचाव के उपाय ठीक प्रकार से न अपनाए जाने को लेकर शंका व्यक्त की है। उक्त इबोला से संक्रमित नर्स भी डंकन की देखभाल करनेवाली नर्सों में से एक थी। इसके पश्चात् न्यूयॉर्क में भी इबोला संक्रमण से प्रभावित एक रोगी पाया गया। अब अमेरिका में इबोला रोगियों से बचाव के लिए इतने सख्त नियम बनाए गए हैं, जिनकी आलोचना राष्ट्रपति बराक ओबामाजी ने भी की थी। उनके देश में जरा भी इबोला की आशंका होने पर उसे चिकित्सकीय निगरानी में ले लिया जाता है। यहाँ तक कि न्यूयॉर्क और न्यू जर्सी में यह घोषणा की गई थी पश्चिम अफ्रीका में इबोला रोग से पीड़ित मरीजों के संपर्क में आए व्यक्तियों को हवाई अड्डे से होकर गुजरने पर उन्हें चिकित्सा निगरानी में ले लिया जाए। जैसा कि बतलाया गया है कि अफ्रीका के तीन देशों

(सायरालियोन, लाइबेरिया और ग्वाइना) में भयंकर रूप से रोग फैलने के बाद इबोला रोग के कुछ मरीज ऑस्ट्रेलिया और अमेरिका में भी पाए गए। अमेरिका में लगभग 4 लोगों की रोग से पीड़ित होने की जानकारी मिली है, जिनमें एक की मृत्यु हो गई है।

भारत में इबोला संक्रमण : अक्तूबर 2014 तक देश में कोई भी रोगी इबोला विषाणु से संक्रमित नहीं पाया गया, लेकिन नवंबर 2014 के तीसरे सप्ताह में एक भारतीय, जो अफ्रीकी देश लाइबेरिया से लौटा था, उसे यह रोग हुआ है। 26 वर्ष के इस व्यक्ति के रक्त में तो नहीं, लेकिन वीर्य में इबोला के विषाणु पाए गए थे।

वास्तव में इस रोगी ने बतलाया कि इबोला के लिए उसका इलाज सफलतापूर्वक लाइबेरियन अस्पताल में किया जा चुका है। यह कुछ संतोष की बात है कि अभी देश में इस रोग के ज्यादा मामले नहीं मिले हैं, लेकिन संभावनाएँ हमारे देश में भी मौजूद हैं। क्योंकि वैश्वीकरण के इस दौर में प्रायः हर देश की आवागमन सेवाएँ एक-दूसरे से जुड़ी हैं और देश के लोगों के विदेश जाने और विदेशियों के देश में आने पर प्रतिबंध नहीं लगाया जा सकता और पश्चिमी अफ्रीकी देशों में, जहाँ रोग का सबसे ज्यादा प्रभाव है, वहाँ भी भारतीय नागरिक रह रहे हैं।

रोग की शुरुआत और इतिहास : यह कहना कठिन है कि सबसे पहले रोग कहाँ और कब पाया गया। फिर भी यह माना जाता है कि **यह खतरनाक रोग अफ्रीका में इबोला नामक नदी के किनारे रहनेवाले लोगों में सन् 1976 में फैला था और इबोला नदी के नाम पर ही रोग का नाम भी पड़ा।** सन् 1914 में तो यह रोग अफ्रीकी देशों, लाइबेरिया, ग्वाइन और लियोन में महामारी का रूप ले चुका है। साथ ही यह समझा जाता है कि माली, सॅनेगल, नाइजीरिया, स्पेन और अमेरिका में इबोला रोग यात्रियों के माध्यम से पहुँचा है।

इबोला रोग क्या है ? : यह बीमारी जीवाणु अथवा बैक्टीरिया से भी छोटे रोगाणु, वायरस या विषाणु द्वारा उत्पन्न रोग है। यह विषाणु वैज्ञानिकों के अनुसार पाँच प्रकार का होता है और विषाणुओं के फाइलोवाइरिडी (Filoviridiae) परिवार से है। इस रोगाणु के 4 प्रकार (Type) मनुष्य के लिए अत्यंत घातक/हानिकारक होते हैं।

इबोला को इबोला हेमेरेजिक फीवर अर्थात् खून बहाने वाला बुखार भी कहते

हैं। यह रोग अत्यंत संक्रामक और जानलेवा होता है। लगभग 50 प्रतिशत रोगियों की कुछ ही दिनों में मृत्यु हो जाती है।

कैसे फैलता है यह रोग? : विश्व स्वास्थ्य संगठन के अनुसार यह संक्रामक रोग मनुष्यों में, रोग से संक्रमित जानवरों के खून, लार अथवा अन्य शारीरिक द्रवों के सीधे संपर्क में आने से होता है।

संक्रमित जानवरों के गोश्त के संपर्क से भी यह संक्रमण होने के प्रमाण मिले हैं, क्योंकि गोश्त में मौजूद रक्त एवं अन्य प्रकार के द्रवों में भी रोग के विषाणु अथवा वायरस मौजूद होते हैं।

इबोला रोग से मृत व्यक्तियों के शरीर (मुरदे) के संपर्क से भी रोग होना पाया गया है। इसलिए जैसा कि बतलाया गया है, इबोला एक अत्यंत संक्रामक और छूत का रोग है, जो सावधानियों के अभाव में रोगी से स्वस्थ व्यक्ति में आसानी से पहुँच जाता है। विडंबना यह है कि इस रोग का अभी न कोई टीका बना है, जो सुरक्षा प्रदान कर सके और न ही कोई ऐसी कारगर दवा है, जो रोग को एकदम ठीक कर दे।

रोग का उद्भवन काल (Incubation Period) : इबोला वायरस मानव शरीर में आने के पश्चात् कम-से-कम दो दिन और अधिक-से-अधिक 21 दिनों में अपना प्रभाव दिखलाता है, अर्थात् रोग का उद्भवन काल 2 से लेकर 21 दिन तक का होता है, लेकिन 5 प्रतिशत मामलों में रोग के लक्षण आने में 21 दिन से ज्यादा समय भी लग सकता है।

इबोला रोग के लक्षण : शुरू में फ्लू (Influenza) जैसे लक्षण, उदाहरणार्थ—थकान, बुखार और कमजोरी के साथ भूख न लगना, मांसपेशियों में दर्द होना, सिरदर्द, जोड़ों में दर्द और गले में खराश होने जैसे लक्षण मिलते हैं। इसके बाद रोगी को उल्टियाँ शुरू हो जाती हैं, पेट दर्द के साथ दस्त भी लगते हैं और फिर साँस लेने में भी परेशानी होने लगती है। साथ ही सीने में दर्द की शिकायत भी होती है। सिरदर्द के साथ रोगी मतिभ्रम (Confusion) का भी शिकार हो जाता है।

लगभग 50 प्रतिशत रोगियों के शरीर की त्वचा में लाल चकत्ते और फफोले या दाने दिखते हैं। ये फफोले या दाने 5 से 7 दिनों के बाद आते हैं। कुछ मामलों में रोगी के अंदरूनी अंगों से खून बह सकता है। उल्टी अथवा खाँसी के साथ खून भी आता है। यहाँ तक कि मल के साथ भी खून आने लगता है। त्वचा एवं आँखों

से भी खून आ सकता है। ये इस रोग के सबसे खतरनाक लक्षण हैं।

रोग 7 से 14 दिन में ठीक हो सकता है। रोग में मृत्यु रक्तचाप कम जाने या शरीर में द्रव की कमी के कारण होती है। इसके अलावा खून की मात्रा शरीर में कम हो जाने से भी इबोला से ग्रस्त रोगियों की मृत्यु हो सकती है। ऐसे रोगी सदमे (Shock) के बाद कामा (गहरी बेहोशी) में पहुँच जाते हैं। इसके पश्चात् अधिकतर रोगियों की मृत्यु हो जाती है। (मृत्यु दर लगभग 50 प्रतिशत पाई गई है।)

रोग का कारण : जैसा कि बतलाया गया है कि रोग का कारण इबोला प्रजाति के विषाणु या वायरस हैं। ये पाँच प्रकार के होते हैं, जिनमें से चार प्रकार हैं—बंडी बुग्यो (Bundi bugyo-BDBV), सुडान वायरस (Sudan Virus-SUDV), ताई फॉरेस्ट वायरस (Tai Forest Virus-TAFV) और इबोला (Ebola Virus-EBOV)। इसे जेयरे इबोला वायरस भी कहते हैं, जो अत्यंत खतरनाक प्रजाति है और अधिकतर मामलों में इसी के द्वारा इबोला वायरस बीमारी (E.V.D.) उत्पन्न की जाती है। यह माना जाता है कि पाँचवें प्रकार के वायरस जिसे रेस्टन विषाणु (RESTNV) कहते हैं, के द्वारा मनुष्यों में यह रोग नहीं होता, बल्कि वह अन्य जानवरों में रोग के लिए उत्तरदायी होता है।

रोग की जाँच एवं निदान : इस रोग में रक्त में प्लेटलेट्स की संख्या कम हो जाती है और श्वेत रक्ताणुओं की संख्या बढ़ जाती है। रक्त के जमने का समय (क्लाटिंग टाइम और प्रोथ्रमबिन टाइम) बढ़ जाता है। बीमारी का निश्चयन रोगी के शरीर में मौजूद वायरस या विषाणु की प्रयोगशाला जाँच से ही संभव होता है। विषाणु के लिए एलाइजा एवं पी.सी.आर. जाँचें की जाती हैं, जिससे भी इबोला रोग का पता लग जाता है। विषाणु का सेल कल्चर भी कुछ मामलों में किया जाता है, लेकिन बड़ी संख्या में एक साथ रोग फैलने पर यह संभव नहीं होता।

रोग के लक्षण डेंगू, खूनी बुखार से मिलते-जुलते हैं। अतएव रोग की पूर्ण पहचान प्रयोगशाला में ही हो पाती है और भी कई बीमारियाँ हैं, जिनके लक्षण इबोला से मिलते-जुलते हैं, अतएव चिकित्सक इबोला (E.V.D.) रोग का निश्चयन करते वक्त इन रोगों को भी ध्यान में रखते हैं और प्रयोगशाला में परीक्षण भी करवाते हैं।

इबोला का इलाज : विडंबना यह है कि इस भयंकर रोग का कोई निश्चित इलाज नहीं है। फिर भी डॉक्टर रोगी को रोग के लक्षणों तथा जरूरत के अनुसार इलाज देकर बचा लेते हैं। उदाहरणार्थ—निर्जलीकरण या डिहाइड्रेशन के लिए खून

की नसों द्वारा द्रत पदार्थ (सेलाइन इत्यादि) देते हैं। इसी तरह बुखार, उल्टियों आदि का इलाज भी सामान्य दवाओं द्वारा चिकित्सक करते हैं, लेकिन दर्दनाशकों में एस्प्रिन या आइबोप्रोफेन नहीं देते, क्योंकि इससे रोगी में खून बहने की मात्रा बढ़ सकती है।

प्लेटलेट्स और लाल रक्ताणु (आर.बी.सी.- Red Blood Cells) की कमी दूर करने के लिए इन्हें भी रोगी को दिया जाता है। कई मामलों में गुरदों के काम न करने पर; डायलिसिस भी दिया जाता है। रोगी को पोषण (Nutrition) भी मिलता रहे, साथ ही इलेक्ट्रोलाइट (सोडियम/पोटेशियम/क्लोराइड) भी कम ज्यादा न हो, इसका भी ध्यान रखा जाता है। रोगी का इलाज सर्वसुविधायुक्त अस्पताल में ही संभव होता है। अतएव इबोला के मरीज को अतिशीघ्र अच्छे अस्पताल में भर्ती करवाना चाहिए।

इबोला रोगी के ठीक होने की संभावनाएँ : रोग से मौत होने की संभावना 25 प्रतिशत से लेकर 90 प्रतिशत तक विभिन्न रोगियों में पाई गई है। वैसे **इबोला रोग से ग्रसित रोगियों में से 50 प्रतिशत रोगियों की मृत्यु की संभावना होती है।** मृत्यु लक्षण मिलने के 6वें दिन से लेकर 16वें दिन के बीच होना पाया गया है। मृत्यु का मुख्य कारण रक्तचाप और शरीर में द्रव की कमी होना पाया गया है।

यदि रोगी 16 दिन तक जिंदा बच जाता है तो रोग फिर जल्दी ठीक हो जाता है, लेकिन कुछ रोगियों में कुछ जटिलताएँ, जैसे—वृक्कों में सूजन, जोड़ों में दर्द, बालों का झड़ना, आँखों से अधिक आँसू आना जैसी शिकायतें लंबे समय तक रहती हैं।

बचाव : क्योंकि रोगी की परिचर्या करनेवाले चिकित्साकर्मी, जैसे—नर्स, डॉक्टर इत्यादि तथा रोगी के घर के लोगों को यह रोग होने की अधिक संभावना होती है। अतएव यह ध्यान रखना जरूरी है कि रोगी से सीधा संपर्क न हो। इसके लिए पूरे शरीर को ढकनेवाले एप्रोन और अन्य कपड़े पहने जाएँ जो बाद में सुरक्षात्मक तरीके से जीवाणुनाशक घोल में डाल दिए जाएँ। साथ ही हाथों में दास्ताने (Gloves) भी पहने जाना चाहिए और गॉगल का प्रयोग भी करें। यह जरूरी है कि शिक्षित और ट्रेंड चिकित्साकर्मी या घर के सदस्य ही रोगी की परिचर्या करें।

संक्रमित रोगी को अलग वार्ड में अलग कमरे में रखा जाना चाहिए तथा उसके मल-मूत्र, खून, मवाद इत्यादि को विसंक्रमित करके उन्हें गड्ढों में गाड़ा

जाना चाहिए। सफाई के लिए ब्लीचिंग पाउडर या क्लोरीन पाउडर के घोल का उपयोग किया जाना चाहिए, क्योंकि इस घोल से या सोडियम हाइपोक्लोराइड से इबोला के वायरस या विषाणु नष्ट हो जाते हैं। इबोला विषाणु 30 मिनट तक गरम करने (60°C) या 5 मिनट उबालने से नष्ट हो जाता है। अतएव रोगी के उपयोग की वस्तुएँ बगैर छुए गरम अथवा उबाली भी जा सकती हैं। इसी तरह इबोला रोगी के शव के संपर्क से भी बचना चाहिए।

□

4

जानलेवा क्राइमीन कांगो हैमरैजिक बुखार

(Crimean, Congo Hemorrhagic Fever)

देश में अभी स्वाइन फ्लू जैसे खतरनाक बुखार का खौफ कम ही हुआ था कि सन् 2011 के जनवरी माह में एक और जानलेवा रोग ने गुजरात में तीन लोगों को मौत के मुँह में ढकेल दिया और लगभग सत्तर लोगों को अस्पताल में भर्ती होना पड़ा। राष्ट्रीय विषाणु संस्थान पुणे के निर्देशक ने भी कांगो वायरस या विषाणु की पुष्टि की, हालाँकि बाद में भेजे 50 नमूनों में जाँच के परिणाम नकारात्मक मिले। रोग की गंभीरता को देखते हुए अन्य प्रदेशों के साथ मध्य प्रदेश ने भी इस रोग के नियंत्रण के लिए हाई अलर्ट घोषित कर दिया।

इतिहास

भारत में यह रोग संभवतः पूर्व में मनुष्यों में नहीं पाया गया, लेकिन 1944 में क्रीमिया में कुछ व्यक्ति इसके शिकार हुए थे। फिर सन् 1964 में कांगो में यह संक्रमण फैला और दोनों स्थानों के नाम पर इस रोग के वायरस को क्राइमीन कांगो वायरस नाम दिया गया और बुखार को क्राइमीन कांगो हेमरेजिक बुखार (Crimean, Congo Haemarrhagic Fever) का नाम दिया।

रोग कैसे फैलता है

वास्तव में यह विषाणुजन्य जानवरों का रोग है, जिसका वायरस मक्खी, पिस्सू या चीचड़ी (टिक्स) द्वारा उनमें जाता है। यह विषाणु या वायरस अरवो वायरस समूह का है, जिसे ब्यूनिया वायरस कहते हैं। यह संक्रमण मनुष्य में चीचड़ियों को मसलने या उनके द्वारा काटने से भी हो सकता है। अफ्रीका में जानवरों के गोश्त

द्वारा होता है। सीप या खून चूसनेवाली गोंच से भी यह रोग हो सकता है। अस्पतालों में भी रोग लग सकता है।

जैसा कि बताया गया है कि यह बीमारी वायरस या विषाणु प्रभावित जानवरों के खून के संपर्क में आने से होती है और फिर मानव से मानव के रोग मल–मूत्र या संक्रमित खून अथवा लार के संपर्क में आने से फैलती है। रोगी के घरवालों और उसका इलाज कर रहें चिकित्सकों और परिचर्या करनेवालों में सावधानियों के अभाव में भी रोग फैलने की संभावना अधिक होती है।

रोग फैलाने वाली टिक (Tick)

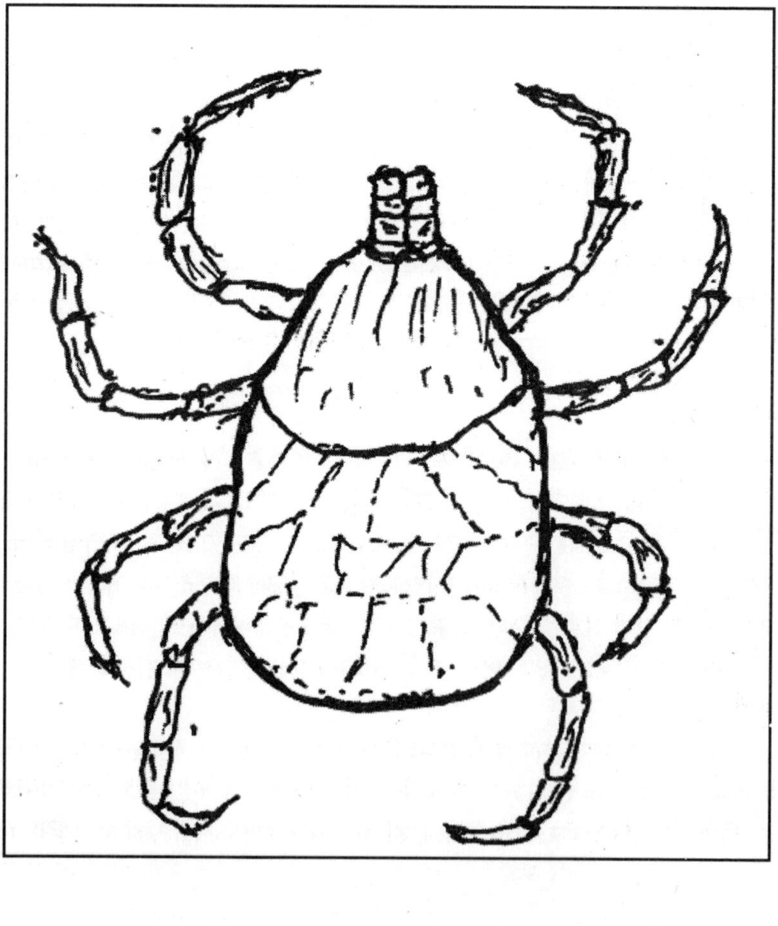

क्राइमीन कांगो बुखार से ग्रस्त रोगियों में से 15 से लेकर 70 प्रतिशत की मृत्यु हो जाती है। रोगी को यदि शीघ्र अस्पताल में भर्ती कर यदि रोग की पहचान कर इलाज दिया जाता है तो रोगी के बचने की संभावना अधिक होती है। चूँकि मरीज में रक्तस्राव होता है, अत: रक्त की कमी से भी मृत्यु की संभावना अधिक होती है।

रोग का शरीर पर प्रभाव और रोग के लक्षण

यह रोग वास्तव में कई लक्षणों का समूह है, अत: इसे सिड्रोम (Sydrome) अथवा कई लक्षणों एवं चिह्नों के समूह वाला रोग कहते हैं इस रोग में बीमार व्यक्ति का यकृत बुरी तरह क्षतिग्रस्त हो जाता है। शरीर में पीलिया (Jaundice) के लक्षण मिलते हैं।

रोगी में निम्न प्रमुख लक्षण मिलते हैं—

1. बुखार के साथ मांसपेशियों में अत्यधिक दर्द।
2. आँखों में दर्द तथा रोशनी सहन न होना। रोगी प्रकाश से डरता है (Photophobia)।
3. गले में एवं पीठ और कमर में दर्द।

रोगी की खून की नलियों (Vessels) में रक्त के थक्के जम जाते हैं एवं शरीर के अंगों में खून का रिसाव भी होता है। इस कारण रोगी सदमे (Shock) की स्थिति में पहुँच जाता है और रोगी की मृत्यु संभावित हो जाती है।

जाँच

रोगी की जाँचें राष्ट्रीय विषाणु संस्थान में उपलब्ध हैं। यहाँ विषाणु की पहचान की जाती है, अत: देश के विभिन्न हिस्सों से खून के नमूने यहाँ भेजना होते हैं। रोगी की कुछ जाँचों में लीवर के एंजाइम्स—एस.जी.पी.टी., क्रिएटेनिन के अलावा श्वेत रक्त कोशिकाओं की संख्या तथा प्लेटलेट्स की संख्या इत्यादि की जाँचें भी की जाती हैं, जो सभी बड़ी अस्पतालों में उपलब्ध हैं। क्राइमीन कांगो बुखार में श्वेत रक्त कोशिकाओं की संख्या बढ़ जाती है, **लेकिन प्लेटलेट्स की संख्या कम हो जाती है।**

इलाज लाक्षणिक रूप से ही संभव है। एक विषाणु रोधी (Antiviral) दवा रिबोवाइरिन (Ribovirin) इस रोग के विषाणु पर प्रभावी पाई गई है, जिसे रोगी को दिया जाता है। इलाज के लिए रोगी की तुरंत अस्पताल में भर्ती करवाना चाहिए।

बचाव

इस बुखार का कोई भी टीका उपलब्ध नहीं है। न तो मनुष्य की रक्षा के लिए अभी टीका बन सका है और न ही जानवरों की प्रतिरक्षा के लिए, अतएव बचाव के लिए संपर्क में आनेवाले जानवरों की साफ-सफाई जरूरी है, लेकिन उनमें चिपकी टिक्स या गोंच इत्यादि को स्वयं हटाने का प्रयास नहीं किया जाना चाहिए। जहाँ तक हो सके जानवरों के संपर्क से स्वयं को दूर रखे।

इसके अलावा क्राइमीन कांगो बुखार के रोगी की परिचर्या करनेवालों तथा उसके घरवालों को भी अत्यंत सावधानी बरतने की जरूरत है, क्योंकि यह संपर्क द्वारा चिकित्सकों या रोगी के घरवालों को हो सकता है। नर्से, कंपाउंडर, डॉक्टर खून लेते या इंजेक्शन लगाते वक्त दस्तानों का उपयोग करें। मरीज का खखार, खून इत्यादि सुरक्षित तरीके से नष्ट कर दें या जीवाणु रहित बनाकर उसका निस्तारण करें।

□

5

एच.आई.वी. संक्रमण और एड्स

एड्स दुनिया में अपने समय की सबसे खतरनाक बीमारी बन चुकी थी। देश के शहर और यहाँ तक कि गाँव भी रोग से अछूते नहीं बचे। विश्व में प्रतिदिन लगभग 16 हजार व्यक्ति एड्स संक्रमण के शिकार बनते रहे हैं। अनुमान है कि देश में लगभग 25 लाख रोगी अभी भी एड्स से ग्रस्त हैं।

एड्स जैसे लाइलाज रोग से बचने में केवल रोग की पर्याप्त जानकारी ही सहायक है। लेकिन यह विडम्बना ही कही जाएगी कि देश में रोग फैलने के 20 वर्षों के पश्चात् भी आम लोगों को रोग की पूर्ण तो क्या सम्यक जानकारी भी नहीं है। वे इसे महज यौन रोग समझकर चर्चा करने से कतराते रहे हैं। वे नहीं जानते कि गांव का नीम-हकीम डॉक्टर उन्हें दूषित सुई का प्रयोग कर इलाज के नाम पर एड्स संक्रमण की सौगात भी दे सकता है। अथवा अनजाने व्यक्ति से यौन संपर्कों द्वारा भी रोग हो सकता है। यह एक अच्छी बात है कि अब देश लोगों की जागरूकता के कारण एडस रोग का संक्रमण धीरे-धीरे कम हो रहा है।

एड्स की खोज : वैसे तो यह रोग '70 के दशक से ही अफ्रीका एवं अमेरिका में विद्यमान रहा है, लेकिन रोग की पूरी दुनिया को जानकारी तब हुई, जब 1981 में अमेरिका के एक अस्पताल में निमोनिया से पीड़ित पाँच समलैंगिक यौन आदतों वाले मरीज भर्ती किए गए। जब उन पर महँगी-महँगी दवाइयों का भी कोई असर नहीं हुआ, तो चिकित्सा वैज्ञानिक ने उनकी रोग प्रतिरोधक क्षमता की जाँच की और वे इस निष्कर्ष पर पहुँचे कि उन रोगियों की रोगों से लड़ने की शक्ति पूर्णरूपेण समाप्त हो चुकी है। फिर विस्तृत छानबीन और खोज के पश्चात् वैज्ञानिक ने इस रोग को नाम दिया एक्वायर्ड इम्यूनो डेफिशिएंसी सिंड्रोम (AIDS) और रोग उत्पन्न करनेवाले अति सूक्ष्म विषाणु को नाम दिया ह्यूमन इम्यूनो डेफिशिएंसी वायरस या संक्षेप में एच.आई.वी.।

एड्स विषाणु की संरचना

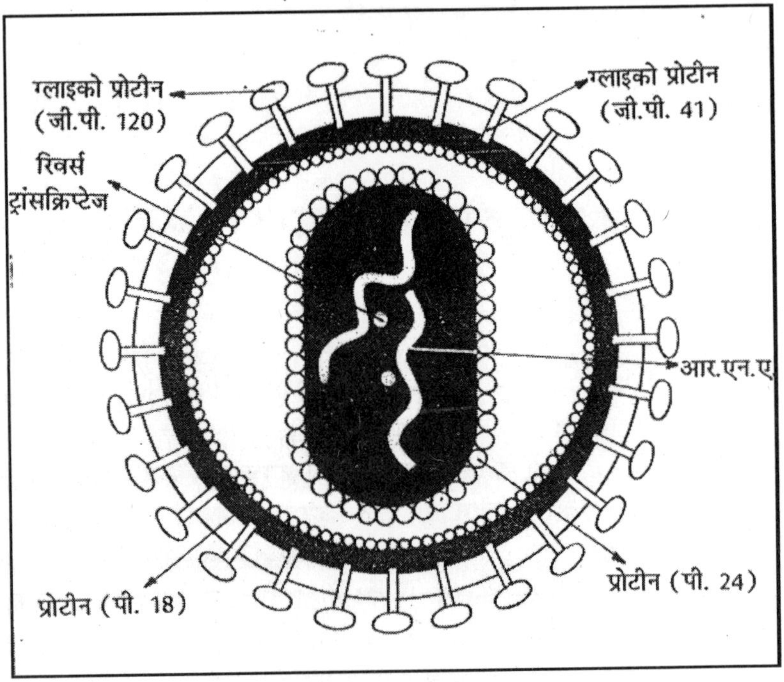

एच.आई.वी.-2 (HIV-2)

एड्स क्या है—"एड्स वायरस या विषाणु द्वारा उत्पन्न ऐसी बीमारी है, जिससे रोग प्रतिरोधक क्षमता नष्ट हो जाती है, जिससे कई तरह के ठीक न होनेवाले लक्षण तथा क़ई जानलेवा रोग, जैसे निमोनिया, क्षय रोग त्वचा कैंसर इत्यादि हो जाते हैं। वस्तुतः एड्स केवल एक रोग न होकर कई बीमारियों का समूह है।

रोग प्रतिरोधक क्षमता नष्ट कैसे होती है ? रोग प्रतिरोधक का कार्य रक्त में उपस्थित कुछ विशेष तरह की रक्त कोशिकाएँ, जिन्हें टी-4 और टी-8 कहते हैं, एड्स का विषाणु टी-4 नामक कोशिकाओं पर आक्रमण उनके भीतर अपनी संख्या बढ़ाता है और उन्हें नष्ट करता जाता है। **इस तरह टी-4 कोशिकाएँ नष्ट होने के कारण रोग प्रतिरोधक प्रणाली धीरे-धीरे प्रभावहीन बन जाती है। फिर रोगी के शरीर में कई तरह के अन्य विषाणु तथा कवक इत्यादि**

घर जमा लेते हैं और नए-नए रोग उत्पन्न करते हैं, जिन्हें अवसरवादी रोग कहा जाता है। अंतत: रोगी की मृत्यु इन्हीं अवसरवादी रोगों के कारण हो जाती है। एड्स विषाणु से संक्रमित व्यक्ति में रोग की प्रमुख रूप से चार अवस्थाएँ होती हैं—

1. रोग की पहली अवस्था में रोगी केवल एड्स विषाणु का वाहक (कॅरियर) बना रहता है, यहाँ तक कि परीक्षणों में भी रोग की पुष्टि नहीं हो पाती। यह अवस्था 4 से 21 सप्ताह तक रह सकती है अथवा कई मामलों में और भी लंबे समय तक रहती है एवं अधिकतर रोगियों को कोई तकलीफ उत्पन्न नहीं होती। **(इस समय को विंडो पीरियड भी कहते हैं।)**
2. रोग की दूसरी अवस्था में संक्रमण के कारण रक्त में एंटीबॉडी बन जाती हैं, जिससे खून की जाँच के परिणाम धनात्मक मिलते हैं, लेकिन एड्स रोग के लक्षण फिर भी विकसित नहीं होते। यह अवस्था 6 महीनों से लेकर 8 से 12 वर्षों तक रह सकती है और इस अवस्था में मरीज अन्य स्वस्थ व्यक्तियों को भी रोग का शिकार बना सकता है। संक्रमित व्यक्ति इस दौरान स्वस्थ रहता है। उसमें बीमारी के लक्षण नहीं दिखते।
3. रोगी की तीसरी अवस्था में रोग के प्रारंभिक लक्षण, जैसे शरीर की **लसिका ग्रंथियों में स्थायी रूप से सूजन आना, बुखार रहना, दस्त लगना, वजन कम होना इत्यादि शिकायतें हो जाती हैं।** इसे एड्स रिलेटेड (ARC) कॉम्प्लेक्स भी कहते हैं।
4. यह रोग की अंतिम अवस्था होती है। इसमें पूर्व के लक्षणों के अलावा अनेक **अवसरवादी रोग, जैसे टी.बी. न्यूमोनिया हरपीज-सिंप्लेक्स, त्वचा कैंसर इत्यादि** भी हो जाते हैं और मरीज कृशकाय एवं कमजोर होकर मृत्यु तक पहुँच जाता है।

एक कृषकाय एड्स का रोगी

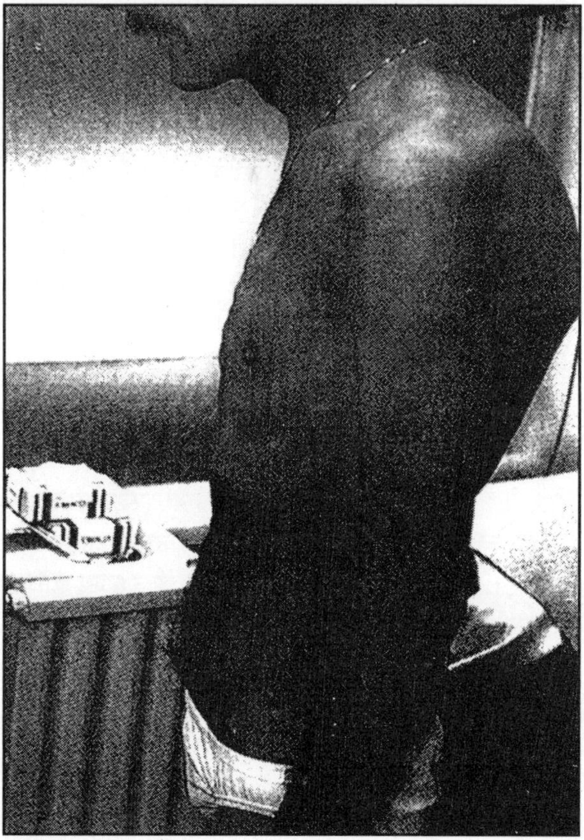

एड्स रोग के लक्षण

(अ) प्रमुख लक्षण : यह तीन प्रकार के होते हैं—

1. लगातार कई दिनों तक बिना कारण के बुखार बना रहना और किसी दवा से ठीक न होना।
2. वजन कम होते जाना एवं तीन महीनों में ही रोगी का वजन 20 प्रतिशत कम होना।
3. लगातार तक एक महीने के ऊपर पतले दस्त लगना और दवाओं से ठीक न होना।

(ब) साधारण लक्षण :

1. एक महीने से अधिक समय तक खाँसी आना।
2. शरीर के सभी लसिका ग्रंथियों से सूजन आना।
3. मुँह में बालों युक्त सफेद चकत्ते या धब्बे पड़ना।
4. पूरे बदन में खुजली एवं जलन होना।
5. बार-बार हर्पीज जूस्टर नामक बीमारी का होना।
6. हर्पीज सिंप्लेक्स नामक बीमारी का बढ़ते जाना।

किसी मरीज में दो प्रमुख एवं एक साधारण लक्षण होना यह प्रदर्शित करता है कि मरीज की एड्स के लिए भी जाँच करवा लेनी चाहिए, क्योंकि ऐसा मरीज रोग से संक्रमित हो सकता है।

यहाँ यह भी समझ लेना आवश्यक है कि कई बार एड्स संक्रमण के बावजूद भी एड्स परीक्षा करवाने पर परिणाम धनात्मक नहीं मिलता, ऐसे मामलों में कुछ सप्ताह पश्चात् पुनः करवा नहीं चाहिए, लेकिन यह भी दृष्टव्य है कि परीक्षण सौ प्रतिशत यह सिद्ध नहीं करता कि किसी रोगी को एड्स का संक्रमण नहीं है।

एड्स रोग कैसे फैलता है ?

प्रमुख तौर पर निम्न पाँच माध्यमों द्वारा एड्स विषाणु का संक्रमण हो सकता है और इन्हीं माध्यमों से कई यौन रोग भी होते हैं—

1. **प्राकृतिक एवं अप्राकृतिक यौन संसर्ग द्वारा :** भारत में इस माध्यम से रोग सबसे अधिक फैलता है। हमारे यहाँ यौन संपर्क द्वारा रोग फैलने का प्रतिशत 80 से 85 प्रतिशत तक है। वेश्यावृत्ति इसका मुख्य कारण है। एक से अधिक साथियों से अमर्यादित यौन संपर्क रखनेवालों एवं समलिंगी यौन आदतों वाले रोगियों को एड्स होने की ज्यादा संभावना होती है। विभिन्न तरह के यौन रोगी भी एड्स रोग के शिकार आसानी से बनते देखे गए हैं। इनके यौनांगों पर घाव होने की वजह से एड्स विषाणुओं को रक्त में प्रवेश करने की सुविधा हो जाती है। अतः ऐसे गुप्त रोगों के रोगी अधिक खतरे वाले समूह या हाई रिक्स ग्रुप में आते हैं।

2. **इंजेक्शनों द्वारा नशीली दवाइयाँ लेने से :** भारत में लगभग 3.3 प्रतिशत रोगी नशीली दवाइयों के कारण संक्रमित हुए हैं। विशेषकर मणिपुर में 18 से 30 वर्ष के हजारों युवाओं में एड्स जैसे माध्यमों से खूब फैला। ये नशेबाज सुइयों को बगैर उबाले सामूहिक रूप से खून की नसों में सीधे प्रवेश कराते हैं। इस कारण यदि समूह में एक भी नशेबाज को एड्स संक्रमण हुआ तो वह अन्य साथियों में भी हो जाता है।
3. **दूषित रक्त प्रदाय एवं रक्त उत्पादों द्वारा :** देश में इस तरह से एड्स फैलने का प्रतिशत लगभग 2.5 है। अभी भी कुछ अवैध रक्त बैंकों द्वारा दूषित रक्त प्रदाय किया जा रहा है, इसलिए इस माध्यम से भी रोग फैलने का खतरा बना हुआ है। देश में लगभग पंद्रह हजार से ऊपर रक्तदाता एच.आई.वी. से संक्रमित पाए गए हैं। इस तरह व्यावसायिक रक्तदाताओं से भी रोग फैलने का खतरा बना हुआ है। यदि किसी रोगी को एड्स विषाणु युक्त रक्त चढ़ा दिया जाए, तो उसे संक्रमण की संभावना निश्चित रहती है। इसके अलावा कुछ विशेष रोगों, जैसे हीमोफीलिया इत्यादि में रोगी को रक्त से निकाले गए रक्त उत्पाद दवा के रूप में चढ़ाए जाते हैं। अब यदि ये उत्पाद एच.आई.वी. युक्त हुए तो रोगी को भी रोग हो सकता है। हमारे देश में हीमोफीलिया एवं थैलेसेमिया (इस रोग में मरीज को बार-बार रक्त से निकली हुई रक्त कोशिकाएँ देने की आवश्यकता होती है।) रोग से ग्रस्त छोटे-छोट बच्चों में एड्स इन्हीं कारणों से हुआ है।
4. **एड्स-ग्रस्त माताओं द्वारा बच्चों में :** इस माध्यम द्वारा रोग होने का प्रतिशत भरत में 3.5 है, लेकिन भविष्य में जैसे-जैसे एड्स ग्रस्त महिलाओं की संख्या में वृद्धि होगी, नवजात शिशुओं में भी एच.आई.वी. के जाँच के परिणामों की धनात्मकता बढ़ती जाएगी। यदि माँ एड्स विषाणुओं से संक्रमित होती है तो उसके नवजात शिशु में संक्रमण की संभावना लगभग 40 प्रतिशत होती है।

सावधान रहे, इससे

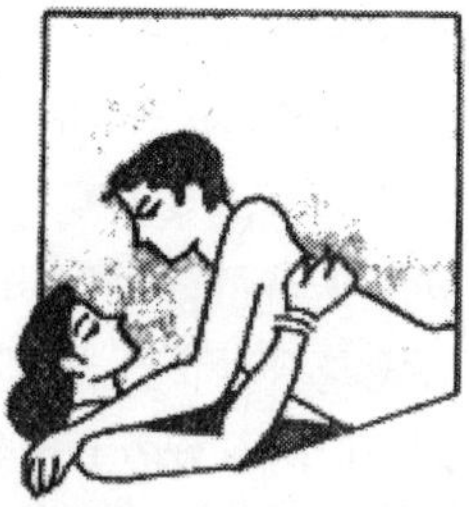

किसी एच.आई.वी. से संक्रमित व्यक्ति के साथ सहज (योनि) या विपरित (गुदा) असुरक्षित संभोग करने से।

संक्रमित रक्त या रक्त उत्पाद से या ऐसी दूषित सूइयाँ (इंजेक्शन और सिरिंज) इस्तेमाल करने से जिन्हें स्टलाईज न किया गया हो।

जिस माँ को एच.आई.वी. हो उसके बच्चे को गर्भावस्था में या प्रसव के समय।

एच.आई.वी. संक्रमण फैलने के प्रमुख कारण

5. **अन्य साधनों से :** लगभग 6 प्रतिशत मामलों में अन्य साधनों से रोग फैलता है। उपरोक्त माध्यमों के अलावा अन्य साधनों, जैसे डायलॉसिस, अस्पतालों एवं प्रसूतिका गृहों में दूषित सुइयों के इस्तेमाल से भी रोग बढ़ रहा है। भारत में एड्स विषाणुग्रस्त 180 रोगी केवल दूषित डायलासिस के कारण संक्रमण के शिकार बन चुके थे। इसके अलावा उचित जीवाणु रहित प्रक्रियाओं के अभाव में नाइयों के उस्तरे, गोदानों, मशीनों से भी रोग के प्रसार की संभावना व्यक्त की गई है। कृत्रिम गर्भाधान के लिए वीर्य देनेवाले व्यक्ति में यदि एड्स संक्रमण है तो उत्पन्न होनेवाले बच्चों को यह संक्रमण हो सकता है।

याद रखें—एड्स संक्रमण संक्रमित रोगी से हाथ मिलाने, आलिंगन, चुंबन एवं खाँसने अथवा छींकने से नहीं होता। मरीज द्वारा उपयोग में लाए शौचालयों, स्नानगृहों एवं तरण-ताल से भी नहीं होती। सामान्य तौर पर एड्स रोगी के साथ रहने एवं उसकी परिचर्या करने से भी रोग नहीं लगता, लेकिन रोगी के साथ यौन संबंध स्थापित नहीं करना चाहिए एवं उसके उपयोग की कुछ विशेष वस्तुओं जैसे—दाढ़ी बनाने पर रेजर एवं ब्लड, टूथ ब्रश इत्यादि का प्रयोग न करें।

एड्स रोगी के विभिन्न परीक्षण

वैसे तो रोग के कुछ विशेष परीक्षण कुछ जगह पर ही उपलब्ध हैं, लेकिन आजकल दो तरह की जाँच भारत के प्रायः सभी बड़े शहरों में की जाती हैं।

1. **एलाइजा (ELISA TEST) जाँच :** एड्स संक्रमण की संभावना का पता करने के लिए सर्वप्रथम यही परीक्षण किया जाता है। एलाइजा जाँच की सुविधा अब भारत में लगभग 120 निगरानी एवं जाँच केंद्रों और प्रत्येक जिले में उपलब्ध है। प्रांत की सभी राजधानियों और बड़े शहरों में यह जाँच की जाती है, लेकिन इस जाँच की विश्वसनीयता 100 प्रतिशत नहीं है, इसलिए रोग की पुष्टि के लिए एक महँगी जाँच वेस्टर्न ब्लॉट की जाती है अथवा आजकल पी. सी. आर. जाँच भी हो चुकी है।
2. **वेस्टर्न ब्लॉट परीक्षण :** यह परीक्षण कुछ बड़े शहरों में ही उपलब्ध है। एलाइजा जाँच के परिणाम आने पर उन्हें वेस्टर्न ब्लॉट द्वारा जाँच के लिए भेजा जाता है। इस जाँच में एक परीक्षण की लागत 500 रुपए से ऊपर आती है एवं उपकरण भी अत्यंत महँगा होता है। अभी यह जाँच मुंबई, दिल्ली, पूना, मद्रास, कलकत्ता, बंगलुरु और इंफाल आदि में भी

उपलब्ध है। वैसे **अब इसकी जगह पी.सी.आर. जाँच की जाती है।** जो विश्वसनीय भी है। और हर बड़े शहर में उपलब्ध है। उल्लेखनीय है कि कोरोना वायरस के संक्रमण की जाँच के लिए भी पी.सी.आर. जाँच भी अकसर करते हैं।

3. **पी.सी.आर. जाँच :** यह जाँच भी महँगी होती है लेकिन बड़े शहरों में उपलब्ध है और यह विश्वसनीय जाँच है, क्योंकि इसमें सीधे रोग के विषाणु का पता चल जाता है। अतः एच. आई. संक्रमित यदि विंडो पीरियड में है, तब भी संक्रमण का पता चल जाता है। जाँच विशेष उपकरणों से युक्त प्रयोगशाला में करते हैं।
4. **रैपिड किट से जाँच**—इनमें कुछ मिनटों में ही संक्रमण की पुष्टि हो जाती है। जो सभी लैबों में डेढ़-दो सौ रुपयों में उपलब्ध है। जिले के स्वैच्छिक परामर्श केंद्रों में मुफ्त में यह जाँच होती है। वैसे पी.सी.आर. जाँच अधिक भरोसेमंद है।

रोग का इलाज

सही बात तो यह है कि इस रोग का कोई भी सफल अथवा प्रभावी इलाज नहीं खोजा जा सका है। कुछ महँगी दवाइयाँ अवश्य हैं, जो रोगी के जीवन काल को कुछ महीनों से लेकर एक-दो वर्ष तक बढ़ा देती हैं, लेकिन रोग को पूरी तौर ठीक नहीं कर सकतीं। इसमें एक **प्रमुख दवा एजिटोथाइमिडीन (ए.जेड.टी.) है, जो अब भारत में भी उपलब्ध है,** लेकिन यह महँगी है। इसकी एक दिन की खुराक तीन-चार सौ रुपए के आसपास पड़ती है। अभी तक किसी पूर्ण प्रभावी चिकित्सा का विकास इस खतरनाक बीमारी के लिए नहीं हो पाया है। **सरकार ने मुफ्त इलाज की सुविधा भी कुछ विशेष केंद्रों पर उपलब्ध करवाई है।**

एड्स से कैसे बचें

चूँकि एड्स का न तो कोई प्रभावी इलाज है और न ही प्रतिरक्षा के लिए टीका उपलब्ध है, इसलिए इस भयंकर जानलेवा बीमारी से सुरक्षित रहने एकमात्र उपाय रोग से बचाव ही है, इसलिए हमें प्रमुख रूप से बचाव पर ध्यान केंद्रित करना होगा।

एड्स से पीड़ित किसी भी व्यक्ति से सामान्य मेलजोल रखने में कोई खतरा नहीं है।

उससे हाथ मिलाने, उसे छूने, उससे गले मिलने या उसे चुंबन देने-लेने में भी संक्रमण की कोई आशंका नहीं है।

एक ही बरतन में खाने, एक ही बाथरूम या बिस्तर इस्तेमाल करने से भी एड्स नहीं फैलता।

स्विमिंगपुल में जाने से या नाई से बाल कटाने से भी एड्स फैलने की कोई आशंका नहीं रहती।

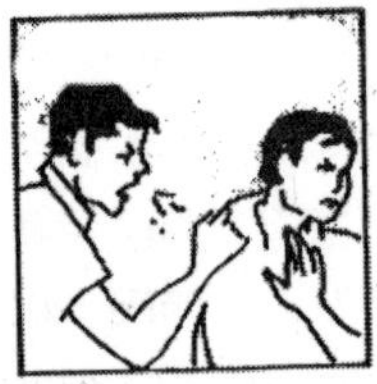

खाँसने-छींकने और मच्छर काटने से भी एड्स फैलने का खतरा नहीं है।

रक्तदान एकदम सुरक्षित होता है क्योंकि हर बार स्टलाइज्ड उपकरण इस्तेमाल किए जाते हैं।

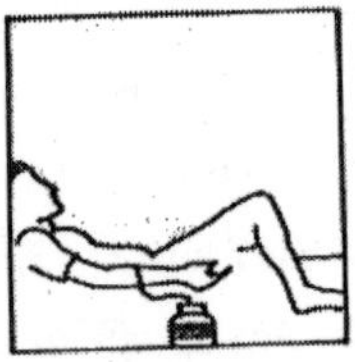

1. अप्राकृतिक अथवा अमर्यादित (इसमें वेश्यावृत्ति भी शामिल है) और नए व्यक्तियों के साथ यौन संबंध न रखें। यदि आवश्यक ही हो तो निरोध (कंडोम) का इस्तेमाल करें। वैसे इस मामले में एक ही जीवन साथी वाली भारतीय संस्कृति पर अमल करना उचित है। आजकल स्त्रियों के उपयोग के योग्य कंडोम भी बाजारों में उपलब्ध है। इनका इस्तेमाल भी

यौन संपर्क के समय किया जा सकता है।

2. इंजेक्शनों द्वारा नशा लेनेवाले व्यक्ति नशा छोड़ दें अथवा फेंकने योग्य सुइयों एवं सीरिंजों का इस्तेमाल करें और संभव हो तो इंजेक्शनों की बजाय खानेवाले नशों को लेकर धीरे-धीरे इनकी मात्रा भी कम करके इन्हें भी छोड़ दें, अथवा नशामुक्ति केंद्रों का सहारा लें। चूँकि इस प्रकार से नशा करना अपराध है और इनकी लत अपने आप में एक बड़ी बीमारी है।
3. चिकित्सा कर्म से जुड़े कर्मचारी एवं चिकित्सकगण उचित जीवाणु रहित प्रक्रियाओं, जैसे सुइयाँ सीरिंजों को उबालने और औजारों को दूषण रहित बनाने पर विशेष ध्यान दें एवं दुर्घटनावश होनेवाले संक्रमण से भी स्वयं को बचाएँ। सैलूनों में नाई भी उस्तरे की बजाय हर बार नए ब्लेड का इस्तेमाल करें एवं एंटीसैप्टिक लोशन का भी प्रयोग करें।
4. जरूरत पड़ने पर ऐसा रक्त अथवा रक्त उत्पाद लें, जिसके साथ एच.आई.वी. मुक्ति का प्रमाण-पत्र हो एवं रक्ताधान (ब्लड ट्रांसफ्यूजन) के समय निम्नलिखित सावधानियाँ भी रखनी चाहिए—
   - रक्त जाने-पहचाने व्यक्ति अथवा निकट के रिश्तेदार का हो तो अच्छा है।
   - व्यावसायिक रक्तदाताओं से रक्त न खरीदें, क्योंकि बहुत से ऐसे रक्तदाता एच.आई.वी. संक्रमित पाए जाते हैं।
   - रक्त देने व लेने के दौरान उचित जीवणु रहित प्रक्रियाओं को ध्यान में रखा जाना चाहिए। अच्छा हो कि एक बार उपयोग के पश्चात् फेंकने योग्य सामग्री का उपयोग किया जाए।
   - ऐसे ऑपरेशन वाले रोगी, जिनका ऑपरेशन पूर्व निर्धारित हो, अपना स्वयं का खून भी निकलवाकर बाद में ऑपरेशन के वक्त ले सकते हैं।
   - किसी भी व्यक्ति का रक्त दान में लेने के पूर्व उसका एच.आई.वी. के लिए परीक्षण करवाना अत्यंत आवश्यक है, भले ही वह रिश्तेदार ही क्यों न हो।

इस तरह उपर्युक्त सावधानियाँ रखकर एड्स रोग से जीवनपर्यंत बचा जा सकता है और एड्स एवं एच.आई.वी. संक्रमण की सावधानियाँ ही हमें विभिन्न यौन रोगों से भी बचा सकती हैं। इसके अलावा गर्भवती माताओं का एच.आई.वी. जाँच के लिए परीक्षण निशुल्क की जाती है।

□

6

यकृत शोथ (पीलिया)
(बहुत ही खतरनाक रोग)

दुनिया में 20 करोड़ व्यक्ति केवल संक्रामक यकृत शोथ के 'बी' प्रकार के विषाणु से ग्रस्त हैं। सर्वाधिक लोगों को मौत का ग्रास बनानेवाले दस रोगों में यकृत शोथ का स्थान पाँचवें नंबर पर है। भारत में सबसे अधिक लगभग 4 करोड़ 50 लाख केवल हेपेटाइटिस-बी विषाणुओं के वाहक मौजूद हैं। इनमें से अगले दस वर्षों में एक चौथाई व्यक्तियों में हेपेटाइटिस (यकृत शोथ) गंभीर रूप धारण कर लेगा और इन रोगियों में से एक-तिहाई को यकृत का सीरोसिस हो सकता है। यह दृष्टव्य है कि सीरोसिस का कोई सफल इलाज उपलब्ध नहीं है और इससे अंततः रोगी की मृत्यु हो जाती है। यह भी उल्लेखनीय है कि हेपेटाइटिस 'बी' और 'सी' विषाणु कैंसर भी उत्पन्न करता है। भारत में संक्रामक यकृत शोथ के 4 करोड़ 80 लाख व्यक्ति ऐसे हैं, जो सावधानियों के अभाव में अन्य लोगों को भी रोग फैला सकते हैं, इसलिए अब यहाँ भी इस रोग की गंभीरता को समझा जा रहा है।

वास्तव में इस रोग के बारे में सरकार और लोगों को जितना जागरूक होना चाहिए, उतने वे नहीं हैं, जबकि प्रति वर्ष लगभग 6 करोड़ मरीज यकृत शोथ और उसके कारण होनेवाले यकृत कैंसर सीरोसिस इत्यादि से दुनिया में मरते हैं।

संक्रामक यकृत शोथ क्या है ?

संक्रामक यकृत शोथ को विषाणु-जनित यकृत शोथ (इंफेक्टिव हेपेटाइटिस) भी कहते हैं, यह एक गंभीर जानलेवा संक्रामक रोग है, जिसमें प्रमुख रूप से यकृत प्रभावित होता है। रोग के कारण यकृत में सूजन के साथ आँखों एवं त्वचा में

पीलापन एवं कई अन्य खराबियाँ आ जाती हैं।

अब हम यहाँ कुछ प्रमुख संक्रामक यकृत शोथों की विस्तार से चर्चा करेंगे।

(1) यकृत शोथ-'ए' या पीलिया (हेपेटाइटिस-ए)

यह संक्रामक यकृत शोथ का एक प्रमुख प्रकार है, जो प्रायः हर कहीं महामारी के रूप में फैलता रहता है। इसका कारण होता है, यकृत शोथ 'ए' प्रकार का वायरस या विषाणु, जो दूषित जल, भोजन, मल इत्यादि में होता है।

कुछ विकसित देशों में यह रोग कम हो गया है, लेकिन विकासशील देशों में पूरी आबादी को शुद्ध पेयजल उपलब्ध न होने के कारण और गंदगी तथा मल निष्कासन की व्यवस्थाएँ सुरक्षित न होने के कारण हेपेटाइटिस 'ए' अभी भी जब-तब होता रहता है।

रोग के लक्षण

शुरू में रोग के लक्षण अन्य बुखार जैसे ही होते हैं, मरीज को थकान और कमजोरी लगती है, बुखार भी रहता है। सिरदर्द, हाथ-पैर में दर्द होता है। भूख नहीं लगती एवं उल्टी की इच्छा अथवा उल्टियाँ होती हैं। आँखों के सफेद भाग एवं त्वचा में पीलापन उतर आता है। इसे पीलिया या जॉन्डिस भी कहते हैं। पेशाब भी गहरे पीले रंग की आती है। रोग की बढ़ी हुई अवस्था में रोगी की हथेलियों पीली दिखती हैं।

रोग कैसे फैलता है ?

संक्रामक व्यक्ति, इस बीमारी के विषाणु पीलिया (जॉण्डिस) होने के 3 सप्ताह पूर्व से 2 सप्ताह बाद तक मल द्वारा उत्सर्जित करता रहता है। यदि उचित साफ-सफाई और मल निष्कासन की व्यवस्थाएँ ठीक न हों, तो ये विषाणु हाथों भोजन या पानी द्वारा अन्य व्यक्ति में पहुँच जाते हैं। यह दृष्टव्य है कि रोग के विषाणु रोगी के मल के अलावा शारीरिक द्रव्यों, जैसे—मूत्र, लार, रक्त इत्यादि में भी होते हैं और इनसे भी रोग फैल सकता है। यौन संपर्कों से भी रोग लग सकता है। रोगी में बीमारी के लक्षण संक्रमित होने के पश्चात् 30 से लेकर 45 दिनों के बीच मिलते हैं।

पीलिया और उसके कारण

किसी भी तरह के संक्रामक यकृत शोथ में आँखें और त्वचा पीली होना चेतावनी देनेवाला प्रमुख लक्षण है। यह प्रदर्शित करता है कि रक्त द्रव (सीरम) में बिलिरुबिन की मात्रा सामान्य से बहुत अधिक हो गई है। बिलिरुबिन एक तरह का रसायन है, जो शरीर में लाल रक्त कोशिकाओं के टूटने के पश्चात् यकृत में बनता है और यकृत से जुड़े हुए पित्ताशय में इकट्ठा होता है। पित्ताशय से नलियों द्वारा यह आँतों में आता है। इसके कारण ही मल का रंग पीलापन लिये हुए होता है।

एक स्वस्थ व्यक्ति में बिलिरुबिन की मात्रा 1000 सी.सी. रक्त में 0.3 मि.ग्रा. से 1 मि.ग्रा. तक होती है। जब बिलिरुबिन का रक्त द्रव में स्तर 3.0 मिग्रा. के आसपास या इससे ऊपर हो जाता है तो आँखों के सफेद भाग में पीलापन और त्वचा का रंग पीलापन लिये हुए रहता है।

पीलिया के अन्य कारण भी हैं, जैसे—पित्त नलिका में पथरी फँसने से जब पित्त आँतों में नहीं जा पाता तो पीलिया हो जाता है। अधिक मात्रा में अल्कोहल लेने से भी यकृत में सूजन आ जाती है, जिससे पीलिया हो सकता है। इसके अलावा गर्भावस्था, लिवर के सीरोसिस तथा यकृत कैंसर में भी पीलिया हो सकता है। बहुत सी दवाएँ, जैसे—क्षय रोग में दी जानेवाली दवा—रिफामसिन, आई.एन.एच. तथा दर्द में ली जानेवाली फेनाइलब्यूटाजोन और इंडोमेथासिन भी पीलिया उत्पन्न कर सकती हैं। मनोरोगों में दी जानेवाली क्लोरपोमाजीन तथा एमिट्रिप्टालीन जैसी दवाइयाँ भी रक्त में बिलिरुबिन की मात्रा बढ़ा सकती हैं।

रोग का निदान

रोग की सही पहचान प्रयोगशाला में ही संभव है। इसके लिए रक्त द्रव में बिलिरुबिन की मात्रा की जाँच करवाते हैं। इसके अलावा पेशाब में बाइल पिगमेंट्स और बाइल साल्ट्स की जाँच भी की जाती है। रक्त में एंटी-एच.ए.वी. (हेपेटाइटिस 'ए' वायरस) का माप करते हैं। इसके अलावा रक्त की एंटीबाडी जाँच से भी इस संक्रमण का पता चल जाता है।

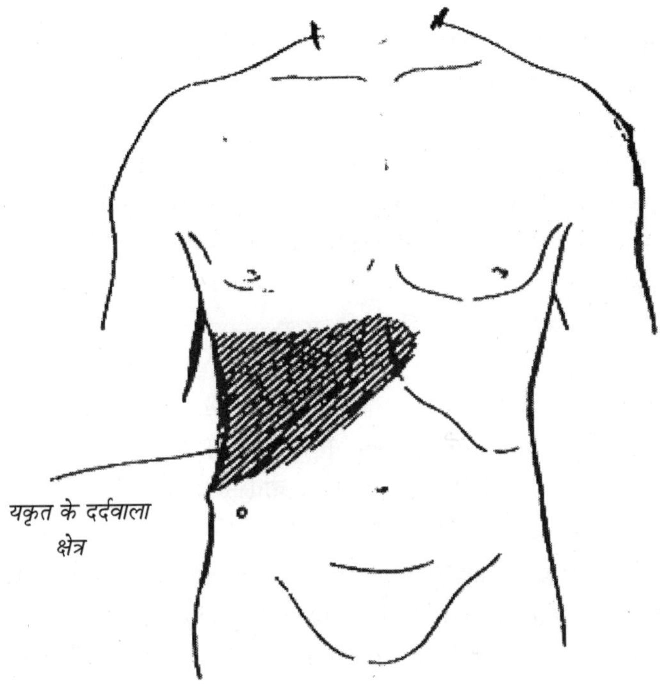

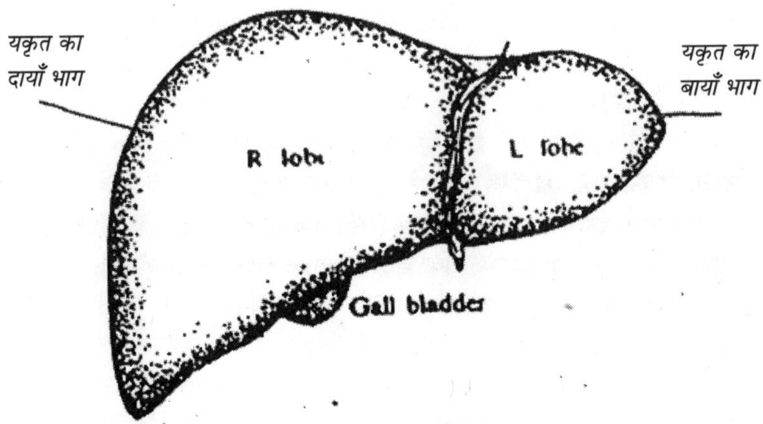

यकृत की संरचना और उसके रोगों में होनेवाले दर्द का क्षेत्र (Area)

रोग का इलाज

रोग की कोई विशेष दवा नहीं है। चिकित्सक रोगी को पूर्ण आराम की सलाह देते हैं। इसके लिए रोगी को विस्तर पर लेटना चाहिए, केवल मल-मूत्र विसर्जन के लिए उठना चाहिए। किसी तरह की मेहनत का कार्य न करें। रोगी हलका खाना ले सकते हैं। फलों का रस ग्लूकोज मिलाकर लेना चाहिए। गन्ने का रस भी लिया जाना चाहिए। योग्य चिकित्सक इस रोग में अनावश्यक दवाइयाँ नहीं देते। नई धारणा के अनुसार कार्टिकोस्टेरायड्स दवाएँ भी नहीं लेनी चाहिए। बीमारी के दौरान शराब नहीं पीना चाहिए (बल्कि शराब पूर्णतः छोड़ देना चाहिए)। इसके अलावा महिला रोगियों को गर्भनिरोधक गोलियों का भी इस्तेमाल वर्जित है। इस रोग में आराम सबसे बड़ी दवा है।

बचाव और नियंत्रण

रोग के प्रसार को कम करने के लिए निम्नलिखित सावधानियाँ भी रखें—

1. भोजन के पूर्व एवं शौच क्रिया के पश्चात् हाथों को साबुन से अच्छी तरह धोना चाहिए। (नाखून काटकर रखें।)
2. यदि आप ऐसे स्थान पर रह रहे हों, जहाँ यह रोग फैल रहा है तो पानी उबालकर अथवा क्लोरीन की गोलियाँ डालकर पिएँ। दूध भी उबालें तथा भोजन तैयार करने में साफ-सफाई का ध्यान रखा जाना चाहिए।
3. घर के गंदे पानी के निकलने की पर्याप्त व्यवस्था होनी चाहिए। इसके अलावा सेप्टिक टैंक वाले शौचालय संक्रमण कम करने की दृष्टि से अधिक ठीक रहते हैं। अतः जिन घरों में ये नहीं हैं, उन्हें बनवाना चाहिए।
4. अस्पतालों में सीरिंज, सुइयाँ एवं अन्य उपकरण ठीक तरह उबाले जाना चाहिए।

टीके एवं अन्य दवाइयाँ

(अ) टीका : यकृत शोथ 'ए' से बचने का टीका अभी तैयार नहीं हुआ है, लेकिन वैज्ञानिकों को आशा है कि शीघ्र ही टीका बना लिया जाएगा।

(ब) ह्यूमेन इम्यूनोग्लोब्यूलिन्स : ये एक तरह के एंटीबॉडीज (प्रतिपिंड) होते हैं, रक्त में पाए जाते हैं और शरीर की रोगाणुओं के विषैले प्रभाव से रक्षा करते हैं। इनको यदि इंजेक्शन द्वारा दिया जाए, तो ये व्यक्ति की रोग प्रतिरोधक शक्ति बढ़ा देते हैं। इनका उपयोग निम्न स्थितियों में करते हैं—

1. यदि व्यक्ति ऐसे क्षेत्र में यात्रा करने जा रहा हो, जहाँ यह रोग फैला हो, तो उसे इम्यूनोग्लोब्यूलिन्स लगवाने की सलाह दी जाती है।
2. रोगी के घर के सदस्य और संपर्क में आए अन्य व्यक्तियों को भी ये इंजेक्शन चिकित्सक की सलाह से लेना चाहिए।
3. ऐसी संस्थाओं में, जिनके सदस्यों में रोग फैल रहा हो, ये इम्यूनोग्लोब्यूलिंस संस्था के सभी सदस्यों को लगवाना चाहिए।

(2) यकृत शोथ-बी (हेपेटाइटिस-बी)

जैसा कि पूर्व में बतलाया जा चुका है कि यह एक गंभीर बीमारी है, जो हेपेटाइटिस-'बी' नामक विषाणु के संक्रमण से होती है। वैसे इस रोग से समस्त विश्व त्रस्त है, लेकिन यह विकासशील और गरीब देशों में अधिक पाया जाता है। यह भी देखा गया है कि रोग उच्च जीवन स्तर वाले व्यक्तियों में कम और निचले तबके के लोगों में अधिक होता है। यह ऑस्ट्रेलिया, अमेरिका और यूरोप में कम एवं दक्षिण-पूर्वी एशिया, चीन इत्यादि देशों में ज्यादा पाया जाता है।

इस बीमारी से त्रस्त एक चौथाई रोगी पुराने यकृत शोथ (क्रानिक हेपेटाइटिस) सीरोसिस और यकृत कैंसर से मृत्यु को प्राप्त होते हैं।

अपने देश में भी यह रोग एक प्रमुख स्वास्थ्य समस्या है। राष्ट्रीय विषाणु संस्थान, पूना, के एक अध्ययन के अनुसार देश की आबादी में 06 प्रतिशत से लेकर 5.8 प्रतिशत लोगों में ऑस्ट्रेलिया एंटीजन के धनात्मक परिणाम मिले हैं। सन् 1984 में यह रोग अहमदाबाद में बड़े पैमाने पर फैला था, वहाँ एक साथ 1987 व्यक्ति इस रोग से ग्रस्त पाए गए थे।

रोग कैसे फैलता है ?

मनुष्य ही इस रोग के विषाणुओं का स्रोत होता है। बहुत से व्यक्तियों में हेपेटाइटिस-बी के कोई लक्षण नहीं होते, लेकिन वे विषाणुओं के वाहक (कॅरियर) बने रहते हैं। ऐसे व्यक्ति भी रोग फैलाने में सक्षम होते हैं। इसके अलावा प्रत्यक्ष लक्षण वाले रोगियों से भी बीमारी लग सकती है।

रोग फैलने के तरीके निम्न हैं—

(अ) रक्तवाहिकाओं द्वारा : वास्तव में यह बीमारी रक्तजनित ही होती है। यदि इस रोग का विषाणुयुक्त रक्त अन्य मरीज को रक्ताधान द्वारा दे दिया जाए, तो उसे भी रोग हो सकता है। इसके अलावा डायलिसिस, दूषित सीरिंज, सुइयाँ अथवा

दुर्घटनावश सुई चुभने या कटने (शल्य चिकित्सकों के साथ ऐसी घटनाएँ हो सकती हैं) से भी संक्रमण हो सकता है।

गुदना गोदने, कर्णछेदन, नाई के उस्तरे या दूषित ब्लेड से भी संक्रमण एक व्यक्ति से दूसरे व्यक्ति में जा सकता है। रोगी व्यक्ति के टूथ ब्रश से भी संक्रमण की संभावना हो सकती है। गर्भावस्था के दौरान यह रोग माँ से शिशु में भी जा सकता है।

(ब) यौन संपर्कों द्वारा : वेश्याओं और समलिंगी यौन आदतों वाले व्यक्ति इस रोग के प्रति अधिक संवेदनशील होते हैं। इनमें यौनांगों पर बने घावों द्वारा एक व्यक्ति से दूसरे व्यक्ति में विषाणु पहुँच जाते हैं। इस तरह जिनके कई यौन सहभागी होते हैं, ऐसे व्यक्तियों को रोग का अधिक खतरा होता है।

(स) अन्य माध्यम : खून चूसनेवाले जंतुओं (जैसे मच्छरों, खटमलों) से भी रोग फैलने की संभावना व्यक्त की गई, लेकिन इसके प्रमाण नहीं मिले हैं। विशेषज्ञों के अनुसार इस रोग का संक्रमण फैलाने के लिए 0.0004 मि.लि. रक्त की मात्रा ही पर्याप्त होती है, जबकि एड्स विषाणु का संक्रमण फैलाने के लिए 0.1 मि.ली. रक्त आवश्यक होता है। यह भी माना जा रहा है कि यकृत शोथ-बी विषाणु एड्स के विषाणु से सौ गुना अधिक संक्रामक होता है।

रोग के लक्षण

संक्रमण के 45 से 180 दिन के बीच रोग के लक्षण उभरते हैं। हेपेटाइटिस बी के लक्षण अन्य यकृत शोथों जैसे ही होते हैं (यकृत शोथ-ए) के साथ लक्षणों का वर्णन किया गया है, लेकिन इसमें बीमारी पुरानी (क्रानिक हेपेटाइटिस) होने पर गंभीर स्थिति बन जाती है और कुछ मरीजों में यह यकृत कैंसर का रूप धारण कर लेती है। विशेषकर पुरुषों में इस तरह का कैंसर अधिक होता है।

रोग से बचाव और नियंत्रण

विषाणुजन्य बीमारी होने के कारण इस रोग का कोई विशेष इलाज नहीं है और रोग कई गंभीर जटिलताएँ भी उत्पन्न करता है, अतएव रोग से बचे रहना अधिक अच्छा है। सौभाग्य से इस रोग के टीके उपलब्ध हैं।

(अ) यकृत शोथ 'बी' का टीका (एच.बी.व्ही. वैक्सीन) : इस तरह के यकृत शोथ से रक्षार्थ वर्तमान में दो तरह के टीके उपलब्ध हैं। विश्व स्वास्थ्य संगठन ने इन दोनों प्रकार के टीकों को संतोषजनक और सुरक्षित पाया है। इनमें एक मानव रक्त के प्लाज्मा से तैयार किया जाता है, जबकि दूसरा पैतृक अभियांत्रिकी

की सहायता से यीस्ट कोशिकाओं के डी.एन.ए. से बनाया जाता है। इस टीके का फायदा यह है कि इससे मानव प्लाज्मा में पाए जानेवाले अन्य तरह के विषाणुओं से संक्रमण का खतरा नहीं होता। इसके अलावा यह कुछ सस्ता भी है। भारत जैसे देश के लिए, जहाँ की जलवायु गरम होने के कारण वैक्सीन खराब होने का खतरा होता है, यह टीका ज्यादा उपयोगी है।

(1) रक्त द्रव (प्लाज्मा) से बना टीका : इस टीके को हेपेटाइटिस–बी विषाणु के वाहक व्यक्ति के रक्त द्रव से बनाते हैं। इसे विषाणु की सतह पर मौजूद एंटीजन (विषाणु विष) से तैयार करते हैं। इस एंटीजन को फार्मेलिन द्वारा निष्क्रिय कर देते हैं। इस टीके को मांसपेशियों में लगवाया जाता है। टीके की 1–1 मि.ली. की तीन मात्राएँ ली जाती हैं। पहली और दूसरी मात्रा के बीच एक माह का अंतर होता है एवं पहली और तीसरी मात्रा के बीच 6 महीनों का अंतर होता है। इस टीके से 3 से 5 वर्ष तक सुरक्षा मिलती है, इसलिए 3 से 5 वर्ष के पश्चात् इसकी प्रभावी मात्रा पुनः ली जानी चाहिए। इसका खर्च 900 रु. के आसपास होता है। बच्चों में यह खर्च 500 रु. के आसपास है। उन्हें वैक्सीन की आधी मात्रा देते हैं।

(2) यीस्ट से बना टीका : जैसा कि बतलाया गया है कि यह अमेरिका में अत्याधुनिक तकनीक, जिसे जेनेटिक इंजीनियरिंग कहते हैं, से बना टीका है। इसे सन् 1987 में वहाँ बनाया गया था। इसको बनाने के लिए संक्रमित व्यक्ति के प्लाज्मा की जरूरत नहीं होती।

किन व्यक्तियों को टीके लगवाने चाहिए ?

1. वे व्यक्ति, जिनको धोखे से या दुर्घटनावश संक्रमित व्यक्ति की रक्तयुक्त सुई चुभ गई हो या ऐसे व्यक्ति का रक्त चढ़ा दिया गया हो। विषाणु के वाहक व्यक्ति से यौन संबंध रखनेवालों को भी ये टीके लगवाना चाहिए।
2. शल्य चिकित्सक एवं पैथोलॉजी की प्रयोशालाओं में कार्य करनेवाले व्यक्तियों को विशेष रूप से टीके लगवा लेने चाहिए।
3. संक्रमित माँ से पैदा हुए शिशु को भी टीका लगवाना चाहिए।

इस वैक्सीन का ऐसे व्यक्ति पर कोई प्रभाव नहीं होता, जो पहले से ही विषाणुओं (एच.बी.एस.ए.जी.) से संक्रमित हो चुके हैं।

वैसे देश के विशेषज्ञों ने इस वैक्सीन को बच्चों के टीकाकरण कार्यक्रम में शामिल करने की सलाह दी है और यह प्रयास किए जा रहे हैं कि टीका कम कीमत पर उपलब्ध हो। विश्व स्वास्थ्य संगठन ने भी विश्व की सभी सरकारों को इस टीके

को अपने कार्यक्रम में शामिल करने की सिफारिश की है। चीन, थाईलैंड, सिंगापुर, इंडोनेशिया जैसे राष्ट्रों ने तो इसे अपने टीकाकरण कार्यक्रम में सम्मिलित भी कर लिया है।

(ब) इम्यूनोग्लोब्यूलिंस (हेपेटाइटिस-बी) : जिनको विषाणुयुक्त रक्त चढ़ा दिया गया है या अन्य दुर्घटनावश विषाणु उनके शरीर में पहुँच गया है, ऐसे व्यक्तियों को तुरंत सुरक्षा देने के लिए ये इम्यूनोग्लोब्यूलिंस दिए जाते हैं। यदि वैक्सीन और इम्यूनोग्लोब्यूलिंस दोनों को साथ-साथ दिया जाए तो ये अधिक प्रभावी होते हैं।

(स) अन्य सावधानियाँ और उपाय : बचाव के लिए उक्त उपायों के अलावा इन बातों का ध्यान भी रखें—

1. रक्त लेते समय रक्तदाता की जाँच विषाणु के एंटीजन (HBSAG) के लिए अवश्य करवाएँ (इसे ऑस्ट्रेलिया एंटीजन भी कहते हैं)। यदि जाँच के परिणाम धनात्मक हों तो ऐसा रक्त कदापि न लें।
2. व्यावसायिक रक्तदाताओं से रक्त न लेकर सगे-संबंधी का रक्त दान में लें।
3. विषाणु से संक्रमित वाहक व्यक्ति अपने रेजर, टूथब्रश इत्यादि अलग रखें।
4. बाहर यौन संपर्कों के मामलों में सावधानियाँ बरतें। कंडोम का इस्तेमाल करें। समलिंगी आदतों वाले लोग ये आदतें छोड़ ही दें। वेश्याओं को भी उचित सावधानियाँ रखने की जरूरत है।
5. इंजेक्शनों द्वारा नशे लेनेवाले व्यक्ति डिस्पोजेबल सीरिंज का प्रयोग करें या ये नशे छोड़ दें तो बेहतर है।
6. दाढ़ी स्वयं घर पर बनाएँ अथवा सैलूनों में नए ब्लेड और उचित एंटीसेप्टिक घोल का इस्तेमाल करवाएँ।
7. एंटीजनयुक्त गर्भवती माताएँ होनेवाले बच्चे को रोग का टीका अवश्य लगवा दें।

रोग का इलाज

हेपेटाइटिस 'ए' की तरह इस बीमारी का भी विशेष इलाज नहीं है। इस रोग में भी वही सावधानियाँ अपनाते हैं और दवाएँ देते हैं, जो हेपेटाइटिस 'ए' के साथ उल्लिखित हैं।

(3) यकृत शोथ-सी (हेपेटाइटिस-सी)

यकृत शोथ उत्पन्न करनेवाले 'सी' प्रकार के विषाणु का पता सन् 1989 में चला है। यह विषाणु भी उन्हीं माध्यमों से एक व्यक्ति से दूसरे व्यक्ति में पहुँचता है, जिनसे 'बी' विषाणु पहुँचता है (जैसे—रक्त एवं रक्त उत्पाद द्वारा इंजेक्शनों के माध्यम से इत्यादि)।

रोग के लक्षण

बीमारी का उद्भवन काल औसतन 50 दिन होता है, अर्थात् संक्रमण के लगभग 50 दिन के भीतर रोग के लक्षण उभरकर आते हैं। इस तरह के यकृत शोथ के 80 प्रतिशत मरीजों में कोई विशेष लक्षण नहीं मिलते। वे बगैर बीमारी के विषाणुओं के वाहक बने रहते हैं। इनमें यकृत शोथ का प्रमुख लक्षण पीलिया भी नहीं मिलता। शेष संक्रमितों में ऊपर बतलाए गए लक्षण, जैसे—उल्टी की इच्छा, भूख न लगना, पेट के ऊपरी दाएँ हिस्से में दर्द, गहरे रंग की पेशाब इत्यादि मिलते हैं। रक्त में बिलिरुबिन एवं अन्य एंजाइम (जैसे—S.G.O.B., S.G.P.T.) का स्तर बढ़ जाता है।

रोग का निदान

1. विशेष तरह की जाँच पी.सी.आर. से रक्त में विषाणु का पता लग जाता है।
2. विषाणु के विरुद्ध रक्त में एंटीबॉडीज भी मिलती हैं।
3. यकृत के छोटे से टुकड़े की जाँच सूक्ष्मदर्शी यंत्र द्वारा की जाती है। इसे बायोप्सी कहते हैं।

इलाज व बचाव

अल्फा इंटरफेरान इस रोग का सही इलाज है। इससे लगभग 50 प्रतिशत रोगियों को फायदा होता है, लेकिन यह इलाज अत्यंत महँगा है। चूँकि यकृत शोथ-सी भी उन्हीं माध्यमों से फैलता है, जिन माध्यमों से यकृत शोथ 'बी' फैलता है, इसलिए इससे बचाव के लिए वही सावधानियाँ रखते हैं, जो यकृत शोथ 'बी' के लिए रखी जाती हैं। आजकल बड़े शहरों में रक्त देने के पूर्व ऑस्ट्रेलिया एंटीजन के साथ हेपेटाइटिस-सी वायरस की भी जाँच की जाने लगी है। यह जाँच भी महँगी है।

(4) यकृत शोथ-डी या डेल्टा हेपेटाइटिस

यह भी नए तरह का यकृत शोथ है, जो हमेशा यकृत शोथ-बी के साथ ही मिलता है। इस रोग के फैलने के माध्यम और बचाव एंव नियंत्रण के तरीके और टीके वहीं हैं, जो यकृत शोथ 'बी' के लिए होते हैं। यह रोग अभी तक भारत में बड़े पैमाने पर कहीं नहीं पाया गया है।

(5) यकृत शोथ-नान 'ए', नान 'बी'

जैसा कि नाम से विदित है, इस रोग का विषाणु 'ए' और 'बी' विषाणु से संबंधित नहीं होता। अभी इस यकृत शोथ को पहचानने की कोई विधि विकसित नहीं हो सकी है। इसलिए जब अन्य तरह के यकृत शोथ की जाँचों के परिणाम ऋणात्मक मिलते हैं तो समझा जाता है कि रोगी को नॉन-'ए', नॉन-'बी' तरह का यकृत शोथ है। यह रोग सभी देशों में पाया जाता है।

इस तरह के यकृत शोथ में विषाणुओं के दो विभिन्न समूह भाग लेते हैं। इनमें एक समूह रक्त इत्यादि द्वारा संक्रमण के लिए उत्तरदायी होता है, जबकि दूसरा समूह पानी, दूध, भोजन, मल इत्यादि द्वारा बीमारी फैलाने के लिए उत्तरदायी होता है। यह पाया गया है कि भारत में जहाँ कहीं भी यकृत शोथ महामारी के रूप में फैलता है, उसका कारण इन दोनों समूह के विषाणु होते हैं।

इस विषाणु द्वारा यकृत शोथ पर नियंत्रण के लिए वही सावधानियाँ अपनाई जाती हैं, जो यकृत शोथ-बी के लिए होती हैं।

□

7

डेंगू

हमारे देश में खतरनाक जानलेवा बुखार डेंगू ने कई प्रदेशों में विगत कई वर्षों से पाँव पसार लिये हैं। प्रायः हर वर्ष बहुत सी मृत्यु का कारण यह बुखार बनता। भारत जैसे ऊष्ण कटिबंधीय देशों में इस रोग की संभावनाएँ मौजूद भी हैं। सन् 1978 में दुनिया के 56 देशों से डेंगू और खूनी डेंगू के बारह लाख रोगियों का पता चला था। विश्व स्वास्थ्य संगठन के अनुसार इस रोग से विश्व में प्रतिवर्ष 5 करोड़ व्यक्ति संक्रमित होते हैं। इनमें 5 लाख रोगी खूनी (हेमरेजिक) डेंगू के होते हैं तथा प्रतिवर्ष रोग से 12000 मौतें होती हैं, जिनमें अधिकतर बच्चे होते हैं। दक्षिण पूर्व एशिया में बांग्लादेश, भारत, श्रीलंका, थाईलैंड, म्याँमार, इंडोनेशिया, प्रमुख रूप से डेंगू से प्रभावित देश हैं। डेंगू, यहाँ दस्त और निमोनिया जैसी बीमारियों के बाद बच्चों के अस्पतालों में भर्ती होने और उनकी मौतों का दूसरा बड़ा कारण है।

यह रोग उन बड़े शहरों में अधिक फैलता है, जहाँ आबादी में अनियंत्रित वृद्धि होती है और पानी इत्यादि के निकास की सही व्यवस्था नहीं बन पाती है।

क्या है डेंगू : डेंगू एडीज इजिप्टी मच्छरों के काटने से होनेवाला बुखार है। डेंगू बुखार एक विषाणुजन्य खतरनाक बीमारी है। यदि इसका तुरंत इलाज न किया जाए, तो रोगी की जान जा सकती है। डेंगू रोग में जब बुखार के साथ शरीर के उभरे चकत्तों से खून रिसता है तो इसे खूनी डेंगू बुखार भी कहा जाता है। यह मच्छर जनित प्रमुख 5 रोगों में से एक है।

रोग का कारण : मच्छरों से 7 तरह के रोग—मलेरिया, डेंगू, फायलेरिया, चिकनगुनिया और जापानी मस्तिष्क शोथ, पतिज्वर तथा जीका विषाणु बुखार फैलते हैं। डेंगू रोग का कारण बैक्टीरिया से भी छोटे रोगाणु, वायरस अथवा विषाणु चार विभिन्न प्रकार के होते हैं। विषाणु मच्छरों द्वारा मानव शरीर में पहुँचते हैं। विशेष तौर पर एडीज इजिप्टी नामक मच्छरों की प्रजाति डेंगू ज्वर फैलाने के लिए उत्तरदायी हैं।

(यह प्रजाति चिकनगुनिया फैलाने के लिए भी उत्तरदायी है।) यह ऐसे मच्छर के काटने पर होता है, जिसमें रिजर्वायर के रूप में डेंगू के फ्लेवी वायरस होते हैं। रोगी स्वयं भी डेंगू के विषाणुओं का संग्राहक (रिजर्वायर) होता है। वायरस चार प्रकार (डी.ई. एन.–1,2,3,4) के होते हैं।

सप्ताह में एक बार अपने टीन, बाल्टी, डिब्बा आदि का पानी खाली करके और दुबारा इस्तेमाल से पहले उन्हे अच्छी तरह से सुखाएँ (चित्र क्र. 1)

छत पर रखी पानी की टंकी को ढाँककर रखें, ताकि मच्छर अंदर घुसकर अंडे न दे सकें (चित्र क्र. 2)

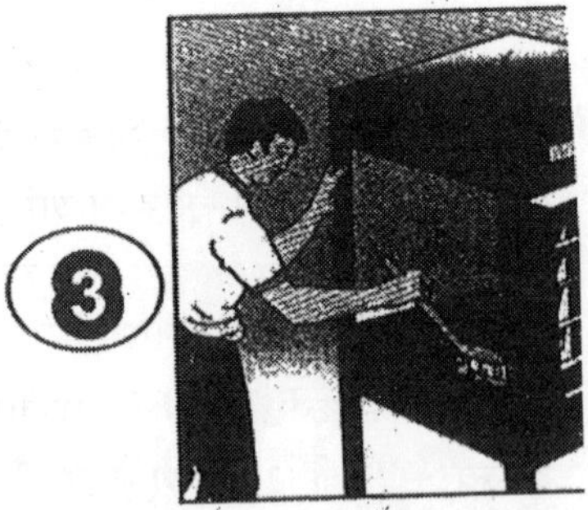

सप्ताह में एक बार अपने कूलर का पानी खाली कर दें और फिर सुखाकर ही पानी भरें (चित्र क्र. 3)

- खाली बरतन, टीन आदि में वर्षा का पानी जमा न होने दें।
- याद रखें डेंगू के मच्छर स्वच्छ पानी में पनपते हैं। यहाँ तक कि मनीप्लांट के

लिए रखें गए पानी से भरे गुलदस्ते में भी ये पनप जाते हैं।

बीमारी का प्रकोप और लक्षण : मच्छरों के काटने के पश्चात् लक्षण आने में 8 से 10 दिन का समय लगता है। बीमारी की गंभीरता विभिन्न रोगियों में अलग-अलग तरह की होती है। कुछ मरीजों में रोग 7 से 10 दिनों के अंदर अत्यंत गंभीर स्थिति में पहुँच जाता है, जबकि कई मरीजों में रोग मामूली अवधि तक सीमित रहता है। शुरू के दो दिनों तक अधिक सिरदर्द व कमजोरी रहती है। शरीर में तो दर्द होता ही है, लेकिन पीठ, कमर और जोड़ों में अधिक दर्द होता है। आँखों के चारों ओर की हड्डियों में भी तेज दर्द होता है, यहाँ तक कि नजर इधर-उधर चलाने में भी कष्ट होता है। आँखें लाल दिखती हैं। इस स्थिति में प्रकाश असहनीय लगता है। आँखों से आँसू निकलते हैं। उल्टी की इच्छा होती है। भूख और नींद चली जाती है और मरीज उदासीन अथवा डिप्रेस्ड हो जाता है। दूसरे तीसरे दिन लक्षण अस्थायी रूप से चले जाते हैं, फिर एक-दो दिन पश्चात् पुनः उपर्युक्त लक्षण तेज बुखार के साथ दिखते हैं। डेंगू ज्वर में गरदन के दोनों ओर की लसिका ग्रंथियों का आकार भी बढ़ जाता है। शरीर पर लाल चकत्ते ददोरे सभी उभरते हैं। शुरू में ये चकत्ते दोनों हाथों के पृष्ठभाग और दोनों पैरों पर आते हैं, फिर भुजाओं, जंघाओं तथा सीने पर और पीठ पर फैल जाते हैं। जबकि चिकनगुनिया में चकत्तों की संख्या कम होती है।

खूनी डेंगू : खूनी प्रकार का डेंगू बुखार दक्षिण-पूर्व एशिया में ही अधिकतर होता है, बाकी क्षेत्रों में यह अपवादस्वरूप ही पाया जाता है। इसमें बुखार आने के तीसरे अथवा चौथे दिन शरीर पर उभरे चकत्तों से खून जा सकता है। खून बहने के कारण रोगी के शरीर में रक्त की कमी हो जाती है और ऐसे रोगी की मृत्यु शरीर की रक्त संचार व्यवस्था में अवरोध के कारण हो जाती है। इलाज के बावजूद इस तरह के लक्षणों वाले 10 प्रतिशत रोगी अपनी जान गँवा बैठते हैं। कुछ मामलों में रोगी की नाक से और मलद्वार के रास्ते से भी खून जाता है।

रोग की पहचान : रोग की पहचान ऊपर बतलाए विशेष लक्षणों द्वारा तो हो ही जाती है, लेकिन रोग की मामूली दशा में चिकित्सक रोग की पहचान अन्य विषाणु जन्य बुखारों के रूप में भी कर सकते। कई बार डेंगू की गंभीर अवस्था को कुछ चिकित्सक यलो फीवर भी समझ लेते हैं, लेकिन पेशाब की जाँच से सही निदान हो जाता है। खून की जाँच में एंटीबॉडीज का माप बढ़ जाता है, क्योंकि डेंगू रोग के विषाणु खून में भी होते हैं, इसलिए खून की जाँच भी की जा सकती है। रक्त

जमानेवाली प्लेटलेट्स की संख्या कम हो जाती है। मेडिकल कॉलेजों में डेंगू की एलाइजा जाँच की सुविधा है। आजकल जिला चिकित्सालय और निजी पैथोलॉजी में भी रैपिड किट द्वारा जाँच की सुविधा है।

डेंगू बुखार का इलाज : वैसे डेंगू ज्वर का कोई विशेष शर्तिया इलाज उपलब्ध नहीं है। दर्द निवारक दवाएँ, जैसे पेरासिटामोल से मरीज के शरीर का दर्द कम किया जाता है। खून बहने के कारण रक्त की कमी को रक्ताधान ब्लड ट्रांसफ्यूजन द्वारा पूरी करते हैं (कई बार प्लेटलेट्स भी चढ़ाते हैं) खूनी प्रकार के डेंगू में कार्टिकोस्टेराइड्स दवाओं का भी उपयोग किया जाता है, लेकिन यह सब अनुभवी चिकित्सक के परामर्शानुसार करते हैं। वैसे डेंगू के लक्षण मिलने पर तुरंत चिकित्सक को दिखलाना चाहिए। उसकी सलाह से रोगी को अस्पताल में भर्ती करना चाहिए, क्योंकि लापरवाही डेंगू रोगी के लिए खतरनाक सिद्ध हो सकती है। इस रोग में एस्प्रिन भी कतई नहीं देना चाहिए।

रोग पर नियंत्रण और उससे बचाव : जैसा कि कहा गया है कि रोग के इलाज से उसका बचाव बेहतर होता है। डेंगू से बचने के लिए एडीज मच्छरों से बचना जरूरी है। रुके हुए पानी, यहाँ तक कि कूलरों की टंकियों के पानी को अलग कर देना चाहिए। साथ ही गंदगी और गड्ढों के पानी एवं कीचड़ इत्यादि को भी सही निस्तारित कर देना चाहिए, ताकि इनमें मच्छरों की पैदाइश को रोका जा सके। रोगी भी इस विषाणु का रिजर्वायर (संग्राहक) होता है, अतः उसे अलग मच्छरदानी में रखना चाहिए, ताकि उसे मच्छर काटकर रोग न फैलाएँ।

आजकल मच्छरों के लार्वा खानेवाली मछलियाँ (गंबूसिया)हैं, जिनको यदि घर में या पास में पानी हो तो उसमें छोड़ देना चाहिए। इससे भी मच्छरों पर रोक लगाई जा सकती है। कीटनाशकों का छिड़काव और फांगिग भी मच्छरों पर नियंत्रण रखती है।

मच्छरों के लार्वा को नष्ट करने के लिए आर्गेनोफास्फोरस कीटनाशकों जैसे अबेट का प्रयोग करते हैं। इससे तीन महीने तक पानी में लार्वा उत्पन्न नहीं होते। घरों में मच्छरजालियाँ लगवाएँ। फुलपेंट, फुलशर्ट पहनें एवं मोजों का भी उपयोग करें। यहाँ यह बात उल्लेखनीय है कि डेंगू बुखार उत्पन्न करनेवाले मच्छरों की प्रजाति स्वच्छ, लेकिन रुके और खुले हुए पानी में भी पनप सकते हैं।

मच्छरों से स्वयं का बचाव करें

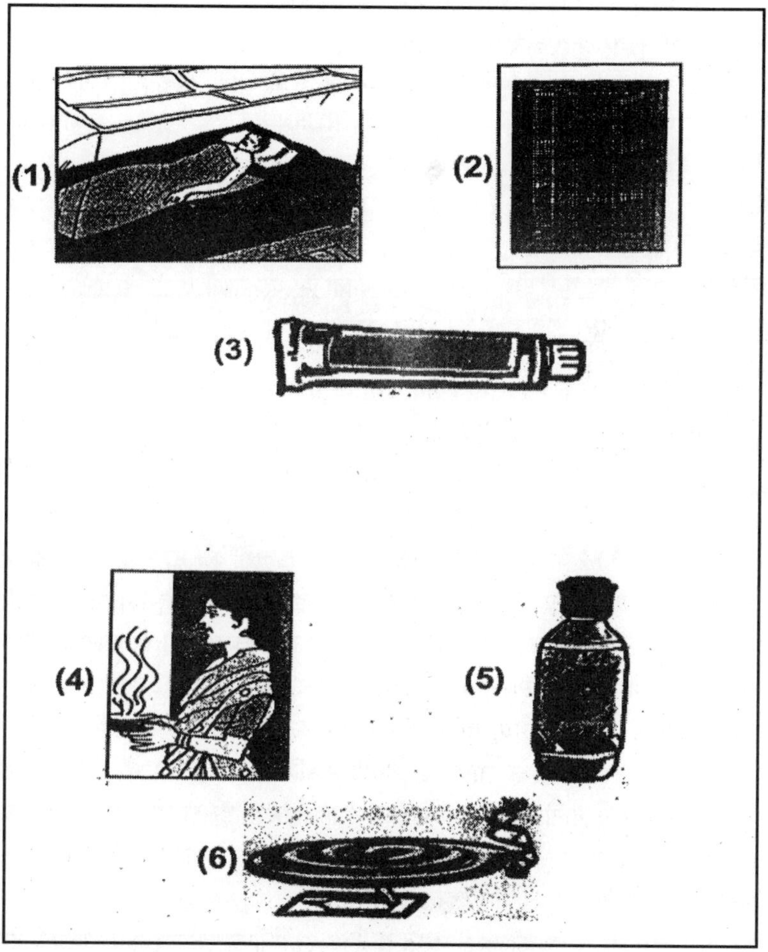

- रात में सोते समय मच्छरदानी लगाएँ। (चित्र क्र. 1)
- अपने घरों की खिड़कियों और दरवाजों में मच्छरप्रूफ जालियाँ लगवाएँ। (चित्र क्र. 2)
- नारियल अथवा सरसों के तेल में नीम का तेल मिलाकर या मच्छर को भगानेवाली क्रीम का शरीर के खुले हिस्सों पर लेप करें। (चित्र क्र. 3,5)

- शाम को घर में नीम की पत्ती का धुआँ करें/मच्छर की अगरबत्ती का उपयोग करें। (चित्र क्र. 4,6)
- शरीर पर कपड़े ऐसे पहनें, जिससे पूरा शरीर ढका रहे।

डेंगू के प्रकोप वाले स्थानों में मच्छरों से बचाव के लिए बहुत ही कम आयतन में (अल्ट्रा लोवाल्यूम—यू.एल.व्ही.) मेलाथियान का ऐरोसाल छिड़काव करते हैं (250 मि.ली.प्रति हेक्टेयर)। इस कीटनाशक की हवा में तैरती छोटी-छोटी बूँदें मच्छरों को नष्ट कर देती हैं। इसी तरह पानी में भी यह छिड़काव मच्छरों को नष्ट करने में सक्षम होता है। दस दिनों के अंतर से पुनः यह छिड़काव करने से मच्छरों पर काफी हद तक नियंत्रण पा लिया जाता है, यह तथ्य एडीज रिसर्च सेंटर, बैंकॉक के प्रयोगों द्वारा ज्ञात हुआ है। इसके अलावा दवा युक्त मच्छरदानियाँ ज्यादा प्रभावी साबित हुई हैं।

रोग का टीका : जहाँ तक रोग के टीके का प्रश्न है तो अभी तक ऐसा कोई संतोषजनक परिणाम देनेवाला डेंगू का टीका विकसित नहीं हो पाया है। हाँ, प्रयोग चल रहे हैं और वैज्ञानिक इसके प्रति आशान्वित भी हैं।

□

8

जापानी मस्तिष्क शोथ
(चमकी बुखार)

यह एक मच्छर द्वारा उत्पन्न खतरनाक रोग है, जो क्यूलेक्स ट्राइरिनोटिकस नामक मच्छर द्वारा फैलाया जाता है और रोग का कारण होता है बी-अर्बोवायरस। वास्तव में यह जानवरों और पक्षियों को होनेवाली बीमारी है, जो कभी-कभी मनुष्यों में होती है। इस रोग से विश्व में लगभग 45 हजार लोग ग्रसित होते हैं और लगभग 11 हजार मृत्यु जापानी मस्तिष्क ज्वर द्वारा होती है। लगभग 85 प्रतिशत बच्चे, जिनकी उम्र 15 वर्ष या इससे नीचे होती है, इस रोग से प्रभावित होते हैं। 10 प्रतिशत 60 वर्ष से ऊपर के वृद्धों में यह रोग होता है।

यह रोग भारत में भी होता है। सन् 1955 में तमिलनाडु में रोग का सर्वे किया गया था। सन् 1999 में इस रोग के 3428 रोगी पाए गए थे। इनमें से 507 रोगियों की मृत्यु हुई। सन् 2003 में 2241 रोगी पाए गए और इनसे 670 रोगियों की मौतें हुई। इनमें विशेष रूप से असम, आंध्र प्रदेश, बिहार, कर्नाटक, हरियाणा, महाराष्ट्र, तमिलनाडु और उत्तर प्रदेश जापानी मस्तिष्क शोथ से प्रभावित हुए। दक्षिण भारत में सिंचित धान के खेतों में रोग को फैलानेवाले मच्छर अंडे देते हैं, अतएव जापानी मस्तिष्क शोथ इन क्षेत्रों में ज्यादा पाया जाता है। उत्तर प्रदेश के तराई क्षेत्रों (गोरखपुर आदि) में भी यह खूब होता है।

रोग कैसे होता है

जब क्यूलेक्स प्रजाति के मच्छर, रोग से ग्रसित सुअर अथवा जंगली पक्षियों का रक्त चूसते हैं तो रोग के वायरस मच्छर में पहुँच जाते हैं और जब ये मच्छर किसी स्वस्थ व्यक्ति को काटते हैं तो उसके रक्त में रोग के वायरस पहुँच जाते हैं। संक्रमण के शिकार व्यक्ति में रोग के लक्षण 5 से 15 दिनों के बीच मिलते हैं। यह

बीच का वक्त 'इंक्यूबेशन पीरियड या उद्‌भवन काल' कहलाता है।

यह बात आश्चर्यजनक है कि वायरस युक्त मच्छरों द्वारा काटे गए सभी व्यक्तियों में रोग नहीं होता, बल्कि कुछ रोगियों में रोग के लक्षण उत्पन्न होते हैं। ऐसा इस रोग के वायरस के प्रति शरीर में रोग प्रतिरोधक क्षमता उत्पन्न होने के कारण होता है।

जापानी मस्तिष्क शोथ का विषाणु, जैसाकि पूर्व में बतलाया गया है कि मानव शरीर में पहुँचने के पहले सुअर में रहता है। फिर वह मच्छर में पहुँचता है, इसके बाद पुनः सुअर में चला जाता है। इसी तरह यह विषाणु जंगली पक्षियों में भी मौजूद होता है, जो क्यलेक्स मच्छरों द्वारा मनुष्यों में तथा फिर जंगली पक्षियों में चला जाता है।

रोग की तीन अवस्थाएँ होती हैं—

1. मच्छर द्वारा रक्त में विषाणु पहुँचने के बाद बदन दर्द, सिरदर्द, थकान एवं बुखार आता है। अकसर इस अवस्था में रोग की पहचान नहीं हो पाती, क्योंकि ये लक्षण प्रायः सभी तरह के बुखारों में पाए जाते हैं।
2. रोग की दूसरी अवस्था में बहुत तेज बुखार के साथ गरदन में कड़ापन, झटके आना (Convulsion), बेहोशी या मतिभ्रम और पक्षाघात तक हो सकता है। इसके अलावा रोगी गहरी बेहोशी (Coma) में जा सकता है।
3. रोग की तीसरी अवस्था में बुखार चला जाता है। मस्तिष्क की सूजन भी कम हो जाती है। रोगी की स्थिति बहुत कुछ सुधर जाती है, लेकिन मस्तिष्क संबंधी गड़बड़ी, जैसे लकवा स्थायी रूप से रह सकता है।

रोग का इलाज व बचाव

यह बहुत ही खतरनाक बीमारी है, जिसमें लगभग 40 प्रतिशत रोगियों की मृत्यु 1 से 9 दिनों के मध्य हो जाती है। अतः रोग का तुरंत इलाज जरूरी है और यह इलाज घर पर संभव नहीं हो पाता, इसलिए रोगी को मस्तिष्क शोध के लक्षण मिलने पर तुरंत अस्पताल में भर्ती करना चाहिए, वहाँ इसका आधुनिक इलाज उपलब्ध होता है। रोगी को एप्रित नहीं देते हैं। पेरासेटमाल देते हैं।

(अ) मच्छरों पर नियंत्रण : मच्छरों पर नियंत्रण सरल कार्य नहीं है। यदि यह इतना ही आसान होता तो मच्छरों द्वारा उत्पन्न सभी रोगों का नामोनिशान मिटाना संभव हो जाता। क्यूलेक्स मच्छर जहाँ उत्पन्न होते हैं, वहाँ मेलाथिआन नामक

कीटनाशक का छिड़काव मच्छरों की पैदाइश पर रोक लगाता है। विशेषकर जिस घर या गाँव में इस रोग के मामले पाए गए, तो वहाँ छिड़काव अवश्य करवाना चाहिए।

घरों की खिड़कियों तथा रोशनदानों में मच्छरजालियाँ लगवाएँ तथा सोते समय मच्छरदानी का प्रयोग करें। मच्छरदानियाँ भी मच्छर-जनित रोगों की रोकथाम में काफी प्रभावी पाई गई हैं।

(ब) टीका : जिस गाँव-शहर में रोग फैले, वहाँ सभी लोगों को इसका टीका लगवाना चाहिए। इस रोग का टीका त्वचा में 7 से 14 दिनों के अंतर से दो बार लगाया जाता है। इसकी प्रभावी मात्रा (Booster dose) भी दो-तीन महीने पश्चात् लगवानी चाहिए। यह टीका तीन वर्ष तक सुरक्षा प्रदान करता है। इसके पश्चात् इसे पुनः लगवाया जा सकता है।

□

9

रोटा वायरस जनित आंत्रशोथ
(Rota Viral Gastroenterits)

जब 1980 में विश्व स्वास्थ्य संगठन द्वारा दस्त रोगों के नियंत्रण के लिए कार्यक्रम बनाया गया, उस समय लगभग 4 करोड़ बच्चे इन रोगों से मृत्यु को प्राप्त हो जाते और सन् दो हजार में इनकी संख्या घटकर डेढ़ करोड़ रह गई। केवल जीवन रक्षक घोल पिलाने से (ओ.आर.एस.-Oral Rehydration Therapy) लगभग 3 करोड़ मृत्यु प्रतिवर्ष कम हो गईं, लेकिन भारत जैसे देश में छोटे बच्चों में रोटा वायरस जैसे दस्त रोगों की बीमारी अभी भी एक बड़ी स्वास्थ्य समस्या बनी हुई है। 1000 बच्चों में प्रतिवर्ष 5 बच्चे ऐसी बीमारियों से मृत्यु को प्राप्त होते हैं। सन् 2005 में 10 लाख 70 हजार बच्चे आंत्रशोथ (दस्त रोगों) से पीड़ित हुए और इनमें से 2040 मृत्यु हुई।

दस्त की बीमारी (Acute Diarihoeal Disease) क्या है

दिन में 3 बार से अधिक पतली टट्टी, 3 से 7 दिनों तक जाना दस्त की बीमारी कहलाती है। कई बार पानी जैसी पतली टट्टी जाने से शरीर में पानी की कमी (Dehydration) उत्पन्न हो जाती है, जिसको दूर न किया जाए तो व्यक्ति या बच्चा गंभीर स्थिति में पहुँच जाता है और यहाँ तक कि उसकी इलाज न मिलने पर मृत्यु भी हो सकती है। अकसर दस्त के साथ उल्टियाँ भी होती हैं। इस स्थिति को आंत्रशोथ (Gestroenteritis) कहते हैं। इस रोग में आँतों में भी सूजन आ जाती है।

रोग का कारण : वैसे तो यह बीमारी कई तरह के जीवाणु (Bacteria) और विषाणुओं (Virus) तथा एक कोशीय जीवों द्वारा होती है, लेकिन अधिकतर मामलों में (25 से 50 प्रतिशत), विशेषकर बच्चों में रोटा विषाणु (Rota Virus)

ही इस रोग को उत्पन्न करते हैं। यह विषाणु आर.एन.ए. प्रकार का होता है। इसके अलावा अन्य कई विषाणु और जीवाणु तथा अमीबा जैसे एक कोशीय जीव भी दस्त की बीमारी उत्पन्न करते हैं, लेकिन हम यहाँ सबसे खतरनाक रोटा वायरस द्वारा उत्पन्न आंत्रशोथ (Gestroenteritis) की ही चर्चा करेंगे। रोटा वायरस सन् 1973 में खोजा गया। यह विषाणु 5 वर्ष से नीचे के बच्चों में अकसर गंभीर पानी की कमी को उत्पन्न करता है, जिससे बच्चों की जान को खतरा उत्पन्न हो जाता है। एक अनुमान के अनुसार लगभग पौने तीन करोड़ रोगी विश्व में प्रतिवर्ष इस विषाणु द्वारा उत्पन्न आंत्रशोथ की चपेट में आ जाते हैं। प्राय: हर बच्चे को 5 वर्ष से कम उम्र में (अकसर 3 वर्ष) यह रोटा वायरस अपना शिकार बनाता है और बच्चों को अस्पताल में भर्ती करने की नौबत आ जाती है। कभी-कभी एड्स रोगी में भी रोटा वायरस, दस्त की बीमारी उत्पन्न करता है, लेकिन अन्य वयस्क रोगियों में यह विषाणु दस्त की बीमारी तो उत्पन्न करता है, परंतु वह साधारण प्रकार की होती है, जबकि 5 और 3 वर्ष के आसपास की उम्र के बच्चों में यह रोग गंभीर स्थिति में पहुँच जाता है। ऐसा छोटे बच्चों में रोग प्रतिरोधक शक्ति की कमी के कारण होता है।

रोटा वायरस शरीर में क्या करता है? : यह विषाणु पेट की आँतों में पहुँचकर आँतों की बाहरी संरचनाओं को क्षतिग्रस्त कर देता है। इस कारण भोज्य पदार्थों का आँतों द्वारा अवशोषण (Absorption) नहीं हो पाता और आँतों की अधिक गतिशीलता के कारण उल्टी-दस्त की बीमारी उत्पन्न हो जाती है एवं आँतों में सूजन भी आ जाती है।

रोग की जटिलताएँ : रोटा वायरस अलग-अलग रोगियों में साधारण प्रकार से लेकर गंभीर तरह की दस्त की बीमारी उत्पन्न करता है और इस कारण बच्चों या बड़ों के शरीर में पानी की कमी उत्पन्न करता है। इस रोग का 5 वर्ष से नीचे की उम्र के बच्चों पर प्रभाव अधिक होता है और समय पर इलाज न किया जाए तो मृत्यु तक हो सकती है।शरीर में पानी की कमी के अलावा कुछ श्वसन संस्थान की बीमारियाँ, जैसे निमोनिया, मस्तिक शोथ और सिड्स (Sudden Infant Death) जैसी बीमारियाँ भी उत्पन्न करता है। सिड्स रोग में छोटे शिशुओं की एकदम अचानक मृत्यु हो जाती है। इसके अलावा रोटा वायरस द्वारा आँतों की कई गंभीर बीमारी भी उत्पन्न हो सकती हैं, अतएव इस रोग की पहचान कर शीघ्र इलाज जरूरी होता है।

रोग के लक्षण : बीमारी के शुरू में 80 प्रतिशत छोटे बच्चों में शुरू में उल्टियाँ होती हैं, फिर दस्त लगते हैं, साथ ही बुखार भी आ जाता है और शरीर का तापक्रम 30°C या 102.2 F तक रहता है। लगभग 15 प्रतिशत मामलों में दस्त के साथ थोड़ी मात्रा में रक्त कोशिकाएँ भी जा सकती हैं।

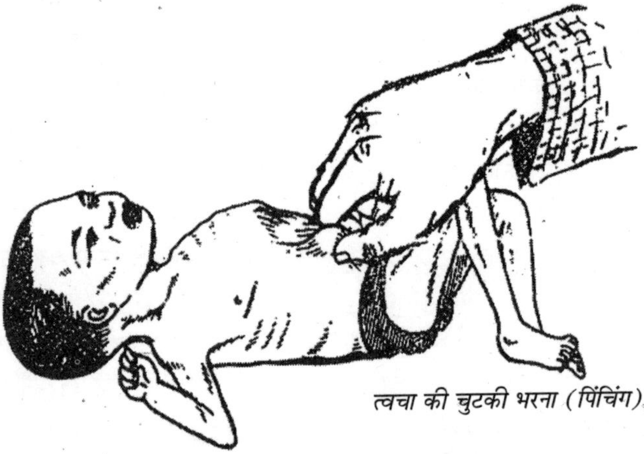

त्वचा की चुटकी भरना (पिंचिंग)

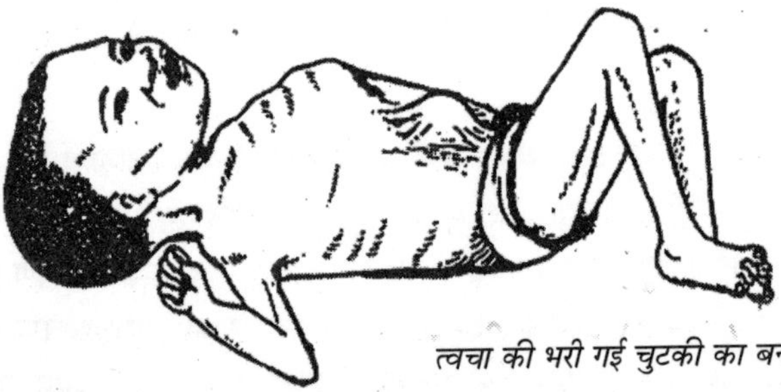

त्वचा की भरी गई चुटकी का बना रहना

बच्चों के शरीर में त्वचा द्वारा निर्जलीकरण की पहचान करना।
(त्वचा की चुटकी का बना रहना गंभीर निर्जलीकरण की स्थिति दर्शाता है।

रोग की पहचान : इस रोग में अकसर दस्तों द्वारा मल की अधिक मात्रा निकलती है। प्रयोगशाला में मल का परीक्षण कर भी इसकी पहचान हो जाती है। पी.सी.आर. (P.C.R.) नामक जाँच से भी रोग की पहचान या निदान निश्चित तौर पर हो जाता है।

पुनर्जलन घोल—निर्जलन रोकने व उपचार हेतु

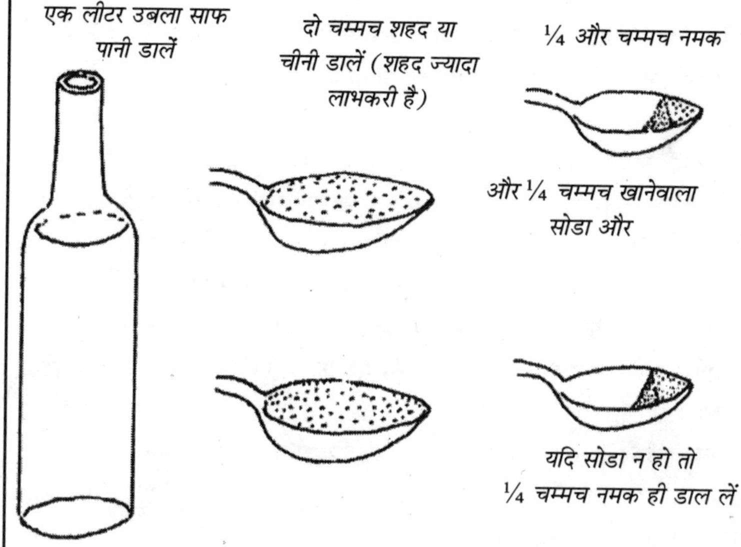

यदि उपलब्ध हो तो पेय में आधा संतरे का रस या नीबू का रस (थोड़ा) मिलाएँ

रोग का इलाज

(1) जिंक देने से भी दस्तों में कमी आती है, अतएव विश्व स्वास्थ्य संगठन 10 से 14 दिन तक बच्चों को जिंक (10 मि.ग्रा. प्रतिदिन) देने की सलाह देता है।

(2) शरीर में पानी की कमी को अधिकतर मामलों में मुख द्वारा जीवनरक्षक घोल (O.R.S.) पिलाकर की जाती है और बहुत कम मामलों में अंतर्शिराओं द्वारा सेलाइन इत्यादि देने की जरूरत पड़ती है, लेकिन अच्छे शिशु रोग विशेषज्ञ को अवश्य दिखला देना चाहिए।

बच्चों और परिवार के सदस्यों को शुद्ध पेयजल उपलब्ध हो, ऐसी व्यवस्था करें। घरों में साफ-सफाई (Hygenic condition) जरूरी है। साथ ही घरों में आधुनिक शौचालय हों, यह भी जरूरी है। मक्खियों पर नियंत्रण भी रोग से बचाव की दिशा में बड़ा कदम है। खाने-पीने की सामग्री ढककर रखें। रोटा वायरस, रोगी के मल और उल्टी में अत्यधिक मात्रा में कई दिनों तक मौजूद होते हैं, अतएव अन्य बच्चों को इनके संपर्क से बचाना चाहिए। रोगी के कपड़े अलग स्थान पर धोए

जाएँ। रोग से बचाव के लिए साफ-सफाई अत्यंत आवश्यक है तथा घरों में गंदे पानी के निकास की उचित व्यवस्थाएँ होना चाहिए।

रोग का टीका : बच्चों को रोग से बचाव के लिए सन् 1999 में अमेरिका में जो वैक्सीन बनाई गई थी, उसे 1 वर्ष बाद आँतों में जटिलताओं की वजह से बाजार में बिक्री के लिए प्रतिबंधित कर दिया गया। फिर सन् 2006 में रोटारिक्स नामक वैक्सीन और रोटाटेक नामक वैक्सीन भी आई, जो मुख द्वारा (Oral) दी जाती है।

रोटारिक्स वैक्सीन छोटे शिशुओं को 2 महीने और 4 महीने में पिलाई जाती है। जबकि रोटाटेक नामक वैक्सीन की तीन मात्राएँ दूसरे, चौथे और छठवें माह में जटिलताओं का खतरा फिर भी बना रहता है, इसलिए अभी तक वैक्सीन देने की सही उम्र निश्चित नहीं की जा सकी है। **रोटा वायरस वैक्सीन के लिए शिशु रोग विशेषज्ञ से भी सलाह लें।** एक समाचार के अनुसार एक रोटा वायरस टीके का विकास भारत में हुआ है, जो विदेशी वैक्सीन से लगभग 50 गुना कम कीमत में उपलब्ध होगा। **अब भारत सरकार ने रोटा वायरस जैसे वैक्सीन को अपनी टीकाकरण योजना में शामिल कर लिया है और ये वैक्सीन निःशुल्क लगाए जाते हैं।**

□

कोरोना का परिशिष्ट

वायरस की कितनी मात्रा खतरनाक

वायरस लोड फैक्टर कम होने से क्या संक्रमण कमजोर होता है ?

वायरस लोड, यानी शरीर में वायरस पार्टिकल्स की संख्या कितनी है! आरटी–पी.सी.आर. और ब्लड प्लाज्मा टेस्ट से यह पता चलता है। इससे यह समझ में आता है कि किसी को संक्रमित करने के लिए वायरस के पार्टिकल्स की न्यूनतम मात्रा क्या है। पार्टिकल्स की संख्या से इलाज का तरीका तय होता है। मजबूत इम्यूनिटीवालों में वायरस लोड ज्यादा होने से भी स्थिति गंभीर नहीं होती है। ज्यादा वायरस लोड कमजोर इम्यूनिटीवालों के लिए खतरनाक है।

किस प्रकार के संक्रमित व्यक्ति से लग सकता है संक्रमण

(वायरस लोड और साइकिल थ्रेसोल्ड की महत्त्वपूर्ण जानकारी)

हमारे देश की प्रमुख चिकित्सा विज्ञान की संस्था आई.सी.एम.आर. निरंतर कोरोना संबंधी खोजों और टीका बनाने में संलग्न है। साथ ही वह पूरे देशों में कोरोना की आर.टी.पी.सी.आर. जाँचें तथा अन्य एंटीजन–एंटीबॉडी जाँचें भी अपने केंद्रों और मान्यता प्राप्त प्रयोगशालाओं के माध्यम से कर रही है। अभी तक आई.सी.एम.आर. ने देश में करीब 3 करोड़ व्यक्तियों की जाँच की है और क्रमशः जाँचों की संख्या और दायरा बढ़ता ही जा रहा है। आई.सी.एम.आर. और एन.आई.ओ.एच. के शोधों में यह पाया गया है कि कई कोरोना संक्रमित रोगियों में से कुछ रोगी ही अन्य स्वस्थ लोगों में संक्रमण फैलाने में सक्षम होते हैं। रोग फैलाने में संक्रमित व्यक्ति के वायरस लोड (Viral Loud) को तीन श्रेणियों में

बाँटा गया है—(1) उच्च वायरल लोड (2) मध्यम वायरल लोड और (3) कम वायरल लोड। यह वायरल लोड जानने के लिए हमें साइकिल थ्रेसोल्ड का पता होना चाहिए (साइकिल थ्रेसोल्ड को संक्षिप्त में सी.टी. कहते हैं।) जब संभावित रोगी की आर.टी.पी.सी.आर. जाँच की जाती है तो उस जाँच में साइकिल थ्रेसोल्ड का भी पता चल जाता है, इस प्रकार केवल साइकिल थ्रेसोल्ड की जाँच अलग से नहीं की जाती है।

वायरल लोड की श्रेणियाँ और साइकिल थ्रेसोल्ड की संख्या के अनुसार रोग का खतरा

क्र.	वायरस लोड की श्रेणी	सी.टी. की संख्या	संक्रमित से रोग का खतरा
1.	उच्च वायरस लोड	17–24 से कम	ये संक्रमित दूसरों में संक्रमण अधिकता से फैला सकते हैं।
	मध्यम वायरस लोड	24–31 से कम	ये भी संक्रमण फैला सकते हैं।
	निम्न वायरस लोड	31–38 से कम	ये सामान्य स्थिति में संक्रमण नहीं फैला सकते हैं।

इस तरह के वर्गीकरण से अब रोगियों के क्वारंटाइन करने और इलाज करने का निर्णय लेने में सुविधा हो गई है। और क्वारंटाइन सेंटर में रोगियों की ज्यादा संख्या भी नहीं बढ़ेगी। इसके अलावा यदि यह पता है कि कौन सा रोगी ज्यादा संक्रमण फैला सकता है तो उससे बचाव करना भी सरल हो जाता है और स्वास्थ्य कर्मी एवं डॉक्टर भी विशेष सावधानियाँ बरतते हैं और यदि वायरल रोड अत्यंत कम है (34 से 38 के बीच) तो मरीज डॉक्टर की सलाह से घर पर क्वारंटाइन रहकर रिपोर्ट नेगेटिव आने तक इलाज करा सकता है, लेकिन रोगी या उसके रिश्तेदार इस मामले में स्वयं कोई निर्णय न लें।

कोरोना संक्रमण का पीक क्या है ? कब आएगा ?

पीक क्या है : जब लगातार दो सप्ताह तक नए संक्रमित मरीजों की संख्या न बढ़े, बल्कि इस संख्या में गिरावट आने लगे तो इस स्थिति को पीक

कहते हैं। उदाहरणार्थ—1 तारीख से 14 तारीख तक मरीजों का आना प्रतिदिन घटता रहे तो तो समझ लेना चाहिए कि पीक आ गया। (देश में 1 अगस्त से रोगियों की दर 12.7 प्रतिशत थी, जो 22 अगस्त तक 6.7 प्रतिशत हो गई)

कुछ चिकित्सा विज्ञानी सक्रिय रोगियों के आधार पर भी पीक आने की गणना करते हैं। उनके अनुसार, **यदि 15 दिनों तक सक्रिय रोगियों की वृद्धि 0 प्रतिशत रहे या इससे नीचे रहे तो पीक मान लिया जाता है।** भारत में अभी सक्रिय रोगियों के बढ़ने की दर 0.2 प्रतिशत तक गिर चुकी है, **जो कुछ दिनों में किसी भी दिन 0 प्रतिशत आ सकता है।**

पीक भारत में कब आएगा : यह निश्चित रूप से बतलाना अभी संभव नहीं है, क्योंकि जापान, ईरान और दक्षिण कोरिया जैसे देशों में मरीज एक महीने तक नहीं बढ़े, फिर अचानक बढ गए, इसे दूसरी लहर का भी नाम दिया गया। वैसे भारत की स्थिति इन देशों से अलग है। यहाँ क्षेत्रफल और जनसंख्या ज्यादा है, इसलिए हो सकता है कि अलग-अलग क्षेत्रों में अलग-अलग समय पर पीक आए। उदाहरणार्थ दिल्ली और मुंबई के धारावी में अब पीक आ चुका है। लॉकडाउन द्वारा पीक आने से नहीं रोका जा सकता। यह कुछ समय के लिए कोराना का फैलाव कम कर सकता है।

क्या पीक आने के बाद कोरोना कम होगा : कोरोना कम होगा, लेकिन खत्म नहीं होगा। पीक आने से इस बीमारी के फैलाव और मामलों की अधिकतम संख्या का पता हो जाता है, जिससे हमें संसाधन जुटाने एवं कोरोना को नियंत्रित करने में मदद मिलती है। अभी तो हमें यह भी पता नहीं कि मरीज कितनी सख्या में बढ़ेंगे।

क्या पीक आने के बाद रोग फिर बढ़ सकता है : यदि सावधानियाँ नहीं बरती गईं तो रोग बढ़ सकता है, न्यूजीलैंड इसका उदाहरण है। यहाँ 100 दिनों तक कोई नए मामले नहीं आए, लेकिन अब आने लगे हैं। इसी प्रकार अमेरिका में 24 जुलाई को और ब्राजील में 29 जुलाई को सबसे अधिक रोगी मिले थे। लेकिन एक माह बाद अब भी वहाँ रोगी आ रहे हैं। इसलिए पीक आने के बाद तो और भी ज्यादा सावधानियाँ रखनी होंगी, वरना रोग बढ़ना फिर शुरू हो सकता है।

कोरोना संकट से मानसिक रूप से कैसे निपटा जाए

यह सच है कि इस दौर में लोगों को बहुत कुछ झेलना पड़ रहा है। तनाव और

डर के कारण लोग मानसिक बीमारियों और अवसाद के शिकार हो रहे हैं। यहाँ कुछ तनावमुक्त रहने के उपाय बतलाए जा रहे हैं, साथ ही उनके कारण भय और तनाव अथवा अवसाद के प्रमुख कारण भी—

1. कोरोना से स्वयं के संक्रमित होने का भय और बढ़ते कोरोना के मामलों एवं रोगों से बढ़ती मौतों को देखकर अवसाद की स्थिति निर्मित होना।
2. आय बंद होना अथवा आय में कमी के कारण चिंता।
3. पारिवारिक जिम्मदारियाँ निभाने में बाधाएँ।
4. नौकरी छूट जाना या व्यापार न चलना।
5. बच्चों की पढ़ाई में व्यवधान की चिंता।
6. विद्यार्थियों को पढ़ाई की और उनके पालकों को कर्ज न चुका पाने की चिंता।
7. बच्चों के शादी–संबंधों के न हो पाने के कारण तनाव।

यहाँ तो मैंने कुछ ही कारण गिनाए हैं, पर और भी कारण हो सकते हैं। इन उपायों से राहत मिल सकती है—

- यह स्वीकारें की सब चीजें आपके हाथ में नहीं हैं और आप उन्हें नियंत्रित नहीं कर सकते, अपनी आवश्यकताएँ कम करें या सीमित करें।
- सकारात्मक दृष्टिकोण रखें और मत सोचें कि इस तरह की परिस्थितियाँ हमेशा चलती रहेंगी। शीघ्र ही कोरोना नियंत्रित होगा। टीके (बैक्सीन) भी आएँगे। क्योंकि संक्रमण बढ़ा तो रिकवरी भी बढ़ी, जो 75 प्रतिशत से आगे भी बढ़ेगी।
- पसंद के लोगों से संबंध बढ़ाएँ, बातचीत करें, स्वयं को कोई–न–कोई कार्य में लगाएँ। समाज–सेवा के कार्य करें।
- ध्यान, योग एवं प्रणायाम तथा व्यायाम को अपनाएँ। 20–25 मिनट सूर्य की रोशनी में रहें। यह डिप्रेशन दूर कर सकती है।
- यह भी विचार करें कि कोरोना के 98 प्रतिशत रोगी इलाज से ठीक हो जाते हैं और लगभग 85 प्रतिशत तो बिना इलाज के भी ठीक हो जाते हैं।

व्यक्ति का कब कौन सा टेस्ट होगा

डॉक्टरी जाँच के बाद टेस्ट

आई.सी.एम.आर. के टेस्टिंग प्रोटोकॉल के तहत विदेश से लौटनेवालों,

कॉन्फर्म मरीज के संपर्क में आनेवालों, सर्दी, बुखार या इन्फ्लुएंजा जैसे लक्षणोंवालों का टेस्ट होगा। दूसरे राज्य से घर लौटनेवालों में यदि लक्षण हो तो टेस्ट होगा। फिर भी यदि आपको अपने स्वास्थ्य को लेकर शंका हो तो पहले आपको डॉक्टर से चेकअप करवाना होगा।

डॉक्टर की राय पर निर्भय करता है। लक्षण गंभीर हो तो आरटी–पीसीआर, वरना एंटीजन टेस्ट की भी सलाह दी जा सकती है।

क्या खुद घर पर टेस्ट कर लूँ?

इसके लिए अभी कोई टेस्ट–किट नहीं है। जाँच अधिकृत लैब में होगी।

हाँ, फेलूदा जैसे सरल टेस्ट भी अब उपलब्ध हो रहे हैं।

मुझे कैसे पता चले कहाँ जाना है—टोल फ्री नंबर 1075 या +91-11-23978046 पर कॉल करें। यहाँ लक्षण की जानकारी लेकर जिले के नोडल ऑफिसर का नंबर दिया जाएगा। नोडल ऑफिसर डॉक्टर और लैब की जानकारी देगा।

वर्तमान में मान्यता प्राप्त प्रयोगशालाओं में होनेवाले 4 तरह के कोरोना टेस्ट

(इन्हीं से पता चलता है कि कोई पॉजिटिव है या निगेटिव)

1. आर.टी.पी.सी.आर. टेस्ट : रियल टाइम पोलिमरेज चेन रिएक्शन : यह टेस्ट सिर्फ लैब में ही होता है।

टेस्ट का तरीका क्या है : एक ट्यूब की मदद से गले और नाक से स्वाब लेते हैं। 10 सेकेंड में प्रकिया पूरी हो जाती है। इसके बाद राइबोन्यूक्लिक एसिड एक्सट्रैक्शन मशीन के जरिए आर.एन.ए. निकालते हैं।

स्वाब सैंपल से आर.एन.ए. निकालकर इसका टेस्ट किया जाता है। यह प्रकिया भी लैब में पूरी होती है।

आर.टी.–पी.सी.आर. मशीन में आर.एन.ए. व रीएजेंट्स डाले जाते हैं। डेढ़ घंटे में पता चलता है कि आर.एन.ए. में वायरस है या नहीं।

रिजल्ट आने में कितना समय लगता है : 8 से 12 घंटे।

कितना सटीक : गोल्डन स्टैंडर्ड है। विश्वसनीयता अधिक है।

2. टू-नैट या सीबी-नैट टेस्ट : यह चिप बेस्ड आर.टी.-पी.सी.आर. किट है। इससे आमतौर पर टी.बी. और एच.आई.वी. की जाँच होती थी। लेकिन अब कोरोना टेस्ट भी किया जाता है।

तरीका क्या है : नाक या गले से स्वाब लेते हैं। न्यूक्लिक एम्प्लीफाइड टेस्ट से कोरोना ई-जीन जाँचते हैं। टेस्ट पॉजिटिव होता है तो निश्चित होने के लिए आर.टी.-पी.सी.आर. टेस्ट करवाते हैं।

रिजल्ट आने में कितना समय लगता है : 2 से 3 घंटे।

कितना सटीक : 60-70 प्रतिशत मरीजों में संक्रमण की संभावना बताता है।

3. रैपिट एंटीजन टेस्ट (रैट) : किसी क्षेत्र में पॉजिटिव केस आने पर वहाँ इसका फैलाव देखने के लिए इसका इस्तेमाल होता है।

तरीका क्या है : ब्लड या स्वाब सैंपल से टेस्ट होता है। स्वाब नाक से लिया जाता है। सैंपल को किट में मौजूद केमिकल में डुबोते हैं, फिर इस लिक्विड के टेस्ट से वायरस की उपस्थिति जाँचते हैं।

रिजल्ट आने में कितना समय लगता है : 20 से 30 मिनट। कितना भरोसेमंद है ? 30-40 प्रतिशत मरीजों में संक्रमण नहीं पकड़ पाता। टेस्ट निगेटिव हो, मगर लक्षण दिखे तो आर.टी.-पी.सी.आर. जरूरी है।

4. रैपिट एंटीबॉडी टेस्ट : यह कोरोना रोग की जाँच नहीं है। यह जाँच सिर्फ यह पता करती है कि शरीर में वायरस से लड़ने के एंटीबॉडीज है या नहीं!

टेस्ट का तरीका क्या है : ब्लड सैंपल में एंटीबॉडी जाँचते हैं। कोरोना में आई.जी.एम. एंटीबॉडी संक्रमण के दौरान बनता है, आई.जी.जी. एंटीबॉडी ठीक होने के बाद।

रिजल्ट आने में कितना समय लगता है : 15 से 20 मिनट।

कितना सटीक है : इस्तेमाल आबादी में संक्रमण का स्तर देखने के लिए होता है। संक्रमण बहुत हलका हो तो नतीजे गलत हो सकते हैं।

(इनके अलावा हवाई अड्डे इत्यादि में थर्मल स्क्रीनिंग की जाती है, लेकिन यह विश्वसनीय नहीं है।)

विशेष : अब भारतीय वैज्ञानिक एक 'फेलूदा' नामक जाँच ईजाद की है, जो सरल और विश्वसनीय है तथा केवल दो घंटे में आर.टी.पी.आर. करनेवाली मशीन बनाई है।

कोविड-19 वैक्सीन ट्रैकर

जानिए किस स्टेज में है कोरोना वैक्सीन

वैक्सीन का नाम	स्टेटस
ऑक्सफोर्ड/एस्ट्राजेनेका (ब्रिटेन)	यूके, दक्षिण अफ्रीका और ब्राजील फेज-3 ट्रायल्स
बायोएनटेक/फाइजर (अमेरिका)	अमेरिका में फेज-3 ट्रायल्स
मॉडर्ना/एन.आई.ए.आई.डी. (अमेरिका)	अमेरिका में फेज-2/3 का ट्रायल्स
सिनोवेक (चीन)	ब्राजील में फेज-3 ट्रायल्स
बीजिंग इंस्टिट्यूट/सिनोफार्म (चीन)	फेज 2/3 के ट्रायल्स
वुहान इंस्टिट्यूट/सिनोफार्म (चीन)	फेज 2/3 के ट्रायल्स
कैनसिनो (चीन)	फेज 3 के ट्रायल्स जारी
नोवावैक्स	फेज 2/3 के ट्रायल्स
एक्ट्रट्स/ड्यूक-एन.यू.एस.	फेज 1/2 के ट्रायल्स
जायडस कैडिला (भारत)	फेज 1/2 के ट्रायल्स
ओसाका यूनिवर्सिटी	फेज 1/2 के ट्रायल्स
जैनसेन फार्मा	फेज 1/2 के ट्रायल्स
केंटुकी बायोप्रोसेसिंग	फेज 1/2 के ट्रायल्स
भारत बायोटेक	फेज 1/2 के ट्रायल्स
इनोवियो फार्मा	फेज 1/2 के ट्रायल्स
चाइनीज एकेडमी ऑफ मेडिकल साइंसेस	फेज 1/2 के ट्रायल्स
एनहुई हाईफे लॉन्गकॉम फार्मा	फेज 1/2 के ट्रायल्स
जेनेक्सिन कंसोर्टियम	फेज 1/2 के ट्रायल्स
मेडिकार्गो इंक	फेज 1 ट्रायल्स
मेडिटॉक्स	फेज 1 ट्रायल्स
क्वींसलैंड यूनिवर्सिटी	फेज 1 ट्रायल्स

मेडिजेन बायोलॉजिक्स	फेज 1 ट्रायल्स
पीपुल्स लिबरेशन आर्मी एकेडमी	फेज 1 ट्रायल्स
क्योरवैक	फेज 1 ट्रायल्स
इंपीरियल कॉलेज, लंदन	फेज 1 ट्रायल्स
पिट्सबर्ग यूनिवर्सिटी	फेज 1 ट्रायल्स
क्लोवर फार्मा/जी.एस.के.	फेज 1 ट्रायल्स
यूनिवरसेल्स	फेज 1 ट्रायल्स
गामालेया इंस्टिट्यूट मॉस्को	फेज 1 ट्रायल्स
मेलबोर्न यूनिवर्सिटी	फेज 1 ट्रायल्स

सबसे कम 22.5 प्रतिशत सक्रिय मरीज एशिया में

यूरोप : 30.29 लाख मरीज हैं, 20 लाख ठीक हुए, 2.06 लाख मौतें

	मौतें	ठीक हुए	सक्रिय मरीज
यूरोप	6.8 %	60.1 %	33.1 %
जर्मनी	4.3 %	91.0 %	4.7 %
इटली	14.1 %	80.7 %	5.2 %
रूस	1.7 %	78.1 %	20.2 %
स्पेन	7.9 %	47.0 %	45.1 %
फ्रांस	15.3 %	41.9 %	42.8 %

एशिया : 49.67 लाख मरीज हैं, 37.43 लाख ठीक हुए, 1.08 लाख मौतें

	मौतें	ठीक हुए	सक्रिय मरीज
एशिया	2.2 %	75.4 %	22.5 %
पाकिस्तान	2.1 %	91.6 %	6.3 %
स. अरब	1.1 %	87.2 %	11.7 %

ईरान	5.6 %	86.9 %	7.5 %
भारत	2.0 %	68.7 %	29.3 %
बांग्लादेश	1.3 %	57.5 %	41.2 %

उ. अमेरिका : 60.63 लाख मरीज हैं, 32.21 लाख ठीक, 2.33 लाख मौतें

	मौतें	ठीक हुए	सक्रिय मरीज
उ. अमेरिका	3.9 %	53.3 %	42.8 %
कनाडा	7.5 %	86.9 %	5.6 %
मैक्सिको	10.9 %	67.0 %	22.1 %
पनामा	2.2 %	64.5 %	33.3 %
डोमेनिका रि.	1.6 %	54.0 %	44.4 %
अमेरिका	3.2 %	51.2 %	45.6 %

द. अमरीका : 47.01 लाख मरीज हैं, 31.99 लाख ठीक, 1.58 लाख मौतें

	मौतें	ठीक हुए	सक्रिय मरीज
द. अमेरिका	3.4 %	68.1 %	28.6 %
चिली	2.7 %	92.8 %	4.5 %
ब्राजील	3.3 %	69.5 %	27.2 %
पेरू	4.4 %	67.8 %	27.8 %
कोलंबिया	3.3 %	54.3 %	42.4 %
अर्जेंटीना	1.9 %	44.8 %	53.4 %

(10 अगस्त, 2020 तक की जानकारियाँ)

कोरोना काल के चालीस दिन
(23 जुलाई से 31 अगस्त 2020 तक)

- देश में अब 12.90 लाख संक्रमित हुए। एक दिन में रिकॉर्ड 48 हजार रोगी मिले और 33 हजार स्वस्थ हुए, मौतें 755 हुईं।
- दुनिया में कुल 1.56 करोड़ संक्रमित और मौतें 6.37 लाख, स्वस्थ हुए 95 लाख से ऊपर।
- अमेरिका में कुल 41 लाख से ज्यादा रोगी तथा मौतें 1.47 लाख।
- ब्राजील में 23 लाख संक्रमित, 84 लाख मौतें और 15.75 लाख ठीक हुए।
- नाक से साँस लेने में होता है बेहतर इम्यून सिस्टम, क्योंकि इससे ज्यादा ऑक्सीजन की मात्रा मिलती है तथा नाईट्रिक ऑक्साइड की मात्रा भी बढ़ती है। ऑक्सफोर्ड यूनिवर्सिटी को वैक्सीन बनाने में सफलता मिली। भारत में बनेगी, 1 नवंबर, 2020 तक मिलने की उम्मीद।
- 29 जुलाई तक देश में 1.5 करोड़ से अधिक कोरोना टेस्ट हुए। जून में 100 टेस्ट में 6 रोगी मिलते थे, अब करीब 13 रोगी मिलने लगे हैं।
- दिल्ली में संक्रमण दर घटी पर महाराष्ट्र में हालत अभी भी बेकाबू।
- मध्य प्रदेश में कोरोना संक्रमण मंत्रियों को भी हुआ।
- लखनऊ के पी.जी.आई. इंस्टीट्यूट में 5 डॉक्टर संक्रमित डॉक्टर्स ने काम के दौरान पी.पी.ई. किट फटने की भी शिकायत की।
- पिछले 24 घंटों में 49 हजार से अधिक मामले सामने आए।
- बलिया जिला कारागार में 594 कैदियो में 160 कोरोना संक्रमित पाए गए।
- दिल्ली के एम्स अस्पताल में भारत में बनी वैक्सीन का ट्रायल 32 वर्षीय युवक पर किया गया। 1.3 में 0.5 मि.लि. टीके की मात्रा दी गई।
- ऑफिस में दूसरों के कंप्यूटर और कुरसी के प्रयोग से बचें, विशेषज्ञ की सलाह।
- फाइलों और कागजों के लेन-देन के बाद हाथों को सेनेटाइज करें।
- कैंटीनों में जाने से बचें, क्योंकि खाते-पीते समय आप मास्क हटा चुके होते हैं बात करते समय मास्क न हटाएँ।
- देश में 70 प्रतिशत से ऊपर रोगी ठीक, दिल्ली में 90 प्रतिशत और तमिलनाडू में 80 प्रतिशत लोग स्वस्थ हुए। नौ राज्यों में रिकवरी राष्ट्रीय औसत से अधिक।

- कर्नाटक के 103 वर्षीय बुजुर्ग ने कोरोना को हराया।
- दमोह में घर में मास्क नहीं था तो एक युवक पेटीकोट बाँधकर बाजार आया।
- म.प्र. के मुख्यमंत्री कोरोना से संक्रमित होने के बाद अस्पताल में भरती।
- अमेरिका शीघ्र मॉडर्ना नामक वैक्सीन प्रस्तुत कर सकता है। इसका तीस हजार लोगों पर परीक्षण शुरू हो चुका है।
- विशेषज्ञ बोले, दुबारा संक्रमण की संभावना अत्यंत कम। कभी-कभी स्वस्थ हुए कोरोना रोगी के शरीर में वायरस के कुछ हिस्से रह जाने से दुबारा कोरोना की जाँच के परिणाम पॉजिटिव आते हैं।
- अनलॉक 3 के बाद जिम, योग संस्थान खुले, रात्रिकालीन कर्फ्यू हटा। सिनेमा हॉल, ऑडिटोरियम इत्यादि बंद रहेंगे।
- मध्यप्रदेश में मंत्री, सांसदों, विधायकों के दौरों पर 14 अगस्त तक प्रतिबंध लगा। 1 जुलाई से 31 जुलाई तक 10.6 लाख कोरोना रोगी मिले अर्थात् 65 प्रतिशत वृद्धि। यही रफ्तार रही तो अगस्त के अंत तक 40 लाख होंगे। इसी माह मौतें भी 18 हजार से अधिक हुईं, जो पिछले महीने से 50 प्रतिशत अधिक है।
- भारत में रेमडेसिविर और टोसिलिजुबेर दवा से इलाज शुरू।
- अमेरिकी शोधकर्ताओं ने दावा किया कि कोरोना वायरस 70 साल से चमगादड में सर्कुलेट हो रहा था, लेकिन किसी को पता नहीं था।
- एक रिसर्च में यह दावा किया गया कि हेपेटाईटिस की दवा लेनेवाले डेढ़ हजार लोगों में किसी को यह रोग नहीं हुआ।
- आई.सी.एम.आर. के अनुसार, कोरोना संक्रमण की आर.टी.पी.सी.आर. जाँच में रोगी के साइकिल थ्रेसोल्ड (सी.टी.) का पता चलता है। यदि यह 24 से अधिक होता है तो रोगी स्वस्थ व्यक्ति में रोग नहीं फैला सकता और यदि सी.टी. वैल्यू 24 से कम है तो वह रोग फैलाने में सक्षम होता है।
- देश के माननीय गृहमंत्रीजी भी कोरोना से संक्रमित।
- देश में दो करोड टेस्ट 26 दिनों में हुए, इनमें 14.4 लाख रोगी पॉजिटिव मिले। अब 100 टेस्ट में 14 संक्रमित मिल रहे हैं।
- अभिताभ बच्चन कोरोनामुक्त हुए, घर पहुँचे।
- दिल्ली में एंटीजन टेस्ट शुरू होने के बाद रोगी घटे, लेकि विश्व में आर.टी.

पी.सी.आर. आज भी स्टेंडर्ड टेस्ट।

- सिंगापुर में कोरोना की दर दुनिया में सबसे कम।
- डब्ल्यू.एच.ओ. अब बोला—मास्क और सोशल डिस्टेंसिंग तथा हाथ धोने को प्रयोग में लाने के लिए।
- आजकल गूगल पर सबसे अधिक खोजे जा रहे हैं—इम्यूनिटी बूस्टर, रोग प्रतिरोधक शक्ति बढ़ानेवाली वस्तुएँ। इनकी खोज करनेवालों में 500 प्रतिशत की वृद्धि हुई। गृहमंत्रीजी के बाद एक और केंद्रीय मंत्री कोरोना से संक्रमित हुए। विभिन्न राज्यों के कई मंत्री भी संक्रमित।
- अर्थ—कोरोना काल में सोना 56 हजार रुपए प्रति तोला हुआ, चाँदी 63 हजार रूपए किलो।
- मध्य प्रदेश के मुख्यमंत्री कोरोनामुक्त होकर घर पहुँचे।
- विशेषज्ञों के अनुसार, सक्रिय मरीजों के बढ़ने की दर 0 होने पर इसे कोरोना पीक माना जाएगा।
- सात राज्यों में ही 13.5 लाख रोगी। ये राज्य हैं—महाराष्ट्र, तमिलनाडू आंध्रप्रदेश, कर्नाटक, उत्तर प्रदेश, पश्चिम बंगाल और तेलंगाना।
- चेन्नई के वैज्ञानिकों ने कहा कि वायरस की रिप्रोडक्टिव वैल्यू में कमी आई है। यह दिल्ली में सबसे कम है, यहाँ 100 लोगों का समूह 60 लोगों को ही संक्रमित कर सकता है।
- भारत में सन फार्मा ने रुपए 35 में लॉञ्च की कोरोना की दवा—फेरापिराविर, इसे इस्तेमाल की अनुमति।
- डॉक्टरों ने भीड़वाले इंडोर स्पेस में भी मास्क पहनने की सलाह दी।
- वैज्ञानिक अब दावा कर रहे हैं कि कोरोना हवा से भी फैल सकता है, यह विश्व स्वास्थ्य संगठन ने भी माना।
- वायरस मध्यम आकार के कमरे में फैलकर यह 3 घंटे हवा में रह सकता है। बंद कमरे में फैलने की ज्यादा संभावना।
- कोरोना रोगी 9 दिनों में ही 15 से 20 लाख हो गए।
- एक सूचना के अनुसार, सीरन इंस्टीट्यूट ऑफ इंडिया वैक्सीन बनने पर देशवासियों को मात्र 225 रुपए में वैक्सीन उपलब्ध कराएँगे।
- केंद्र सरकार ने राज्य सरकारों को भी निर्देश दिए हैं कि मौतों की दर हर हाल में 1 प्रतिशत से भी कम हो।

- महाराष्ट्र में संक्रमितों का आँकड़ा 5 लाख के पार।
- दो केंद्रीय मंत्री कोरोना से संक्रमित हुए।
- केंद्रीय स्वास्थ्य मंत्रालय के अनुसार, सक्रिय मरीजों की संख्या 6 लाख 20 हजार (करीब 29.64 प्रतिशत) ठीक हुए रोगियों की संख्या 68-32 प्रतिशत।
- एक जानकारी के अनुसार, कोरोना रोगियों का इलाज करनेवाले 200 से अधिक डॉक्टर्स दम तोड़ चुके हैं। इनके 62 जनरल प्रेक्टिशनर्स और 23 में मेडीसिन के डॉक्टर हैं।
- दुनिया में 2 करोड़ से ऊपर रोगी हुए। 50 लाख मरीज सिर्फ 20 दिन में बढ़े। इनमें 9.72 (19.44 प्रतिशत) रोगी भारत में और एशिया में सबसे कम (25.5 प्रतिशत) सक्रिय रोगी।
- एशिया में सबसे कम—22.5 प्रतिशत सक्रिय मरीज, यह 50 लाख के लगभग रोगियों में से 37 लाख ठीक हुए।
- अमेरिका ने सबसे ज्यादा 70 हजार करोड़ के कोविड-19 वैकसीन के ऑर्डर दिए, वहीं ब्रिटेन 525 करोड़ रुपए में वैक्सीन के ऑर्डर दिए।
- रूस ने तमाम देशों को छोड़कर 11 जुलाई को अपनी वैक्सीन (स्पुतनिक-बी) रजिस्टर्ड कराई। पहला डोज रूसी राष्ट्रपति पुतिन की बेटी को लगाया गया। बेहतर परिणाम का दावा।
- रूस को एक अरब डोजेज के लिए इस वैक्सीन का 20 देशों से ऑर्डर मिल चुका है। वैक्सीन सितंबर मे बनेगी।
- भारत में सन फार्मा ने इलाज के लिए 35 रुपए में 'फ्लूगार्ड' नामक टेबलेट मार्केट में प्रस्तुत की। इसमें फेवीपिराबीर दवा होती है।
- वैक्सीन परीक्षण के वैज्ञानिकों के अनुसार तीन चरण होते हैं—1. बालटिंयर्स के छोट समूह पर परीक्षण और सुरक्षा का आकलन। 2. बड़े समूह पर रोग में प्रतिरक्षा का अध्ययन। 3. वैक्सीन के प्रभावी होने का व्यापक परीक्षण।
- संक्रमितों और स्वस्थ होनेवाले रोगियों का अंतर घटा। देश में रिकवरी दर 70 प्रतिशत हुई।
- पिछले 7 दिनों में औसतन 61 हजार रोगी मिले और 57 हजार ठीक हुए।
- 10 अगस्त (2020) तक 28 वैक्सीन परीक्षण की स्थिति में अब दुनिया की 10 प्रतिशत मौतें भारत में होने लगीं। रोगी भी डेढ़ गुना तेजी से बढ़ रहे

हैं। भारत का स्वदेशी वैक्सीन प्रथम ट्रायल में पास। अगला ट्रायल शुरू होगा। इसे भारत बायोटेक एन.आई.वी. तौर आई.सी.एम.आर. मिलकर बना रहे हैं।

- देश में मौतों की रफ्तार आधी 2.8 प्रतिशत थी, 16 जून को अब 1.68 प्रतिशत।
- केंद्रीय गृहमंत्री अब कोरोना संक्रमण से मुक्त हुए।
- लॉकडाउन के दौरान लगभग 6 करोड़ बच्चों को मध्याह्न भोजन नहीं मिल सका।
- ऑक्सफोर्ड एस्ट्रोजेनिका का तथा मॉडर्ना तथा साइबैंक के वैक्सीन शीघ्र आएगी।
- 15 अगस्त, 2020 का स्वतंत्रता दिवस समारोह कोरोना वारियर्स को समर्पित किया गया।
- देश में तीन वैक्सीन का कार्य अलग-अलग चरणों में, जैसे ही पूर्ण होगा, उत्पादन शुरू हो जाएगा। प्रधानमंत्रीजी के अनुसार आपूर्ति की तैयारियाँ पूरी।
- उत्तर प्रदेश के मंत्री और पूर्व क्रिकेटर की कोरोना से दुखद मौत। वे जान गँवानेवालों में दूसरे मंत्री हैं।
- अक्तूबर-नवंबर तक आ सकती है वैक्सीन। इन वैक्सीन्स (टीकों) की तैयारी चल रही है। (1) मॉडर्ना के नवंबर तक आने की संभावना (2) को वैक्सीन अक्तूबर में आने की आशा।
- आक्सफोर्ड की वैक्सीन—सितंबर या अक्तूबर तक आ सकती है।
- कोरोना काल में ड्यूटी के दौरान जान गँवाने वाले सब इंस्पेक्टर स्व. यशवंत पाल की बेटी को मध्य प्रदेश में सब इंस्पेक्टर बनाया गया।
- अब देश में 15 दिनों में ही 1 करोड़ कोरोना टेस्ट हुए, जबकि पिछले दिनों 1 करोड़ टेस्ट 26 दिनों में हुए थे। टेस्टिंग दर बढ़ने से संक्रमण दर 2 प्रतिशत घटी।
- विश्व स्वास्थ्य संगठन ने सलाह दी है कि यदि संक्रमण दर 5 प्रतिशत से अधिक है तो तत्काल टेस्टों की संख्या बढ़ा देनी चाहिए।
- मलेशिया में एक खतरनाक स्ट्रेन मिला, जिसका नाम है—डी 6144, यह 45 में से 3 रोगियों में मिला है और मौजूदा वायरस से ज्यादा खतरनाक है।

- अमेरिका के विशेषज्ञों के अनुसार कोरोना या कोविड-19 में लक्षणों का क्रम—
- बुखार—खाँसी—मांस पेशियों में दर्द—उलटियाँ—दस्त लगना है।
- वैज्ञानिकों ने कोरोना की 'एक्सेलिन' नामक दवा खोजी है, जो वायरस को खत्म करने के अलावा सूजन भी कम करती है।
- रूस के बाद अब चीन ने भी अपनी एक वैक्सीन पेटेंट करवाई, लेकिन अभी इसका परीक्षण 4 हजार लोगों पर होना शेष है।
- मध्य प्रदेश में फिर एक मंत्री कोरोना पॉजिटिव मिले। उनके घर के एक सदस्य भी पॉजीटिव। मध्य प्रदेश में वी.आई.पी. ज्यादा संक्रमित हो रहे हैं।
- देश में अब 73 प्रतिशत से अधिक कोरोनाग्रस्त ठीक हुए हैं।
- यह चिंतनीय है कि अब 54 प्रतिशत नए मामले गाँवों में मिले।
- दुनिया में 2.20 करोड़ व्यक्ति कोरोना संक्रमित हुए और 7.74 जानें गईं।
- 60 साल में 10 वायरस मिले, जिसमें कोरोना (SARS COV.2) सबसे अधिक संक्रामक।
- 8 वैज्ञानिकों ने कहा कि 50 प्रतिशत या इससे कम आबादी संक्रमित होने पर भी हर्ड इम्यूनिटी विकसित हो सकती है।
- देश की केंद्र सरकार ने मध्य प्रदेश को भेजे 150 वेंटीलेटर्स।
- पुणे में एंटीबॉडी परीक्षणों में 51.5 प्रतिशत लोगों में कोरोना के विरुद्ध एंटीबॉडीज विकसित हुए।
- केंद्रीय स्वास्थ्य मंत्री डॉ. हर्षवर्धन ने कहा कि इस साल के अंत तक आ सकता है देश का कोरोना वैक्सीन।
- देश में रोगी पहुँचे 30 लाख के पार। मात्र 16 दिनों में बढ़े दस लाख कोरोना रोगी, लेकिन रिकवरी भी 75 प्रतिशत के करीब।
- देश में पहली बार एक दिन में ही हुए दस लाख से ऊपर कोरोना के टेस्ट (जाँचें)।
- दुनिया में कोरोना संक्रमितों की संख्या हुई ढाई करोड़ के करीब और रिकवरी 68 प्रतिशत के करीब।
- दुनिया के कई वैज्ञानिक हानिकारक वायरसों की खोज में जुटे, दुनिया में 7 लाख से अधिक प्रकार के वायरस मौजूद। समुद्र के एक लीटर पानी में दो लाख प्रकार के 100 अरब वायरस।
- अमेरिका में नाक द्वारा दी जानेवाली वैक्सीन का चूहों पर सफल प्रयोग।

संक्रमण रुका। अब मनुष्यों पर ट्रायल की तैयारी।

- मतदान केंद्रों में ही मिलेंगे दस्ताने। संक्रमितों के लिए अलग बूथ, 65 साल के बुजुर्गों के लिए पोस्टल वोट की सुविधा।
- अब कोराना संक्रमण की दर 1 अगस्त के 12.7 प्रतिशत से गिरकर 6.7 प्रतिशत हुई। इसे संक्रमण को पीक आने की शुरुआत माना जा रहा है।
- शोध के बाद पता चला कि कुछ रोगियों में संक्रमण के बाद भी कोरोना के प्रति इम्यूनिटी विकसित नहीं हो पाती, ऐसे लोगों को दुबारा भी कोरोना हो सकता है।
- भारत के प्रत्येक व्यक्ति तक वैक्सीन पहुँचाने के लिए 'मिशन कोविड-19' शुरू। इसके लिए 3 हजार करोड़ रुपए स्वीकृत।
- देश के सीरम इंस्टीट्यूट को 'कोविशील्ड' नामक कोरोना के टीके के परीक्षण की अनुमति सरकार ने दी। टीके का तीसरा ट्रायल शुरू। टीका शीघ्र आने की संभावना। देश में कोरोना रोगियों में मृत्यु दर 1.8 प्रतिशत हुई। और रिकवरी रेट 75.2 प्रतिशत, जो दुनिया के रिकवरी रेट से अधिक है।
- दिल्ली का रिकवरी रेट 90 प्रतिशत के करीब हुआ।
- अमेरिका ने 22 अक्तूबर, 2020 तक कोरोना वैक्सीन लाने की घोषणा की।
- दक्षिण कोरिया की राजधानी के सियोल में कोरोना संक्रमण बढ़ने के कारण पुनः स्कूल बंद करने के आदेश दिए गए।
- शोध में पाया गया कि फेफड़ों और किडनी को चोटिल कर रहा कोरोना। इन अंगों में चोट के निशान और रक्त के थक्के मिले, आँतों में सूजन भी पाई गई।
- जाँच कंपनी थायरोकेयर के अनुसार, देश में 2.70 लाख लोगों की जाँच के आधार पर लगभग 35 करोड़ व्यक्तियों में कोरोना के एंटीबॉडीज हो सकते हैं।
- 20 से 40 वर्ष के युवा मास्क का प्रयोग न करने के कारण ज्यादातर संक्रमण का शिकार हो रहे हैं।
- रूस अक्तूबर में एक और वैक्सीन लाने की तैयारी में है।
- दिल्ली के दूसरे सीरोलॉजिकल सर्वे में 5 से 17 वर्ष के बच्चों और किशोरों को ज्यादा खतरे की संभावना है, क्योंकि इसी आयु वर्ग में सर्वाधिक कोरोना के विरुद्ध एंटीबॉडीज पाए गए। सर्वे के अनुसार 5-17 वर्ष के

आयुवर्ग में 34.7 प्रतिशत, 50 वर्ष से अधिक आयुवाले में 31.2 प्रतिशत। सर्वे में कुल 29.1 प्रतिशत लोगों में एंटीबॉडीज पाए गए।

- रूस की तीसरी वैक्सीन का ट्रायल माह सितंबर 2020 के पूर्व हो जाएगा। दावा है कि यह वैक्सीन पहले वाले से ज्यादा सुरक्षित है।
- स्पेन में फिर कोरोना रोगियों की संख्या बढ़ने लगी है।
- दुनिया में विगत एक सप्ताह से नए रोगियों की संख्या में गिरावट का ट्रेंड देखा गया। इसी तरह मौतों में भी गिरावट देखी गई।
- भारत में संक्रमण की दर विगत महिने से घट रही थी, लेकिन अब फिर बढ़ी। 20 अगस्त को 7 प्रतिशत थी, अब 9 प्रतिशत से अधिक हुई।
- सागर के बुंदेलखंड मेडीकल कॉलेज के लिए स्थानीय दानदाताओं ने 150 रेमेडेसिविर इंजेक्शन कोरोना रोगियों के लिए मुफ्त दिए।
- दुनिया में 88 से ज्यादा वैक्सीन के ट्रायल जारी हैं, इस साल के अंत तक भारत सहित कई देशों में वैक्सीन आने की संभावना।
- अभी तक देश में 4 करोड़ तेईस लाख जाँचें की गईं। केवल 30 अगस्त को देश में 846278 टेस्ट किए गए।
- 27 अगरत को देश में 9.24 लाख टेस्ट हुए, जो एक रिकॉर्ड है।
- ब्रिटेन में लॉकडाउन की फिर तैयारी, यूरोप में कोरोना की दूसरे लहर की संभावना।
- देश में 30 सितंबर तक स्कूल-कॉलेज, कोचिंग बंद रहेंगे। मेट्रो वार्त्ता के साथ शुरू होगी, लेकिन ट्रेनों के लिए अभी दिशा-निर्देश नहीं।
- अलग-अलग गतिविधियाँ अलग-अलग तारीखों से शुरू होंगी। अधिकतर गतिविधियाँ 21 सितंबर से शुरू होंगी।
- कंटेनमेंट क्षेत्रों में 30 सितंबर तक सख्त लॉकडाउन जारी रहेगा।
- मध्य प्रदेश के उच्च न्यायालय ने कहा कि सरकार के साथ डॉक्टर्स और पुलिस ने भी सराहनीय कार्य किया।
- महिलाओं में संक्रमण और मृत्यु दर कम होने का कारण ही जिम्कोसाइंट का अधिक मात्रा में बनना है। इससे रोग प्रतिरोधक शक्ति बढ़ती है। जब पुरुषों में उम्र बढ़ने के साथ प्रतिरक्षा शक्ति कम हो जाती है।
- भारत बायोटेक की जीनोम बैली (हैदराबाद) में एक साल में 400 करोड़ डोज (वैक्सीन के) बनेंगे, वहाँ 200 वैज्ञानिक रोज 18-18 घंटे कार्य कर रहे हैं।

- कई कोरोना रोगियों में पाया गया कि उन्हें ठीक होने के बाद भी साँस लेने में दिक्कत, कफ और थकान की समस्या रहती है।
- दुनिया में अब कुल दो करोड़ 52 लाख के लगभग रोगी हैं और 8 लाख 42 हजार से ज्यादा मौतें हुई हैं, जबकि देश में कुल संक्रमित 35.45 लाख के करीब हैं तथा मौतों की संख्या 63 हजार से अधिक है।
- देश में रिकवरी रेट 76.6 प्रतिशत पहुँच गया है, जबकि दुनिया का रिकवरी रेट 69.7 है।
- लगभग 8 माह के कोरोना काल में आज सर्वाधिक 78761 रोगी मिले।
- मध्य प्रदेश में मुख्यमंत्री सहित 8 मंत्री में कोरोना संक्रमित हो चुके हैं। इनके अलावा 10 विधायकगण और आई.ए.एस. एवं कई आई.पी.एस. भी संक्रमित हुए हैं।
- अमेरिका में जब 78 हजार से ऊपर रोगी मिले तो कोरोना पीक आ गया था और वहाँ रोगियों की संख्या घटने लगी थी।

देश-प्रदेश के कई क्षेत्रों में कोरोना से बचाव के प्रति लापरवाही और नियमों की अनदेखी के कारण भी कोरोना बढ़ा है। लोग मास्क लगाने या सोशल डिस्टेंसिंग रखने के नियमों का भी पालन नहीं करते हैं।

अनलॉक-4 की गाइडलाइन जारी
स्कूल और कॉलेज 30 सितंबर तक बंद रहेंगे

स्कूल के लिए दिशा-निर्देश	**आयोजन-समारोह**
स्कूल, कॉलेज, कोचिंग कक्षाएँ 30 सितंबर तक बंद ही रहेंगे।	21 सितंबर से 100 लोगों की मौजूदगी में सामाजिक, अकादमिक, स्पोर्ट्स, मनोरंजक, सांस्कृतिक, धार्मिक, राजनीतिक कार्यक्रम हो सकेंगे।
ऑनलाइन/दूरस्थ शिक्षा को अनुमति रहेगी।	इनमें मास्क पहनना, सोशल डिस्टेंसिंग का पालन तथा सेनिटाइजर की व्यवस्था करनी होगी।

राज्य-केंद्र शासित प्रदेश 21 सितंबर से कंटेनमेंट जोन से बाहर के स्कूलों को 50% शैक्षिक और गौर-शैक्षिक स्टाफ को बुलाने की अनुमति दे सकेंगे।	शादी और अंतिम-संस्कार में भी 21 सितंबर से 100-100 लोग शामिल हो सकेंगे। 20 सितंबर तक दोनों आयोजनों में पहले की तरह क्रमशः 50 और 20 लोग ही शामिल हो सकेंगे।
21 सितंबर से ही 9 से 12वीं कक्षा तक के स्टूडेंट अभिभावकों की अनुमति लेकर कंटेनमेंट के बाहर के स्कूल में टीचर से मिलनें स्कूल जा सकेंगे।	सिनेमा हॉल, स्वीमिंग पुल, पार्क, थिएटर बंद रहेंगे। 21 सितंबर से ओपन एयर थिएटर शुरू हो सकेंगे।
नेशनल स्किल ट्रेनिंग इंस्टीट्यूट और आई.टी.आई. आदि में ट्रेनिंग शुरू हो सकेगी।	

परिवहन : 7 सितंबर से चरणबद्ध तरीके से मैट्रो ट्रेन चलेंगी

- 7 सितंबर से चरणबद्ध तरीके से मेट्रो चल सकेंगी।
- यात्री ट्रेनें, घरेलू यात्री विमान, वंदे भारत मिशन के तहत चल रही उड़ानें पहले की तरह चलती रहेंगी।
- एक राज्य से दूसरे राज्य या राज्य के भीतर ही व्यक्ति के आने-जाने या सामान लाने-ले जाने पर कोई प्रतिबंध नहीं रहेगा।
- राज्य या केंद्र शासित प्रदेश कंटेनमेंट जोन के बाहर केंद्र की पूर्व सलाह के बगैर ग्रामीण, शहर या जिला स्तर पर लोकल लॉकडाउन नहीं लगा सकेंगे।
- 65 साल से अधिक उम्र, बीमार, गर्भवती महिलाएँ तथा छोटे बच्चों को घर पर रहना होगा।

कुछ सुखद समाचार भी

- देश में लगातार छठे दिन नए केसों से अधिक ठीकवाले संक्रमितों की संख्या बढ़ी। एक्टिव मामलों में 87458 की कमी। अब देश में 57 लाख संक्रमित दुनिया में 3.15 करोड़ मामले।
- देश में पिछले 24 घटे में 86703 नए संक्रमित मिले और 87458 संक्रमित

ठीक हुए। दिल्ली के बाहरी छोर छतरपुर में राधा स्वामी सत्संग न्यास के कैंपस में1800 बिस्तरोंवाला दुनिया का सबसे बड़ा कोविड सेंटर बना, जहाँ एक भी मौत नहीं मेडिकल स्टाफ में जीरो इन्फेक्शन।

- न्यूजीलैंड में पाबंदियाँ हटाने के बाद भी नया कोरोना संक्रमित नहीं आया।
- रूस की कोरोना वैक्सीन स्पूतनिक के 120 करोड़ डोज बुक हुए। डोज बुक करनेवाले 10 देशों में भारत भी शामिल है।
- देश में अभी तक 46 लाख से ज्यादा रोगी ठीक हुए, मरीजों के ठीक होने के मामलों में भारत (रिकहव्री में) प्रथम स्थान पर पहुँचा। 24 घंटों में एक लाख से अधित संक्रमित ठीक हुए।
- भारत के वैज्ञानिकों ने फेलूदा नामक जाँच विकसित की, जिसमें कम लागत और कुछ मिनटों का समय लगता है। ड्रग कंट्रोलर द्वारा उत्पादन को मान्यता मिली।
- दुनिया में ठीक हो चुके मरीजों में सबसे ज्यादा 18.80 प्रतिशत भारत से। देश में 53 लाख में से 42 लाख से अधिक रोगी ठरक हुए। तमिलनाडु का रिकहव्री रेट 89 प्रतिशत पहुँचा, जो सबसे बेहतर है। एक्टिव केस 10.17 लाख से घटकर 9.75 लाख रिकहव्री रेट 80 प्रतिशत से ज्यादा।

एक और नई विधि फेलूदा (FELUDA) अपने देश के ही वैज्ञानिकों ने अविष्कृत की

अभी पिछले सप्ताह ही भारत के औषधि महानियंत्रक ने टाटा समूह एवं सी.एस.आई.आर. द्वारा विकसित फेलूदा नामक कम लागत एवं बहुत कम समय में परिणाम देनेवाली जाँच विधि को बनाने की मान्यता दी है। इस विधि से कम समय में बहुत सारे लोगों की एक साथ जाँच छोटी लैब में या स्वास्थ कर्मी घरों में जाकर भी कर सकेंगे। इस प्रकार यह एक क्रांतिकारी आविष्कार है जिसकी विश्वसनीयता भी आर.टी.पी.सी.आर. जाँच के समकक्ष है।

क्या है यह जाँच विधि—

यह भारत की प्रथम ऐसी जाँच विधि है जिसमें क्रिस्पर तकनीक का उपयोग किया गया है यह एक सरल और सीधी विधि है जिसे 'पेपर स्ट्रिप कोविड-19 टेस्ट' कहते हैं। इस विधि से कुछ मिनटों में परिणाम प्राप्त हो जाता है। इस जाँच को

फिल्मकार सत्यजीत रे की फिल्म के एक प्रसिद्ध पात्र फेलूदा का नाम दिया गया है। इस विधि में वायरस के पैत्रिक अंशों को आधार बनाकर···वायरस की पहचान करते हैं। फेलूदा जाँच 9 प्रतिशत से 98 प्रतिशत परिणाम सही देती है और आई.सी. एम.आर. के निर्देशों के अनुरूप है। जाँच विधि को विकसित करनेवाले हमारे देश के सभी वैज्ञानिकों को बधाई।

दुनिया में कोरोना मरीजों की स्थिति 22 सितंबर, 2020 तक

विश्व स्वाथ्य संगठन ने भविष्य में तैयार होनेवाली कोरोना वैक्सीन को 156 देशों तक सप्लाई और वितरण की स्कीम तैयार की है। इसको वैक्सीन नाम दिया गया है। अभी इसमें अमेरिका और चीन शामिल नहीं हैं। दुनिया में अब तक 3 करोड़ 15 लाख संक्रमित हो चुके हैं और 2 करोड़ 31 लाख से अधिक ठीक भी हो चुके हैं तथा 9 लाख 69 से अधिक मौतें भी हुई हैं। अमेरिका में यह आँकड़ा 70.4 लाख से ऊपर है और भारत में 55 लाख से अधिक रोगी हैं।

□

उपसंहार के कुछ शब्द

लगभग 8 महीने पूर्व जब मैंने कोरोना पर इस विशेष पुस्तक को लिखना शुरू किया था तो कोविड-19 के विषाणु (वायरस) से संक्रमितों की संख्या देश में सैंकड़ों में थी और दुनिया में हजारों में। अब देश में यह संख्या कई लाख (70 लाख से ऊपर) हो चुकी है और दुनिया में कई करोड़ (3.78 करोड़) विज्ञान और समस्त मानवीय प्रयास अभी भी कोरोना पर प्रभावी नियंत्रण नहीं पा सके हैं। अमेरिका जैसे देश में सक्रमितों का आँकड़ा 70 लाख के पार पहुँच रहा है और मौतें दो लाख के आसपास। यह कुछ राहत की बात है कि भारत में मृत्यु दर 2 प्रतिशत से भी कम (1.77 प्रतिशत) है। फिर भी यहाँ 1 लाख से अधिक मौतें हुई हैं।

कोरोना की चपेट में पूर्व राष्ट्रपतिजी, कुछ मुख्यमंत्री, केंद्रीय मंत्री, राज्यों के कई मंत्रीगण और बहुत से विधायकगण आई.ए.एस., आई.पी.एस. इत्यादि विशिष्ट एवं अतिविशिष्ट व्यक्ति भी आ गए। इस तरह से बीमारी का व्यापक प्रसार शायद ही किसी अन्य बीमारी का हुआ हो। इस रोग से देश-दुनिया की प्रगति थमी ही नहीं, बल्कि पिछड़ गई। कई लोगों ने अपने परिजन और न जाने कितना कुछ खोया; इसका सही आकलन भी मुश्किल है। अभी भी कोरोना का कहर थम नहीं रहा।

इस सबके बावजूद वैज्ञानिक और लोग आशान्वित हैं कि कोरोना एक दिन अवश्य हारेगा। इस दिशा में रूस ने एक वैक्सीन भी बना ली है और दुनिया के कई और देश शीघ्र ही वैक्सीन बनानेवाले हैं, इनमें हमारा देश भारत भी शामिल है। देश के स्वास्थ्य मंत्रीजी ने अगले वर्ष (2021) तक स्वदेशी वैक्सीन बन जाने की संभावना व्यक्त की है और साथ ही उन्होंने दीवाली तक कोरोना पर काफी हद तक नियंत्रण का भी दावा किया है। जहाँ तक मेरी (लेखक) राय का प्रश्न है तो मेरा भी निश्चित मानना है कि जल्दी की भारत सहित पूरी दुनिया के कई देशों की वैक्सीन आएगी, जो रोग को नियंत्रित करेगी। साथ ही व्यक्तियों में उत्पन्न हो रही

रोग प्रतिरोधकता (इम्यूनिटी) भी इस रोग को हराने में कामयाब होगी। अब पीक भी आ गया है। इसके बाद क्रमशः संक्रमण कम होगा। और अब स्वस्थ होनेवाले रोगियों की संख्या नए रोगियों से अधिक होने लगी है।

इस रोग पर एक सर्वांगीण पुस्तक लिखना भी बड़ा कठिन और श्रमसाध्य कार्य था। थोड़े-थोड़े अंतराल में अपना रूप बदलते अति संक्रामक कोरोना वायरस और लक्षण बदलते रोग पर लिख पाना मेरे लिए एक चुनौतीपूर्ण कार्य था। यद्यपि मैंने चिकित्सा विज्ञान पर दो दर्जन से अधिक पुस्तकें लिखी थीं, पर रोज सच्ची-झूठी जानकारियों में से प्रामाणिक और उपयोगी बातें सहेजना भी कठिन था, लेकिन फिर भी मैंने प्रयास नहीं छोड़ा और आखिरकार यह पुस्तक तैयार हो ही गई, क्योंकि इस कार्य में मेरा व्यक्तिगत हित से अधिक सामाजिक हित जुड़ा था और इसीलिए भी यह पुस्तक देश व समाज दोनों के लिए जरूरी थी। एक साथ 60-65 प्रश्नों के उत्तर और कोरोना के बारे में प्रायः समग्र जानकारियाँ देना एक लिखित पुस्तक द्वारा ही संभव था। अतएव मैंने यह प्रयास किया है। प्रयास कितना सफल हुआ है, यह सुधि पाठकगण ही बतला पाएँगे। आप सबके उपयोगी सुझावों का हमेशा स्वागत है।

यदि हम बचाव के तीन उपाय—मास्क, दो गज की दूरी और कई बार हाथ धोने की प्रक्रिया अपनाते हैं तो भारत में कोरोना की दूसरी लहर नहीं आएगी।

सादर आपका,

—डॉ. प्रेमचंद्र स्वर्णकार

□□□

महामारी कोरोना
और
वायरस जनित रोग